AF303804

Ella Quinn ist eine USA Today-Bestsellerautorin von intelligenten, sinnlichen Regency Romances, darunter „The Worthingtons" und „The Marriage Game Series". Bevor sie Liebesromane schrieb, war Ella Quinn Assistenzprofessorin, Anwältin und die erste Frau, die einer Green Beret-Einheit zugeteilt wurde. Sie ist Mitglied der Romance Writers of America und hat die Regency-Ära ausgiebig recherchiert, um ihre Geschichten mit dem Flair und dem Gefühl dieser Zeit auszustatten, so dass die Leser:innen sich in diese Zeit hineinversetzen können. Sie und ihr Mann leben derzeit in Deutschland, wenn sie nicht gerade mit ihrem Segelboot um die Welt segeln.

ELLA QUINN

THE WORTHINGTONS

LIEBE
und andere Pflichten eines
MARQUIS

Deutsche Erstausgabe Januar 2022

© 2021 dp Verlag, ein Imprint der dp DIGITAL PUBLISHERS
GmbH

Made in Stuttgart with ♥
Alle Rechte vorbehalten

LIEBE UND ANDERE PFLICHTEN EINES MARQUIS

ISBN 978-3-98637-509-6
E-Book-ISBN 978-3-96817-666-6
Hörbuch-ISNB 978-3-98637-127-2

Übersetzt von: Natascha Dean
Covergestaltung: ARTC.ore Design
Umschlaggestaltung: ARTC.ore Design
Unter Verwendung von Abbildungen von
Shutterstock.com: © Sixsmith, © Dmitry Naumov, © INTREEGUE
Photography, © wa9n, © kzww
Korrektorat: Katrin Ulbrich
Satz: dp DIGITAL PUBLISHERS GmbH
Druck und Bindung: Books on Demand GmbH, Norderstedt

KAPITEL I

Die frühe Nachmittagssonne fiel durch die Fenster des großen Unterrichtsraums von Stern Manor. Der Raum war bestückt mit Bücherregalen, vier Schreibtischen, zwei Sofas und diversem Spielzeug.

Miss Dorothea Stern saß auf dem größeren der beiden abgesessenen Sofas und war gerade dabei, rosafarbene Seide in ihre Sticknadel zu fädeln. Eine Damaszener-Rose musste sie noch vollenden, ehe die Schuhe für ihre Mutter fertig waren.

Doch ganz gleich, wie sehr sie sich auch bemühte, sie konnte einfach nicht verdrängen, wie öde es daheim geworden war, seit ihre beste Freundin, Lady Charlotte Carpenter, gegangen war. Jahrelang hatten sie vorgehabt, ihr Debüt in der High Society gemeinsam anzutreten. Seit sie laufen konnten, hatten sie alles gemeinsam getan.

Es gab jedoch allerlei für Dotty zu tun, um sie in der Zwischenzeit auf Trab zu halten. Seit dem Unfall ihrer Mutter hatte sie all ihre Verpflichtungen übernommen. Dotty fand Freude daran, ihre Pächter zu besuchen, sich mit den Kindern und den Müttern zu unterhalten und Wege zu finden, um ihnen zu helfen.

»Dotty«, quengelte Martha, ihre sechs Jahre alte Schwester, »Scruffy will nicht stillsitzen.«

Scruffy, ein dreibeiniger Hund, den Dotty aus einer Jagdfalle gerettet hatte, weigerte sich standhaft, sich von Martha eine Schleife umbinden zu lassen. »Liebes, Jungs mögen keine Schleifchen. Binde sie lieber deiner Puppe um.«

Die fünfzehnjährige Henrietta blickte von ihrem Buch auf. »Da hat sie die Schleife doch her.«

»Henny«, sagte Dotty, »solltest du nicht dein Harfenspiel üben?«

Ihre Schwester streckte ihr die Zunge heraus. »Nein, eigentlich sollte ich *Ovid* auf Griechisch lesen.«

Ihr Vater, Sir Henry, war ein klassischer Philologe und bis zum Tod seines älteren Bruders vor wenigen Jahren Rektor gewesen. Zu Hennys Entsetzen, hatte er beschlossen, den Kindern Latein und Griechisch beizubringen.

Dotty musterte das Buch, das ihre Schwester in den Händen hielt. Der bunte Buchrücken war ein eindeutiges Erkennungszeichen der Minerva Druckerei. »*Das* da ist eindeutig nicht von *Ovid*.«

Henny stieß die Luft aus und verdrehte die Augen. »Ist es nicht derzeit für die Damen der Gesellschaft modern, dumm zu sein?«

»Nein, sie sollen dumm erscheinen«, erwiderte Dotty schnippisch. »Was absolut lächerlich ist. Ich weigere mich, einen Gentleman zu heiraten, der der Meinung ist, Frauen sollten nicht nachdenken.«

»Wenn das so ist, wirst du wohl als alte Jungfer enden«, gab Henny zurück.

»Lord Worthington gefällt es, dass Grace intelligent ist.« Dotty unterdrückte ein selbstgefälliges Grinsen. »Ich bin mir sicher, dass es andere Gentlemen gibt, die ebenso denken.«

Charlottes ältere Schwester, Grace, war nun die Countess of Worthington. Sie war für Charlottes Debüt mit den fünf jüngeren Kindern nach London gereist. Kurz nachdem sie in der Stadt angekommen waren, hatte Grace die Bekanntschaft von Mattheus, dem Earl of Worthington, gemacht und sich in ihn verliebt. Drei Wochen später hatten sie geheiratet.

Vor nicht allzu langer Zeit waren Grace und ihr neuer Gemahl für ein paar Tage nach Stanwood House zurückgekehrt, damit Lord Worthington, der jetzt die Vormundschaft für ihre Brüder und Schwestern übernommen hatte, sich ein Bild vom Anwesen machen konnte.

Ehe Henny ihr antworten konnte, öffnete sich die Tür. »Miss«, Polly, Dottys Zofe, ließ den Blick durch das Zimmer schweifen, ehe er auf Dotty landete, »Ihre Ladyschaft hat darum gebeten, dass ich Sie zu ihr bringe.«

Dotty fädelte die Seide ein, sicherte die Nadel und legte den Schuh zur Seite. »Geht es ihr gut?«

»O ja, Miss.« Polly hüpfte von einem Fuß auf den anderen. »Sie hat einen Brief aus London erhalten und unverzüglich nach Ihnen rufen lassen.«

Dotty eilte zur Tür. »Ich hoffe, es ist alles in Ordnung.«

Einen Brief aus London zu erhalten, war nichts Schönes. So gut wie jeder, den sie kannten, war zur Ballsaison in die Stadt gereist. Mutter und Dotty hätten ebenfalls dort sein sollen, doch am Tag vor der Abreise war ihre Mutter gestürzt und hatte sich das Bein gebrochen.

»So ist es nicht, Miss«, sagte ihre Zofe, die ihr hinterhereilte. »Ihre Ladyschaft hat gelächelt.«

»Nun, ich schätze, je schneller ich bei ihr bin, desto schneller werde ich erfahren, was sie möchte.« Eine Minute später klopfte sie an die Tür des Salons ihrer Mutter und trat ein. »Mutter, was gibt es?«

Ihre Mutter wedelte mit einem Blatt Papier in der Luft und hatte ein breites Lächeln auf dem Gesicht. »Ich habe unerwartete und wundervolle Neuigkeiten. Du wirst doch noch deine Ballsaison bekommen!«

Dotty fiel die Kinnlade herunter. Ruckartig schloss sie den Mund wieder und ging zu einem Stuhl, der neben ihrer Mutter stand. »Das verstehe ich nicht. Ich dachte,

Großmutter Bristol kann mich aufgrund von Tante Marys Schwangerschaft nicht sponsern.«

»*Der hier*«, ihre Mutter wedelte den Brief erneut umher, »kommt von Grace.«

Dottys Herzschlag beschleunigte sich und sie verschränkte die Hände. »Was – was schreibt sie?«

»Nachdem die liebe Charlotte deine Nachricht erhalten hat, dass du zur Ballsaison nicht in die Stadt reisen kannst, hat sie Grace davon überzeugt, dich einzuladen. Sie schreibt«, Mutter rückte ihre Brille zurecht, »es würde ihnen absolut nichts ausmachen, dich aufzunehmen. Sie ist für das Debüt von Charlotte und Lady Louisa Vivers – Worthingtons Schwester, wie du weißt – zuständig und in einem Haus mit zehn Kindern wird eine Person mehr kaum auffallen. Sie hat außerdem angemerkt, dass dein Scharfsinn sich als nützlich erweisen könnte.« Ihre Mutter blickte auf. »Nicht, dass ich ihr widersprechen würde. Du hast tatsächlich ein ausgesprochen gutes Urteilsvermögen, aber ich bin mir sicher, dass Grace das für deinen Vater geschrieben hat. Du weißt doch, dass er niemandem zu Dank verpflichtet sein mag.« Ihre Mutter richtete die Aufmerksamkeit wieder auf den Brief. »Und es wäre sehr schade, wenn du dein Debüt nicht mit Charlotte antreten könntest, so wie ihr beiden Mädchen es bereits seit Jahren geplant habt.« Mit einer ausladenden Handbewegung ließ ihre Mutter das Stück Papier sinken und lächelte zufrieden. »Na, was hältst du davon?«

Eine ganze Weile verschlug es Dotty wortwörtlich die Sprache. Ihr Kopf war noch nie wie leergefegt gewesen. Es war fast zu schön, um wahr zu sein. Sie schüttelte den Kopf und brachte endlich eine Antwort zustande. »Ich hätte nie geglaubt ... also, ich meine, ich wusste, dass Charlotte Grace fragen würde, aber ich hätte mir nie vorstellen können, dass Lord Worthington einwilligt. In ihrem letzten Brief schrieb sie jedoch, dass sie mich schrecklich vermisst. Lady Louisa, Worthingtons Schwester, hat sogar geschrieben, sie habe so viel von mir gehört, dass es sich anfühle, als würde sie mich bereits kennen, und dass sie sich wünscht, ich könnte in der Stadt sein.«

Plötzlich wurde Dotty sich der Tatsache bewusst, dass sie tatsächlich nach London reisen würde. »Ich werde wirklich eine Ballsaison haben!« Sie sprang auf, eilte zu ihrer Mutter und schloss sie in die Arme. »Ich wünschte, du könntest mitkommen.«

Ihre Mutter tätschelte Dotty den Rücken. »Ja, Liebes. Das wünsche ich mir auch, aber Grace wird gut auf dich aufpassen.«

»Wann werden wir Vater von Graces Angebot unterrichten?« Was, wenn ihr Vater es ihr verbieten würde? Das wäre entsetzlich. »Ich glaube nicht, dass er sich so freuen wird wie wir.«

Ihre Mutter richtete den Blick kurz an die Decke und stöhnte dann leidend. »Wenn es nach ihm gehen würde, würdest du dein Debüt frühestens mit zwanzig machen. Er ist außer Haus. Ich habe ihm eine Nachricht hinterlassen mit der Bitte, mich aufzusuchen, sobald er zurückkehrt.« Sie richtete sich auf und lehnte sich gegen die Kissen. »Wir haben keine Zeit zu verlieren. Es gibt viel zu besprechen. Polly«, sagte ihre Mutter zu Dottys Zofe, die in der Tür verharrt war, »lassen Sie sich die Truhen vom Dachboden bringen und fangen Sie schon einmal damit an, Miss Dottys Kleidung zusammenzupacken.«

»Sehr wohl, Ihre Ladyschaft.«

Nachdem die Tür ins Schloss gefallen war, lehnte sich ihre Mutter ein Stück vor und senkte die Stimme. »Dein Vater wird die Idee, dich ohne mich nach London gehen zu lassen, zunächst nicht gefallen, aber mach dir keine Sorgen, Liebes. Ich werde ihn schon umstimmen.«

Dotty setzte sich und faltete die Hände in ihrem Schoß, die vor Aufregung leicht zitterten. Sie würde tatsächlich mit ihrer allerbesten Freundin auf der ganzen Welt in die Gesellschaft eingeführt werden! »Ich sollte Charlotte und Grace schreiben, um ihnen zu danken.«

»Ja, nachdem alles entschieden ist.« Ihre Mutter zog ihr Notizbuch hervor und befeuchtete die Spitze ihres Bleistifts mit der Zunge. »Wir müssen uns überlegen, wer dich begleiten wird. Vater wird nicht es erlauben, dass du mit Polly allein reist. Ich meine, Mrs. Parks hätte gesagt, dass ihre Schwester in London eine Freundin besuchen fährt. Ich werde sie fragen, ob sie auf dich aufpassen kann. Schließlich würde es ihr die Mühe ersparen, eine Kutsche zu buchen und zu bezahlen.«

Dotty nickte. »Ja, Mutter. Ich glaube, Miss Brownly bricht in ein paar Tagen auf. Sie wollte in der Postkutsche reisen.«

»Dann wird sie sich sicher über die Gelegenheit freuen, in einer privaten Kutsche zu fahren und in einem angenehmen Wirtshaus zu rasten. Und jetzt ab mit dir, geh und hilf Polly. Ich werde dich rufen lassen, nachdem ich mit deinem Vater gesprochen habe.«

Dotty gab ihrer Mutter einen Kuss, ehe sie recht undamenhaft die Treppen zu ihrem Zimmer hinaufflitzte. Es standen bereits vier offene Truhen in ihrem Zimmer und ihr Kleiderschrank war leer. Sie begann, die Kleider zu falten, die auf ihrem Bett lagen. »Polly, ich hoffe wirklich sehr, dass Mutter Vater überzeugen kann.«

Die Zofe hielt einen Augenblick lang inne, um nachzudenken. »Ich glaube, Sir Henry hat gegen ihre Ladyschaft keine Chance.« Sie nickte entschieden. »Sie wird sich durchsetzen.«

Dotty lächelte. Für gewöhnlich tat ihre Mutter das tatsächlich. »Trotzdem ... es wird mir besser gehen, wenn ich Gewissheit habe.«

***

Zwei Stunden später betrachtete Sir Henry Stern den Brief in seiner Hand mit einem Stirnrunzeln, als er den Salon seiner Frau betrat. »Dieser kommt von Lord Worthington. Ich schätze, du wirst einen von Grace erhalten haben.«

Lady Stern lächelte. Sie liebte ihren Gatten wirklich sehr, aber gelegentlich ging sein Drang zur Unabhängigkeit zu weit. Sie würde nicht zulassen, dass er Dotty ihre Ballsaison verdarb. »Das habe ich. Ich glaube, ich habe mich noch nie so sehr für Dorothea gefreut. Sie und Charlotte träumen schon seit so vielen Jahren von ihrem Debüt, und all die neuen Kleider, die wir für sie haben anfertigen lassen ... nun, es wäre doch schade, wenn sie davon keinen Gebrauch machen kann.«

Ihr Ehemann schien nicht überzeugt zu sein. »Worthington hat zwar versprochen, dass er sich um Dotty genauso kümmern wird, wie um seine Schwester Lady Louisa und Charlotte«, die Falten auf seiner Stirn wurden tiefer, »aber Cordelia, wir würden ihm unsere Tochter anvertrauen. *In London.* Und so gut kennen wir ihn nicht einmal.«

»Henry«, Cordelia bemühte sich um einen geduldigen Tonfall, »wir kennen Grace, und Worthington war überaus liebenswert, als sie uns, während der wenigen Tage, die sie hier waren, zum Dinner in Stanwood Hall eingeladen haben. Er hat einen guten Ruf. Ganz und gar nicht anrüchig, wie Harry sagen würde.« Ihr Ehegatte presste die Lippen aufeinander und Cordelia fuhr hastig fort. »Außerdem hätte Grace ihm nicht mit *ihren* Brüdern und Schwestern vertraut, wenn er kein ehrenwerter Mann wäre.«

»Aber auf drei junge Damen aufzupassen?«

Sein entsetzter Gesichtsausdruck brachte sie fast zum Lachen.

»Du vergisst, dass Jane Carpenter, Graces Cousine, noch bei ihnen ist und die Witwe Worthington ebenfalls. Sie werden die Mädchen ausgiebig beaufsichtigen und Grace hat Dottys gutes Urteilsvermögen angemerkt.«

»Nun denn.« Er blickte auf die Nachricht und zog die Brauen so streng zusammen, dass sie sich in der Mitte berührten. »Da die Ballsaison bereits in vollem Schwung ist, bittet Worthington um eine unverzügliche Rückmeldung. Ich schätze, ich sollte ihm wohl schreiben.«

Cordelia lächelte wieder. »Bedeutet das, du wirst es Dorothea erlauben, hinzufahren?«

Ein Funken Humor trat in die Augen ihres Ehemannes. »Ich kenne dich, Liebling. Wenn ich Nein sage, würde ich es bis in alle Ewigkeit zu hören bekommen. Du bist genauso entschlossen wie deine Mutter. Wie gedenkst du, Dotty reisen zu lassen?«

»Darüber kannst du dich nicht beschweren, Liebster. Wenn wir nicht so eigensinnig gewesen wären, dann hätte man es uns niemals erlaubt, zu heiraten.« Cordelia fiel es schwer, nicht triumphierend zu klingen. Es war ein Glück, dass die Sterns seit Generationen mit den Carpenters befreundet waren. »Ich werde all die nötigen Vorkehrungen treffen.«

»Na schön. Ich weiß, du wirst Dotty so bald wie möglich losschicken. Vorher möchte ich aber noch einmal mit ihr sprechen.«

»Natürlich, Liebster.« Cordelia zog an der Klingel und ließ nach ihrer Tochter rufen.

Dottys Schritte wurden zögerlich, als sie das Arbeitszimmer ihres Vaters betrat. Bei seinem mürrischen Gesichtsausdruck verknotete sich ihr Magen. Er würde es ihr nicht erlauben, in die Stadt zu fahren. Sie würde sich wohl oder übel damit abfinden müssen. Sich aufzuregen, würde nicht helfen. Sie atmete tief ein und wappnete sich für die schlechten Neuigkeiten. »Ja?«

»Dein Vater möchte mit dir sprechen.« Ruckartig wandte sie den Kopf und sah ihre Mutter auf dem Sofa liegen. Dies musste wichtig sein, wenn ihre Mutter sich dafür hatte herbringen lassen.

Vater trat hinter dem Schreibtisch hervor und fasste Dotty an den Schultern. »Du darfst für deine Saison zu Charlotte reisen. Du weißt jedoch, wie ich darüber denke. Du bist noch jung, und es gibt keinen Grund für dich, so bald schon zu heiraten.«

Ihre Miene blieb so ernst, wie die ihres Vaters. »Ich weiß, Vater.«

Er räusperte sich. »Wenn ein junger Herr Interesse an dir zeigt, hat er sich zuerst an Lord Worthington zu wenden. Er wird wissen, ob der Gentleman anständig und eine gute Partie ist.«

Dotty nickte. Erleichterung und Aufregung machten sich in ihr breit. Doch ihr Vater war noch nicht fertig. Sie wartete, bis er fortfuhr.

»Wenn man bedenkt, wie viele Personen Worthingtons Haushalt bereits umfasst und dazu noch die Hunde, musst du mir versprechen, dass du keine streunenden Tiere oder Menschen nach Stanwood House bringst. Das würden sie sicher nicht begrüßen.«

»Versprochen, Vater.«

»Und nun werde ich mich vergewissern, dass die Kutsche bereit ist.«

Sobald ihr Vater die Tür zugezogen hatte, entfleuchte ihr ein kleines Quietschen und sie umarmte ihre Mutter. »Oh, Mutter! Vielen Dank. Das werde ich dir nie vergelten können.«

Sie tätschelte Dottys Wange. »Doch, das kannst du, indem du Spaß hast. Aber achte auf die Worte deines Vaters. Mit all den Kindern und *zwei* Dänischen Doggen brauchen die Worthingtons keine dreibeinigen Hunde oder halbblinden Katzen, von obdachlosen Kindern ganz zu schweigen.«

»Jawohl, Mutter. Ich werde mein Bestes tun.« Dotty grinste.

Alle liebten Scruffy. Der Kater war der beste Mäusefänger, den sie je gehabt hatten. Und Benjy entwickelte sich zu einem großartigen Stallburschen. Man musste Menschen und Tieren bloß eine Chance im Leben geben. Nichtsdestotrotz hatten ihre Eltern nicht ganz unrecht. Es war eine Sache, mit Streunern in Stern Manor aufzukreuzen, sie aber in das Haus von jemand anderem zu bringen, war etwas völlig anderes. Dotty schickte ein stummes Stoßgebet gen Himmel, dass sie auf niemanden treffen würde, der Hilfe benötigte.

KAPITEL 2

Dominic, der Marquis of Merton, machte es sich in seinen Gemächern des *Pulteney* Hotels bequem. Dass man ihn aus dem Haus seines Cousins, Matt Worthington, geworfen hatte, kränkte seinen Stolz noch immer. Das Rauchen war derzeit der letzte Schrei. Nicht, dass Dom es jemals gewagt hätte, im *White's* zu rauchen, denn dort war es schließlich verboten; aber er hatte einen höheren Rang als Worthington und demnach hätte man ihn wie einen Ehrengast behandeln sollen. Nicht fristlos vor die Tür setzen. Jedoch kam es Dom gelegen, dass er das Rauchen nicht wirklich genoss, da er sich ziemlich sicher war, dass es im *Pulteney* ebenfalls nicht erlaubt war.

Er hätte sich auf seine Kavaliersreise begeben sollen, statt in die Stadt zu kommen. Doch seine Mutter hatte einen Brief erhalten, der sie über die anstehende Hochzeit seines Cousins informierte, und so hatte er beschlossen, dass es das Vernünftigste sein würde, an seinen eigenen Nachwuchs zu denken. Schließlich würde die Erbfolge sich nicht von allein aufrechterhalten, und er hatte eine Verpflichtung gegenüber seiner Familie und seinen Angehörigen. Vielleicht konnte er verreisen, nachdem er geheiratet hatte.

Nicht, dass Dom England tatsächlich verlassen wollte. Ihm gefiel ein geordnetes Leben und das Reisen würde die Struktur, mit der er sich wohlfühlte, garantiert erschüttern. Frankreich kam für ihn als Reiseziel nicht in Frage. Ein Land, in dem die Einwohner nicht davor zurückschreckten, all jene, die über ihnen standen, zu ermorden, hatte für ihn keinen Reiz. Es ging letzten Endes immer um die korrekte Ordnung der Dinge. Das Leben war so viel schöner, wenn alle sich an die Regeln hielten und wussten, wo sie hingehörten.

Kurz zog er es erneut in Erwägung, Merton House für die Ballsaison zu beziehen, aber wenn seine Mutter nicht ebenfalls anwesend war, lohnte es sich einfach nicht. Ohne sie als seine Gastgeberin würde er, außer für seine Freunde, keine gesellschaftlichen Empfänge halten können. Er hatte nicht vor, lange in der Stadt zu bleiben, und für die kurze Zeit würde das Hotel genügen. Eine Braut zu finden, sollte nicht allzu lange dauern. Schließlich war er ein Marquis. Selbst ohne sein beachtliches Vermögen wäre er eine gute Partie.

»Kimbal«, rief er seinen Kammerdiener.

»Ja, Milord?«

»Ich werde im *White's* dinieren.«

»Sehr wohl, Milord.«

Dom schrieb seinem Freund, Viscount Fotherby, eine hastige Nachricht, um ihn zu fragen, ob er ihm beim Dinner Gesellschaft leisten wollte. Als er sich angekleidet und seinen Hut aufgesetzt hatte, war Fotherbys Zusage bereits eingetroffen.

Kurze Zeit später, gerade als aus dem leichten Nieselregen ein anhaltender Regenguss wurde, überreichte Dom seinen Hut und Gehstock an einen Bediensteten im *White's.* Fotherby fand er in jenem Raum, in dem auch das berühmt berüchtigte *Betting Book* des Clubs aufbewahrt wurde, in dem jegliche Wetten und Wetteinsätze dokumentiert wurden. William Alvanley, der ebenfalls ein Freund von Dom war, saß mit einem anderen Herrn am Fenster und starrte gebannt in den Regen.

Er wandte sich an Fotherby. »Was tun sie da?«

»Sie haben fünftausend Pfund darauf gewettet, welcher Regentropfen zuerst die Fensterbank erreicht.«

Dom hatte zwar viele Bekanntschaften im engeren Zirkel des Prinzregenten, doch er konnte ihre exzessiven Wetteinsätze nicht leiden. Wenn Alvanley so weitermachte, würde er sich und seine Anwesen noch in den Ruin stürzen. »Bist du bereit für das Dinner oder möchtest du das Ergebnis abwarten?«

»Ich bin am Verhungern.« Fotherby leerte sein Glas Wein in einem Zug. »Ich dachte, du wolltest dieses Jahr nicht in die Stadt kommen.«

»Meine Pläne haben sich geändert.« Dom und Fotherby betraten den Speisesaal. »Ich habe beschlossen, mich zu vermählen.«

»Vermählen?« Fotherby verschluckte sich. »Weißt du schon, mit wem?«

»Noch nicht, aber ich habe eine Liste mit Voraussetzungen. Sie muss aus gutem Hause stammen, darf nicht zu Temperaments- oder anderen, merkwürdigen Ausbrüchen neigen, muss ruhig, gehorsam und nett anzusehen sein – ich muss schließlich einen Erben mit ihr zeugen – und sie muss wissen, was von einer Marquise erwartet wird. Und sie darf keine Skandale verursachen. Du weißt, wie sehr mein Onkel so etwas gehasst hat. Ich glaube, das war's.«

»Der Inbegriff einer perfekten Frau, also.«

Dom nickte kurz. »Genau. Mit weniger gebe ich mich nicht zufrieden.«

Um kurz nach drei Uhr nachmittags traf Dotty in Stanwood House, am Berkeley Square, Mayfair, ein. Den Briefen nach zu urteilen, die sie von Charlotte erhalten hatte, kamen die Carpenters und die Viverses gut miteinander aus. Louisas Mutter, die Witwe Worthington, lebte ebenfalls bei ihnen. Lord Worthington war allerdings der alleinige Vormund für seine vier Schwestern.

Royston, der Butler der Stanwoods, öffnete ihr die Tür und fast wurde Dotty von dem Meer aus Kindern und Daisy, der Dänischen Dogge der Carpenters, umgerannt.

»Wir haben deine Kutsche vorfahren sehen«, rief eines der Kinder.

Daisy versuchte sich gerade um Dottys Beine zu wickeln, als Charlotte und eine junge Dame mit dunklem, kastanienbraunem Haar, bei der es sich vermutlich um Louisa handelte, auf sie zu eilte. Dotty lachte. »Mit einer so überschwänglichen Begrüßung hatte ich nicht gerechnet.«

Ein tiefes Bellen ertönte auf der anderen Seite der Eingangshalle.

»Das ist Duke«, erklärte ihr Charlotte über den Lärm hinweg.

»Das reicht.« Lord Worthingtons strenger Tonfall ließ alle, bis auf Charlotte und Louisa, von der Tür zurückweichen. »Lasst sie eintreten.«

Als die jüngeren Kinder Platz gemacht hatten, kam seine Lordschaft – ein hochgewachsener, breitschultriger Herr mit dem gleichen dunklen Haar wie seine Schwester – mit Grace an der Hand auf sie zu. Sie waren ein wirklich hübsches Paar. Mit ihren goldenen Locken war Grace der perfekte Kontrast zu ihrem Ehegatten.

»Ich hatte doch gesagt, dass wir uns auf dich freuen.« Grace lachte und schloss Dotty in die Arme.

»Das stimmt.« Sie grinste. Es war so schön, wieder mit den Carpenters zusammen zu sein. »Das war eine sehr beeindruckende Begrüßung.«

Charlotte schlang die Arme um Dotty. »Ich bin so froh, dass du hier bist. Das ist Louisa, Matts und jetzt auch meine Schwester.« Charlotte verzog das Gesicht. »Natürlich nicht wirklich, aber irgendwie mussten wir uns ja nennen.«

Dotty reichte Louisa die Hand, doch diese gab ihr stattdessen einen Kuss auf die Wange.

»Ich freue mich sehr, dich endlich kennenzulernen.« Louisa lächelte. »Wir drei werden die besten Freundinnen werden und eine schöne Zeit zusammen haben.«

Dotty bemerkte, dass sie seine Lordschaft noch nicht begrüßt hatte. Er nahm die Hand, die sie ihm reichte, doch als sie knicksen wollte, hielt er sie aufrecht. »Wir wollen hier mal nicht auf Formalitäten bestehen. Nenn mich doch Matt. Das tun die anderen Kinder auch alle.«

»Ich danke dir, Sir. Ich kann gar nicht in Worte fassen, wie glücklich ich bin, hier sein zu dürfen *und* dass du meinem Vater geschrieben hast.«

Ehe er antworten konnte, griff Charlotte nach Dottys Hand. »Wir zeigen dir dein Zimmer. Es liegt neben meinem. Dort kannst du dich frisch machen und umziehen. Danach werden wir den Tee zu uns nehmen, ehe wir im Park spazieren gehen. Louisa und ich haben unseren eigenen Salon, und jetzt gehört er auch dir.«

Dotty folgte ihrer Freundin die Treppen hoch. »Nach zwei Tagen in einer Kutsche wäre ein Spaziergang genau das Richtige.«

»Das verstehe ich vollkommen.« Louisa hakte sich bei Dotty unter. »Mir ist schleierhaft, weshalb man sich *ausruhen* wollen würde, wenn man länger als einen Tag in einer Kutsche eingepfercht gewesen ist.«

Charlotte und Louisa zeigten ihr, wo sich der kleine Salon befand, und geleiteten sie dann zu ihrem Schlafgemach. Dort angekommen, zogen die beiden sich zurück, damit Dotty sich Wasser ins Gesicht spritzen und die Hände waschen konnte.

Polly trat durch eine Tür, die vermutlich in ein Ankleidezimmer führte. »Da sind Sie ja, Miss.« Sie hängte ein rosafarbenes Ausgehkleid aus Musselin und einen Spenzer im Paisleymuster auf. »Wir sollten Sie umziehen.«

Ein paar Minuten später betrat Dotty den Salon, in dem Louisa und Charlotte sich Modezeichnungen ansahen.

»Schau mal, was hältst du davon?« Mit der Handfläche tätschelte Charlotte den Platz neben sich.

Sie reichte Dotty ein Bild, auf dem eine Dame in einem cremefarbenen und mit Spitze verzierten Ballkleid zu sehen war. Charlotte hatte die gleiche Haar- und Augenfarbe wie Grace, und Dotty fand, dass es bezaubernd an ihrer Freundin aussehen würde. »Sehr hübsch.«

Der Tee wurde wenige Augenblicke später serviert. Nachdem sie sich alle eine Tasse und einen Teller mit Keksen genommen hatten, berichteten ihr die beiden von all den Bällen und anderen Empfängen, auf die sie sich freuen konnte, darunter auch Louisas und Charlottes Debütantenball.

»Grace und Mutter haben beschlossen, dass der Ball auch dir zu Ehren gilt.« Louisa strahlte und es schien sie kein bisschen zu stören, dass sie ihren Ball mit noch einer weiteren Dame teilen würde.

Dotty aß den letzten Bissen ihres Ratafiaplätzchens. »Es wird so ein Spaß werden. Ich kann es kaum erwarten, alles zu sehen. Ihr beiden habt einen großen Vorsprung zu mir.«

All ihre Träume hatten sich erfüllt. Obwohl sie Briefe von Louisa erhalten hatte, in denen sie ihre Freundschaft kundtat, hatte Dotty es bis jetzt nicht wirklich glauben wollen. Es wäre schwierig geworden, wenn Louisa es sich in den Kopf gesetzt hätte, Dotty nicht zu mögen.

Kurze Zeit später traten sie vor die Tür und machten sich mit drei Bediensteten, die ihnen in taktvoller Entfernung folgten, auf den Weg in den Park.

Dotty ging zwischen ihren beiden Freundinnen. »Mutter hat gesagt, dass sie immer ein Dienstmädchen dabeihatte, wenn sie in der Stadt spazieren ging.«

»Matt sagt, ein männlicher Bediensteter sei da geeigneter«, erwiderte Louisa. »Sollte sich eine von uns verletzen, könnte er uns nach Hause tragen. Das könnte ein Dienstmädchen nicht.«

»Und«, fügte Charlotte hinzu, »wenn wir einen Einkaufsbummel unternehmen, fällt es ihnen leichter, all unsere Päckchen zu tragen.«

Sie erreichten den Weg, der um den Hyde Park führte, welcher wiederum – so erfuhr Dotty gerade – nur als »der Park« bezeichnet wurde.

Charlotte zog eine Grimasse. »Man soll immer so tun, als würde man bereits alles wissen, und Desinteresse vortäuschen, aber ich finde das unsinnig. Warum sollte man so tun, als würde man keinen Spaß haben, wenn man doch welchen hat?«

»Ich kann es mir auch nicht erklären.« Dotty seufzte. »Und ich dachte schon, ich sei vorbereitet, aber ich habe noch so viel zu lernen.«

»Louisa und mir ging es genauso«, versicherte ihr Charlotte. »Du wirst rasch aufholen.«

Ein paar Augenblicke später wurden sie freudig von zwei stilvoll gekleideten Gentlemen gegrüßt, die Charlotte und Louisa offenbar kannten. Sie blieben stehen, damit die Männer sie einholen konnten.

»Miss Stern«, sagte Charlotte sittsam. »Ich möchte dir Lord Harrington und Lord Bentley vorstellen. Milords, Miss Stern ist eine Freundin von daheim. Sie wird die Ballsaison über bei uns residieren.«

Beide Herren verneigten sich über die Hand, die Dotty ihnen reichte. Dem Himmel sei Dank für all die Benimmunterrichtsstunden, die sie und Charlotte besucht hatten. Dotty knickste. »Ich freue mich, Ihre Bekanntschaft zu machen, Milords.«

Die Herren begleiteten die Damen eine Weile und baten sie um Tänze auf dem Ball am morgigen Abend. Als sie gegangen waren, schüttelte Dotty benommen den Kopf. »Ich kann gar nicht glauben, dass ich bereits für zwei Tänze vergeben bin.«

»Sie sind wirklich sehr freundlich, nicht wahr?« Charlotte errötete.

Louisa warf Charlotte einen verstohlenen Seitenblick zu. »Ich glaube, Lord Harrington wird darum bitten, Charlotte zu umwerben.«

»Nun, wie es aussieht, ist Lord Bentley dir recht zugeneigt«, erwiderte diese.

»Ich wünschte, das wäre er nicht.« Louisa richtete den Blick zum Himmel. »Er ist ein guter Mann, aber keiner, den ich zu heiraten wünsche.«

Die kurze Zeit, in der Dotty Louisa nun kannte, reichte aus, um zu erkennen, dass der arme Lord Bentley nicht mit ihr würde mithalten können. Sie bedurfte eines etwas älteren Herrn mit mehr Selbstsicherheit.

Dotty nahm Charlottes Hand in ihre und drückte zu. »Was hältst du von Lord Harrington?«

Das Rot in Charlottes Wangen verdunkelte sich. »Er ist überaus charmant, aber Grace sagt, dass ich mir Zeit lassen soll.«

Sie setzten ihren Spaziergang fort. Plötzlich brach hinter ihnen ein Tumult aus und es ertönte ein Schrei. Dotty wirbelte herum. Ein kleiner Hund hatte sich an der Troddel eines Herrenstiefels festgebissen und wich knurrend und mit wedelndem Schwanz zurück, in dem Bestreben, seine Beute loszureißen. Törichterweise versuchte der Mann mehrfach, nach dem Hund zu treten, wodurch das Tier glaubte, er würde mitspielen.

Sie legte sich eine Hand über den Mund, um sich das Lachen zu verkneifen, doch als er seinen Gehstock hob, um dem armen, kleinen Ding eins auszuwischen, hastete sie zu ihnen. »Aber, Sir! Was haben Sie vor?« Sie bückte sich zu dem Hund hinunter, der sich als harmloser, kleiner Welpe entpuppte. Sie wandte sich an den Mann und funkelte ihn aus zusammengekniffenen Augen an. »Sie sollten sich schämen.«

Dotty machte sich daran, die Troddel aus den Fängen des Welpen zu befreien, doch jedes Mal, wenn der Mann sein Bein schüttelte, um das Tier loszuwerden, biss der Welpe fester zu, knurrte und warf den Kopf hin und her. »Hören Sie auf, sich zu bewegen. Sind Sie zu stumpfsinnig, um zu erkennen, dass der Hund glaubt, Sie wollen spielen?«

»Nehmen Sie ihn weg«, rief der Mann und die Angst ließ seine Stimme immer höher werden. »Dafür wird jemand büßen. Gehört das Biest Ihnen?«

Entschlossen, ihn zu ignorieren, zählte sie bis zehn, atmete tief ein und schaffte es endlich, die goldene Troddel zwischen den scharfen Zähnen des Welpen hervorzuziehen. »Na also.« Sie hob den Hund hoch und streichelte ihm über das drahtige Fell. »Wo ist dein Herrchen?«

Just in diesem Moment kamen zwei Jungen im Schulalter auf sie zugeeilt. »Oh, Miss. Vielen Dank. Wir haben schon überall nach Bennie gesucht. Er ist uns ausgebüxt.«

In der Zwischenzeit hatte Bennie begonnen, nach den Schleifen ihrer Haube zu schnappen. Dotty lachte und versuchte, sie zu befreien. »Aber, aber, kleiner Mann. Die sind auch nicht für dich.« Sie rettete ihre Schleifen und überreichte den Welpen an einen der Jungen.

»Wir bezahlen Ihnen den Schaden, Miss.«

»Unsinn.« Sie schenkte den beiden ein Lächeln. »Benutzt das Geld lieber, um eine Leine zu kaufen. Das wird Bennie davon abhalten, wieder davonzulaufen.«

»Er ist erst zwölf Wochen alt«, verkündete der andere Junge stolz. »Wir wussten nicht, dass er so schnell laufen kann.«

»Oder so weit«, fügte der andere hinzu.

»Wir danken Ihnen«, sagten beide im Chor.

Ach, nun. Welpen waren eben Welpen, und Jungs eben Jungs. »Los, ab mit euch, und dass ihr mir Bennie ja vor Schwierigkeiten bewahrt.«

»Moment mal«, knurrte der Mann mit den Troddeln. »Sie schulden mir Schadenersatz. Ihr bissiger Köter hat meine Stiefel ruiniert.«

»Ach, papperlapapp.« Dotty schloss einen Moment lang die Augen, ehe sie den Mann mit einem strengen Blick bedachte. »Es war ganz und gar Ihre eigene Schuld. Wenn Sie sich wie eine vernünftige Person verhalten und den armen Welpen einfach hochgehoben hätten, dann hätten Ihre Stiefel auch keinen Schaden davongetragen.«

Inzwischen waren Charlotte und Louisa neben Dotty aufgetaucht. Die Bediensteten waren ihnen dicht auf den Fersen.

»Dotty, geht es dir gut?«, fragte Charlotte.

»Ja, alles bestens.« Sie sah zu Louisa, die dem Gefährten des Mannes einen düster wirkenden Blick zuwarf. Dotty hatte ihn bis jetzt gar nicht wahrgenommen.

Der Kontrast zwischen dem Mann und seinem Freund mit den Troddeln war bemerkenswert.

Sie verstand jetzt, was ihr Vater gemeint hatte, als er abfällig über sogenannte *Dandys* gesprochen hatte. Der Herr, dessen Stiefel Bennie angefallen hatte, gehörte eindeutig zu dieser Sorte. Sein Hemdkragen stand so hoch, dass er seinen Kopf kaum bewegen konnte. Seine Taille war eingeschnürt und seine grell gestreifte Weste war mit so vielen Taschenuhrketten und anderen Accessoires bestückt, dass man den Stoff kaum sehen konnte. Das dunkelblaue Jackett und die braungelben Hosen seines Gefährten hingegen strahlten angemessene Eleganz aus. Seine Stiefel zierten keine goldenen Troddeln, doch sie waren so hochpoliert, dass sie die Sonne reflektierten. Mit seinem modisch frisierten, goldenen Haar und den tiefblauen Augen war er wirklich überaus attraktiv. Doch dann hoben sich seine Mundwinkel zu einem spöttischen Lächeln und machten den positiven Eindruck zunichte.

»Merton.« Louisas Stimme nahm einen leicht angeekelten Ton an. »Ich nehme an, dies ist ein Freund von dir.«

Merton räusperte sich. »Ich muss schon sagen, Fotherby, die Lady hat recht. Du hättest in der Lage sein müssen, das Tier aufzuhalten, ehe es zu einem Schaden kam.«

Fotherby wandte sich an Merton und starrte seinen Gefährten ungläubig an, als fühlte er sich betrogen. Dotty vermochte Mertons verschlossenen Gesichtsausdruck nicht zu deuten, doch etwas in seinem Blick schien Fotherby umzustimmen, denn er drehte sich zu ihr und verneigte sich leicht.

»Ladies, es tut mir aufrichtig leid, dass ich nicht umgehend reagiert habe, um einen so unnötigen Vorfall zu vermeiden.«

Dotty, die nie nachtragend gewesen war, neigte den Kopf. »Ich nehme Ihre Entschuldigung an, Sir.«

Mit hochgezogener Braue blickte Merton demonstrativ zu Louisa.

»Na schön«, sagte sie unglücklich. »Miss Stern, darf ich vorstellen, der Marquis of Merton, mein Cousin. Merton, Miss Stern ist eine langjährige Freundin der Familie von Lady Charlotte.«

Dom verneigte sich und sah Miss Stern anerkennend bei ihrem anmutigem Knicks zu. Er hatte ihrer Begegnung mit Fotherby keine große Beachtung geschenkt und sie lediglich für eine weitere neumodische Furie gehalten, bis sie sich aufgerichtet und in seine Richtung geblickt hatte. Selbst Botticelli hätte eine solche

Perfektion nicht malen können. Die glänzenden, schwarzen Locken, die aus ihrer Haube hervorlugten, umschmeichelten ihr herzförmiges Gesicht. Sie blickte Dom aus leuchtenden, moosgrünen Augen an. Ihm stockte unwillkürlich der Atem. Er hatte in dieser Saison schon viele schöne Frauen gesehen, darunter auch Lady Charlotte, aber keine konnte Miss Stern auch nur annähernd das Wasser reichen.

Aber *Dotty*, was für ein grässlicher Name. Es musste eine Abkürzung sein. Bei Gott, wie er hoffte, dass es eine Abkürzung war. Wenn nicht, dann würde der Name geändert werden müssen.

Cousine Louisa hatte ihm keinerlei Hinweise zum gesellschaftlichen Rang von Miss Stern gegeben, außer, dass sie eine Lady war. Eine Miss Stern könnte eventuell die Tochter eines Viscounts sein. Das wäre gar nicht so übel. Ein tieferer Rang kam jedoch nicht infrage. Es sei denn, sie entstammte einer adligen Blutlinie. Wenn das der Fall sein sollte, konnte er eine Ausnahme machen. Er musste schließlich das Marquisat bedenken.

Er verneigte sich und ergriff ihre Hand. »Es ist mir eine Ehre, Ihre Bekanntschaft zu machen, Miss Stern. Ich hoffe, Sie werden es mir erlauben, Sie zu besuchen.«

»Nun«, sagte seine Cousine in einem Tonfall, der darauf ausgelegt war, ihm die Laune zu verderben, »nur wenn du Stanwood House betreten möchtest. Miss Stern residiert diese Saison bei uns.«

Bei dem Gedanken, der Horde wieder gegenüberzutreten – vor allem Theodora, Worthingtons jüngster Schwester – lief ihm ein Schauer über den Rücken. Das Lächeln blieb jedoch auf seinem Gesicht. »Vielleicht werde ich das.«

Die Feindseligkeit zwischen den beiden Familien hatte solche Ausmaße angenommen, dass Worthington Dom deutlich zu verstehen gegeben hatte, dass er keine der Damen zu umwerben hatte, für die er zuständig war. Zu dem Zeitpunkt war natürlich nur von Lady Charlotte und Lady Louisa die Rede gewesen. Er fragte sich, ob das Verbot sich nun auch auf Miss Stern bezog.

Nachdem die Damen sich verabschiedet hatten und sich wieder auf den Weg machten, wandte sich Fotherby an Dom. »Wie konntest du mich zur Witzfigur machen? Diese Miss Stern hatte kein Recht, so mit mir zu sprechen. Unverschämt war sie, und es hat mir nicht gefallen.«

Dom zog sein Monokel hervor und benutzte es, um seinen Freund ins Visier zu nehmen. »Ich habe es getan, um dich davor zu bewahren, noch länger wie ein Narr dazustehen. Also wirklich, Fotherby, es war ein *Welpe*. Und dann auch noch ein ziemlich kleiner.«

Fotherby starrte auf seinen Stiefel.

Die kaputte und feuchte Troddel baumelte an seinem mittelprächtig polierten Stiefel. Es war Dom ein Rätsel, weshalb Fotherby einen Kammerdiener eingestellt hatte, der seine Stiefel nicht vernünftig polieren konnte.

»Nun, ja.« Fotherby runzelte die Stirn. »Ich schätze, du hast recht. Ich mag einfach keine Hunde.«

»Keine Hunde zu mögen«, Dom konnte seine Geringschätzung nur mit Mühe unterdrücken, »grenzt an Hochverrat. Es ist unenglisch. Jeder hat Hunde. Wie sollten wir sonst auf die Jagd gehen?«

Fotherby schwieg eine Zeit lang, ehe er das Thema wechselte. »Du hast natürlich recht. Wie töricht von mir. Wirst du heute Abend im *White's* dinieren?«

»Wo sonst? Kann ich mich auf deine Gesellschaft freuen?«

»Ja, ich werde da sein. Um halb neun?«

Dom neigte den Kopf. »Dann sehen wir uns dort.«

Kurze Zeit später verabschiedete er sich und machte sich auf den Weg zurück ins Hotel. Als er jedoch eintrat und sich einen Tee aufs Zimmer bestellen wollte, wurde Dom mitgeteilt, dass er dort keine Gemächer mehr bewohnte. »Wie bitte?« Er blickte den Angestellten von oben herab an. »Ich denke, ich würde mich wohl daran erinnern, wenn ich meine Gemächer aufgegeben hätte.«

Der Mann verneigte sich und reichte ihm eine Nachricht. »Milord, man hat mir gesagt, dass ich Ihnen dies überreichen soll.«

Er öffnete die Nachricht und erkannte sofort die Handschrift seiner Mutter. Sie war in London und erwartete, dass er unverzüglich nach Merton House umzog. Sie hatte eigentlich vorgehabt, die Saison zu Hause zu verbringen; was sie wohl in die Stadt führte? »Ich danke Ihnen.«

Er machte auf dem Absatz kehrt, schritt wieder aus der Tür und eilte zu seinem Haus. Es würde schön sein, von seiner Dienerschaft umgeben zu sein. Sie kannten seine Routine und behandelten ihn mit angebrachter Hochachtung. Solange es seiner Mutter gut ging, war ihre Ankunft eine angenehme Überraschung.

KAPITEL 3

Eunice, die Marquise of Merton, tigerte in ihrem elegant und in verschiedenen Blautönen eingerichteten Salon auf und ab. Dominic würde jede Minute zu Hause eintreffen. Sie wandte sich an ihre Cousine und langjährige Gefährtin, Miss Matilda Bradford. »Glaubst du, es war anmaßend von mir, Dominics Habseligkeiten aus dem Hotel entfernen zu lassen?«

Matilda warf Eunice einen skeptischen Blick zu. »Es geht nicht darum, ob *ich* das glaube, sondern ob *er* das so sieht.«

Eunice saß auf dem Sofa unter einer Fensterreihe, die den hinteren Garten überblickte. »Nun, ich schätze, es spielt keine Rolle. Er geht die Suche nach einer Braut gänzlich falsch an. Als er mir die Liste mit den Damen zukommen ließ, die er in Erwägung zieht, hätte ich vor Frust schreien können. Nicht eine von ihnen hat den Mumm oder den Wunsch, ihm die Stirn zu bieten. Sie würden alle bloß nicken und nett lächeln, froh darüber, die Marquise of Merton zu sein. Noch schlimmer ist aber, dass sie ihn darin unterstützen würden, sich noch mehr in seinen Gewohnheiten festzufahren, als er es sowieso schon ist. Einen biedereren Siebenundzwanzigjährigen gibt es wohl kaum. Sein armer Vater dreht sich sicher im Grab um.«

Matilda verzog das Gesicht. »Ich stimme dir zu, aber es ist auch nicht allein Dominics Schuld.«

»Nein, du hast recht. Mein Bruder, Alasdair, hätte niemals Dominics Vormund werden dürfen. Sein Wohlwollen steht außer Frage, aber er war erpicht darauf, Dominic auf seine Verpflichtungen und seine Bedeutung aufmerksam zu machen. Das Resultat ist eine einzige Katastrophe. Wusstest du, dass Worthingtons Schwestern Dominic *Seine Marquisheit* nennen?«

Matilda lachte trocken. »Ich hatte so etwas in der Art gehört, ja.«

»Es ist beschämend, dass innerhalb der Familie eine solche Feindlichkeit herrscht.« Eunice erhob sich wieder. »Jetzt, da Louisa ihr Debüt macht, kann es nicht mehr vertuscht werden. Ich werde nicht zulassen, dass er für den Großteil der gehobenen Gesellschaft eine Witzfigur bleibt. Wir müssen Dominic eine junge Dame finden, die genügend Einfluss auf ihn hat, dass er seine Ansichten überdenkt. Wir leben in modernen Zeiten. Als Marquis of Merton sollte er an der Spitze des Fortschritts sein und nicht mit der älteren Generation hinterherhängen.«

Matilda warf Eunice einen skeptischen Blick zu. »Und wie willst du das bitte anstellen?«

»Es ist ganz einfach. Er muss sich in eine Frau verlieben, die seine Ansichten infrage stellt.«

»Aber, Eunice, du weißt doch sicher, wie schwierig das sein wird. Die meisten Mädchen und ihre Eltern würden ihren rechten Arm dafür geben, einen Marquis zu heiraten. Sie werden ihm in allem, was er sagt, zustimmen, nur um eine Marquise sein zu können.«

Ihre Cousine hatte recht. Sich darauf zu verlassen, dass Dominic sich versehentlich in die richtige Dame verlieben würde, war närrisch. »Erstell uns eine Liste mit den liberalsten Familien der Stadt, und morgen beginnen wir mit den Besuchen. Dominic begleitet mich stets zu meinen gesellschaftlichen Empfängen. Es wird ihm vielleicht nicht gefallen, aber ich werde darauf bestehen, dass wir diesen Veranstaltungen zuerst beiwohnen. Ich bin fest entschlossen, ihm eine geeignete Braut zu finden.«

»Es wird ihm definitiv nicht gefallen.« Matilda ging zu dem kleinen Schreibtisch. Sie entnahm ihm ein Blatt Papier und begann zu schreiben. »Aber wenigstens ist es ein guter Anfang.«

Eine Stunde später rief Eunice nach Tee, und Dominic betrat den Salon, steuerte schnurstracks auf sie zu. Auf seinem attraktiven Gesicht zeichnete sich eine Mischung aus Sorge und Verärgerung ab. »Mutter, ist alles in Ordnung? Wann bist du eingetroffen?«

Sie lachte und hielt ihm die Wange für einen Kuss hin. »Ja, es ist alles bestens. Wir sind am frühen Nachmittag angereist. Ich habe dein Hotel besucht, aber du warst außer Haus. Da du immer zu Hause verweilst, wenn ich in der Stadt bin, dachte ich mir, ich würde dir helfen, indem ich deine Habseligkeiten herbringen lasse.« Fragend hob sie eine Braue. »War das falsch von mir?«

Sein Gesichtsausdruck wurde weicher und er lächelte. »Nein, ganz und gar nicht. Ich bin froh, hier zu sein.«

Er blickte zu Matilda und verneigte sich kurz, ehe er sich wieder an seine Mutter wandte. Diese nahm seine Hand und führte ihn zu einem kleinen Sofa. »Komm, wir machen es uns bequem.«

Dominic warf ihr einen fragenden Blick zu. »Warum bist *du* eigentlich hier, Mutter? Ich dachte, du wolltest dich dieses Jahr von der Ballsaison fernhalten.«

Sie sah ihn an, darauf bedacht, keine Miene zu verziehen. »Es kam uns vor, als seien alle in der Nachbarschaft verreist, und das Leben wurde so eintönig. Matilda und ich beschlossen, dass wir uns mehr Unterhaltung wünschen, als uns auf dem Land geboten werden würde.«

Einen Moment lang musterte er ihr Gesicht. »Ist das der einzige Grund?«

»Selbstverständlich«, log sie und hielt seinem Blick stand. »Welchen Grund sollte es denn sonst noch geben?«

»Ich habe dir die Liste zukommen lassen«, sagte er. »Ich dachte, vielleicht hätte das Thema meiner Hochzeit dein Interesse geweckt.«

Eunice blickte ihn aus geweiteten Augen an. »Mein lieber Sohn, das ist allein deine Entscheidung. Es würde mir nicht im Traum einfallen, mich einzumischen.«

Nachdem er Fotherby eine Nachricht gesandt hatte, um ihr Dinner im *White's* abzusagen, aß Dom mit seiner Mutter und ihrer Gefährtin zu Abend, ehe er sich zu seinem Club aufmachte und sich dort mit einer Gruppe seiner Freunde traf.

Alvanley, ein junger Baron im gleichen Alter wie Dom, schlenderte auf ihn zu. »Ich dachte, wir würden dich im Speisesaal sehen.«

Er nahm das Weinglas entgegen, das ihm ein Ober reichte. »Heute nicht. Meine Mutter hat beschlossen, in die Stadt zu kommen. Ich habe mit ihr zu Abend gegessen.«

»Ich verstehe.« Alvanley hob sein Glas Brandy und nahm einen Schluck. »Ist es dir ernst damit, diese Saison eine Braut zu finden? Ich hätte gedacht, dass du dir damit noch etwas Zeit lassen kannst.«

Dom erwiderte die Geste mit seinem Glas. »Die Männer in meiner Familie haben die Angewohnheit, früh zu sterben. Ich brauche einen Erben.«

»Hast du Lady Mary Linley in Betracht gezogen?« Sein Freund nahm einen weiteren Schluck.

»Ein nettes Mädchen, aber ich glaube nicht, dass wir zueinander passen würden.« Dom hatte Lady Mary in Erwägung gezogen und die Idee dann wieder verworfen. Er erwartete weder, seine Frau zu lieben, noch wollte er es. Sein Onkel hatte keinen Zweifel daran gelassen, dass Leidenschaft und starke Gefühle in einer Ehe zu vermeiden seien. Sie würden in einer Katastrophe enden, hatte er immer gesagt. Zuneigung und Kameradschaft seien für Personen eines höheren Rangs ausreichend. Dennoch wollte er seine Frau ein wenig begehren. Und obwohl sie recht hübsch war, erinnerte sie ihn doch sehr stark an einen vereisten Teich. Die Oberfläche war hart und das darunter würde ebenso kalt sein. Seine Gedanken schweiften zu Miss Stern ab. Sie war überaus feurig, auch wenn die Leidenschaft fehlgeleitet war. Was würde das für das Ehebett bedeuten?

Alvanley nippte wieder an seinem Drink. »So ein Pech. Ihr Bruder versucht, sie dieses Jahr loszuwerden.«

»Hat er es satt, dass seine Frau die Anstandsdame geben muss? Ihre Mitgift ist großzügig genug«, erwiderte Dom. »Es sollte nicht allzu schwer werden.«

»Und was ist mit Miss Turley?«, fragte sein Freund.

Dom zögerte. »Sie ist reizend, aber einige ihrer Charakterzüge stören mich. Für jemand anderen wird sie sich jedoch bestimmt gut eignen.«

Alvanley runzelte die Stirn. »Für einen Mann, der die Auserwählte lediglich schwängern muss, bist du verdammt schwer zufriedenzustellen. Erzähl mir bloß nicht, dass du dir eine Hochzeit aus Liebe wünschst?«

Dom hob sein Monokel. »Natürlich nicht. Alles andere als das. Allerdings muss sie die Familie anständig repräsentieren, und ich *sollte* schon einen gewissen Gefallen an ihr finden.«

Er ging zum *Betting Book* und setzte auf ein Rennen für Zweispänner, das am darauffolgenden Tag stattfinden würde. Die nächsten paar Stunden verbrachte er damit, Whist zu spielen. Als sich der Abend dem Ende neigte, konnte er trotz der beachtlichen Summe, die sich vor ihm anhäufte, nicht behaupten, dass er sich sonderlich amüsiert hätte. Aus irgendeinem Grund

verloren die Abende in seinem Club den Reiz, genau
wie die zahllosen Empfänge, auf die er gehen musste,
um eine Frau zu finden.

Die Damen, die dieses Jahr ihr Debüt machten, waren
keinen Deut besser als die des Vorjahres. Vielleicht sogar schlimmer. Mit der Ausnahme von Miss Stern,
hatte nicht eine von ihnen sein Interesse geweckt.
Noch nie hatte Dom eine reizendere junge Lady gesehen. Wunderhübsch, trotz ihres Ausbruchs am heutigen Morgen. Doch das konnte er ihr verzeihen. Viele
junge Damen hatten eine Schwäche für Welpen und
wollten nicht, dass man ihnen wehtat. Wenigstens
mochte sie Hunde.

Dom betrachtete Fotherby, der am anderen Ende des
Raumes an einem Kartentisch saß. Er war betrunken
und freute sich über irgendetwas. Keine gute Kombina-
tion. Der Mann war in etwa so diskret wie ein Elefant.
Es dämmerte Dom, dass er wohl sicherstellen sollte,
dass sein Freund Miss Stern nicht erwähnte.

»Merton, Merton!«, rief Fotherby. »Erzähl ihnen, was
heute mit meinen Stiefeln passiert ist.«

Dom zog seine Schnupftabakdose hervor. Mit einem
Finger schnippte er – genau wie Brummell es ihm gezeigt hatte – den Deckel auf und nahm sich eine Prise.
Lässig hob er sie an ein Nasenloch. »Fotherby, du willst
doch sicher nicht, dass ich wiederhole, wie sehr du dich
davor gefürchtet hast, einen Welpen davon abzuhal-
ten, deinen Stiefeln zu schaden. Einen ziemlich kleinen
Welpen noch dazu.«

Fotherbys Gesicht nahm einen purpurroten Farbton
an und er rief: »Nein, das Mädchen, Merton. Erzähl
ihnen von dem Mädchen. Es sollte ihr nicht erlaubt
sein, so mit einem Gentleman zu sprechen. Es zeugt von
einer schlechten Erziehung.«

Dom hakte sich bei Fotherby unter und zerrte seinen
Freund förmlich aus seinem Stuhl. »Ich wäre höchst

verärgert, wenn du den Namen der Lady an die große Glocke hängst.«

Fotherby schnaufte und zischte dann: »Was kümmert es dich?«

»Sie wohnt bei meinem Cousin. Als Oberhaupt der Familie liegt es in meiner Verantwortung, dessen Mitglieder zu beschützen.«

Nach einem kurzen Zögern tippte Fotherby sich mehrfach mit dem Zeigefinger an die Nase. »Ach so, ja, ich verstehe. Schweigen. Kein Wort, also.«

Dom lächelte dünn. »Du hast meinen verbindlichsten Dank.«

»Also, Merton, wie sieht's mit einer Runde Pikett aus?«

»Nein, ich werde nach Hause gehen. Meine Mutter ist heute angereist.«

Fotherby blickte sich um, als erwartete er, seine Mutter würde jeden Augenblick auftauchen. »Verstehe. Schrecklich, diese Mütter. Immer mischen sie sich ein. Nie kann man sie zufriedenstellen.«

Fast empfand Dom etwas Mitleid mit Fotherby. Seine Mutter war einer der Drachen des *tons*. Nichts, was ihr Zweitgeborener tat, reichte an ihre Erwartungen heran. Fairerweise musste man jedoch sagen, dass die Lady eventuell guten Grund hatte, so zu denken. Er hatte den Titel geerbt und bislang schienen sich Fotherbys Interessen hauptsächlich auf Kleidung, Brandy und das Kartenspiel zu beschränken.

Dom holte seinen Hut und Gehstock bei dem Portier ab und stieg die Treppen zur St. James Street hinab. Was hatte sich geändert, das ihn plötzlich dazu verleiten würde, derart unzufrieden mit seinem Leben zu sein? Gütiger Gott, er war gerade einmal siebenundzwanzig. Im Stillen ging er die Liste der potenziellen Ehefrauen durch, die ihn noch vor wenigen Tagen so optimistisch gestimmt hatte. Sie alle waren hübsch, einige von ihnen wahre Diamanten erster Güte. Doch wenn Lady Mary kalt war, dann war Lady Jane zu beflissen. Miss Farnham lachte wie ein Pferd und Miss Turley hing ihm an den Lippen, stimmte ihm in allem zu. Entgegen dem, was Dom zu Alvanley gesagt hatte, hatte Miss Turley ganz oben auf der Liste gestanden, bis er Miss Stern gesehen hatte. Doch wie sollte er Miss Stern ansprechen, wenn sie bei Worthington residierte, mit dem sich Dom nicht sonderlich gut verstand?

Er ging nach Hause. Wie erwartet, öffnete sich die Tür, ehe er die oberste Stufe erreicht hatte. Er hatte alles, was ein Mann sich nur wünschen konnte: ein gut geführtes Anwesen, Reichtum und einen hohen gesellschaftlichen Rang. Er sollte sich nicht so unzufrieden fühlen. Vielleicht würde er morgen noch einen Spaziergang im Park unternehmen. Dieses Mal ohne Fotherby.

Das Dinner im Hause der Worthingtons war eine überaus laute Angelegenheit gewesen. Dotty hatte bereits unzählige Male mit den Carpenters zu Abend gegessen, doch die Ergänzung von Matts vier Schwestern steigerte den Lärmpegel erheblich. Es hätte schöner nicht sein können. Sie war mit Charlottes Familie aufgewachsen und es freute sie sehr, dass sich alle so gut verstanden, als würden sie bereits seit einer Ewigkeit zusammenleben.

Dotty sehnte sich sogar ein wenig nach ihren eigenen Schwestern und Brüdern, wünschte sich, sie wären ebenfalls hier. Aber vielleicht konnte die Familie sie im Sommer besuchen kommen. Nach dem Abendessen wurden die jüngeren Kinder in den Unterrichtsraum geschickt, während die Erwachsenen, zusammen mit ihr, Charlotte und Louisa, sich in den großräumigen Salon setzten. Die schweren Vorhänge aus salbeigrünem Samt waren zugezogen und verbargen die Sicht aus den Fenstern nach vorn. Die Seitenfenster hingegen überblickten einen schmalen Garten und eine Mauer, die mit Rosenspalieren bestückt war.

»Dotty«, sagte Matts Stiefmutter, die Witwe Worthington, »wie hat dir der Spaziergang im Park heute gefallen?«

»Bis auf meine Begegnung mit einem gewissen Gentleman war es sehr schön. Mein Vater hat mir von den *Dandys* erzählt, allerdings konnte ich mir nie recht vorstellen, was er damit meinte, bis ich heute einen mit meinen eigenen Augen gesehen habe.«

»Liebes«, die Witwe Worthington zog die Stirn kraus, »du klingst ja, als hättest du eine Attraktion auf dem Jahrmarkt gesehen. Bist du nicht vielleicht ein wenig zu barsch?«

Louisa blickte zu ihnen herüber. »Mutter, es war Mr. Fotherby.«

Matt hüstelte. »Dann war es wohl eher wie in der königlichen Menagerie.« Seine Augen tanzten belustigt. »Aber Dotty, du solltest Fotherby keinen *Dandy* nennen. Damit tust du all denjenigen Unrecht, die tatsächlich einer sind. Er ist ein *Macaroni*.«

Sie runzelte die Stirn. »Worin liegt der Unterschied?«

»Ein *Dandy* trägt den Hemdkragen vielleicht außergewöhnlich hoch, ist aber stets bemüht, sich dezent zu kleiden, und befolgt dabei Brummells Philosophie, die besagt, dass man nichts tun sollte, um auf seine Kleidung aufmerksam zu machen.«

»Bist du ein *Dandy*?«

Matt verzog das Gesicht. »Wenn ich eine Gruppe für mich beanspruchen müsste, dann wären es die *Korinther*. Wir sind ein sportlicherer Haufen.«

»Beachte ihn nicht, Liebes.« Lady Worthington bedachte Matt mit einem Kopfschütteln. »Er macht sich über jeden der *Macaronis* lustig. Davon wirst du hier viele sehen, allerdings sind die meisten nicht ganz so … überwältigend wie Lord Fotherby.«

Louisa erzählte ihnen davon, wie Dotty den Welpen gerettet hatte, und fügte dann hinzu: »*Merton* war bei ihm.«

»Louisa, denk an unsere Abmachung.« Graces gelassener Tonfall ließ den Hauch einer Warnung mitschwingen. »Wir haben alle vereinbart, höflich zu ihm zu sein.«

»Heute war er doch hilfsbereit«, sagte Charlotte an Louisa gewandt. »Als er Dotty zugestimmt hat, meine ich.«

»Ja, ich schätze, das war er wohl«, gab Louisa widerwillig zu. »Aber ich möchte wetten, dass es für ihn irgendwie von Vorteil war.«

Die Kommentare, die Louisa vorhin und auch während dieser Unterhaltung von sich gegeben hatte, regten Dottys Neugierde an. »Louisa, warum magst du ihn nicht?«

»Er ist ein aufgeblasener Langweiler«, erwiderte Louisa unverblümt. »Vor ein paar Jahren ist er nach Worthington Hall gekommen und hat immerzu davon geredet, dass er sich – als Oberhaupt der Familie – um uns kümmern müsse. Matt hat ihn zwar daran erinnert, dass sein Titel nichts mit Merton zu tun hat, da ihm dieser über eine Vorfahrin vererbt wurde, doch er wollte nicht lockerlassen. Schließlich hat Matt ihn dazu aufgefordert, zu gehen, da er Merton sonst vor die Tür gesetzt hätte. Selbst Theodora kann sich daran noch erinnern, und sie war damals erst drei Jahre alt.«

Dotty versuchte, dies mit dem kurzen, aber dennoch positiven Eindruck zu vereinbaren, den sie von ihm bekommen hatte, als er sich auf ihre Seite gestellt hatte. Dann fiel ihr wieder ein, wie er mit seinem Freund umgegangen war. »Ich verstehe. Er hält sich also für den Nabel der Welt?«

»Ich würde sagen, dass er sich seiner Wichtigkeit auf wahrlich unerträgliche Weise bewusst ist«, merkte

Louisa an. »Jemand müsste ihn mal von seinem hohen Ross stoßen, aber wenn er Miss Turley heiratet, dann wird *das* gewiss nicht geschehen.«

Charlotte nickte. »Sehr wahr. Sie hängt ihm an den Lippen, als würden Goldtaler heraussprudeln. Was absolut lächerlich ist. Er hat nicht einen einzigen originellen Gedanken im Kopf und seine Ansichten stammen alle aus dem letzten halben Jahrhundert.« Sie wandte sich an ihre Schwester. »Grace, gehen wir am Freitag auf den Ball der Featheringtons?«

»Gewiss, wir werden zudem ein paar morgendliche Besuche vornehmen müssen, um Dotty vorzustellen. Lady Thornhill hält am Donnerstag einen Empfang in ihrem Salon, und von Lady Jersey habe ich gestern Dottys Gutscheine für das *Almack's* erhalten.«

Charlotte wandte sich an Dotty. »Du wirst Lady Thornhill lieben. Sie lädt die interessantesten Gäste ein.«

»Ich freue mich darauf.« Dotty legte sich die Finger an die Lippen, in dem Bestreben, ihr Gähnen zu verstecken. »Verzeihung.«

»Unsinn.« Grace lächelte. »Du hattest einen langen Tag. Geh ruhig schlafen und erhol dich gut, wir sehen uns dann morgen in der Früh.«

Sobald sie im Bett war, wanderten Dottys Gedanken zurück zu Lord Merton. Es war schade, dass seine Familie ihn nicht leiden konnte. Selbst Charlotte, das liebevollste Geschöpf auf Erden, schien hinzunehmen, dass Merton nicht einmal den Versuch wert war, ihn zu einer Sinneswandlung zu bewegen. Vielleicht war er ja unsicher, doch damit schien er eigentlich kein Problem zu haben. Allerdings wusste man nie, was eine Person tief im Inneren verbarg.

Sie hoffte, er würde sich für eine Lady entscheiden, die er lieben konnte. Womöglich war es genau das, was er brauchte. Mit der richtigen Unterstützung konnte jeder sein vollstes Potenzial entfalten. Doch würde er das tun?

Am nächsten Morgen wurde Dotty von Geräuschen geweckt, die verdächtig nach einer Pferdeherde klangen. Dafür, dass sie an einem neuen Ort war, hatte sie erstaunlich gut geschlafen. Nachdem sie die Klingel betätigt hatte, um nach Polly zu rufen, erhob sich Dotty aus dem Bett. In dem Krug stand warmes Wasser bereit und das Feuer war bereits geschürt worden. Wenige Minuten später trat Polly durch die Tür. »Das ging aber schnell.«

»Ich bin bereits seit ein paar Stunden auf, Miss. Lady Charlottes Zofe, May, zeigt mir neue Arten, wie ich Ihr Haar frisieren kann. Und stellen Sie sich vor, Miss: Man hat uns an unserem freien Tag einen Ausflug zu einigen der Sehenswürdigkeiten versprochen.«

Polly und May waren zusammen aufgewachsen. Es musste ihnen wie eine Art Wiedervereinigung vorkommen. »Das klingt nach Spaß. Ich hoffe, ich werde auch etwas von London sehen.«

»Oh, das werden Sie bestimmt. Die jüngeren Kinder sitzen unten beim Frühstück. Ich soll Ihnen ausrichten, dass im Salon der jungen Damen Tee und heiße Schokolade serviert wird.«

Dotty grinste. »Sie waren es also, die ich auf der Treppe gehört habe.«

»Sie machen einen ziemlichen Krach, nicht wahr?«

Als Dotty den Salon betrat, reichte Charlotte ihr eine Tasse heiße Schokolade. »Wir dachten, du würdest länger schlafen. Haben die Kinder dich geweckt?«

Dotty nahm die Tasse entgegen. »Ja, aber ich habe gut und lange genug geschlafen. Was haben wir heute vor?«

»Wir beginnen mit einem Ausflug in die Bond Street. Du wirst dich bei der Leihbücherei anmelden wollen. Danach nehmen Louisa und ich dich mit zum *Phaeton's Bazaar*. Dort stocken wir gern unsere Strümpfe und Handschuhe auf. Es ist um einiges günstiger als anderswo. Dort gibt es auch allerlei andere interessante Dinge zu sehen. Dann stehen die morgendlichen Besuche an. Und danach ...«

Charlotte zählte eine ganze Liste auf, darunter ein weiterer Spaziergang im Park und zum Schluss der Ball an diesem Abend. Sosehr Dotty sich diese Saison auch herbeigesehnt hatte, sie hatte wahrlich nicht einschätzen können, was alles dazugehörte. Doch sie fühlte sich gut vorbereitet. Gott sei Dank hatte ihre Mutter darauf bestanden, dass Dotty den örtlichen Versammlungen beiwohnte und auf dem Pianoforte spielte, wenn sie Gesellschaft hatten.

Sie freute sich auf einen weiteren Spaziergang im Park und fragte sich, ob Lord Merton wohl ebenfalls dort sein würde.

Nachdem er allein gefrühstückt hatte, verbrachte Dom den restlichen Morgen mit seiner Korrespondenz und den Wirtschaftsbüchern. Obwohl sein Verwalter, Mr. Jacobs, ein fähiger Mann war, hatte Doms Onkel, Lord Alasdair – der bis zu seiner Volljährigkeit auch sein Vormund gewesen war –, immer zu sagen gepflegt, dass es Doms Pflicht sei, alles zu überprüfen. Und das hatte Alasdair seit dem Tod von Doms Vater getan. Er war damals sechs Jahre alt gewesen.

In den seltenen Momenten, in denen er sich darüber geärgert hatte, nicht zur Schule gehen zu dürfen und stattdessen eine Vielzahl an Tutoren zu haben, hatte sein Onkel ihn daran erinnert, dass es seine Pflicht sei, mehr zu erlernen, als in Eton unterrichtet wurde. Man müsse seinen Besitz sorgfältig beschützen, in allen feinen Sportarten brillieren, der Krone treu bleiben, ob man wollte oder nicht, und einen Erben zeugen. Außerdem müsse man eine geeignete Lady heiraten.

Bevor Merton sein Studium in Oxford begann, stellte sein Onkel ihm fünf junge Herren vor, deren Ansichten mit Mertons Pflichten hatten übereinstimmen sollen. Reggie war jedoch ins Gefängnis gewandert, nachdem er die Tochter eines Dons geschwängert hatte. Joss und William dienten in der Armee, und nun waren lediglich Alvanley und Fotherby noch übrig. Ersterer wurde zusehends in den engeren und sittenlosen Kreis des Prinzregenten einbezogen, und Fotherby interessierte sich für nichts als die neueste Mode. Es fiel Dom nicht leicht, neue Freunde zu finden, und in letzter Zeit hatte er sich sehr einsam gefühlt.

Er zog an der Klingel, woraufhin sich die Tür unverzüglich öffnete.

»Milord?« Der Bedienstete verneigte sich.

»Richten Sie Mr. Jacobs aus, dass ich ihn sehen möchte.«

Der Diener verneigte sich erneut. »Sehr wohl, Milord.«

Kurze Zeit später klopfte Jacobs an die offenstehende Tür und trat ein. »Sie haben nach mir rufen lassen, Milord?«

Dom rieb sich die Stirn. »Ja, setzen Sie sich doch bitte. Ich habe mir Ihre Anfrage, einem Seminar in der *Holkham Hall* beizuwohnen, angesehen. Sie wissen doch sicher, dass die Familie die Amerikaner in dem Krieg gegen uns unterstützt hat?«

Einen Augenblick lang wand sich Jacobs in seinem Sessel und ihm war sichtlich unwohl. »Ich hatte etwas davon gehört, ja, aber ich möchte lediglich etwas über die landwirtschaftlichen Innovationen lernen, die dort entwickelt werden.«

Merton zog die Brauen zusammen. Es gefiel ihm nicht, dass sein Haus mit einer *Whig* Familie in Verbindung gebracht werden könnte. »Gibt es keinen anderen Ort, an dem Sie das studieren können?«

»Nein, Milord. All die modernsten Methoden werden in Holkham angewandt.«

Pflicht gegenüber seinen Feldern oder gegenüber seinem König?

»Heutzutage gehen alle dorthin, Milord. Es wird nicht über Politik gesprochen, sondern nur über Landwirtschaft.«

Merton war nicht sehr angetan von neuen Ideen. Sein Onkel hatte ihm immer gesagt, dass alte Sitten und Bräuche die besten waren. Doch Jacobs hatte ihn noch nie um so etwas gebeten. »Wie kommt es zu diesem plötzlichen Interesse?«

»Unsere Ernte kann mit anderen aus der Gegend nicht mithalten. Das ist auf all Ihren Anwesen der Fall. Als ich mich mit einem der anderen Verwalter unterhalten habe, erwähnte dieser die neuen Methoden, die derzeit in Norfolk ausprobiert werden, und wie sehr sie ihm geholfen hätten.«

Es klang nach einer vernünftigen Idee und würde seinen Feldern und Pächtern zugutekommen. »Na schön. Treffen Sie die nötigen Vorkehrungen.«

Jacobs erhob sich. »Ich danke Ihnen, Milord. Sie werden es nicht bereuen.«

Dom, der noch immer nicht gänzlich überzeugt war, hob eine Braue. »Es liegt an Ihnen, dafür zu sorgen, dass ich es nicht tue.«

Nachdem er sich verneigt hatte, schloss Jacobs beim Hinausgehen die Tür, und Dom blieb mit seinen Gedanken allein zurück. Innovationen. Davon schien es in letzter Zeit verdammt viele zu geben. Diese Dampflok, die sie ausgestellt hatten, war zwar in die Luft gegangen, doch Gerüchten zufolge hatte der Erfinder nicht aufgegeben. Es war von Kanälen die Rede, die gegraben werden sollten, um Kohle und Zinn zu transportieren. Was sein Onkel wohl von alledem halten würde? Leider lebte sein Onkel nicht mehr und somit konnte er ihn auch nicht fragen. Bis vor Kurzem war sich Dom gar nicht bewusst gewesen, wie sehr er auf seinen ehemaligen Vormund angewiesen gewesen war. Er würde anfangen müssen, seine eigenen Entscheidungen zu treffen, wie gerade eben mit Jacobs.

Nachdem er die Überprüfungen abgeschlossen hatte, legte Dom den Bleistift ab und verließ sein Arbeitszimmer. Eventuell würde ein Spaziergang ihm dabei helfen, wieder klar denken zu können. Und vielleicht würde er dabei Miss Stern wiedersehen. Der Gedanke entlockte ihm ein Lächeln. Er würde herausfinden müssen, ob sie überhaupt eine qualifizierte Kandidatin für die Rolle seiner Gattin war.

KAPITEL 4

»Die Marquise of Merton«, kündigte Royston an, der im Eingang zum kleinen Salon stand.

»Oh, Ma'am.« Grace erhob sich von ihrem Schreibtisch, um Eunice zu begrüßen. »Wie schön, Sie zu sehen. Es ist eine Ewigkeit her.«

»Grace, mein Kind.« Eunice nahm ihre ausgestreckten Hände in die ihren und gab Grace einen Kuss auf die Wange. Sie war zu einer wunderschönen Frau herangewachsen. »Allerdings. Es ist viel zu lange her. Wie geht es Ihnen?«

»Es geht mir gut, den Kindern ebenfalls.« Grace schürzte die Lippen. »Ich wusste nicht, dass Sie in der Stadt sind, sonst hätte ich Ihnen einen Besuch abgestattet. Merton sagte ...«

»Ich bin erst gestern eingetroffen.« Eunice hüstelte ein wenig. »Es kam für ihn etwas unerwartet.« Sie hielt Grace eine Armeslänge von sich entfernt und betrachtete sie eingehend. »Es tut mir leid, dass ich Ihrer Hochzeit nicht beiwohnen konnte. Aber erlauben Sie mir, Ihnen meine Glückwünsche auszusprechen. Sie sehen äußerst glücklich aus.«

Graces Mundwinkel hoben sich zu einem sanften Lächeln. »Das bin ich. Das sind wir alle. Ich hätte mir wahrhaftig keinen besseren Mann aussuchen können. Worthington ist derzeit mit der ganzen Bande im Park, um mir ein paar Minuten Ruhe zu verschaffen, damit ich mich um meine Korrespondenz kümmern kann.«

Selbst wenn Grace ihre eigene Tochter gewesen wäre, hätte Eunice nicht stolzer sein können. Entgegen allen Erwartungen hatte sie die Vormundschaft für ihre

Brüder und Schwestern übernommen. Und dann auch noch eine so gute Partie gemacht. Es grenzte an ein Wunder, dass sie einen Mann gefunden hatte, der dieser Verantwortung gewachsen war. »Ihre Mutter hätte sich sehr gefreut, Sie so wohlsituiert zu sehen.«

»Das denke ich auch.« Grace zog an der Klingel und bestellte Tee. »Setzen Sie sich doch und erzählen Sie mir, wie es Ihnen ergangen ist.«

Eunice ließ sich auf dem Sessel nieder, der ihr angeboten wurde. Nachdem sie ihre Röcke gerichtet hatte, atmete sie tief ein. »Ich bin hier, um Sie um Hilfe zu bitten.«

Wenn dies Grace überraschte, so ließ sie es sich nicht anmerken. »Wenn ich irgendwie helfen kann, tue ich das natürlich gern. Abgesehen davon, dass Sie die engste Freundin meiner Mutter waren, sind Sie jetzt meine Cousine.«

»Ich danke Ihnen.« Eunice stieß den Atem aus. Sie hatte gestern Nacht stundenlang überlegt, wie sie Grace darauf ansprechen sollte, und ihr wollte einfach nichts einfallen. »Es dürfte keine große Schwierigkeit sein; das hoffe ich zumindest.« Eunice hielt kurz inne, während sie noch immer versuchte, die passenden Worte zu finden. Und wieder wollte es ihr nicht gelingen. »Ich habe beschlossen, dass ich den etwas fortschrittlicher eingestellten Mitgliedern der High Society vorgestellt werden möchte. Ich hätte es schon vor Jahren angehen sollen, doch als Alasdair noch am Leben war, habe ich mich von ihm beeinflussen lassen. Viel zu sehr.« Grace schüttelte den Kopf, als könnte sie ihr nicht folgen. Eunice fuhr fort. »Und somit habe ich es ihm ermöglicht, Dominic vom rechten Weg abzuführen.«

Grace presste die Lippen aufeinander und hüstelte, doch ihre Augen funkelten belustigt. »Ich glaube nicht, dass Sie sich sorgen müssen, Merton könnte seine Zeit in schlechter Gesellschaft verbringen. Ich würde sogar meinen, dass das Gegenteil der Fall ist. Ich könnte Worthington fragen, aber ich bezweifle sehr, dass ihm zu Ohren gekommen ist, dass Ihr Sohn sich in den Spielhallen und Bordellen herumtreibt.«

Und genau darin lag das Problem. »Nein, nein, Liebes, hier liegt ein Missverständnis vor. Mir wäre *wohler* dabei, wenn Dominic sich wie ein normaler, junger Mann benehmen würde. Stattdessen«, Eunice runzelte die Stirn, »hat er mir nicht ein einziges Mal Kummer bereitet.«

Grace lachte leise, doch sie setzte schnell wieder eine ernstere Miene auf. »Ja, ich verstehe, was Sie meinen. Es hätte ihm gutgetan, in die eine oder andere Rauferei geraten zu dürfen. Oder zu rebellieren und seine eigene Weltsicht erschaffen zu müssen.«

»Ich bin so erleichtert, dass Sie es verstehen.« Doch die Frage blieb: Würde Grace ihr helfen? »Als mein Bruder noch am Leben war, hat er Merton eine fanatische Vorstellung von Pflichtgefühl und eine übertriebene Selbstgefälligkeit eingebläut. Ich weiß, dass Alasdair lediglich versucht hat, das Familienerbe zu respektieren, aber ich glaube nicht, dass es Dominic gutgetan hat. Stattdessen hatte es einen sehr schlechten Einfluss auf ihn.«

Eunice balancierte die Tasse Tee, die Grace ihr reichte, auf ihrem Schoß und hob sie dann an, um einen Schluck zu trinken. »Er ist noch in den Zwanzigern und ein absoluter Langweiler. Das hätte seinen Vater ganz und gar nicht gefreut. Wenn ich an all die Streiche zurückdenke, die David gespielt hat, ehe wir verheiratet waren, nun ... Dominic sollte ebensolchen Spaß haben. Ich hatte die Hoffnung, dass er vielleicht doch noch *irgendetwas* anstellen würde, während er hier in der Stadt ist, aber leider blieb das gänzlich aus.« Eunice kam ein Seufzen über die Lippen. »Selbst seine Mätressen sind langweilig.«

Grace entwich ein Glucksen.

»Lachen Sie ruhig, Liebes, aber ich habe eine von ihnen gesehen. Sie können sich nicht vorstellen, wie deprimierend der Anblick war. Sie sah aus wie eine Gouvernante.«

»Aber, Ma'am, vielleicht war es ja gar nicht seine Mätresse. Es könnte doch tatsächlich eine Gouvernante gewesen sein, oder eine Verwandte aus weniger guten Verhältnissen.«

Eunice schüttelte den Kopf. »*Dominic* in einer Kutsche mit einer *Gouvernante*? Ganz gleich, wie wohlerzogen sie auch sein mag, dafür hält er sich eindeutig für zu wichtig. Außerdem gibt es keinen Grund, weshalb er mit einer Gouvernante oder einer Verwandten Zeit verbracht hätte. Er hätte sie unverzüglich mir aufgebürdet.«

Grace lachte schallend. Wenigstens konnte jemand die Komik in Doms Verhalten erkennen. Soweit Eunice wusste, war er noch nie betrunken gewesen.

Schließlich gelang es Grace, sich wieder zu beherrschen, doch ihre Stimme klang noch immer leicht zittrig. »Ich stehe Ihnen natürlich gern zu Diensten. Aber wie soll es Merton beeinflussen, wenn ich Sie den liberaleren Denkern vorstelle?«

Eunice wedelte mit der Hand in der Luft. »Er begleitet mich auf all meine Veranstaltungen, ganz gleich, wie lästig sie auch sein mögen. Wenn ich also einem Empfang oder einem Konzert beiwohne, dann tut er das ebenfalls. Ich hoffe bloß, dass es nicht zu spät ist, um ihn zu retten.«

Grace schwieg eine Zeit lang. »Lady Thornhills Empfang«, sagte sie dann.

»Ah ja.« Der Name war Eunice bereits zu Ohren gekommen und sie versuchte, ihn einzuordnen. »Ist sie die Blaustrumpf-Dame, die Dichter, Maler und andere Künstler einlädt?«

»Genau die.« Grace nickte und lehnte sich vor, sichtlich interessiert an dem Vorhaben. »Wenn Sie meinen, es könnte ein zu großer Schock für Merton sein, schicken Ihnen meine Freundinnen mit Sicherheit gern Einladungen zu ihren Bällen. Um ehrlich zu sein, ist Merton ein sehr begehrter Junggeselle und man kann sich darauf verlassen, dass er sich benimmt – ganz gleich, wie Worthington und seine Schwestern auch über ihn denken mögen. Auf allen Empfängen, die ich mit den Mädchen besuchen werde, werden zahlreiche junge Leute anwesend sein. Ich kann gern die eine oder andere Nachricht herumschicken, wenn Sie möchten. Sobald die Gastgeberinnen wissen, dass Sie Interesse haben, sollten die Einladungen bald folgen.«

»Das wäre ein ausgezeichneter Anfang.« Eunice erhob sich und reichte Grace die Hände. »Ich danke Ihnen vielmals. Ich wusste, dass ich mich auf Sie verlassen kann.«

»Ihnen zuliebe hoffe ich sehr, dass es funktioniert. Ich werde daran denken müssen, Worthington zu ermahnen, dass er Merton nicht zu verspotten hat.« Grace blickte skeptisch drein, ganz so, als würde sie erwarten, dass dies schwierig werden könnte.

Es zu leugnen hatte keinen Sinn. Eunice konnte Grace auch einfach erzählen, dass ihr bewusst war, wie schlecht das Verhältnis zwischen ihren Familien war. »Ich weiß, wie seine Schwestern Dominic nennen.«

»Tatsächlich.« Sie sah aus, als hätte sie in eine besonders saure Zitrone gebissen. »Ich bin mir nicht sicher, ob wir Theo je davon überzeugen können, damit aufzuhören, aber die anderen wissen, dass ich von ihnen bessere Manieren erwarte. Leider war Merton überaus erfolgreich darin, Worthingtons Stiefmutter zu verärgern.«

»Es ist eindeutig höchste Zeit, dass ich einschreite.« Eunice gab sich selbst die Schuld. Sie hätte nie zulassen dürfen, dass die Trauer um ihren Ehemann sie von ihrem Sohn trennte.

***

Später an demselben Abend hielt ihr Butler ihr ein silbernes Tablett entgegen. Eunice nahm den Umschlag in die Hand und öffnete ihn. Wie erwartet war Grace flink gewesen. Es war die angekündigte Einladung für Lady Featheringtons Ball am Freitagabend. Als nächstes widmete sie sich einem kleinen Päckchen, das ihre Gutscheine fürs *Almack's* beinhaltete. »Ich danke Ihnen, Paken.«

Kurz fragte sie sich, was Dominic wohl davon halten würde, auf einen Empfang zu gehen, der nicht voller Tories war, und zuckte dann mit den Achseln. Er würde sich einfach daran gewöhnen müssen. Sie würde nicht zulassen, dass er eine Memme, Speichelleckerin oder eine Frau heiratete, die ihn niemals lieben würde.

Merton war bereits zwei Mal auf dem *Rotten Row* um den Park spaziert. Er hatte viele seiner Bekannten gesehen, aber nicht die junge Dame, nach der er suchte. Als er gerade die dritte Runde angehen wollte, erspähte er Miss Stern mit seinen Cousinen. Sie sah absolut zauberhaft aus in ihrem hellgelben Ausgehkleid aus Musselin. Der Spenzer saß wie angegossen und ließ den Umriss ihrer Brüste vermuten. Sein Herzschlag beschleunigte sich. Ein Sonnenschirm schützte ihren makellosen, hellen Teint. Sie lächelte, als er sie grüßte. Dann sagte Louisa etwas, woraufhin Miss Stern nickte und das Lächeln von ihren Lippen verschwand.

Er wollte verdammt sein, wenn er sich von seiner Cousine einschüchtern ließ. »Guten Tag, Miss Stern.«

Sie knickste so anmutig, dass er glaubte, sein Herz würde aussetzen.

»Guten Tag, Milord.«

Sie blickte zu ihm auf, und ihre Augen hatten die Farbe von frischen Blättern zur Frühlingszeit. Er verneigte sich und hauchte ihr einen Kuss auf die behandschuhte Hand, sehnte sich danach, ihre bloße Haut zu berühren. »Welch glücklicher Zufall, Sie erneut hier anzutreffen.«

Ihr stieg eine leichte Röte in die Wangen. Sie neigte den Kopf kaum merklich. Ihre Art strahlte eine solche Würde aus. Sie musste die Tochter eines Viscounts sein.

»Mich freut es ebenfalls, Milord«, erwiderte sie.

Sie hatte eine angenehme, tiefe Stimme. Eine, der er stundenlang würde zuhören können, beim Frühstück oder am Esstisch, und nachts, ja, vor allem nachts. Er schluckte. Im Bett, wenn ihre pechschwarzen Locken ihre Schultern umspielten und ihre Lippen, diese rosaroten Lippen ... Am liebsten würde er sie küssen und die ihren auf seinen spüren ... Gott bewahre, dachte er gerade tatsächlich *so* an eine unschuldige, junge Dame? Gentlemen sollten ihre Gelüste mit ihren Mätressen ausleben und nicht ihre Gattinnen mit solchen Urtrieben belästigen.

Er hatte wohl den Verstand verloren. Er musste sich zusammenreißen. »Dürfte ich die Damen auf ihrem Spaziergang begleiten?«

Er wartete und rechnete damit, dass Louisa einen beißenden Kommentar abgeben würde; stattdessen lächelte Miss Stern erneut. »Danke sehr, Milord. Es wäre uns eine Ehre.«

Da er sich schlecht bei allen drei Frauen einhaken konnte, blieb er am Rande und bot seinen Arm Miss Stern an. Sie legte ihre zierliche Hand in seine Armbeuge und sie setzten ihren Spaziergang fort. »Wie gefällt Ihnen London bisher, Miss Stern?«

»Das kann ich noch nicht so ganz beurteilen, Milord. Ich bin erst gestern angereist. Bislang hatte ich aber sehr viel Spaß. Ich möchte Sie nicht mit all den Details langweilen, aber heute haben wir einen Einkaufsbummel unternommen ...«

Ihn langweilen? Niemals. Nicht, wenn ihre Hand seinen Arm erhitzte und ihre Stimme Musik in seinen Ohren war.

»Heute Abend werden wir ins *Almack's* gehen. Es wird mein erstes Mal dort sein. Am Freitag besuchen wir Lady Featheringtons Ball.«

Kurz verschlug es ihm die Sprache. Lord Featherington war ein *Whig*. Genau wie Worthington, erinnerte er sich. Natürlich würde Miss Stern auf *diese* Art von Empfängen gehen. Außer im Park würde Dom sie nie zu Gesicht bekommen. Vor ein paar Jahren, nachdem er jeder Gastgeberin, die zu den *Whigs* tendierte, deutlich zu verstehen gegeben hatte, dass *er* ihren Empfängen nicht beiwohnen würde, hatten die Einladungen aufgehört, ihn zu erreichen. Und nun residierte die einzige Dame, an der er Interesse hatte, in einem Haus der *Liberalen*. Er unterdrückte ein Schaudern.

Dann gab es natürlich noch das *Almack's*, aber nur mittwochs. Vielleicht war es voreilig gewesen, Miss Stern als potenzielle Gattin in Erwägung zu ziehen. Aber was sollte er denn tun, wenn jede andere Frau neben ihr verblasste?

Dotty wunderte sich darüber, wie warm ihre Hand auf Lord Mertons starkem Arm zu werden schien. Vielleicht hatte er Fieber und war sich dessen nur nicht bewusst. Er plauderte über das Wetter, und das Gespräch verlief mühelos. Ganz gleich, was Louisa und Charlotte dachten, seine Gesellschaft war wirklich sehr angenehm und er war überaus attraktiv. Sein Hut saß auf modische Weise schief und sein goldblondes Haar leuchtete in der Sonne.

Er fasste sie am Ellenbogen und half ihr über eine kleine Furche im Gehweg. »Ich würde es mir nicht verzeihen, wenn Sie stolpern.«

Als wäre sie eine zarte Jungfer statt einer Lady, die regelmäßig meilenweit durch die Landschaft marschierte. »Ich danke Ihnen, Milord. Ohne Ihre Hilfe wäre ich sicherlich ins Straucheln geraten.«

Louisa schnaubte leise. Was hätte Dotty denn sonst sagen sollen? Louisa ging mit Merton wirklich viel zu hart ins Gericht. Er war ein perfekter Gentleman. Er konnte schließlich nicht wissen, dass sie daheim über Zaunübertritte kletterte und auf sumpfigem, unebenem Boden wanderte.

»Miss Stern«, sagte er und lenkte ihre Aufmerksamkeit somit zurück auf sich. »Gehen Sie gern in die Oper?«

»Ich hatte bislang noch nie das Vergnügen, eine zu sehen, aber ich habe Arien gehört. Ich bin mir sicher, dass es mir gefallen würde.«

»Ich habe eine Loge.« Seine Brust sah aus, als hätte er sie ein wenig aufgeplustert. »Vielleicht wären Sie ja gewillt, sich einer Gruppe von Gästen anzuschließen, wenn sich eine arrangieren lässt.«

Er blickte in dem gleichen Augenblick zu ihr herab, in dem sie zu ihm aufsah. Er schien nervös zu sein. »Ich müsste Grace um Erlaubnis fragen.«

»Ja, natürlich.« Er klang leicht überfordert. »Soll ich die Einzelheiten nach Stanwood House schicken lassen?«

Merton versteifte sich. Vielleicht war er tatsächlich etwas schüchtern. Sie nickte. »Ja, das wäre schön, danke.«

Sie hatten den Ort erreicht, an dem sie und ihre Freundinnen den Park betreten hatten. Charlotte und

Louisa, die ein paar Schritte vorausgingen, hielten inne und warteten.

Dotty blickte auf und sah in Mertons dunkelblaue Augen. »Ich muss jetzt zurück nach Hause.«

»Ja, natürlich«, sagte er, ließ ihre Hand jedoch nicht los. »Vielleicht sehen wir uns morgen, Miss Stern?«

Dotty unterdrückte ein genüssliches Seufzen, als er ihre Finger küsste. »Ich freue mich darauf, Milord.«

Er verneigte sich erneut. Sie stieß zu ihren Freundinnen und weigerte sich, einen Blick über die Schulter zu werfen, um zu sehen, ob er noch dort war.

»Ich hätte es niemals geglaubt.« Louisa starrte Merton hinterher, der den *Rotten Row* zurückging.

»Was nicht geglaubt?«, fragte Dotty.

Louisa grinste schelmisch. »Ich glaube, Merton ist in dich vernarrt. Na, der wird vielleicht eine Überraschung erleben.«

Dotty schüttelte den Kopf. Sie fühlte sich sehr zu ihm hingezogen, doch es war noch viel zu früh, um etwas zwischen ihnen in Betracht zu ziehen. Nichtsdestotrotz ließ es ihr Herz höherschlagen. »Ich weiß nicht, was du meinst. Wir kennen uns doch kaum. Und wenn schon? Selbst wenn er mir einen Antrag machen sollte, würde ich ihn nicht annehmen, nur weil er ein Mitglied des Adels ist. Der Mann, den ich heiraten werde, muss über Prinzipien verfügen und meine Werte teilen, und es muss aus Liebe sein.«

Charlotte mischte sich in die Unterhaltung mit ein. »Dotty und ich besprechen schon seit Jahren, welche Art Ehe wir uns wünschen. Ich kann dir versichern, dass sie nicht von ihren Überzeugungen abweichen wird.«

Louisas Grinsen wurde breiter. »Ganz genau.«

Als Merton davonschritt, widerstand er dem Drang, zurück zu Miss Stern zu blicken. Er beglückwünschte sich zu einer gelungenen Unterhaltung mit ihr. Er würde sie einladen, dazu seine Mutter und ... mehr Personen fielen ihm nicht ein. Wen konnte er noch fragen? Wenn er nur Miss Stern und seine Mutter einlud, wäre es zu sonderbar. Und wenn er Louisa und Lady Charlotte hinzuholte, müsste er außerdem zwei weitere Gentlemen einladen, um die Balance zu wahren. Doch die einzigen beiden, die er gut genug kannte, waren Alvanley und Fotherby. Das würde in einer gewaltigen Katastrophe enden, selbst wenn er Worthington davon überzeugen konnte, seine Schwestern mitkommen zu lassen. Alvanley plapperte dem Prinzregenten sämtlichen Nonsens nach, und Fotherby konzentrierte sich einzig und allein darauf, sich mit den ausgefallensten Kostümen von der Menge abzuheben. Charlotte war gut genug erzogen, dass sie Fotherby dulden würde, doch Louisa würde den ganzen Abend lang mit Alvanley diskutieren. Dom zog jede nur denkbare Zusammensetzung aus Bekannten in Erwägung, kam aber entweder nicht auf die richtige Anzahl oder auf die richtigen Personen für seine Gruppe.

Er betrat sein Haus und überreichte Paken seinen Hut und Gehstock. »Ist ihre Ladyschaft daheim?«

»Das ist sie, Milord. Ich meine, sie nimmt in ihrem Salon gerade Tee zu sich.«

Merton eilte die Treppen hoch und nahm dabei zwei Stufen auf einmal. Das hatte er seit seiner Jugend nicht mehr getan, und damals hatte sein Onkel ihn dafür gerügt. Kurz darauf platzte er, ohne vorher anzuklopfen, in den Salon. »Mutter.«

Sie drehte sich mit einem erschrockenen Gesichtsausdruck zu ihm um. »Dominic?«

Natürlich, er hatte sich zu hektisch verhalten. »Verzeih, aber ich stecke in einem Dilemma, das ich nicht zu lösen vermag.«

»Mein lieber Junge.« Sie tätschelte den Platz neben sich. »Erzähl, was hat dich derart durcheinandergebracht?«

»Eine Lady. Nun, eher eine Situation mit einer Lady. Ich versuche, eine Gruppe für die Oper zu arrangieren, aber es will mir nicht gelingen. Ich weiß nicht, wen ich einladen soll.«

»Tatsächlich.« Sie machte einen leicht enttäuschten Eindruck. »Vielleicht kann ich da behilflich sein. Du würdest schließlich nicht allzu viel Aufmerksamkeit auf sie lenken wollen.«

»Genau das habe ich mir auch gedacht.« Es gefiel ihm nicht, seine Mutter zu plagen, und er vermied es für gewöhnlich, doch die Anspannung, die er empfunden hatte, löste sich ein wenig.

»Kenne ich diese Dame?« Seine Mutter glättete ihre Röcke. »Damit meine ich, ob sie eine der Damen auf deiner Liste ist?«

»Nein. Ich habe festgestellt, dass keine von ihnen meinen Vorstellungen entspricht. Ihr Name ist Miss Stern. Sie verbringt die Saison bei Worthington.«

»Oh, ich verstehe.« Seine Mutter blinzelte. »Oder vielmehr werde ich das.«

»Wie meinst du das?« Dom schüttelte den Kopf, um wieder klar denken zu können. So begriffsstutzig war seine Mutter sonst nie.

»Ich meine natürlich, dass ich sie am Abend der Oper kennenlernen werde, wenn nicht schon eher. Du musst sie zum Dinner einladen. In der Zwischenzeit werde ich mir überlegen, wen du sonst noch einladen kannst.«

Es fühlte sich an, als wäre ihm eine Last von den Schultern genommen worden. Es gab also doch keinen Grund zur Sorge und es war richtig gewesen, seine Mutter hinzuzuziehen. »Ich danke dir. Wirst du heute Abend ins *Almack's* gehen?«

»Aber natürlich, wenn du mich begleiten möchtest. Wollen wir um neun Uhr aufbrechen?«

Dom lächelte, als seine Mutter ihm eine Tasse Tee reichte. »Wie du wünschst.«

Im *Almack's* würde er die Möglichkeit haben, Miss Stern in einer neutralen Umgebung zu sehen. Er würde schon ganz gerne mit ihr tanzen, vielleicht sogar einen Walzer. Sein Onkel hatte den deutschen Tanz nicht gutgeheißen, aber Dom gefiel er; jedenfalls würde er das, wenn er ihn mit Miss Stern tanzte.

KAPITEL 5

Dotty legte sich eine einreihige Perlenkette um den Hals und blickte fragend zu Grace.

»Sehr hübsch«, sagte sie. »Genau das Richtige fürs *Almack's*. Denk daran, dass du keinen Walzer tanzen darfst, bis eine der *Patronessen* dir die Zustimmung erteilt hat.«

»Woran erkenne ich, wer sie sind?« Ihre Mutter hatte Dotty eingebläut, wie wichtig es war, in dem exklusiven Club einen guten Eindruck zu machen. Die Damen, die dort das Sagen hatten, machten für niemanden eine Ausnahme. Selbst dem Duke of Wellington war der Zutritt verwehrt worden, als dieser keine Kniebundhose getragen hatte. Für gewöhnlich neigte Dotty nicht zu Nervosität, doch der Begriff »*Almacks's*« ließ sie in ihren perlenbesetzten Satinschühchen erzittern.

Grace lächelte. »Es gibt keinen Grund zur Sorge. Du wirst entweder bei Louisas Mutter oder bei mir sein, bis man dir einen Gentleman als Partner vorstellt.«

Ein Mann musste mit ihr tanzen *wollen*? Dotty wich das Blut aus dem Gesicht. »Aber außer Matt kenne ich doch erst drei Herren.«

»Du Gans.« Grace lachte. »Dir sind noch nie die Tanzpartner ausgegangen. Wenn es um das männliche Geschlecht geht, dann unterscheiden sich die in London wirklich nicht allzu sehr von denen zu Hause. Sie weisen sicherlich ein paar städtische Eigenheiten auf, aber ein hübsches Mädchen ist und bleibt ein hübsches Mädchen, ob in London oder auf dem Lande.«

Dotty fühlte sich etwas besser und setzte ein Lächeln auf. »Danke sehr.«

Grace legte Dotty einen Arm um die Schultern. »Komm. Wir sollten bald aufbrechen. Lass uns nach Charlotte und Louisa sehen.«

Sie fanden die beiden im Salon, den sich die jungen Damen teilten.

»O Dotty! Du siehst wunderschön aus«, sagte Charlotte. »Ich wünschte, ich könnte Weiß tragen.«

»Ich auch«, stimmte Louisa ihr zu. »Es sieht so elegant aus.«

»Dafür würde mir dieser Rosaton niemals stehen«, sagte Dotty an Louisa gewandt, ehe sie sich zu Charlotte drehte. »Oder Grün im Allgemeinen.«

»Ihr Mädchen seht wirklich alle zauberhaft aus.« Die Witwe Worthington strahlte, als sie die Mädchen vor sich her scheuchte. »Und nun lasst uns gehen. Wir wollen schließlich nicht erst ankommen, wenn die Herren bereits für alle Tänze vergeben sind.«

Matt wartete im Eingangssaal, als sie die Treppen hinabstiegen, doch er hatte lediglich Augen für Grace. »Du siehst bezaubernd aus.«

Grace reichte ihm die Hand und sah zu ihm auf. »Die Mädchen sehen wirklich sehr hübsch aus, wie ich finde.«

Er blickte zu ihnen und stöhnte. »Ich werde mir für den Abend einen Knüppel zulegen müssen.«

Dotty runzelte die Stirn. »Warum würdest du gegen jemanden kämpfen wollen?«

»Er meint, für die Gentlemen.« Louisa lachte. »Ich für meinen Teil würde gern mehr Aufforderungen zum Tanzen erhalten, als ich einhalten kann.«

Charlotte nickte. »Grace, du musst dafür sorgen, dass er sich benimmt und nicht all unsere potenziellen Verehrer verjagt.«

Grace fasste Matt am Arm und ihre Mundwinkel hoben sich. »Ich werde mein Bestes geben. Zum Glück ist das *Almack's* recht streng, wenn es darum geht, wem sie Zutritt gewähren.«

Sie erreichten den Club etwa zwanzig Minuten später. Als sie bei den Versammlungsräumen eintrafen, sah sich ein Portier ihre Gutscheine an. Matt führte die Damen in den großen, rechteckigen Saal, der mit langen Fenstern gesäumt war. Ein kleiner Balkon, der über die Tanzfläche ragte, beherbergte die Musiker. Auf einigen Stühlen, die entlang der Wände aufgestellt worden waren, saßen ältere Damen mit farbenfrohen Turbanen, verziert mit Federn und Vögeln. Obwohl es für die Verhältnisse des *tons* noch recht früh war, füllten sich die Räume schnell, denn zu spät kommende Gäste wurden abgewiesen. Grace fasste Dotty am Ellenbogen und geleitete sie zu ein paar Stühlen.

Charlotte und Louisa wurden zum Kontratanz aufgefordert, der sich gerade auf der Tanzfläche formierte. Dotty wollte sich neben Grace setzen, als ein Herr auf sie zukam und sich an Matt wandte. »Worthington, könnten Sie mich vorstellen?«

Matt grinste, sichtlich amüsiert. »Miss Stern, ich möchte dir einen Freund von mir vorstellen, Mr. Featherington. Featherington, Miss Stern ist eine geschätzte Nachbarin meiner Frau auf dem Land.«

Mr. Featherington verneigte sich und nahm die Hand entgegen, die Dotty ihm reichte, als sie vor ihm einen Knicks machte. »Es ist mir ein Vergnügen, Miss Stern. Würden Sie mir die Ehre dieses Tanzes erweisen?«

Dotty lächelte. Grace hatte recht gehabt; das war ganz und gar nicht schwer gewesen. »Es wäre mir ein Vergnügen, Mr. Featherington.«

Er führte sie zur Tanzfläche, wo sich die anderen Paare aufstellten. Sie blickte sich im Saal um und fragte sich, ob sie Lord Merton heute Abend wohl hier sehen und ob er sie um einen Tanz bitten würde. Vielleicht könnte sie mit ihm sogar den Walzer tanzen.

Dom begleitete seine Mutter und seine Cousine zum *Almack's*. Nachdem er sie zu ein paar Stühlen geführt hatte, ließ er den Blick durch den Saal schweifen. Worthington und seine Frau waren anwesend, doch Dom sah keine der jungen Damen. Dann blitzte etwas Schillerndes, Weißes in seinem Blickfeld auf. Und da war sie, Miss Stern. Er zog die Luft ein, als hätte Gentleman Jackson ihm höchstpersönlich einen Hieb verpasst, und konnte die Augen einfach nicht von ihr abwenden.

Bei Gott, sie war bezaubernd. Ganz in Weiß gekleidet und mit der schlichten Perlenkette war sie bei weitem die eleganteste Frau im Saal. Als die Tanzschritte sie näherbrachten, konnte er die silbernen Stickereien auf ihrem Kleid erkennen. Daher stammte also der Schimmer.

»Dominic?«

Er drehte sich zu seiner Mutter. »Ja?«

»Wer ist die junge Dame, die du so intensiv beobachtest?«

»Ich tue nichts dergleichen.«

Sie hob eine Braue.

Ihm kroch die Röte den Hals empor. Gott sei Dank gab es Halstücher. »Es ist Miss Stern. Die Dame, von der ich dir erzählt habe. Ich habe sie gestern im Park kennengelernt. Aber ich beobachte sie nicht. Das würde sich nicht gehören.«

Die Mundwinkel seiner Mutter zuckten leicht. »Was weißt du über sie?«

Die Frage hatte er sich noch nicht einmal selbst gestellt. Irgendwie war es nicht von Belang gewesen. »Wie ich bereits sagte, residiert sie die Ballsaison über bei Worthington. Sie ist eine Freundin von Lady Charlotte.«

»Nun, dann wird sie wohl recht unauffällig sein. Ich freue mich darauf, ihre Bekanntschaft zu machen.«

Zu seiner Verärgerung ertappte er sich dabei, wie er nervös von einem Fuß auf den anderen trat. Was zum Teufel war nur los mit ihm? »Mutter, du erwartest doch nicht etwa, dass ich sie dir vorstelle?«

Warum hatte er das gerade gesagt, wenn er seine Mutter doch gebeten hatte, die Gruppe für die Oper zu arrangieren? Natürlich würde sie erwarten, dass ihr Miss Stern vorgestellt wurde. Sein Verhalten ergab absolut keinen Sinn, nicht einmal er verstand es.

Die Augen seiner Mutter funkelten auf eine Art und Weise, die er bei ihr noch nie wahrgenommen hatte. »Würdest du Matilda und mir ein Glas Limonade besorgen?«

»Gern.« Er war froh, eine Aufgabe zu haben, die nicht darin bestand, Miss Stern anzustarren. Während er sich einen Weg zu den Erfrischungen bahnte, fragte er sich, ob es ihr bereits gestattet worden war, den Walzer zu tanzen, und schritt auf Countess Esterhazy zu.

»Milady.« Er verneigte sich über ihrer Hand. Sie plauderten eine Weile, bis er es für angemessen hielt, seine Frage zu stellen. »Es gibt da eine junge Lady, Miss Stern, die mit Lord und Lady Worthington hier ist. Können Sie mir sagen, ob sie bereits für den Walzer zugelassen ist?«

Lady Esterhazy warf Dom einen neugierigen Blick zu. »Noch nicht.«

Er widerstand dem merkwürdigen Drang, sein Halstuch zu lockern, und überlegte, wie die Bitte, Miss Stern die Zustimmung zu erteilen, wohl aufgefasst werden würde. Das wäre vielleicht zu auffällig. Er verneigte sich erneut. »Ich verstehe. Ich danke Ihnen.«

Er wollte sich gerade umdrehen, als sie ihn am Arm fasste. »Ich würde mich freuen, die Einführung zu übernehmen, wenn Sie es möchten.«

Nun, wenn die Countess es anbot, wäre es doch unhöflich gewesen, abzulehnen. Er wollte Miss Sterns Ruf schließlich nicht schaden, indem er nicht mit ihr tanzte. »Sie sind sehr freundlich.«

Countess Esterhazy hob eine Braue. »Dessen beschuldigt man mich eher selten, aber Ihnen sei verziehen. Wir treffen uns nach dem Ende dieses Tanzes.«

Er verneigte sich zum dritten Mal. »Ich danke Ihnen, Milady.«

Er setzte den Weg zu dem Tisch mit den Getränken fort, seine Schritte jetzt lebhafter. Dom ignorierte den Gedanken, dass er Miss Stern bevorzugte. Er würde lediglich der erste Gentleman sein, der mit ihr den Walzer tanzte. Irgendwer musste ja der Erste sein. Warum dann nicht er? So zufrieden war er das letzte Mal gewesen, als er im Boxring seinen ersten Treffer gegen Jackson gelandet hatte.

Dotty knickste vor Mr. Featherington, als der Tanz endete, und er führte sie zurück zu Grace.

»Miss Stern, dürfte ich Ihnen ein Glas Limonade oder etwas Orgeat bringen?«

Sie lächelte. Es verlief alles so reibungslos. »Limonade, bitte.«

Charlotte und Louisa kehrten zurück, und ihre Begleiter boten ebenfalls an, ihnen ein Getränk zu holen.

»Wie gefällt es dir bislang?«, fragte Charlotte.

Dotty unterspielte ihre Begeisterung. »Sehr gut.«

»Die meisten Herren beschweren sich darüber, dass es langweilig sei.«

Das war überraschend. »Aber wieso?«

»Weil sie keine Karten spielen und keinen Wein oder andere Spirituosen trinken können«, erwiderte Louisa. »Worüber ich froh bin. So tanzen sie häufiger.«

Dotty zog die Brauen leicht zusammen. »Apropos tanzen, ich würde zu gern wissen, wann es mir erlaubt sein wird, den Walzer zu tanzen.«

Während sie sprach, formten sich Charlottes Lippen zu einem »Oh«. »Ich glaube nicht, dass du darauf allzu lange warten musst.«

Dotty wandte sich um und folgte dem Blick ihrer Freundin. Merton und eine junge Matrone mit aufwendigem Kopfschmuck kamen auf sie zu. »Wer ist die Dame?«

Charlotte antwortete ihr. »Countess Esterhazy, eine der *Patronessen*. Ihr Gatte ist der russische Botschafter.«

»Oh.« Dotty blickte zu Grace, die sie anlächelte und ihr aufmunternd zunickte. Als Dotty erneut hinsah, knicksten Charlotte und Louisa bereits. Hastig tat Dotty es ihnen gleich.

»Miss Stern?«, fragte die Countess.

»Ja, Milady.«

»Darf ich Ihnen den Marquis of Merton als geeigneten Partner vorstellen.« Sie drückte es als eine Frage aus, aber es war keine.

»Ich danke Ihnen, Milady.«

Merton verneigte sich. Sein Haar schien unter den vielen Kerzen der Kronleuchter golden zu glänzen.

Die Geigen begannen den Auftakt zum Tanz zu spielen und er bot ihr seinen Arm an. »Miss Stern, darf ich bitten?«

Dotty stieß den Atem aus. »Ich danke Ihnen, Milord.«

Die Berührung seiner Hand brachte ihre Haut zum Kribbeln, selbst durch die Handschuhe hindurch. Als sie zu ihm aufblickte, funkelten seine tiefblauen Augen, die sie an die Abenddämmerung erinnerten, ganz so, als hätte er soeben eine schwierige Aufgabe bewältigt.

Er lächelte sie an, als sie sich aufstellten. Merton war wirklich überaus gutaussehend.

»Miss Stern, erlauben Sie mir die Bemerkung, dass Sie heute Abend die hübscheste Lady hier sind.«

Und charmant. Gehörte es sich, einem Gentleman ebenfalls ein Kompliment zu machen? »Ich danke Ihnen. Sie sind überaus elegant.«

Sein Blick schien weicher zu werden. »Danke sehr.«

Er wirbelte sie durch den Saal, als würde sie fliegen. Allen Erzählungen zum Trotz, war Merton ein sehr freundlicher Mann. Louisa und Charlotte mussten sich irren, was ihn betraf.

Dom war überzeugt, noch nie mit einer Dame getanzt zu haben, die über eine solch anmutige Haltung verfügte. Seine Arme waren wie für sie gemacht. Es war, als würde er eine Feder halten. Ihr Lachen war glockenklar und er glaubte nicht, dass sie ihn nur deshalb amüsant fand, weil er ein Marquis war. »Dürfte ich Sie morgen zu einer Kutschfahrt einladen?«

Einen Augenblick lang sah sie schüchtern zu Boden, ehe sie den Blick hob. »Solange Grace keine Einwände hat, nehme ich Ihre Einladung gerne an.«

Er unterdrückte ein Stöhnen. Worthington würde ihn dies büßen lassen. Doch es ließ sich nicht vermeiden, denn er musste sie wiedersehen. »Dann werde ich mich an sie wenden.«

»Nein.« Miss Stern hob ihr Kinn. »Ich werde mit ihr sprechen.«

Sie war ganz und gar nicht wie Miss Turley oder die anderen Damen, die er für eine Ehe in Erwägung gezogen hatte. Sie hatten es bevorzugt, wenn er mit ihren Eltern sprach. Vielleicht war es, weil Miss Stern von dem angestrengten Verhältnis zwischen ihm und seinem Cousin wusste, und sie ihn davor bewahren wollte, Worthington ansprechen zu müssen.

Am Ende des Tanzes, als er sie zurück zu seiner Cousine brachte, hätte Merton alles gegeben, um noch einen Walzer mit ihr tanzen zu dürfen. Doch ihm war bewusst, dass er eine gute Partie war, und ein weiterer Tanz würde zu viel Aufmerksamkeit auf sie lenken.

Sie nahm Grace beiseite und redete zu leise, als dass er sie verstehen konnte. Dann wandte sie sich wieder zu ihm um. »Holen Sie mich doch bitte morgen um fünf Uhr ab.«

Langsam atmete er wieder aus. Er hatte nicht einmal bemerkt, dass er den Atem angehalten hatte. »Bis dahin.«

Auf dem Weg zurück zu seiner Mutter wurde er von Alvanley aufgehalten. »Wie läuft die Brautschau?«

Es fiel Merton schwer, den Blick nicht zu Miss Stern schweifen zu lassen. »Langsam.«

»Nun, wenn du vorhast, noch diese Saison zu heiraten, dann solltest du aufhören, deine Walzer an Töchter von Gutsherren zu verschwenden.« Sein Freund hielt kurz inne, um sich eine Prise Schnupftabak aus seiner emaillierten Schachtel zu nehmen. »Möchtest du meine neue Sorte ausprobieren?«

Dom nahm ihm die Schachtel ab und atmete den Duft ein. »Zu viel Macouba.«

Miss Stern war die Tochter eines Baronets? Es war ihm nicht einmal in den Sinn gekommen, nachzufragen, doch er hätte auch nicht gewusst, von wem er diese Information hätte bekommen können. Was wusste sein Freund sonst noch?

»Doch ich schätze«, fuhr Alvanley fort, »du warst wohl aufgrund der Beziehung zu deinem Cousin gezwungen, mit ihr zu tanzen.«

Merton hob die Braue, um seinen Freund zum Weiterreden aufzufordern.

»Ein altes Familiengeschlecht. Das Anwesen ist bereits seit Jahrhunderten in ihrem Besitz.«

Seine Nackenhaare stellten sich auf. Alvanley hatte doch wohl nicht etwa Interesse an … »In der Tat. Wie kommst du dazu, dich zu erkundigen?«

»Gutaussehende Frau. Ich dachte mir, wenn sich die Mitgift lohnt, würde ich mein Glück versuchen.«

»Und, tut sie das?«

»Nein, kaum der Rede wert. Nicht ausreichend, um mich in Versuchung zu führen, den Ehebund einzugehen.«

Bei Gott, warum hatte Dom heute Abend solche Probleme mit dem Atmen? Er musste mit jemand anderem tanzen, damit der Tanz mit Miss Stern nicht den Anschein erweckte, als sei er etwas Besonderes gewesen. »Ich habe Lady Mary entdeckt. Ich glaube, ich werde sie um diesen Tanz bitten.«

Alvanley verneigte sich. »Viel Erfolg.«

Er bat Lady Mary tatsächlich um einen Tanz, und Lady Jane auch. Er mied Miss Turley, auch wenn ihre Blicke seinen Hinterkopf durchbohrten. Schließlich beschloss er dann aber doch, dass es unhöflich sein würde, nicht mit ihr zu tanzen. Er verneigte sich. »Würden Sie mir die Ehre dieses Tanzes erweisen?«

Sie lächelte höflich, doch der Blick aus ihren blauen Augen war so kalt wie Eis. »Selbstverständlich, Milord. Wie gut, dass Sie bis zum Ende des Abends gewartet haben, denn vorher hätte ich Sie abweisen müssen.«

»Dann will ich mich glücklich schätzen, dass Sie jetzt einen Tanz frei haben.« Er erwiderte ihr Lächeln. Zum Glück hatte er bereits beschlossen, sie nicht zu heiraten, denn sonst hätte er vermutlich erst viel zu spät festgestellt, dass sie ein solch giftiges Weib war.

Nach dem Tanz führte er sie zurück zu ihrer Cousine. »Ich sollte zurück zu meiner Mutter gehen. Sie wird sicher bald aufbrechen wollen. Ich wünsche Ihnen noch einen schönen Abend.«

»Das wünsche ich Ihnen ebenfalls, Milord.«

Elizabeth Turley sah Merton nach, während er sich einen Weg durch den überfüllten Saal bahnte. »Was soll ich nur tun, Lavvie? Vater setzt alles auf Merton.«

Ihre Cousine, Lady Lavinia Manners, seufzte. »Er scheint das Interesse verloren zu haben. Du wirst womöglich zu drastischeren Mitteln greifen müssen.«

»Und die da wären?«

»Hmm.« Sie tippte sich mit dem Fächer gegen die Wange. »Vielleicht musst du dir etwas überlegen, durch das er gezwungen wäre, dich zu heiraten.«

Elizabeth schloss einen Moment lang die Augen. Lavvies Idee würde niemals funktionieren. »Du kennst doch seinen Ruf. Er ist so spießig, dass er seine Mätresse nur hochgeschlossene Kleider hat tragen lassen und ihr nur unauffälligen Schmuck gekauft hat.«

»Wie, um alles in der Welt, hast du davon erfahren?«, quietschte ihre Cousine. »Du sollst doch nicht über Mät- äh, diese Art von Frau Bescheid wissen.«

»Pst, sonst hört uns noch jemand. Was glaubst du denn, von wem ich es weiß? Mein Bruder hat mir davon erzählt. Gavin war zusammen mit Merton in Oxford.«

Lavvie wedelte mit ihrem Fächer. »Gavin sollte dir von solchen Dingen nichts erzählen.«

Elizabeth zuckte mit den Achseln. »Er hat es mir nur gesagt, weil er mein Interesse an Merton bemerkt hat.« Sie senkte die Stimme zu einem Flüstern. »Jemand muss uns aus dieser Misere retten.«

»Würde Gavin dir mit Merton helfen?«

»Nein.« Elizabeth schüttelte den Kopf. »Mein Bruder kann ihn nicht leiden. Gavin sagt, er sei ein Langweiler und würde mich unglücklich machen.«

»Unglücklich ist man, wenn man nicht genügend Geld hat, um zu überleben. Wenigstens ist deine Mitgift sicher.«

»Ja, wie gut, dass mein Großvater so vernünftig war, sie nicht von meinem Vater verwalten zu lassen. Ich wünschte, ich könnte aus Liebe heiraten.« Elizabeth blinzelte, um die Tränen zu unterdrücken. »Doch ich habe eine Pflicht meiner Familie gegenüber. Wir müssen uns etwas einfallen lassen, und zwar schnell.«

»Du bist nicht die Einzige, die Opfer aufbringen muss.«

Elizabeth nickte. Lavvie war gezwungen gewesen, einen Mann zu heiraten, der sie größtenteils ignorierte und ihr dann die Schuld dafür gab, dass sie ihm keinen Erben schenkte.

»Genug davon«, sagte sie mit fester Stimme. »Was geschehen ist, ist geschehen.« Sie schlug sich mit ihrem Fächer aus Federn in die Handfläche. »Lass mich darüber nachdenken. Mir wird schon etwas Raffiniertes einfallen.«

Elizabeth presste die Lippen zu einer dünnen Linie zusammen. Die Pläne ihrer Cousine waren nicht immer gerade die besten, doch welche Wahl hatte sie schon? »Solange dabei mein Ruf nicht ruiniert wird.«

Nachdem Lord Merton gegangen war, tanzte Dotty zu jedem Stück. Als ihr die Füße schließlich schmerzten, ging sie zurück zu Grace und den anderen. »Es war ein so wundervoller Abend.«

Louisa lächelte sie an, und Charlotte sagte: »Du bist ein wahrer Erfolg. Ob die Gentlemen sich wohl einen albernen Namen für uns überlegen werden?«

Fragend legte Louisa den Kopf schief. »Wie meinst du das?«

Dotty lachte. »Letztes Jahr hat man Charlotte und mich bei uns auf dem Land Sonne und Mond genannt.«

»Ah«, Louisas Augen leuchteten erheitert, »ich verstehe. Nun, es wäre doch schön, wenn sie sich etwas für uns drei überlegen würden.«

Hinter ihnen stieß Matt ein knurrendes Geräusch aus. Charlotte und Louisa begannen zu kichern. Er hatte einen sehr ausgeprägten Beschützerinstinkt, was wahrlich amüsant war.

»Wenn er so weitermacht, hält er es niemals bis zum Ende der Saison aus.« Grace fasste ihn am Arm. »Komm, Liebster. Im Salon wartet ein Brandy auf dich.«

Tatsächlich warteten Wein, Kräcker, Obst, Käse und Brandy auf sie, als sie nach Hause kamen.

Louisa nahm sich ein Glas Wein und fiel über die Kräcker her. »Ich bin am Verhungern. Im *Almack's* gibt es nichts als Butter und Brot.«

»So war es schon immer.« Grace steckte ihren Löffel in den Stilton. »Deshalb das Aufgebot hier. Mir ist schleierhaft, wie man erwarten kann, den ganzen Abend ohne Nahrung durchzutanzen.«

Dotty aß ein paar Erdbeeren und etwas vom Weichkäse. »Dem kann ich nur zustimmen. Ich habe einen Bärenhunger.«

»Vielleicht sollten wir etwas Brot und Fleisch dazu holen«, sagte Matt und erhob sich.

Nachdem ihr Hunger gestillt war, gingen Dotty, Louisa und Charlotte hoch in ihren Salon. Plötzlich stiegen Dotty die Freudentränen in die Augen. Hier bei Charlotte zu sein, war genauso, wie sie es sich erhofft hatte. Selbst die Tatsache, dass Merton sie den restlichen Abend ignoriert hatte, war nicht von Belang. »Ich bin so froh, hier zu sein.«

Charlotte schloss sie in die Arme. »Das bin ich auch. Ohne dich wäre die Saison nicht dasselbe gewesen.«

»Das finde ich auch.« Louisa öffnete die Tür. »Wir drei werden so viel Spaß haben.«

Dotty nahm auf dem Sofa Platz und ließ den Abend Revue passieren. Lord Harrington hatte zweimal mit Charlotte getanzt. Lord Bentley hatte Louisa mehrmals aufgefordert, doch ihre Tanzkarte war bereits gefüllt gewesen. Sie beichtete Dotty, dass, selbst wenn sie es nicht gewesen wäre, sie nicht mehr als einmal mit ihm getanzt hätte.

Dennoch war Dotty beeindruckt. »Wie es aussieht, habt ihr zwei bereits Verehrer.«

Louisa ließ sich in einen Sessel fallen. »Bitte, sag so etwas nicht. Lord Bentley ist sehr nett, aber ich empfinde nichts als Freundschaft für ihn.«

»Der arme Bentley.« Die stets mitfühlende Charlotte machte ein langes Gesicht. »Du wirst ihm das Herz brechen.«

»Das ist nicht meine Absicht. Wenn er doch nur meine Anzeichen richtig deuten würde.« Louisa seufzte. »Es ihm allzu direkt ins Gesicht zu sagen, wäre, als würde man einen Welpen treten.«

»Vielleicht fällt uns ja etwas ein«, sagte Dotty. »Und du, Charlotte? Würdest du dir auch wünschen, dass Lord Harrington weiterzieht?«

»Nein.« Ihre Mundwinkel hoben sich zu einem sanften Lächeln. »Wie ich bereits sagte, es ist noch früh, aber ich glaube, ich könnte meine Partie gefunden haben.«

Kurze Zeit später musste Dotty gähnen. »Ich werde mich nun ins Bett verabschieden. Wir sehen uns morgen früh.«

Als sie ihr Schlafgemach betrat, fand sie ihre Zofe zusammengerollt in einem Sessel vor. »Aufwachen, Schlafmütze. Ich bin zurück.«

Polly riss den Kopf in die Höhe. »Oh, Miss. Es tut mir so leid. Ich muss eingeschlafen sein.«

»Legen Sie sich nächstes Mal lieber aufs Sofa. Dort wird es sehr viel bequemer sein.« Dotty wünschte, sie könnte ihrer Zofe sagen, sie müsse nicht wegen ihr aufbleiben, doch es gab sonst niemanden, der ihr helfen konnte. »Leider könnte ich mich ohne Ihre Hilfe niemals aus diesem Kleid schälen.«

»Das macht nichts.« Polly gähnte. »May hat mir schon von den späten Abenden erzählt.«

Dotty presste die Lippen aufeinander. »Wie dem auch sei, Sie brauchen ebenfalls Ihren Schlaf. Versuchen Sie doch bitte tagsüber die Zeit für ein Nickerchen zu finden, oder wenn das nicht möglich ist, schlafen Sie ruhig, sobald ich gegangen bin. Ich verspreche Ihnen, dass ich Verständnis haben werde.«

Sobald sie ihr Nachgewand anhatte, ließ sie ihre Zofe gehen und setzte sich ans Fenster. Heute Abend war alles perfekt gewesen. Die Gentlemen waren höflich und hatten gut getanzt, doch Merton war eindeutig der attraktivste, anmutigste und freundlichste von allen gewesen. Dank ihm hatte sie ihren ersten Londoner Walzer tanzen dürfen. Auch wenn er sie nicht erneut aufgefordert hatte, so hatte sie seine verstohlenen Blicke bemerkt, die er ihr den ganzen Abend zugeworfen hatte, und er hatte auch mit keiner anderen Dame mehr als einmal getanzt.

Sie seufzte. Es war wahrscheinlich viel zu früh, um Gefühle zu entwickeln. Dann erinnerte sie sich an die Erzählungen ihrer Mutter, wie sie ihren Vater zum ersten Mal gesehen hatte und sofort wusste, dass er der Richtige war. Vielleicht würde es bei ihr auch so sein. Doch würde der Gentleman ihre Gefühle erwidern? Vielleicht hätte sie sich die Geschichte auch aus der Sicht ihres Vaters erzählen lassen sollen.

KAPITEL 6

Dom half seiner Mutter beim Einstieg in die Kutsche, die vor dem *Almack's* auf sie wartete, und schloss dann die Tür. »Ich habe beschlossen, zu Fuß zu gehen.«

»Dann gute Nacht, mein Lieber. Ich werde nicht aufbleiben.«

Er klopfte gegen die Seite des Gefährts, und es setzte sich in Bewegung. Alvanleys Kommentare zu Miss Stern trieben noch immer ihr Unwesen in seinem Kopf und wollten ihm keine Ruhe lassen. Die Tochter eines Baronets. Viele Mitglieder des Adels würden sich dabei natürlich nichts denken. Schließlich war sie eine Lady. Doch der Marquis of Merton, hatte sein Onkel gesagt, heiratete niemals außerhalb seines Adelsstands. Selbst wenn es sich um ein altes und angesehenes Familiengeschlecht handelte.

Das Problem war, dass sie alles war, was er sich je erträumt hatte. Nicht, dass er sich in seinen Träumen tatsächlich eine Lady ausgemalt hatte, doch sobald er sie gesehen hatte, wusste er, dass es sie war, die er wollte. Und letzte Nacht hatte er von ihr geträumt.

Volle, rosafarbene Lippen und Haar, das dunkler war als die Nacht und sich in Locken um ihre schmalen Schultern legte. Ihre grünen Augen waren schöner als Smaragde. Verheißungsvoll hatte ihr Kleid angedeutet, was sich darunter verbarg. Ihr Korsett war gerade tief genug geschnitten gewesen, dass er die lieblichen, porzellanweißen Wölbungen hatte erahnen können. Er hatte die tiefen Ausschnitte nie gemocht, die andere Gentlemen so bewunderten, doch er wollte verdammt sein, wenn er sich nicht gewünscht hätte, dass ihr Kleid noch ein klein wenig tiefer ausgeschnitten gewesen wäre. Allerdings hätten dann auch andere Herren ihre Reize zu sehen bekommen. Der Gedanke gefiel ihm nicht. Sie entfachte ein Verlangen in ihm, das er noch nie zuvor für eine Frau empfunden hatte. Eventuell war das jedoch genau der Grund, weshalb er sich weiter umsehen sollte. Leidenschaft, oder vielmehr Liebe, sollte in einer Ehe vermieden werden.

Onkel Alasdair hatte gesagt, dass es immer übel endete. Es hatte zum vorzeitigen Tod von Doms Vater und seinem Großvater vor ihm geführt. Sein Onkel hatte ihm erzählt, wie sein Vater vor seiner Mutter hatte angegeben wollen, bevor er starb, und sein Großvater hatte versucht, einen Sturm zu bezwingen, um zu seiner Großmutter zu gelangen, als diese krank war. Großmutter hatte überlebt, doch sein Großvater hatte sich nie von der Unterkühlung erholt, die er sich zugezogen hatte. Welches Unheil würde Dom befallen, und somit auch seine Familie, wenn er aus Liebe statt aus Pflichtgefühl heiratete?

Er bog in den Grosvenor Square ein und hob die Schultern, um die Anspannung zu lösen, die sich dort festgesetzt hatte. Er hatte Miss Stern in die Oper eingeladen, doch danach sollte er sie wohl lieber aus seinen Gedanken verbannen. Die Tür öffnete sich, als er die Treppen erklomm. Er reichte seinem Bediensteten den Hut und Gehstock. »Guten Abend, Paken.«

Sein Butler verneigte sich. »Ich hoffe, Sie hatten einen angenehmen Abend, Milord.«

»Wie erwartet.« Dom wandte sich nach links und folgte dem Korridor in sein Arbeitszimmer. Er trank nicht oft, doch jetzt brauchte er dringend einen Brandy.

Eunice wandte den Kopf zur Tür, die in den Korridor führte. »Und?«

»Er ist zu Hause, Milady«, sagte ihre Zofe. »Sieht nicht gerade erfreut darüber aus. Ist postwendend in seinem Arbeitszimmer verschwunden und hat sich Brandy bringen lassen.«

»Das könnte ein gutes Zeichen sein. Für gewöhnlich trinkt er keine Spirituosen und schon gar nicht allein.« Dank all dem Unfug, den Alasdair in Dominics Kopf gepflanzt hatte, konnte sie das allerdings nicht mit Sicherheit sagen. Eine Mutter sollte ihren Sohn besser kennen, als sie es tat.

»Matilda, glaubst du, er könnte von Miss Stern angetan sein?«

Matilda schürzte die Lippen. »Es fiel ihm heute Abend sichtlich schwer, den Blick von ihr zu abzuwenden. Andererseits hat er sie aber auch nicht bevorzugt.«

»Nein.« Eunice runzelte die Stirn. »Allerdings würde ich auch nicht erwarten, dass er es im *Almack's* andeutet, selbst wenn er Interesse hat. Es würde zu viel Gerede nach sich ziehen. Und er hat es geschafft, als Erster mit ihr den Walzer zu tanzen.«

Ihre Cousine schwieg einen Moment lang und sagte dann: »Vielleicht wird er sich auf dem Ball der Featheringtons etwas mehr vorwagen. Er ist übervorsichtig.«

»Seinem Vater so unähnlich.« Eunice seufzte. »Als David mich das erste Mal sah, hat er sich eine Vorstellung ergaunert und ist mir dann bis zu seinem Unfall kaum von der Seite gewichen.«

Sie blinzelte die Tränen fort.

Matilda lehnte sich zu Eunice herüber und tätschelte ihr die Hand. »Aber, aber. Du hattest nicht viel Zeit mit ihm, aber du hattest die Gewissheit, dass er dich liebt.«

Sie zog ihr Taschentuch hervor und tupfte sich die Wangen ab. »Das stimmt. Ich habe nicht eine Sekunde an seiner Liebe gezweifelt. Wenn Dominic doch nur diese Art von Liebe finden könnte, dann würde ich mich nicht so um ihn sorgen.« Sie schniefte ein letztes

Mal und trank einen Schluck Wein. »Was wissen wir über das Mädchen?«

»Laut deiner Cousine, Grace, ist sie die Tochter eines örtlichen Gutsherrn. Sir Henry Stern ...« Matilda erzählte Eunice alles, was sie im Laufe des Abends hatte in Erfahrung bringen können. Es war nicht viel, da Grace mit den Mädchen und ihrer Stiefschwiegermutter beschäftigt gewesen war sowie mit Freunden, die vorbeigekommen waren. Doch es reichte Eunice, um sich ein Bild zu verschaffen.

Sie nahm einen weiteren Schluck Wein. »Miss Stern klingt perfekt. Jemand, der Dominic herausfordern wird, statt sich von ihm einschüchtern zu lassen.«

»Ich stimme dir zu, aber wie wollen wir es anstellen?«

Während sie darüber nachdachte, trommelte sie mit den Fingern auf dem runden Beistelltischchen. »Zuerst müssen wir sicherstellen, dass Miss Stern Interesse an meinem Sohn hat und dass er dieses erwidert. Sobald wir das wissen, wird mir bestimmt etwas einfallen. David hat immer gesagt, ich sei die einfallsreichste Person, die er kennt.«

Als Dom am nächsten Tag erwachte, zerbrach er sich noch immer den Kopf über Miss Stern. Er musste einen Weg finden, sie zu meiden. Er stöhnte. *Die Kutschfahrt!* Er hatte sich heute zu einem Ausflug mit ihr verabredet. Ihn plagte ein schlechtes Gewissen, und er konnte die strenge Stimme seines Onkels förmlich hören, die ihn für seine Entscheidung rügte. Doch er war selten glücklicher gewesen und freute sich darauf, mehr Zeit mit ihr zu verbringen. Um sein Pflichtgefühl zu beruhigen, beschloss er, zu Hause zu bleiben und sich den Wirtschaftsbüchern zu widmen, bis es Zeit war aufzubrechen.

Am späten Morgen wurde er von seinem Cousin Worthington unterbrochen, der in sein Arbeitszimmer marschierte. Dom blickte auf und widerstand dem Drang, ihn böse anzufunkeln. »Gibt es einen Grund, weshalb mein Butler dich nicht angekündigt hat?«

»Weil ich ihn darum gebeten habe, es nicht zu tun.« Unaufgefordert ließ Worthington sich in einen Sessel fallen, so als fühlte er sich ganz Zuhause.

»Hör mal, Worthington. Es gefällt mir nicht, unangekündigt gestört zu werden.«

Sein Besucher hob eine Braue. »Mir auch nicht. Und doch scheint es dir nichts ausgemacht zu haben, dich rücksichtslos über meinen Butler hinwegzusetzen.«

Nun, das stimmte wohl, aber das war etwas anderes gewesen. »Ich bin das Oberhaupt dieser Familie.«

»Du bist nicht das Oberhaupt meiner Familie«, knurrte Worthington.

Dom beschloss, die schlechte Laune seines Cousins zu ignorieren. »Mein Onkel hat gesagt ...«

»Es interessiert mich einen feuchten Kehricht, was der alte Windbeutel gesagt hat.« Worthington lehnte sich vor und seine Hände umklammerten die Sessellehne. »Ich zeige dir die Urkunde, wenn du mir nicht glaubst.«

Dom kannte die Urkunde natürlich. Und auch wenn sein Onkel das Gegenteil behauptete, waren die Titel unabhängig voneinander. Doch da ein Marquis rangmäßig über einem Earl stand, hatte Onkel Alasdair darauf bestanden, dass Dom trotzdem das Oberhaupt der Worthington Familie war. Jetzt, wo sein Onkel tot war, konnte er sich jedoch nicht erklären, was ihn dazu verleitete, Worthington weiterhin bei jedem Treffen so zu reizen. Aber er schien einfach nicht widerstehen zu können. »Ich habe viel zu tun. Warum bist du hier?«

Worthington lehnte sich wieder zurück. »Um mit dir über Miss Stern zu sprechen, ehe sich da etwas anbahnen kann.«

Dom hatte noch nie den Drang verspürt, einen Mann beim Hals zu packen, doch dies erschien ihm wie ein hervorragender Augenblick, um damit anzufangen. »Wovon redest du?«

»Von dir. Dotty hat etwas Besseres verdient, als sich von einem Griesgram wie dir umwerben zu lassen.«

In seinen Handflächen sammelte sich der Schweiß, während er mit seinem Bleistift auf den Tisch tippte. Würde sein Cousin es ihm verbieten, sie zu sehen? Selbst der Name, Dotty, den er anfangs verabscheut hatte, schien ihn nicht mehr so zu stören. »Wer hat gesagt, dass ich sie umwerbe?«

Worthington lehnte sich wieder vor und zog die Brauen zusammen. »Genau das meine ich. Du interessierst dich nur für dich selbst und dafür, wie wichtig du bist.«

Seine Hände ballten sich zu Fäusten. »Du weißt nichts über mich.«

»Ich weiß, für wen du stimmst«, zischte Worthington. »Ich weiß, dass du die Korngesetze befürwortet hast, die dafür sorgen werden, dass Männer, Frauen und Kinder verhungern.«

Natürlich hatte Dom für die Gesetze gestimmt. Sein Onkel hatte ihm erklärt, wie sie dem Land zugutekommen würden. »Die Regierung zu unterstützen ist der richtige Weg.«

»Nur wenn man ein Großgrundbesitzer ist, der sich um nichts und niemand anderen schert.« Worthington spannte den Kiefer an. »Aber ich bin nicht gekommen, um dir einen Vortrag über Politik zu halten. Wie kannst du behaupten, sie nicht zu umwerben, wenn du dich mit ihr für die Oper verabredet hast, dich ausgerechnet von Countess Esterhazy – dem neugierigsten Klatschweib ganz Londons – zum Walzer mit Dotty hast vorstellen lassen, und du sie heute zu einer Kutschfahrt im Park eingeladen hast? Glaubst du ernsthaft, dass der restliche *ton* so optimistisch sein wird wie du? *Du* wirst auf sie aufmerksam machen, und was wird dann aus ihr, wenn du sie beiseite wirfst? Kümmert es dich überhaupt? Schließlich ist sie lediglich die Tochter eines Gutsherrn vom Lande.«

Der Bleistift, den Dom gehalten hatte, brach entzwei. Wut pulsierte durch seine Adern und er wollte mit der Faust ausholen. Er zwang sich zur Ruhe. Eine Prügelei mit seinem Cousin würde ihm nicht helfen. »Und was soll ich deiner Meinung nach tun?«

»Sag deine Pläne ab. Sag, dass du dich um einen Notfall in Merton oder auf einem deiner anderen Anwesen kümmern musst, und verlasse die Stadt.«

Er atmete durch die Nase und konnte sich nur mit Mühe davon abhalten, sich über den Schreibtisch und auf Worthington zu stürzen. Sein ganzes Leben hatte er immer das getan, was andere von ihm verlangten. Das würde nun ein Ende haben. Verflucht. Tochter eines Baronets hin oder her, er wollte sie. »Nein. Wenn nötig, werde ich ihren Vater aufsuchen und um seine Erlaubnis bitten, aber du wirst mich nicht davon abhalten, sie zu *umwerben*.«

Worthington erhob sich aus dem Sessel, seine Hände zu Fäusten geballt.

Dom stand ebenfalls auf, seine Augen noch immer auf die seines Cousins gerichtet. Er machte einen Schritt zur Seite, um den Schreibtisch herum.

Dann öffnete sich die Tür.

»Da bist du ja, Worthington.« Eunice lächelte, als sie den Raum betrat. »Grace hat mir einen Besuch abgestattet und gesagt, dass du vielleicht hier steckst. Ach was, ihr müsst euch doch nicht meinetwegen erheben. Ich bin gekommen, um euch beide einzuladen, uns beim Tee Gesellschaft zu leisten.«

Eunice ließ den Blick von ihrem Sohn zu Worthington gleiten. Grace hatte recht gehabt. Die beiden Dummköpfe waren kurz davor gewesen, sich gegenseitig umzubringen. Eunice ergriff Worthingtons Arm mit beiden Händen. »Ein Nein werde ich nicht akzeptieren, also komm mit. Wir sehen dich und deine Familie nicht ansatzweise oft genug. Und dich auch nicht, Dominic. Du verbringst viel zu viel Zeit damit, dich um die Anwesen zu kümmern.« Sie wandte sich zurück an Worthington. »Du kannst dir nicht vorstellen, wie froh ich bin, dass du dich mit Grace vermählt hast. Ich bin eine entfernte Cousine von ihr und ihre Mutter war meine beste Freundin. Ich habe so gehofft, dass sie glücklich wird.«

Sie setzte ihr bedeutungsloses Gerede fort, um keinen der beiden auch nur für eine Sekunde zu Wort kommen zu lassen, während sie Worthington förmlich hinter sich herschleifte. Gott sei Dank war sie rechtzeitig gekommen, um die Prügelei zu verhindern. Männer! Was würden sie als nächstes anstellen? Sie hatte zwar kein Problem damit, wenn Dominic jemandem eine verpasste, aber es durfte nicht seinen Cousin erwischen. Grace und sie mussten einen Weg finden, die beiden Familien zu versöhnen. Die Feindseligkeit bestand schon viel zu lange.

Guter Gott, der Weg zum kleinen Salon war ihr noch nie so lang erschienen. Eunice war sehr dankbar für die Informationen, die Grace ihr über Dotty gegeben hatte. Eunice konnte es tatsächlich kaum erwarten, die junge Lady offiziell kennenzulernen. Doch es bedurfte noch viel Arbeit, um Dominic davon zu überzeugen, für sich selbst zu denken. Vielleicht war heute ein Anfang.

Graces Blick zuckte auf, als Eunice den kleinen Salon betrat. Sie nickte unmerklich, und Grace schien endlich weiter zu atmen. Männer machten alles so viel komplizierter, als es sein musste. Doch in diesem Fall könnte ein Funken der richtigen Art von Widerstand genau das sein, was Dominic benötigte, um ihn näher an Miss Stern zu locken.

Am gleichen Nachmittag nahmen Dotty, Louisa und Charlotte im kleinen Salon, der sich im ersten Stock und am hinteren Ende von Stanwood House befand, den Tee zu sich. Sie waren gerade dabei, die Renovierungen von Worthington House zu besprechen, wo sie nach der Saison verweilen würden.

Dotty schluckte einen weiteren Bissen der köstlichen Ingwerkekse hinunter. »Wann sind die Renovierungen weit genug fortgeschritten, damit wir sie uns ansehen können?«

»Ich denke, in etwa einem Monat«, sagte Charlotte und setzte ihre Tasse ab. »Sie werden nicht vor dem Spätsommer fertig sein.«

Offenbar musste das gesamte Stockwerk mit dem Unterrichtsraum sowie zahlreiche andere Räume saniert werden. »Werdet ihr diesen Sommer trotzdem noch nach Stanwood Hall kommen?«

Charlottes Lächeln machte einen traurigen Eindruck. »Ja, zumindest für den Großteil des Sommers. Matt besteht darauf, dass Charlie mit seinem Anwesen vertraut bleibt. Den Rest des Jahres werden wir in Worthington Hall verbringen.« Sie hielt einen Augenblick lang inne. »Selbst in dieser kurzen Zeit hat Matt uns so vieles erleichtert.«

Seit dem Tod ihres Vaters war Charlottes Bruder Charlie der Earl of Stanwood, allerdings war er erst sechzehn Jahre alt und noch in der Schule. Grace war für das Anwesen zuständig gewesen.

»Tatsächlich wissen wir noch nicht, wann wir in Worthington Hall sein werden«, fügte Louisa hinzu. »Da Grace schwanger ist und wir so viele Kinder sind, lässt Matt es ebenfalls renovieren. Vielleicht werden wir doch viel länger in Stanwood verweilen.«

Was für Neuigkeiten! »Grace bekommt ein Kind?«

»Ja.« Charlotte lachte leise. »Unsere Hochzeitswünsche wurden offenbar erhört. Die Geburt steht für den Dezember an.«

»Eure Hochzeitswünsche?«

»Ich wünschte, du wärst dabei gewesen.« Ihre Augen leuchteten. »Wir haben Charlie dazu überredet, einen Brief vorzulesen, den wir zusammen geschrieben hatten. Er endete mit dem Wunsch nach mehr Kindern.«

»Als wären elf nicht genug!« Dotty konnte sich ein Lachen nicht verkneifen. »Dann sollte er vielleicht lieber einen ganzen Flügel anbauen lassen.«

Sie redeten über die Änderungen, die derzeit an dem Anwesen vorgenommen wurden, und die Empfänge, auf die sie am heutigen Abend gehen würden. Dann richtete Louisa ihren Blick auf Dotty. »Unternimmst du heute Nachmittag wirklich eine Kutschfahrt mit Merton?«

Sie lächelte und hoffte, dass die Vorstellung, Merton könne sie umwerben, keinen Keil zwischen sie treiben würde. »Das werde ich. Ich habe gehört, was ihr über ihn zu sagen habt, aber bis er sich mir gegenüber wie jemand benimmt, dessen Bekanntschaft ich meiden möchte, werde ich ihm gestatten, mir Gesellschaft zu leisten. Gestern Abend war er wirklich überaus hilfsbereit.«

Louisa runzelte die Stirn. »Aber nur, weil er mit dir tanzen wollte.«

»Ich kann nicht leugnen, dass er davon profitiert hat, aber das habe ich ebenfalls. Außerdem hat er dann seine Pflicht erfüllt, indem er mit anderen jungen Damen getanzt hat.«

Charlotte seufzte. »Er ist wirklich ziemlich schön anzusehen.«

»*Charlotte*«, riefen Louisa und Dotty im Chor. Dotty lachte. »Schön, aber wie Vater immer sagt, schön ist nur, wer Schönes tut. Wir werden sehen.«

»Ich möchte nicht, dass du verletzt wirst«, sagte Louisa sanft.

Dotty ergriff die Hände ihrer neuen Freundin. »Das möchte ich auch nicht. Doch Risiken einzugehen, ist Teil des Lebens.«

Ein Klopfen ertönte an der Tür und ein Bediensteter trat ein. »Miss, Lord Merton wartete auf Sie.«

»Richten Sie ihm bitte aus, dass ich sofort komme.«

»Sehr wohl, Miss.«

Sie setzte die Haube auf und zog die Handschuhe an, die sie mit in den Salon gebracht hatte, dann blickte sie zu ihren Freundinnen. »Vielleicht sehen wir uns im Park?«

»Das werden wir. Wir lassen dich doch nicht im Stich.« Louisa umarmte Dotty. »Wir werden in Kürze aufbrechen. Charlotte wird die Kutsche fahren. Solltest du gerettet werden müssen, können wir dich fortbringen.«

Dotty stieg die Treppen hinab und war überrascht zu sehen, dass Merton am Fuße der Treppe wartete und zu ihr aufblickte. Sie hatte gedacht, der Butler würde ihn in einem Salon warten lassen. Sein Blick war so warm, dass es ihre Wangen zum Glühen brachte. Charlotte hatte recht; er war überaus attraktiv.

Als Dotty die unterste Stufe erreichte, nahm er ihre Hand in die seine. »Sie sehen zauberhaft aus.«

»Ich danke Ihnen, Milord.«

Sie wollte einen Knicks machen, doch er hielt sie aufrecht und legte sich stattdessen ihre Hand auf den Arm. »Ich wusste nicht, was Ihnen gefällt, also habe ich ein weniger temperamentvolles Paar aus meinen Stallungen mitgebracht.«

»Ich danke Ihnen für die Rücksicht, aber das wäre
nicht nötig gewesen.« Als sie auf den Gehweg traten,
sah sie, wie das perfekt aufeinander abgestimmte Paar
geduldig auf sie wartete. »Oh, wie schön! Grauschim-
mel sind meine Lieblingspferde.«

Er lächelte ihr zu und half ihr dabei, auf den dunkelgrünen Zweispänner mit gelben Verzierungen zu steigen. Die Sitze waren aus grauem Leder gefertigt, das
zwei Nuancen dunkler war als die Pferde. »Es freut
mich, dass sie Ihnen gefallen. Kennen Sie sich mit Pferden aus?«

»Ja, mein Vater ist ein Gutsherr. Ich reite fast so lange
wie ich laufen kann, und ich habe gelernt, eine Kutsche
zu lenken, als ich gerade einmal zehn Jahre alt war. Zu
Hause habe ich meinen eigenen Einspänner, der ist
aber nicht annähernd so schön wie diese Kutsche.«

Obwohl er sich noch immer über Worthingtons Besuch vorhin ärgerte, schien Miss Stern nichts davon zu
wissen. Dom ging um die Kutsche herum. Sie verdiente
ein Gefährt, das mindestens genauso schön war wie sie.
Sie schwieg, während er durch die viel befahrenen
Straßen steuerte, doch er spürte, dass sie alles um sich
herum aufnahm. »Ist dies das erste Mal, dass Sie den
Park in einer Kutsche besuchen?«

Was für eine törichte Frage. Er wusste, dass es das
erste Mal war. Doch als sie mit diesen grünen Augen zu
ihm aufsah, fühlte er sich plötzlich ganz und gar nicht
mehr närrisch.

»Sie gehen sehr gekonnt mit den Pferden um.«

Doms Brust schwoll an. Seit wann war das Kompliment einer Frau von so großer Bedeutung? »Ich danke
Ihnen. Ich bin ein Mitglied des *Four Horse Clubs*.«

Gütiger Gott, jetzt prahlte er auch noch. Und ihrem
verwirrten Gesichtsausdruck nach zu urteilen, wusste
sie nicht einmal, wovon er sprach. »Ach was. Das ist

nicht wichtig. Hatten Sie gestern Abend Spaß im *Almack's*?«

Ihr kam ein leises Kichern über die Lippen. »Ja, allerdings. Ich habe zu jedem Stück getanzt. Es war sehr freundlich von Ihnen, dafür zu sorgen, dass ich den Walzer tanzen durfte.«

»Gern geschehen. Es war das Mindeste, das ich tun konnte.« Dom musste sich ein Stöhnen verkneifen. Von töricht zu unerfahren. Was war nur los mit ihm?

»Wir alle drei haben heute so viele Gedichte und andere kleine Geschenke erhalten, dass ich ganz erstaunt war.«

Das war es, was er vergessen hatte. Verflucht sei Worthington dafür, dass er ihn aus dem Konzept gebracht hatte. »Das war nur zu erwarten. Sie drei waren die lieblichsten jungen Damen im Saal.«

Ihr stieg eine zarte Röte in die Wangen und sie wandte ihr Gesicht ab, sodass nur ihr Profil zu sehen war.

»Charlotte und Louisa hatten gesagt, dass so etwas eventuell passieren könnte, aber ich habe wahrhaftig nicht damit gerechnet.«

Als sie sich dem *Serpentine* näherten, dem Wasserweg, der sich durch einen Teil des Parks schlängelte, erweckte etwas am Wasser Miss Sterns Aufmerksamkeit. Er konnte lediglich ein paar Jungen mit einem Sack erkennen.

»O nein. Nicht hier auch noch!« Sie warf ihm einen hastigen Blick zu. »Milord, bitte, Sie müssen anhalten.«

Sobald die Kutsche sich verlangsamt hatte, sprang sie vom Gefährt, noch ehe er die Chance hatte, ihr beim Abstieg zu helfen. Ihre Röcke wehten ihr um die Knöchel, als sie auf die beiden Jungen zueilte. »Aufhören. Sofort!«

Zu Doms Erstaunen gehorchten sie ihr. Er betätigte die Bremse der Kutsche und folgte ihr. Er konnte zwar nicht hören, was gesagt wurde, da er ihr aber schon einmal dabei zugehört hatte, wie sie einem Mann die Leviten las, konnte er es sich gut vorstellen. Sie war so herrisch wie eine Duchess, deren Wut entfacht worden war. Sie verhielt sich ganz und gar nicht so, wie er es von der Tochter eines Baronets erwartet hätte. Wer wusste schon, wie diese Raufbolde darauf reagieren würden?

Als Miss Stern nach dem Sack griff, verzogen die jungen Männer mürrisch das Gesicht. Sie waren beide größer als sie und – ihrer zerlumpten Kleidung nach zu urteilen – trieben sie sich eher in den unteren Gesellschaftsschichten herum.

Der, der den Sack umklammerte, funkelte sie finster an. »Was haben Sie vor? Das hier geht Sie nichts an.«

Sie verengte die Augen und die Schärfe in ihrer Stimme überraschte ihn. »Das tut es sehr wohl, wenn sich in dem Sack das befindet, wovon ich ausgehe.«

Der Sack zappelte und gab ein kleines Fiepen von sich.

»Aha.« Sie streckte die Hand aus. Machte es eindeutig, dass sie erwartete, dass man ihr Folge leistete. »Überreichen Sie ihn mir, und zwar sofort.«

»Dotty«, Lady Charlotte tauchte neben Miss Stern auf, »was ist denn los?«

Dom blickte sich um; seine Cousine Louisa war ebenfalls hier. Nicht nur das, es bildete sich zudem eine kleine Zuschauerschar um sie herum.

»Kätzchen«, erwiderte Miss Stern. Der Junge wollte sich aus dem Staub machen, und sie griff nach ihm, um ihn aufzuhalten. »O nein, nicht so schnell. Gib sie her.«

»Wir erfüllen doch nur unsere Pflicht«, sagte der andere Knabe.

Pflicht. Rechtfertigte sie alles, selbst eine solche Grausamkeit? Wenn sie schon nicht auf sie hören würden, auf ihn würden sie es bestimmt. Er packte den Jungen, der den Sack festhielt, und umklammerte sein knochiges Handgelenk, bis er zusammenzuckte. »Miss Stern, Sie können ihm den Sack nun abnehmen.«

Sie griff in dem Moment zu als der Junge losließ. Der andere Bursche ging bedrohlich auf sie zu. »Uns wurde 'n Shilling versprochen, wenn wir die Katzen tot zurückbringen.«

Einer der Zuschauer, die sie umgaben, rang nach Luft, doch Dom konzentrierte sich gänzlich auf die Bedrohung gegen Miss Stern. »Ein Shilling für euch beide zusammen?«

Der junge Mann ließ den zappelnden Sack nicht aus den Augen, während er nickte.

Dom kramte in der Tasche seiner Weste und schnippte dem Jungen einen Taler zu, als dieser nach dem Sack greifen wollte. Er landete zu seinen Füßen. Dom blickte zu dem Knaben, dessen Arm er noch immer umklammert hielt. »Hier ist einer für jeden von euch. Und jetzt verschwindet.«

Der Junge, der die Kätzchen festgehalten hatte, machte den Eindruck, als wolle er diskutieren, sein Freund aber bemerkte die missbilligenden Blicke aus allen Richtungen und zog ihn fort. Die Knaben wechselten ein paar kurze Worte und machten sich dann davon.

Dom wandte sich an die Zuschauerschar, die sich um sie versammelt hatte. »Hier gibt es nichts mehr zu sehen.«

Er hörte leises Gekicher von einigen seiner Bekanntschaften aus dem *White's*. Verflucht, bis zur Abenddämmerung würde sich dies in der ganzen Stadt verbreitet haben.

»Retten Sie jetzt Tiere, Merton?«, bemerkte jemand in einem abfälligen Tonfall. »Was kommt wohl als Nächstes?«

Dom hob sein Monokel und betrachtete den beleibten Herrn von oben bis unten. Sein rotes Gesicht biss sich mit seiner lilafarbenen Jacke, die in der Taille so eng geschnitten war, dass er sicherlich ein Korsett tragen musste.

»Vielleicht sollte ich Sie vor Ihrem Schneider retten, Seymour.«

Der Mann hob das Kinn. »Dies ist die neueste Mode.«

Dom hob eine Braue. »Lavendelfarbene Hosen mit gelben Streifen?«

»Ich setze einen neuen Trend.«

Er erschauerte übertrieben. »Gott bewahre uns vor Ihrem Modegeschmack.«

Endlich zog Lord Seymour beleidigt von dannen. Dom sah sich nach weiteren Schaulustigen um, die ein wenig Motivation brauchten, um zu verschwinden, aber die Zuschauer machten sich bereits davon. Miss Stern, Louisa und Charlotte versammelten sich um den Sack.

»Was wirst du mit ihnen tun?«, fragte Louisa.

Es war das erste Mal, dass Miss Stern einen leicht verlorenen Eindruck machte. »Ich weiß es nicht.«

»Wir nehmen sie mit nach Hause«, bot Lady Charlotte an. »Du weißt doch noch, wie sich alle in Whiskers verliebt haben, nachdem du sie gerettet hast.«

Miss Stern schüttelte den Kopf. »Das kann ich nicht. Ich habe Vater versprochen, dass ich keine streunenden Tiere mit in euer Haus bringe.«

Mit einem Grinsen, das Dom nur als boshaft beschreiben konnte, blickte Louisa zu ihm. »Frag doch Merton, ob er sie nimmt.«

Miss Stern sah zu ihm auf, die Bitte in ihren schönen, grünen Augen war unverkennbar. »Ich weiß, dass dies ein großer Gefallen wäre, Milord, aber würden Sie es tun? Ihnen ein Zuhause geben, meine ich.«

In dem Moment hätte er alles für sie getan; seiner Cousine Louisa dabei eins auswischen zu können, war dabei nur ein zusätzlicher Vorteil. »Selbstverständlich.

Ich bin mir sicher, dass sie sich als nützlich erweisen werden.«

Das Lächeln, mit dem Miss Stern ihn bedachte, strahlte heller als die Sonne, der Mond und all die Sterne zusammen. »Ich danke Ihnen. Wir sollten sie schnell zu Ihnen nach Hause bringen. Ich kann sie nicht aus dem Sack lassen, ehe wir dort sind.«

»Natürlich.« Gerade, als er überlegte, wie er die Kätzchen auf der Kutsche festhalten sollte, nachdem er Dotty nach Hause gefahren hatte, löste Lady Charlotte das Problem.

»Wir werden alle mitkommen, um sicherzugehen, dass sie heil ankommen und sich wohlfühlen.«

Als sie zurück zu den Kutschen gingen, stand dort eine Kalesche am Wegesrand. Lady Bellamny, einer der Drachen des *tons*, nickte ihm zu. Was zum Teufel sollte das bedeuten?

Er neigte den Kopf. »Milady.«

»Es ist schön zu sehen, dass Sie endlich etwas Sinnvolles tun, Merton.«

Ehe er antworten konnte, wies sie ihren Kutscher an, weiterzufahren.

Neben dem Phaethon, in dem seine Cousinen hergefahren waren, stand ein Stallbursche, der den Damen beim Aufsteigen half.

Dom nahm Dotty den zappelnden Sack ab und gab ihn ihr wieder zurück, sobald sie sich gesetzt hatte. »Wie viele sind es?«

»Wir schätzen auf drei, aber sicher wissen wir es erst, wenn wir ihn aufmachen.«

Er ließ die Pferde antraben. »Katzen werden als nützlich erachtet. Ich frage mich, weshalb man die Jungs bezahlen wollte, um sie zu töten.«

Miss Stern kaute auf ihrer Unterlippe herum. »Es ist gut möglich, dass man ihr Fell verarbeiten wollte.«

»Fell?« Wie abscheulich. Er erinnerte sich daran, wie er die Küchenkatze hatte halten dürfen, als er noch jünger war, vor dem Tod seines Vaters. »Wer würde etwas kaufen wollen, das aus Katzenfell besteht?«

»Manchmal wird es als Kaninchen oder das Fell eines anderen Tieres ausgelegt.« Sie zog die Unterlippe zwischen die Zähne. »Danke, dass Sie sich bereit erklärt haben, sie zu nehmen.« Ihre Stimme, beinahe ein Flüstern, war voller Emotionen. »Ich weiß, dass Louisa es Ihnen schwer gemacht hat, abzulehnen.«

Er war froh, dass Louisa nur wenig mit seiner Entscheidung zu tun gehabt hatte. Seinen Entschluss hatte er aus Hochachtung vor Miss Stern getroffen. »Ganz und gar nicht. Ich hätte es auch dann angeboten, wenn meine Cousine nichts gesagt hätte.«

Miss Stern wandte sich zu ihm und da war wieder dieses Lächeln. »Ich weiß, dass Sie es getan hätten. Sie sind nicht annähernd so gemein, wie man Ihnen nachsagt.«

Was zum Teufel sollte er dazu sagen? Glaubte man wirklich, dass er herzlos war? Er nickte knapp. »Danke sehr.«

Wenige Minuten später brachte Dom seine Kutsche vor seinem Haus zum Stehen. Die Tür öffnete sich und zwei Bedienstete eilten den Damen zu Hilfe. Beim hilflosen Anblick seines Dieners, als dieser den Sack von Miss Stern entgegennahm und sie sich aufrichtete, um von der Kutsche zu steigen, hätte Dom beinahe gelacht. Er ging um das Gefährt, um ihr zu helfen. Jetzt musste er sich nur noch überlegen, was er mit einem Haufen Katzen anstellen sollte.

»Milord?« Sie schüttelte ihre Röcke aus. »Könnten Sie etwas Milch in einen Salon bringen lassen, während wir sie uns einmal ansehen? Danach werden sie wohl damit anfangen müssen, sich ihre Milch in der Küche zu verdienen.«

Er hatte nicht damit gerechnet, dass sie so praktisch veranlagt sein würde, und es freute ihn sehr. »Natürlich. Ich werde außerdem nach meiner Mutter rufen lassen.«

Miss Stern nickte. »Das ist eine gute Idee.«

»Paken«, sagte Dom. »Ich benötige eine große Schüssel Milch und vermutlich auch ein paar Fleischreste. Wir werden im kleinen Salon sein. Könnten Sie meine Mutter bitten, mich aufzusuchen?«

Sein Butler verneigte sich. »Ich glaube, Ihre Mutter ist bereits dort, Milord.«

Miss Stern wandte sich an Dom; ihr Blick aus den großen, grünen Augen erweckte den Wunsch in ihm, sie zu küssen. »Ich danke Ihnen vielmals.«

»Nicht dafür. Ich wage sogar zu behaupten, dass die Katzen für meinen Haushalt eine nützliche Ergänzung sein werden.«

Er schob den Gedanken, dass er womöglich gerade dabei war, sich in sie zu verlieben, in die hinterste Ecke seines Bewusstseins. Das durfte er nicht zulassen. In seinem Leben war kein Platz für die Liebe, sondern nur für die Pflicht.

KAPITEL 7

Dotty legte die Hand auf Mertons Arm, während er sie einen Korridor entlang zu einem Raum am hinteren Ende des Hauses führte. Louisa und Charlotte folgten ihnen. Er öffnete die Tür, und Sonnenlicht durchflutete das hellgelbe Zimmer. Zwei Damen in mittlerem Alter saßen zu beiden Seiten des Kamins. Eine hatte dunkelbraunes Haar, durch das sich wenige silberne Strähnen zogen. Die andere hatte die gleiche Haarfarbe wie Merton, jedoch war diese etwas verblasst.

Die blonde Dame legte ihr Buch zur Seite, erhob sich und kam dann auf sie zu. Ihre hellblauen Augen funkelten neugierig. »Dominic?«

Merton nahm die Hand der Frau in die seine. »Mutter, erlaube mir, dir Lady Charlotte Carpenter, Lady Louisa Vivers und Miss Stern vorzustellen. Ladies, dies ist meine Mutter.«

Dotty, Louisa und Charlotte knicksten.

Ein strahlendes Lächeln breitete sich auf Lady Mertons Gesicht aus. »Ich freue mich sehr über Ihren Besuch. Miss Stern, verraten Sie mir Ihren Vornamen?«

»Ja, Milady. Er lautet Dorothea.«

»Wie hübsch.« Lady Mertons Blick fiel auf den zappelnden Sack. »Was haben wir denn hier?«

»Kätzchen«, erwiderte Dotty. »Wir haben sie heute gerettet, und Lord Merton hat sich freundlicherweise bereit erklärt, ihnen ein Zuhause zu geben.«

Das Lächeln ihrer Ladyschaft wurde noch breiter. »Hat er das? Nun, dann wollen wir sie uns doch mal ansehen.«

»Ich glaube, es wäre besser, wenn ich mich auf den Boden setze.« Sie warf ihrer Ladyschaft einen Blick zu und hoffte, dass weder Merton noch seine Mutter sie für schlecht erzogen hielten. Doch anders war es nahezu unmöglich, Kätzchen nicht aus den Augen zu verlieren.

»Ja, allerdings«, erwiderte Lady Merton. »Die Kätzchen würden sicherlich vom Sofa fallen. Ich würde Ihnen auf dem Boden Gesellschaft leisten, aber ich fürchte, ein niedriger Stuhl würde sich für mich besser eignen.«

Hastig stellte Lord Merton einen Stuhl neben seine Mutter, der mit einem bestickten Kissen versehen war. Dotty, Louisa und Charlotte setzten sich vor ihrer Ladyschaft auf den Boden. Merton ließ sich auf einem Stuhl in der Nähe seiner Mutter nieder.

Dotty schnürte den Sack auf und erwartete, dass die Tierchen selbstständig herauskrabbeln würden. Stattdessen blickte das erste Kätzchen aus runden, gelben Augen zu ihr auf. Sie griff hinein und hob insgesamt vier kleine, graue Katzen heraus.

»Oh, sind sie nicht zauberhaft?« Charlotte griff nach einer und reichte eine andere an Louisa weiter.

Lady Merton bedeutete ihnen, ihr ebenfalls ein Kätzchen zu geben. Es fiepte. »Na, sieh mal einer an, wie ungewöhnlich. Ich glaube, Sie haben einen Wurf Kartäuser gerettet. Sehen Sie ihre gelben Augen und fühlen Sie, wie dicht und weich ihr Fell ist? Als ich noch ein Mädchen war, haben wir Cousins in Frankreich besucht. Die Tochter hatte eine Katze wie diese. Sie ist ihr überallhin gefolgt.« Sie wandte sich an das Kätzchen. »Es ist mir ein Rätsel, wie du hier gelandet bist, aber ich vermute, du wirst einen beachtlichen Stammbaum haben.«

Dotty blickte zu Merton, der einem der Kätzchen argwöhnisch dabei zusah, wie es über seinen Stiefel kletterte. »Ich dachte mir, sie könnten in der Küche und den Vorratskammern aushelfen.«

Lady Merton setzte das Kätzchen neben die inzwischen eingetroffene Schüssel Milch auf den Boden. »Hmm, sie sind dafür bekannt, ausgezeichnete Jäger zu sein. Allerdings binden sie sich auch an eine einzige Person, ähnlich wie ein Hund es tut.«

»Ich werde Grace fragen, ob ich eines behalten darf.« Charlotte hielt das Kätzchen dicht an ihrem Körper.

»Ich auch«, sagte Louisa. »Dotty, es ist zu schade, dass du deinem Vater versprochen hast, keine Tiere nach Stanwood House zu bringen.«

»In der Tat.« Sie hätte zu gern ein Kätzchen behalten. »Aber man muss seine Versprechen halten.«

Charlotte und Louisa erhoben sich mit je einem Kätzchen im Arm. »Wir sehen uns in Stanwood House«, sagte Charlotte.

Lady Merton lächelte freundlich. »Miss Stern, Sie können diese zwei jederzeit besuchen kommen. Lassen Sie uns einfach eine Nachricht zukommen.«

»Ich danke Ihnen, Milady.« Es war ein nettes Angebot, aber Dotty wusste, dass ihre Ladyschaft nur freundlich sein wollte. Sie blickte zu Merton, der die Katzen stirnrunzelnd beobachtete, während sie sich über die Fleischreste hermachten. Bereute er seine Entscheidung?

Als er sich erhob, zeigte sein Gesicht nicht die kleinste Regung. »Wir sollten die Pferde nicht dort draußen stehen lassen. Miss Stern, ich werde Sie jetzt nach Hause bringen.«

»Ja, natürlich.« Dotty ergriff die Hand, die er ihr hinhielt, und stand auf. Sobald sie zurück in seiner Kutsche war, strich sie über ihre Röcke. »Es tut mir leid, wenn ich Ihnen Schwierigkeiten bereitet habe.«

Er sah sie an, seine Maske verschwand und seine Augen funkelten amüsiert. »Mir wird es keine Mühe machen. Meine Mutter und meine Angestellten werden sich um die beiden Tiere kümmern.«

»Natürlich.« Wie töricht von ihr zu glauben, dass *er* sich um die Kätzchen kümmern würde. Doch was hatte ihn so nachdenklich gestimmt?

Einer der Bediensteten hielt ihr die Tür auf, als sie die Eingangshalle betrat. Kindliche Freudenschreie ertönten hinten aus dem Haus, ehe ein Befehl nach Ruhe sie verstummen ließ. Nachdem sie ihren Hut, Sonnenschirm und ihre Handschuhe an den Bediensteten überreicht hatte, schlenderte sie zum kleinen Salon und stellte sich neben die Wand. Es waren alle Kinder anwesend sowie ihre Gouvernante und ihr Tutor. Daisy, die jüngere der Dänischen Doggen, hatte sich auf dem Boden langgemacht und stupste eines der Kätzchen mit der Schnauze an.

Charlotte hielt Grace das andere unter die Nase. »Ist sie nicht entzückend?«

Grace nahm ihr das Kätzchen ab. »Das ist sie. Wir hatten noch nie eine Hauskatze; ich schätze, es wird Zeit.«

»Ich wusste, du würdest Ja sagen.« Charlotte klatschte in die Hände.

Dotty kam ein erleichtertes Seufzen über die Lippen. Sie hatte es geschafft, die Kätzchen zu retten und das Versprechen an ihren Vater zu halten.

Grace streichelte das kleine Fellknäuel und grinste. »Wo hast du sie gefunden?«

»Dotty und Merton haben sie vor dem Tod bewahrt.«

»Merton?« Matt trat an Graces Seite. »Das ist schwer zu glauben.«

»Ich weiß, aber es stimmt.« Louisa nahm Daisy das Kätzchen weg und überreichte es an Mary, die mit fünf Jahren die jüngste von Graces Schwestern war. »Du musst ganz sanft mit ihr sein.« Mary nickte. Louisa blickte zu Matt. »Dotty hat ein paar Jungs mit einem Sack gesehen, und Merton hat sie dazu gebracht, ihr die

Katzen auszuhändigen. Wir haben zwei mit nach Hause gebracht, er und seine Mutter haben die anderen beiden behalten.«

Matt schnaubte und rieb sich das Kinn. »Er mag heute hilfsbereit gewesen sein, aber ein Mann ändert sich nicht über Nacht.« Er blickte zu Dotty, doch Grace legte ihm die Hand auf den Arm und schüttelte den Kopf.

So sehr Dotty auch begann, Merton zu mögen, sie wusste, dass er mehr getan haben musste, als Matt herablassend zu behandeln, damit dieser eine solche Abneigung für seinen Cousin empfand. Vielleicht würde Grace ihr die ganze Geschichte erzählen.

Nachdem Dom Miss Stern zurück nach Stanwood House gefahren hatte, kehrte er heim und machte sich auf den Weg in sein Arbeitszimmer, das auf der gegenüberliegenden Seite des Korridors vom kleinen Salon war. Gerade, als er die Tür schließen wollte, huschte ein grauer Streifen an ihm vorbei, hielt abrupt inne und starrte ihn aus geweiteten Augen an.

»Was treibst du hier?«

Das Kätzchen blinzelte und gab ein fiependes Geräusch von sich, ehe es auf Dom zukam und sich an seinem Stiefel emporstreckte.

»Wenn du die zerkratzt«, sagte Dom in einem strengen Tonfall, »wird mein Kammerdiener dich zu einem Muff verarbeiten.«

Er schritt zu seinem Schreibtisch und das Kätzchen folgte ihm. »Ich glaube, hier liegt ein Missverständnis vor, kleiner Sir. Ich mag keine Katzen.«

Das Tier ignorierte ihn geflissentlich und legte sich neben Doms Fuß auf den Boden.

Ein Klopfen ertönte an der Tür, sie öffnete sich und herein trat einer seiner Bediensteten. »Verzeihen Sie die Störung, Milord. Eines der Kätzchen ist ausgebüxt.«

Er ließ den Blick sinken. »Da bist du ja, du kleiner Schlingel. Du kommst jetzt mit.«

Als der Bedienstete sich hinabbeugte, um das Kätzchen aufzusammeln, versteckte sich dieses hinter Dom.

Der Bedienstete seufzte verzweifelt. »Verzeihung, Milord. Cyrille hier entfleucht uns ständig.«

Dom hob eine Augenbraue. Sie hatten ihm schon einen Namen gegeben? »Wo sind die anderen?«

»Die jungen Damen haben zwei mitgenommen, und ihre Ladyschaft hat das andere.« Der Bedienstete wies auf das Kätzchen. »Aber dieser kleine Teufel will einfach nicht bei seiner Schwester bleiben.«

Dom drehte sich um und starrte auf das Kätzchen. »Du entkommst den Damen schon jetzt?« Der Kater rieb sich an seinem Stiefel. »Na schön, solange du es nicht zur Gewohnheit werden lässt, kannst du dich hier für eine Weile verstecken.«

Nachdem der Bedienstete sich verneigte und den Raum verlassen hatte, wandte sich Dom zurück an das Tier. »Gewöhn dich gar nicht erst daran, bei mir zu sein. Wie bereits gesagt, ich mag Katzen nicht und hätte keinen Finger krummgemacht, um euch zu helfen. Leider war eure Wohltäterin nicht dazu in der Lage, euch unterzubringen.«

Und der Blick auf Miss Sterns Gesicht, als er sich dazu bereit erklärt hatte, die Kätzchen aufzunehmen, war sogar Kratzer auf seinen Stiefeln wert.

Cyrille folgte Dom, als dieser zu einem Sessel neben dem Kamin ging und ein Buch in die Hand nahm. »Du kannst dich neben meine Füße legen. Mein Kammerdiener würde es nicht begrüßen, wenn ich Haare auf meine Hosen oder meine Jacke bekomme.«

Als würde ihn das Kätzchen verstehen, rollte es sich auf einem von Doms Stiefeln zusammen und schlief ein. Seine Mutter hatte gesagt, dass sie wie Hunde waren, was ihn an Poodle Byng

denken ließ. Sein französischer Pudel begleitete ihn auf Kutschfahrten. Merton blickte auf Cyrille hinab. »Bevor du noch auf irgendwelche Ideen kommst, auf Kutschfahrten wirst du nicht mitkommen.«

Schläfrig streckte das Kätzchen eine Tatze aus und gähnte.

»Gut. Ich bin froh, dass wir zu einer Übereinkunft gekommen sind.«

Er dachte zurück an die wilde Entschlossenheit, mit der Miss Stern die Kätzchen gerettet hatte. Wie weit ging ihr Drang, anderen zu helfen? War sie eine von diesen Reformerinnen, die versuchte, jeden zu unterstützen, von dem sie glaubte, er oder sie könne in Not sein? Selbst wenn sie die Entscheidung getroffen hatten, geradezu unmoralische Leben zu führen?

Auch wenn er vor Worthington etwas anderes behauptet hatte, eignete sie sich allein schon aufgrund ihres Stammbaums nicht als seine Braut. Alvanley hatte recht gehabt; Dom machte sich die Suche nach einer Ehefrau schwerer als nötig, und das alles nur wegen einem Paar strahlend grüner Augen und schwarzem Haar. Seit er Miss Stern kennengelernt hatte, schienen die beliebteren blonden Damen für ihn in den Hintergrund zu rücken. Er konnte sich nicht einmal dazu aufraffen, eine weitere Liste zu erstellen.

Er bückte sich, um Cyrille zu streicheln. Seine Mutter hatte recht; sein Fell war wirklich sehr weich. Das Kätzchen rollte sich auf den Rücken und streckte ihm den Bauch entgegen, genau wie ein Hund es tun würde. Ein Gutes hatten die Katzen: Wenigstens hatte er jetzt eine Ausrede, um Miss Stern zu besuchen. Sie würde sicher wissen wollen, wie es ihren Schützlingen ging.

Am nächsten Tag zwang Dom sich dazu, sich von Miss Stern fernzuhalten, und kümmerte sich um die Verwaltung seiner Anwesen, die er am Tag zuvor vernachlässigt hatte. Statt daheim zu essen, traf er sich mit Fotherby in seinem Club zum Lunch und verzichtete dann auf seinen Spaziergang im Park. Doch er schien sie einfach nicht aus seinen Gedanken vertreiben zu können und am späten Nachmittag freute er sich sogar inzwischen auf den Ball der Featheringtons, nur um sie sehen zu können.

Als Dom das Stadthaus von Lord und Lady Featherington am Abend mit seiner Mutter und Matilda betrat, erwischte er sich dabei, wie er den Ballsaal nach Miss Stern, Dorothea, absuchte. Wenn es nach ihm ginge, würde man sie Thea oder Doro nennen. Obwohl, vielleicht erinnerte Doro zu sehr an den Spitznamen von Wellington. Thea also, auch wenn er noch nicht die Erlaubnis hatte, sie bei ihrem Vornamen zu nennen.

Er fand sie, als ein Gentleman sie zu einem Kontratanz aufforderte, für den man sich soeben aufstellte. Dom spürte ein Stechen in der Brust, als sie die Hand auf den Arm des anderen Mannes legte. Warum erweckte Thea das Verlangen in ihm, andere Herren von ihr fernzuhalten? Was gab ihm das Gefühl, dass sie ihm allein gehörte?

Sie blickte auf. Als sich ihre Blicke trafen, lächelte sie ihm zu. Verdammt. Wenn er nicht schnell etwas fand, um sich abzulenken, würde er Gefahr laufen, sich gegen die Wand zu lehnen und sie wie ein Narr zu beobachten. Er ließ den Blick durch den Saal schweifen, sah, dass Miss Turley noch keinen Partner hatte, und ging auf sie zu. »Miss Turley, darf ich um diesen Tanz bitten?«

Sie lächelte und knickste höflich, so wie sie es immer tat. »Natürlich, Milord.«

Vielleicht hatte er sich in ihr getäuscht. Dennoch ließ sich nicht leugnen, dass er nichts spürte, als er sich verneigte und ihr die Hand küsste. Nicht die Wärme und Aufregung, die er bei Thea empfand. Nicht einmal annähernd.

Als sie sich auf dem Parkett aufstellten, schweifte sein Blick zurück zu Thea. Er sollte sich wirklich auf eine geeignetere Anwärterin für die Ehe konzentrieren. Jemanden, der keine Szene im Park machte, oder – jetzt, wo er darüber nachdachte – solch radikale Ansichten zur Verwaltung von Anwesen hatte und ihm Kätzchen aufhalste. Er wollte gar nicht erst daran denken, was sie im Laufe der Zeit noch alles würde anstellen können. Wenn sie schon den Drang verspürte, Tiere zu retten, wieso hatte es dann kein guter Jagdhund sein können?

Er grinste und bemerkte dann, dass Miss Turley glaubte, es wäre eine Reaktion auf etwas, das sie gesagt hatte. Ihre Mundwinkel hoben sich. Sie galt als eine der begehrtesten Junggesellinnen der Saison. Vielleicht hätte er ihr mehr Beachtung schenken sollen, doch ihr goldenes Haar und ihre blasse Schönheit reizten ihn nicht. Er erspähte Thea ein weiteres Mal und konnte sich kaum auf seine Tanzpartnerin konzentrieren, während Thea lächelte, plauderte und sich offenbar prächtig mit einem anderen Herrn amüsierte. Der Drang, sie von dem Mann fortzuzerren, stieg in ihm auf und ihm entfuhr ein tiefes Knurren.

»Milord, geht es Ihnen gut?«, fragte ihn die junge Matrone neben ihm.

»Alles bestens. Ich hatte nur etwas im Hals.« Beim Jupiter, er musste sich zusammenreißen, ehe er sich noch zum Narren machte.

Was hatte seine Mutter nur dazu veranlasst, herkommen zu wollen, wenn doch der Ball der Aliesburys ebenfalls stattfand? Dort wäre er wenigstens von seinen eigenen Freunden umgeben und müsste nicht mitansehen, wie Thea mit anderen tanzte. Dom zwang sich, seine Aufmerksamkeit wieder auf Miss Turley zu richten. Wie lautete ihr Vorname? Er hatte sie als Ehefrau in Erwägung gezogen und sich nicht einmal die Mühe gemacht, es herauszufinden.

Nachdem er sie zurück zu ihrer Cousine gebracht hatte, drängte sich Dom durch den überfüllten Ballsaal zu Thea und unterbrach einen anderen Gentleman, der sie gerade um einen Tanz bitten wollte. »Miss Stern?« Sie blickte unter ihren langen, schwarzen Wimpern zu ihm empor und lächelte. Er zog die Luft ein.

Zum Teufel mit der Pflicht.

»Sind Sie für den Tanz vor dem Abendmahl noch frei?«

»Das bin ich, Milord.«

»Sehen Sie, Merton«, sagte Mr. Garvey, »ich wollte soeben um denselben Tanz bitten.«

Dom war nach Jubeln zumute, als hätte er gerade einen Kampf gewonnen. Stattdessen hob er sein Monokel. »Nächstes Mal werden Sie wohl schneller sein müssen.«

Garveys mürrischer Gesichtsausdruck brachte Dom beinahe zum Lachen. Früher einmal waren er und der andere Mann Freunde gewesen, doch nachdem sein Vater gestorben war, war Garvey nie mehr zu Besuch gekommen.

Theas Augen funkelten erfreut und Doms Herz machte einen Hüpfer, als hätte er soeben einen kostbaren Preis gewonnen. Er hatte sich in seinem ganzen Leben noch nie so gefühlt. Morgen würde er sich darum kümmern, eine geeignete Ehefrau zu finden. Doch für den Augenblick würde er es genießen, Thea in die Arme zu schließen.

Nur kurz blickte Dotty Merton nach, als er davonging, ehe sie bemerkte, dass Miss Meadows mit ihr sprach. »Entschuldigen Sie, was haben Sie gesagt?«

Tröstend legte die junge Dame Dotty die Hand auf den Arm. »Sie armes Mädchen. Wie schade, dass Mr. Garvey so lange damit beschäftigt war, Sie zu begrüßen, statt Sie zum Tanz aufzufordern.«

Fast hätte sie die junge Frau verdutzt angestarrt. »Verzeihung, ich verstehe nicht, was Sie meinen.«

Ihre Augen weiteten sich, als sie Dottys Verwirrung wahrnahm. »Na, ich meine natürlich, dass Sie doch jetzt mit Lord Merton tanzen müssen.«

»Allerdings.« Miss Featherington nickte zustimmend. »Er ist ein ausgezeichneter Tänzer, aber man kann sich überhaupt nicht mit ihm unterhalten.«

»Also, meiner Meinung nach«, Miss Smyth hob eine Braue, »kann man es sich als Marquis ruhig erlauben, langweilig zu sein. Und er ist überaus attraktiv.«

Wie konnten sie nur so gemeine Dinge über Merton sagen? Zorn stieg in Dotty auf, doch sie schaffte es, einen ruhigen Gesichtsausdruck zu bewahren. »Ich finde ihn ganz und gar nicht langweilig und unterhalten kann man sich mit ihm auch.« Die drei Damen starrten Dotty an, als wäre sie verrückt geworden. »Ich finde ihn sehr charmant«, sagte sie, diesmal mit mehr Nachdruck. »Erst gestern hat er mir dabei geholfen, Kätzchen vor einem paar Jungs zu retten, die sie ertränkt hätten.«

Dieses Mal fiel Miss Meadows die Kinnlade hinunter. »Wenn ich die Geschichte von jemand anderem gehört hätte, hätte ich sie nicht geglaubt.«

»Wirklich bewundernswert, aber worüber sprecht ihr beiden denn bloß?«, fragte Miss Smyth.

»Über alles Mögliche.« Doch wenn Dotty darüber nachdachte, war es vielmehr so gewesen, dass sie über eine Vielzahl an Themen gesprochen und Merton an den angebrachten Stellen lediglich genickt hatte, außer als er das ein oder andere Mal etwas blasser um die Nase geworden war. »Und er ist ein wirklich guter Zuhörer.«

Das war nun wirklich die reinste Wahrheit.

»Ich glaube, er ist von Ihnen angetan, Miss Stern«, sagte Miss Featherington. »Denn zu mir sagt er kaum ein Wort, wenn wir tanzen.«

»Vielleicht ist er tatsächlich schüchtern«, fügte Miss Smyth hinzu. »Ich schätze, selbst ein Marquis kann sich in der Gegenwart von anderen Menschen unwohl fühlen.«

Irgendetwas an Merton faszinierte Dotty. Ja, sie hatte Spaß dabei, sich mit anderen Gentlemen zu unterhalten und mit ihnen zu tanzen, aber sobald Mertons Blick auf ihren traf, wurde sein Gesichtsausdruck ganz warm und es gab rein gar nichts Langweiliges an ihm. Ihr nächster Partner kam auf sie zu, um seinen Tanz einzufordern. Der Abend schien sich unendlich in die Länge zu ziehen, bis Merton sich endlich vor ihr verneigte, um sie für den Walzer abzuholen.

»Miss Stern?«

Sie entspannte sich in seinen Armen, da sie mit Sicherheit wusste, dass er weder einen Schritt verfehlen noch auf ihre Füße treten würde. Dieses Mal wollte sie ihm erlauben, zuerst das Wort zu ergreifen.

Einige Minuten lang herrschte Schweigen, bis er sie endlich fragte: »Möchten Sie wissen, wie es den Kätzchen geht?«

»Ja. Ich würde gern mehr über sie hören.« Wie froh sie doch war, dass er das Thema angesprochen hatte. Im Laufe des gestrigen Nachmittags hatte sie sich eingeredet, dass sie ihn förmlich dazu gezwungen hatte, sie aufzunehmen.

Sein Gesichtsausdruck war streng, aber seine Augen funkelten. »Meine Mutter hat beschlossen, ihnen Namen zu geben. Das Weibchen heißt Camille, was so viel wie ›von unbeflecktem Charakter‹ bedeutet. Ich bin mir sicher, dass das derzeit zwar zutrifft, doch die Frage ist, für wie lange noch. Das Männchen ist Cyrille, was ›herrschaftlich‹ bedeutet. Ich finde, meine Mutter hätte seinen Namen etwas vorsichtiger auswählen können. Er scheint ihn sich sehr zu Herzen genommen zu haben und hat es jetzt schon geschafft, meine Bediensteten einzuschüchtern und die Dienstmädchen um den kleinen Finger zu wickeln. Noch scheint mein Butler jedoch die Oberhand zu haben. Mit der Betonung auf *noch*.«

Dotty konnte sich ein Kichern nicht verkneifen. »O je, ich hoffe, er bereitet nicht allzu viele Umstände?«

»Scheinbar nur mir.«

Ihr Lächeln verblasste. »Das tut mir sehr leid. Was hat er angestellt?«

Dieses Mal grinste er. »Seit jenem ersten Tag folgt er mir auf Schritt und Tritt und ich kann ihn einfach nicht davon überzeugen, dass es mir ohne seine Gesellschaft besser gehen würde. Er hat heute Abend versucht, mich zu begleiten.«

Thea lachte erneut, ein glockenklarer Laut, der Dom dazu veranlasste, seine Brust aufzuplustern, wenn auch nur ein kleines bisschen. Er war sich nicht sicher, ob er eine Dame je wirklich amüsiert hatte.

»Ich gehe davon aus, dass Ihr Butler Cyrille aufhalten konnte?«

»Nur, indem er ihn am Nacken gepackt hat.« Ihre Augen weiteten sich und er sprach eilig weiter, um es ihr zu erklären. »Ich kann Ihnen versichern, dass das Kätzchen dabei nicht verletzt wurde. Man hat mir gesagt, dass ihre Mütter es so machen.«

Kurz machte sie ein langes Gesicht. »Was wohl mit ihr geschehen ist? Die Kätzchen sind erst wenige Wochen alt.«

»Ich bezweifle, dass wir das je herausfinden werden, es sei denn, die Jungs tauchen mit einem weiteren Sack Katzen auf.« Wenn sie nicht in der Mitte eines überfüllten Tanzparketts gewesen wären, hätte Dom sie dichter zu sich herangezogen, um sie zu trösten. Was dachte er denn da? Innerlich schüttelte er sich.

»Vielleicht tun sie das und dann könnten wir die Knaben von einem Bediensteten verfolgen lassen.«

Er kannte keine Dame, die so viel Mitgefühl empfand wie sie. »Versuchen Sie, alles und jeden zu retten?«

»Wenn es in meiner Möglichkeit steht, dann ja.« Sie kaute auf ihrer Unterlippe herum und dachte offenbar an die Kätzchen. »Ich finde, es ist unsere Pflicht, anderen zu helfen, auch Tieren.«

Pflicht. Da war es wieder, dieses Wort. Ignorierte er seine Verpflichtungen, indem er mit Thea tanzte, obwohl er wusste, dass er eine Ehe mit ihr nicht in Erwägung ziehen sollte? Sein Onkel wäre entsetzt, doch Dom hatte sich noch nie so vergnügt oder so zu einer Frau hingezogen gefühlt.

Thea erleuchtete Teile seiner Seele, die er für immer in Schatten gehüllt geglaubt hatte. Er wollte nichts sehnlicher, als sie an sich zu ziehen und zu küssen, seine Hände über ihren Körper gleiten zu lassen und Anspruch auf sie zu erheben.

Er durfte sie nach der heutigen Nacht nicht wiedersehen. Er würde irgendeine Ausrede finden und zu seinem Anwesen zurückkehren. Worthington hatte recht. Wenn er in der Stadt blieb, würde er sich nicht von ihr fernhalten können, und das war ihr gegenüber nicht fair. Es hatte ihren Vater sicherlich viel gekostet, sie hier ihr Debüt machen zu lassen, in der Hoffnung, dass sie eine gute Partie fand. Und er konnte diese nicht sein.

Bei der Vorstellung von ihr im Bett eines anderen Mannes verknotete sich Doms Magen, doch sie verkörperte alles, vor dem ihn sein Onkel gewarnt hatte. Kein Vermögen, nicht aus dem Adelsstand und eine Reformerin. Warum wollte er sie so sehr?

»Schließlich«, sagte sie, »suchen es sich die meisten Menschen nicht aus, in schlechten Verhältnissen zu leben.«

Ihre Ansichten standen im direkten Gegensatz zu denen, die sein Onkel ihm beigebracht hatte. Doch statt mit ihr zu diskutieren, nickte er. Als der Tanz endete, geleitete er sie zum Speisesaal und wappnete sich innerlich für das Treffen mit seinem Cousin.

Worthington hatte darauf bestanden, dass Merton und Thea ihnen zum Abendessen Gesellschaft leisteten. Mal abgesehen von ihren politischen Differenzen, konnte er es sich nicht erklären, weshalb Worthington so verärgert darüber war, dass Dom sie begleitete. Nachdem er etwas Zeit gehabt hatte, um darüber nachzudenken, konnte seine Aufmerksamkeit Thea gegenüber doch als Gefallen für seinen Cousin abgetan werden. Daher hatte Worthington keinen Grund, Dom die Leviten zu lesen. Das Verhalten seines Cousins gefiel ihm ganz und gar nicht. *Verflucht.* Er war einer der begehrtesten Junggesellen auf dem Heiratsmarkt. Worthington hatte kein Recht, ihn zu behandeln, als wäre er ein mittelloser Schurke.

Am Ende des Abends suchte Dom seine Mutter und ihre Cousine auf, verabschiedete sich von der Gastgeberin, ging nach Hause zu seiner gut ausgestatteten Bibliothek und schenkte sich einen Brandy ein, um seine verworrenen Gedanken zu sortieren. Noch immer gekränkt von Worthingtons barbarischem Verhalten, stierte Dom in sein Glas. Vielleicht war es besser so. Es war seine Pflicht, eine gute Partie zu machen, ganz gleich wie sehr er Thea zu mögen begann.

Ein Paar lachender, grüner Augen schwebten vor seinem inneren Auge.

Verdammt.

Er stürzte den Brandy hinunter und stellte das Glas ruckartig auf dem Tisch ab.

Ein Bediensteter, der gerade Feuerholz nachlegte, schreckte auf. »Ist alles in Ordnung, Milord?«

Merton biss die Zähne zusammen. »Alles bestens.«

Er erhob sich und widerstand dem Drang, beim Hinausgehen die Tür zu knallen. Seinen Ärger an den Bediensteten auszulassen, würde nichts bringen, jemandem einen Fausthieb zu verpassen, allerdings schon. Morgen würde er in Jacksons Boxring steigen.

Am nächsten Morgen hielt Dom sein Versprechen an sich selbst und kämpfte mit einem von Jacksons vielversprechendsten, jungen Boxern. Mit freiem Oberkörper und barfuß maßen sie sich Hieb für Hieb. Der Schweiß lief ihm ins Gesicht und in die Augen. Als sein Gegner und er beide außer Atem waren, sich aber weigerten, aufzugeben, brachte Jackson dem Kampf höchstpersönlich zu Ende.

»Das reicht für heute, Milord.« Der ehemalige Titelverteidiger nahm Dom die Boxhandschuhe ab. »Ich weiß nicht, was in Sie gefahren ist, aber ich habe Sie noch nie so gut kämpfen gesehen. Schade, dass Sie ein Gentleman sind.«

Dom nickte Jackson zu und nahm ein Handtuch entgegen, das ihm einer der Jungs reichte. So gut er sich auch geschlagen hatte, geholfen hatte es nicht. Die Frustration von letzter Nacht war noch immer allzu präsent. Nachdem er sich umgezogen hatte, machte er sich auf den Weg nach Hause.

Er überreichte Hut und Gehstock an Paken, wandte sich ab, um in sein Arbeitszimmer zu gehen, und stolperte dabei fast über Cyrille. »Was möchtest du denn schon wieder?«

Der Kater starrte zu ihm herauf und bedachte ihn mit einem wissenden Blick. »Ja, nun, vielleicht hast du recht. Paken?«

»Milord?«

»Lassen Sie meinen Zweispänner bitte vorfahren. Ich hätte dieses Mal gerne die Füchse.«

»Sehr wohl, Milord.«

Keine fünfzehn Minuten später stieg Dom auf das Gefährt und nahm die Zügel in die Hand. Ein grauer Streifen landete neben ihm, dicht gefolgt von einem Bediensteten, der versuchte, beim Laufen seine Perücke auf dem Kopf zu halten. »Verzeihen Sie, Milord. Der kleine Teufel ist mir ausgebüxt.«

Dom blickte auf den Kater hinab. »Du glaubst also, dass du mitkommst, hm?«

Cyrille setzte sich hin, als würde er genau dort hingehören und sich schon auf die Sehenswürdigkeiten freuen.

»Na schön, vergiss aber nicht, dass dies deine Idee war«, murmelte Dom dem Kätzchen zu, ehe er sich an den Bediensteten wandte. »Er kann bleiben.«

So tief war er inzwischen gesunken. Er unterhielt sich mit einem Kater und erlaubte dem verdammten Vieh, ihn zu begleiten. Wenn jemand Cyrille entdeckte, würde er zu einer Witzfigur werden. Glücklicherweise war das Kätzchen klein und fiel auf dem grauen Sitz kaum auf. Hoffentlich würde Thea sich freuen, das Tier wiederzusehen. Er brauchte schließlich eine Ausrede, um sie zu besuchen, oder er würde wie ein Geck aussehen, der hinter der Tochter eines einfachen Baronets herjagte. Und das war eine verdammte Lüge. Sie war eine gute Partie – er verspürte ein Kribbeln im Nacken, als würde ihn jemand beobachten, und fast hätte er sich umgedreht, um zu sehen, ob sein Onkel hinter ihm saß –, eine gute Partie für jeden außer ihn.

Dotty, begleitet von Charlotte und Louisa, stieg die Vordertreppe von Stanwood House hinunter, als Mertons Kutsche vorfuhr. Sie wagte es nicht, zu ihren Freundinnen zu sehen. Louisa würde es nicht gutheißen, und Charlotte sah in allem gleich eine Liebesgeschichte.

Merton begrüßte sie alle, ehe er sich an Dotty wandte. »Miss Stern, Ihren Erzählungen nach zu urteilen, kennen Sie sich mit dem Trainieren von Tieren aus.«

Das tat sie, sie konnte sich allerdings nicht entsinnen, es ihm gegenüber tatsächlich je erwähnt zu haben. Was hatte er vor? Ihr Mundwinkel zuckte, als sie versuchte, ein Grinsen zu verkneifen. »Ein wenig, ja.«

Er hielt ihr den Arm hin. »Wenn das so ist, wären Sie so gütig, mich zu begleiten und mir in einer recht dringenden Angelegenheit behilflich zu sein?«

Sie hob die Brauen leicht an, ihr Interesse geweckt. »Natürlich.« Dotty blickte zu ihren Freundinnen und sagte: »Wir sehen uns später.«

Louisa verengte die Augen, während Charlotte ihre weit aufriss und mit gespielter Heiterkeit sagte: »Selbstverständlich, wenn Merton deine Hilfe braucht ...«

Dotty wollte mit den Augen rollen. Sie und Louisa würden ihr später zweifellos auflauern, damit sie ihnen von dem »Notfall« erzählen konnte.

»Sehen Sie«, er führte sie fort und senkte die Stimme, »ich habe ein Problem mit Cyrille.«

»Tatsächlich, Milord?« Sie versuchte, einen ernsten Tonfall beizubehalten. »Und was könnte dieses Problem sein?«

Merton räusperte sich und deutete auf die Kutsche. »Ich glaube, er versteht nicht, dass er ein Kater ist.«

Sie sah in die Richtung, in die er gezeigt hatte. Dort war das Kätzchen. Lieb und brav saß es da und begutachtete die Umgebung. Sie legte sich die Hand über den Mund, um sich das Lachen zu verkneifen, doch es schwang deutlich in ihrer Stimme mit. »Ach, du liebe Güte.«

»Sehen Sie, was ich meine?«, fragte er mit missmutiger Stimme. Doch als sie zu ihm hinüberschielte, tanzten seine Augen belustigt.

Sie warf einen Blick über die Schulter zu Louisa und Charlotte, die Dotty und Merton hinterherstarrten. »Geht ihr ruhig ohne mich vor. Ich glaube, dies könnte etwas dauern.«

Louisa furchte die Stirn und Dotty sprach eilig weiter. »Mir wird schon nichts passieren. Es ist nur eine kleine Angelegenheit«, beteuerte sie.

Ihre Freundin nickte. Dotty war dankbar, dass sie den Kater nicht entdeckt hatten. Es würde Merton bloß zum Opfer schneidender Kommentare machen. Er half ihr auf das Gefährt und Cyrille setzte sich zwischen sie. Sie konnte Merton noch immer nicht ganz einschätzen. Er schien in vielen Menschen, die ihr wichtig waren, starke Gefühle hervorzurufen.

Matt, der Merton von klein auf kannte, hielt ihn für einen Griesgram, einen Mann ohne Charakter oder Herz. Dem konnte sie nicht zustimmen; seine Gesellschaft war in vielerlei Hinsicht angenehm und er hatte einen lakonischen Humor, was durch den Kater nur noch deutlicher wurde. Er war ihr eindeutig ein Rätsel und Dotty liebte ein gutes Mysterium. Doch wo würde sie das Ganze hinführen?

Er ließ die Pferde antraben und sobald sie den Park erreichten, sprach Dotty das gegenwärtige Thema wieder an. »Cyrille scheint ausgesprochen brav zu sein. Wo liegt das Problem?«

»Er redet nicht.«

»Wie bitte?« Sie versuchte, ihr Grinsen zu verstecken, doch es war vergebens. »Sie erwarten doch sicher nicht, eine Unterhaltung mit ihm zu führen.«

Lord Mertons Mundwinkel hoben sich. »Das nicht, aber er macht nicht die Geräusche, die Katzen für gewöhnlich von sich geben. Ein wenig kenne ich mich mit der Tierart schon aus.«

Dotty faltete die Hände in ihrem Schoß, genau wie ihre Gouvernante es immer getan hatte, ehe sie einen besonders komplizierten Sachverhalt erklärte. »Uns, meinen Freundinnen und mir, ist bei ihren Kätzchen das gleiche Verhalten aufgefallen. Wie es scheint, schweigen die Katzen, wenn es ihnen gut geht. Wenn es ihnen an etwas fehlt, geben sie ein kleines, fiependes Geräusch von sich. Haben Sie das schon gehört?«

Er blickte zu Cyrille, der vor sich hinschlummerte. »Nein, ich glaube nicht.«

»Nun«, es fiel Dotty überaus schwer, nicht laut loszulachen, nachdem Merton den Kater so betrachtet hatte, »dann hat er womöglich einfach keine Beschwerden.«

»Ich wüsste auch nicht, wie er welche haben könnte; die ganze Dienerschaft liest ihm jeden Wunsch von den Augen ab«, sagte Merton unverblümt.

»Sie haben doch gesagt, dass er seinen Namen sehr ernst nimmt.«

Er warf ihr einen warmen Blick zu und ihr Herz schlug ein wenig höher. Sie genoss seine Gesellschaft wirklich sehr.

»Das muss es sein. Dennoch folgt er mir auf Schritt und Tritt.«

»Ich glaube, dass es für die Rasse üblich ist, wie Ihre Mutter bereits sagte.«

Ein Mann grüßte sie vom Gehweg aus. Sie blickte sich um und erspähte Lord Fotherby. Dotty biss sich auf die Unterlippe. Sie konnte den Mann nicht leiden. Ihr Eindruck ging über die Tatsache hinaus, dass er an jenem

Tag nach dem Welpen getreten hatte. Aus irgendeinem Grund traute sie ihm nicht über den Weg.

Wie erwartet, verschloss sich Mertons Miene und er setzte den wohlerzogenen, gelangweilten Gesichtsausdruck auf, der im *ton* so häufig zu sehen war. Fürchtete er sich, selbst vor den Menschen sein wahres Ich zu zeigen, die er als Freunde bezeichnete?

Er fuhr an den Rand der Straße und hielt an. »Fotherby, guten Tag.«

Lord Fotherby warf Dotty einen scharfen Blick zu und neigte den Kopf. »Merton. Miss Stern, es ist mir eine Freude.«

Seinem abfälligen Tonfall nach zu urteilen, war er alles andere als erfreut, sie zu sehen. Sie schenkte ihm ein höfliches Lächeln. »Guten Tag, Milord. Ist das Wetter nicht prächtig?«

»Ja, in der Tat.« Er blickte an ihr vorbei zu Merton. »Wir sehen uns doch sicher später auf Lady Wiltons Ball, nicht wahr?«

Mertons Züge verkrampften sich leicht. »Ich weiß noch nicht, was meine Mutter für heute Abend vorgesehen hat.«

Lord Fotherby erdolchte Dotty mit einem Blick voller Abneigung, ehe er seine Aufmerksamkeit wieder auf Merton richtete. »Dann später im Club?«

Merton bedachte den Herrn mit einem unverbindlichen Nicken und ließ die Pferde wieder antraben. Wie anders er sich in der Gesellschaft von anderen Menschen verhielt.

»Ich werde Sie jetzt nach Hause bringen.«

»Ja, das wäre wohl das Beste.« Die Begegnung mit Lord Fotherby hatte einen Schatten auf ihre ungezwungenen Neckereien geworfen. »Ich muss vor heute Abend noch einiges erledigen.«

Als sie Stanwood House erreichten, geleitete Merton sie zur Tür und nahm ihre Hand in die seine. Doch statt sich zu verneigen, starrte er sie einen Augenblick lang an. Sein Blick wies eine plötzliche Dringlichkeit auf, beinahe flehend sah er sie an. Sie wollte nichts sehnlicher, als ihre Hand nach ihm auszustrecken und ihm Trost zu spenden. »Vielen Dank für die Kutschfahrt. Ich hatte eine schöne Zeit.«

Merton gab sich einen Ruck und seine Miene wurde wieder undurchdringlich. »Die hatte ich ebenfalls. Ich weiß Ihren Rat sehr zu schätzen.«

Sie konnte nicht anders als ihm nachzusehen, als er zurück in seine Kutsche stieg und davonfuhr. Einen Moment lang hatte er einen so traurigen Eindruck gemacht. Sie wollte ihm unbedingt helfen, aber wie?

KAPITEL 8

Dotty fand Louisa und Charlotte in dem Salon, den sie sich alle teilten.

»Was wollte Merton?«, fragte Louisa.

Dotty zögerte. Ihre Freundin war es so gewohnt, Mertons Verhalten zu bemängeln, dass sie ihr keine Gelegenheit bieten wollte, sich über ihn lustig zu machen. »Er hatte ein paar Fragen bezüglich des Katers. Ich glaube nicht, dass er je einen gehabt hat. Er hat sich über einige seiner Verhaltensweisen gesorgt.«

»Das war alles?« Die Anspannung wich aus Louisas Schultern. »Kurz habe ich befürchtet, dass es eine Ausrede war, um Zeit mit dir zu verbringen.«

Der Tee war serviert worden und Dotty griff nach einem Keks. »Wäre das denn so schlimm?«

»Ziehst du ihn ernsthaft als Ehegatten in Erwägung?«

»Es ist noch viel zu früh, um darüber nachzudenken«, log sie. »Ich habe es nicht eilig zu heiraten.«

Charlotte steckte einen Finger in ihr Buch und blickte zu Dotty. »Hast du vor, ihn zu einem von deinen Projekten zu machen?«

Sie schenkte sich eine Tasse Tee ein und ließ sich Zeit dabei, Zucker und etwas von der gesüßten Milch hinzuzufügen, die ihnen allen besser schmeckte als Sahne. »Vielleicht. Hättest du etwas dagegen einzuwenden?«

Louisa schnaubte. »Du bist in London, um nach einem Ehemann zu suchen, nicht, um Mertons Leben in Ordnung zu bringen.«

»Das könnte ein etwas zu großes Unterfangen sein«, sagte Charlotte sanft, »selbst für dich.«

»Matt behauptet, Merton habe kein Herz«, verkündete Louisa entschieden.

Und doch schien Merton nicht gefühllos zu sein. Er war freundlich zu ihr gewesen und hatte Cyrille sogar erlaubt, ihn in der Kutsche zu begleiten. »Wie ist Matt zu seiner Meinung über ihn gekommen?«

»Merton wählt im *House of Lords*.« Louisa trank einen Schluck Wasser aus dem Glas, das neben ihr auf dem Tisch stand. »Er unterstützt Gesetzesentwürfe, die denjenigen schaden, die weniger wohlhabend sind als wir.«

Charlotte nickte. »Taten sagen mehr als Worte.«

Dotty zog die Unterlippe zwischen die Zähne. Sie wusste, um welche Legislative es sich handelte. Es wurden strenge Gesetze erlassen, laut denen selbst relativ minderschwere Verbrechen mit dem Tod oder Deportation bestraft werden konnten. Für sie kam es nicht in Frage, einen Mann zu heiraten, der die Augen vor dem Leiden anderer verschloss. Doch sie war nicht davon überzeugt, dass er tatsächlich so hartherzig war. In Lord Merton steckte wahrlich so viel mehr, als es zunächst den Anschein hatte. Ihr schien er eine völlig andere Seite von sich zu zeigen als allen anderen. Fast, als würden sich in ihm zwei verschiedene Personen verstecken. Oder war sie lediglich naiv? Matt würde schließlich nicht lügen, was Mertons Stimmabgabe im *House of Lords* betraf. Vielleicht war er doch nicht der Richtige für sie.

Leider konnte sie mit ihren Freundinnen nicht über ihn sprechen. »Nun, bis ich einen Gentleman treffe, für den ich mich interessiere, kann ich Merton doch helfen.«

Charlotte widmete sich wieder ihrem Buch.

»Wenn du damit deine Zeit verbringen möchtest, dann sei's drum.« Louisa zuckte mit den Schultern. »Es schadet niemandem und könnte ihm vielleicht sogar zugutekommen. Du könntest ihm dabei helfen, eine Ehefrau zu finden, die nicht eine der Damen ist, die er bislang in Erwägung gezogen hat.«

»Eine hervorragende Idee.« Dotty konnte ihm dabei helfen, eine Dame zu finden, die in ihren Ansichten nicht ganz so vehement war wie sie. »Ich werde heute Abend mit dem Auskundschaften beginnen. Es muss jemanden geben, der ihm guttun würde.«

Schließlich war er mit seinen markanten Gesichtszügen und der Adlernase überaus attraktiv. Und wenn er sie ansah, erinnerten seine Augen sie an das tiefe Blau des Ozeans, das sie einst in einem Gemälde gesehen hatte. Wenn sie doch nur jemanden hätte, mit dem sie über ihn sprechen könnte.

Mit der Absicht, sich in seinem Arbeitszimmer zu verbarrikadieren, kehrte Dom an den Grosvenor Square zurück. Thea – er hätte wirklich nicht anfangen dürfen, sie im Stillen so zu nennen – beeinträchtigte seine Arbeit und die Suche nach einer Ehefrau. Als er an diesem Nachmittag auf sie hinabgesehen hatte, hatte er an nichts anderes denken können, als daran, ihre rosafarbenen Lippen mit den seinen zu bedecken. Er hatte versucht, die Stimme seines Onkels zu ignorieren, die ihm immer wieder sagte, dass die Pflicht über allem anderen stand und starke Gefühle nur zwischen ihn und seine Verpflichtungen kamen. Warum zum Teufel konnte das, was er tun wollte, nicht mit dem, was er tun sollte, einhergehen? Zuvor war es doch auch immer so gewesen. Doch all den Warnungen seines Onkels zum Trotz, wollte er nichts sehnlicher als Thea an sich zu binden.

Onkel Alasdair war nicht das einzige Problem. Worthington würde sich Dom bei jeder sich bietenden Gelegenheit in den Weg stellen. Wenn er ihr nicht so sehr verfallen wäre, würde er seinen Cousin nur machen lassen. Er hatte bereits einen Einblick erhalten, wie ein Leben mit ihr aussehen würde. Sein Haus würde voller Streuner, Wohltätigkeitstreffen und weiß Gott was sonst noch allem sein. Sie würde versuchen, ihn davon zu überzeugen, die Anliegen der *Whigs* zu unterstützen, vielleicht sogar die der *Radical Whigs*. Sein geordnetes Leben würde im Chaos versinken.

Verdammt! Er täte gut daran, nicht zu vergessen, dass Miss Stern nicht – *nicht* – als Braut für ihn in Frage kam. Doch ganz gleich, wie oft er es im Stillen auch wiederholte, es änderte nichts an der Tatsache, dass er sie wollte. Sehr sogar.

Er fuhr sich mit den Fingern durchs Haar und griff nach einer Flasche Brandy, nur um festzustellen, dass dort keine stand. Warum musste all das fehlgeleitete Mitgefühl auch nur in einer so makellosen Form stecken? Brüste, die ihn förmlich anflehten, berührt und erkundet zu werden. Augen, die schöner waren als jeder Smaragd. Locken, die er sich um den Finger wickeln wollte, während er sie dichter an sich heranzog. Es zuckte in seiner Leistengegend. Ruckartig zog er an der Klingel.

Die Tür öffnete sich sofort. »Milord?«

»Bringen Sie mir eine Flasche Brandy.«

Dem Bediensteten fiel die Kinnlade hinunter. Dom trank fast nie Hochprozentiges vor dem Abend. Verflucht, was stellte sie nur mit ihm an? »Sie haben mich gehört.«

»Ja-jawohl, Milord. Kommt sofort.«

Es dauerte eine gefühlte Ewigkeit, bis die Tür sich endlich wieder öffnete. Seine Bediensteten ließen sich sonst nie so viel Zeit damit, seinen Wünschen nachzugehen.

Ihm kam ein tiefes Knurren über die Lippen. »Was hat Sie so lange aufgehalten?«

»Dominic, seit wann trinkst du tagsüber Brandy?«

Er wirbelte herum. Seine Mutter, gefolgt von einem Bediensteten, trat in das Arbeitszimmer.

»Ich – äh …« Dies war sein Haus und er war ein erwachsener Mann. Warum suchte er vor seiner Mutter nach Ausreden, und wer zum Teufel hatte sie herbestellt? »Mir war danach.«

Sie schenkte ihm ein sanftes Lächeln und bedeutete dem Bediensteten, das Tablett auf einem niedrigen Tisch neben dem Sofa abzustellen. »Ich dachte mir, ich leiste dir Gesellschaft. Es ist sowieso bald Zeit für den Tee.«

Auf dem Tablett waren Törtchen, Kekse, Sherry und Brandy angerichtet.

Seine Mutter kam nie in das Arbeitszimmer. Dom gelang es zwar, seine Kinnlade oben zu behalten, er konnte aber nicht aufhören, sie anzustarren. Waren diese Saison alle verrückt geworden?

Sie setzte sich auf das Sofa, schenkte sich einen Sherry und ihm einen Brandy ein und lächelte ihm dann erneut zu. »Du scheinst etwas durch den Wind zu sein. Kann ich dir irgendwie helfen?«

Er nahm das Glas entgegen, das sie ihm reichte, und trank einen Schluck. Tatsächlich wollte er mit jemandem darüber sprechen, doch er hörte erneut die Stimme seines Onkels.

Du sollst deine Mutter nicht belasten, Merton. Du bist jetzt der Herr im Hause und musst stark für sie sein. Vielleicht wäre es das Beste, wenn sie deine Tante eine Zeit lang in Bath besucht.

»Nein, ich werde mich darum kümmern.«

Sie runzelte leicht die Stirn und nahm einen Schluck von ihrem Sherry. »Ich habe nachgedacht, und glaube, dass ich dich vielleicht zu sehr deinem Onkel überlassen habe.«

Seine Finger verkrampften sich um das Glas. »Warum sagst du das?«

»Ich glaube, du und ich, wir stehen uns nicht so nah, wie wir es sollten. Alasdair schien immer zu wissen, wie am besten zu verfahren war, und nach dem Tod deines Vaters war ich lange krank. In letzter Zeit bin ich jedoch zu der Erkenntnis gekommen, dass ich in deiner Erziehung eine aktivere Rolle hätte spielen sollen.«

»Nun, er war schließlich mein Vormund.« Und sein Onkel war eine wahre Naturgewalt gewesen. Es wäre nicht leicht für sie gewesen, sich ihm zu widersetzen. Dom wollte an die Folgen, die es nach sich gezogen hätte, nicht einmal denken. »Was hast du heute Abend vor?«

»Die Countess of Watford, eine langjährige Freundin von mir, gibt einen Ball.«

Watford? Noch eine *Whig*. Was zum Teufel führte seine Mutter im Schilde? »Na schön, neun Uhr?«

Sie erhob sich. »Ja. Leistest du mir beim Dinner Gesellschaft?«

Er dachte an die Alternativen. Aus irgendeinem Grund übte der Club nicht mehr denselben Reiz aus wie früher. »Es wäre mir eine Freude.«

»Ich werde dich jetzt deiner Arbeit überlassen, aber, Dominic, wenn du je mit jemandem sprechen möchtest, bin ich gerne für dich da.«

Er ging zu ihr und gab ihr einen Kuss auf die Wange. »Ich danke dir, Mutter.«

Sobald sie die Eingangshalle erreichte, bat Eunice darum, einen herkömmlicheren Tee in ihrem Salon servieren zu lassen.

Als sie die Tür öffnete, blickte Matilda zu ihr auf. »Und?«

Eunice wollte einen Freudentanz aufführen, grinste aber stattdessen. »Er leidet, ganz eindeutig. Er hat einen

Brandy zu sich bestellt. Und getrunken hat er ihn auch.«

»Hat er dir erzählt, was ihm auf dem Herzen liegt?«

»Nein, leider nicht. Aber ich glaube, es geht um Miss Stern. Er hat sie heute wieder in seiner Kutsche ausgeführt.«

Matilda weitete die Augen. »Tatsächlich? Nun, das sind wahrlich gute Neuigkeiten. War es jetzt nicht bereits das zweite Mal?«

Eunice nickte. »Ja, und er wird uns heute Abend auf den Ball der Watfords begleiten.« Ihr Rock bewegte sich und lenkte ihre Aufmerksamkeit nach unten. Das Kätzchen, Camille, spielte mit dem Saum von Eunices Kleid. »Komm mit, dann kannst du eine Weile bei mir auf dem Schoß sitzen.«

Sie ging zu ihrem Lieblingssessel, einem im französischen Stil mit breiter Sitzfläche und gepolsterten Armlehnen, setzte sich und klopfte sich auf die Oberschenkel, um das Kätzchen zum Hochspringen zu animieren. »Grace hat mir versichert, dass sie in Begleitung der Mädchen sein wird, was bedeutet, dass Miss Stern ebenfalls dort sein wird.«

»Wenn Lord Worthington für Merton doch nur nicht eine so tiefe Abneigung empfinden würde.«

»In der Tat.« Eunice streichelte die Katze. »Zugegebenermaßen gibt es aus Worthingtons Sicht allerdings nicht sehr viel, das er an Dominic mögen könnte.«

»Glaubst du, dass Worthington versuchen wird, Miss Stern zu beeinflussen?«

»Mit ziemlicher Sicherheit.« Eunice runzelte die Stirn. Sie musste sich überlegen, wie sie seinem Einfluss auf die junge Dame entgegenwirken konnte, sollte es nötig sein. »Ich denke allerdings, dass sie für gewöhnlich ihren Kopf durchsetzt und bekommt, was sie will. Ich hoffe nur, dass es Dominic sein wird, den sie will.«

Nach dem Abendessen mit den Kindern zogen sich Dotty und ihre Freundinnen in ihre Gemächer zurück, um sich für den Ball umzuziehen. An diesem Abend war ihr Kleid in einem blassen Rosaton gehalten, verziert mit kleinen Blumen, die mit Saatperlen bestickt waren. Hinzu kamen ein bunt bemalter Fächer, den sie erst an diesem Tag erworben hatte, und eine farblich zum Kleid passende Pompadour-Tasche.

Als sie den Salon betrat, waren Louisa, Charlotte sowie die jüngeren Schwestern der beiden bereits anwesend. Die Kinder – die ermahnt worden waren, ihre Schwestern nicht anzurühren – bestaunten die drei.

»Ihr seht so hübsch aus.« Theodora, Louisas acht Jahre alte Schwester, betrachtete sie ehrfürchtig.

Mary, die jüngste der Carpenters, nickte emsig. »Irgendwann möchte ich auch so ein Kleid haben.«

»Wir alle werden solche Kleider tragen, wenn wir unser Debüt machen.« Alice, eine der Carpenter-Zwillingsschwestern, zählte zweifelsfrei bereits die Jahre, bis sie den Unterrichtsraum hinter sich lassen konnte.

Dotty wünschte sich, dass ihre Schwestern auch mit dabei wären. Es war das erste Mal, dass sie fort von ihrer Familie war, und sie vermisste sie.

Grace scheuchte die Mädchen aus dem Salon und die Treppe hoch zum Unterrichtsraum. »Wollen wir aufbrechen?«

Matt wartete in der Eingangshalle und, wie jeden Abend, überhäufte er sie alle mit Komplimenten.

Da Watford House nur zwei Häuser weiter lag, gingen sie zu Fuß und hatten sich gerade der Empfangsschlange angeschlossen, als Merton und seine Mutter zu ihnen stießen. Er sah prächtig aus, gekleidet in ein schwarzes Jackett und eine gleichfarbige Hose. Sein Hemd war elfenbeinfarben, statt dem herkömmlichen Weiß. Eingebettet in sein Halstuch saß eine Anstecknadel mit einem Saphir, der die gleiche Farbe hatte wie seine Augen.

Was sein Aussehen betraf, war er alles, was eine Frau sich nur wünschen konnte. Wenn doch nur seine Ansichten nicht so altmodisch wären. Dotty beschloss erneut, ihm eine Ehefrau zu finden. Er hatte es verdient, glücklich zu sein, trotz seiner Stimmabgabe im *House of Lords*.

»Meine liebe Miss Stern«, Lady Merton reichte ihr die Hand, »wie schön, Sie wiederzusehen.«

Dotty erhob sich aus dem Knicks und nahm die Hand, die sie ihr entgegenstreckte. »Ich danke Ihnen, Milady. Wie geht es Camille?«

»Sie macht sich gut.« Die ältere Dame lächelte. »Ich stehe in Ihrer Schuld, dafür, dass Sie sie zu mir gebracht haben. Noch nie hat mir ein Tier so viel Freude bereitet.«

»Das freut mich sehr.« Wenigstens war das gut ausgegangen.

Charlotte und Louisa hörten, wie sie über die Katzen sprachen, und schlossen sich der Unterhaltung an. Als sie in der Schlange aufrückten, legte Merton eine Hand auf Dottys unteren Rücken. Seine Berührung ließ ein warmes Kribbeln bis in ihren Nacken hinaufsteigen. Sie dachte, er würde hinter ihr gehen, doch als sie aufblickte, war er neben ihr.

»Sie sehen heute Abend besonders hübsch aus«, raunte er.

Hitze stieg ihr in die Wangen und sie errötete. »Ich danke Ihnen, Milord.«

Er blieb an ihrer Seite und nach einer Weile fühlte es sich an, als würde seine Hand dort hingehören, auch wenn das Kribbeln nicht abklang.

Ihre Gruppe rückte an die Spitze der Wartenden vor und betrat den Ballsaal. In der Zwischenzeit hatte Dotty Lord Merton einen Walzer versprochen. Da es ihr Ziel war, ihm eine Ehefrau zu finden, hätte sie das wohl eher nicht tun sollen, aber sobald sie in seine Augen blickte und die Wärme dort sah, konnte sie einfach nicht widerstehen.

Der erste Tanz war eine Quadrille, den sie mit dem Sohn der Gastgeberin tanzte. Merton führte Lady Mary Pierce übers Parkett. Sie war zwar auf eine kühle Art und Weise hübsch, aber nicht so anmutig wie er, und sie gaben ein unausgeglichenes Paar ab. Dotty verwarf sie als potenzielle Ehefrau für ihn. Ein so anmutiger Gentleman würde schließlich keine Frau mit zwei linken Füßen wollen. Sofort rügte sie sich für ihren gemeinen Gedanken. Wenn ein Mann eine Frau liebte, dann waren ihre tänzerischen Fähigkeiten für ihn sicherlich nicht von Belang.

Als nächstes gab es einen Kontratanz und obwohl seine Partnerin ein ausreichendes Maß an Anmut besaß, schien sie nicht die Richtige für Merton zu sein. Und so verlief es den ganzen Abend über weiter. Als er sie schließlich zum Walzer aufforderte, waren Dotty die Anwärterinnen für ihn ausgegangen. Keine der Damen würde gut für ihn sein.

»Miss Stern.« Seine warme Stimme rauschte durch ihren Körper.

»Milord.« Sanft ließ er die Lippen über ihre behandschuhte Hand gleiten, ehe er sie auf das Tanzparkett führte. »Schmerzen Ihnen nicht die Zehen?«

Fragend neigte er den Kopf zur Seite.

O je, jetzt würde sie zugeben müssen, dass sie ihn beobachtet hatte. »Ich meine ja nur, weil ich gesehen habe, wie die eine Lady Ihnen auf den Fuß getreten ist.«

»Ah, ja.« Seine Mundwinkel hoben sich. »Mir geht es gut. Danke der Nachfrage. Ich glaube, Ihnen ist dasselbe passiert, und Ihre Schuhe sind nicht so robust wie meine.«

»Das stimmt, aber ich bin es gewohnt. Ich habe meinem älteren Bruder das Tanzen beigebracht.«

Er lächelte sie an und ihr Herz machte unvermittelt einen kleinen Satz.

»Das muss ein ganz schöner Akt gewesen sein. Ich hoffe, Sie haben dicke Schuhe getragen.«

»Das habe ich.« Er zog sie dichter zu sich heran, um die Drehung auszuführen, und sie verspürte das Bedürfnis, sich an ihn zu schmiegen.

»Haben Sie nur den einen Bruder?«

»Nein, ich habe zwei Brüder und zwei Schwestern.« Dotty grinste. »Wenn alle zu Hause sind, ist es ein recht belebter Haushalt.«

Er schwieg einen Moment lang. »Früher habe ich mir immer andere Kinder im Haus gewünscht.«

Die Musik verstummte und auch ihr Herz setzte aus. »Sind Sie ein Einzelkind?«

»Ja, mein Vater starb, als ich noch sehr jung war.« Er legte sich ihre Hand auf den Arm, doch als er sie ansah, spiegelte sich eine Trostlosigkeit in seinen Augen, die zuvor nicht da gewesen war. »Vermissen Sie Ihre Familie?«

Sie wollte etwas sagen, das ihn aufmunterte. »Erst seit heute Abend, als die jüngeren Mädchen herunterkamen, um Charlotte, Louisa und mich zu begutachten, ehe wir aufbrachen. Ich wünschte, meine Schwestern wären ebenfalls dort gewesen. Mutter auch.«

»Vielleicht könnte Ihre Mutter in die Stadt reisen.«

»Sie hat sich das Bein gebrochen. Daher wohne ich bei Charlotte. Ich schätze, sie könnte kommen, nachdem es verheilt ist, aber Stanwood House ist jetzt schon so voll bewohnt und Vater hat das Haus, das wir mieten wollten, verfallen lassen.«

Endlich lächelte er wieder. »Ich finde, das ist eine gewaltige Untertreibung. Mir ist schleierhaft, wo Worthington und Grace alle unterbringen.«

Sie sah zu ihm auf und ihre Blicke trafen sich. Doms Berührung an ihrer Taille wurde fester. Plötzlich wollte sie ihm keine andere Dame mehr suchen, die er heiraten konnte. Aber erwiderte er diese Gefühle? Und wie sollte sie mit seinen Ansichten umgehen? Mal ganz zu schweigen von den Meinungen ihrer Freundinnen. Sie unterdrückte ein Seufzen. Sie war noch keinen ganzen Monat in London und schon war alles ein einziges Durcheinander. Konnte man einen Marquis zum Umdenken bewegen und wenn ja, wie musste man vorgehen?

»Glücklicherweise sind die meisten von ihnen für einen Großteil des Tages im Unterrichtsraum.«

»Das stimmt wohl.«

Dom schnappte nach Luft, als Theas warmer Blick ihn in ihren Bann zog. Eine Welle der Sehnsucht überrollte ihn, als er sie in den Armen hielt. Wenn er sich nicht bald zusammenriss, würde er etwas Törichtes anstellen, das vermutlich viel zu viel Aufmerksamkeit auf sie beide lenken würde. Nicht zum ersten Mal dachte er über Worthingtons Rat nach. Dom sollte abreisen und Thea ihrer Suche nach einem Ehemann überlassen. Dann würde er sich aus ihrem Zauber befreien. Doch für den Augenblick würde er das Gefühl ihrer üppigen Kurven genießen und dabei ihren leicht zitronigen Duft einatmen.

Er versuchte, den Teil von sich zu ignorieren, der danach verlangte, sie fortzutragen und für alle Ewigkeit an sich zu binden. Er durfte nicht zulassen, dass sein Verlangen seine Verpflichtungen gegenüber seiner Familie und seinen Angehörigen überschattete. Nachdem der Tanz zu Ende ging und er sie zurück zu Grace führte, schwor Dom sich, dass er sich von Thea fernhalten würde, koste es, was es wolle. Er verließ den Ball so bald wie möglich. Wären da doch nur nicht diese starken Gefühle für sie.

Am nächsten Morgen stand Dom früh auf, fest entschlossen, sein Leben wieder auf Kurs zu bringen, und ging zum Frühstücken ins *White's*. Er setzte sich in einen der großen Ledersessel des Clubs und gab vor, die *Gazette* zu lesen, auch wenn er noch keine einzige Seite umgeschlagen hatte, als jemand ihm auf die Schulter tippte. Er ließ die Zeitung sinken und blickte auf.

»Ich dachte, ich würde deine Routine in und auswendig kennen«, sagte Fotherby mürrisch. »Aber in letzter Zeit habe ich dich hier nicht allzu oft gesehen. Das hat doch nicht etwa mit dieser Miss Stern zu tun, oder?«

Die Art und Weise, wie Fotherby ihren Namen ausstieß, brachte Doms Blut zum Kochen. Jüngst war er eher ein Ärgernis als ein Freund gewesen. Es ging Fotherby nichts an, mit wem Dom seine Zeit verbrachte, und außerdem – selbst, wenn er Thea nicht heiraten konnte – gefiel es Dom nicht, wie der Mann sie behandelte.

Er faltete das Nachrichtenblatt sorgfältig zusammen und verkniff sich den Kommentar, den er seinem Freund an den Kopf werfen wollte. »Meine Mutter ist in der Stadt. Wenn sie hier ist, muss ich Zeit mit ihr verbringen.«

»Ja, natürlich. Das hatte ich vergessen.« Fotherby klang zerknirscht, schwieg einen Moment lang und inspizierte eine seiner zahlreichen Taschenuhrketten. »Ich habe dich gestern Abend auch nicht auf dem Ball von Lady Aliesbury gesehen.«

Worauf zum Teufel wollte der Mann hinaus? Doms Geduld hing an einem seidenen Faden, doch er beherrschte sich. »Ich überlasse es meiner Mutter, die Empfänge auszusuchen. Sie sucht sich für jeden Abend nur einen aus, auf den sie gehen möchte.«

Fotherby schnaufte. »Das erklärt, weshalb du auf dem Ball der Featheringtons warst. Ich habe Alvaney gesagt, dass es nichts mit der jungen Dame zu tun hat.«

In kühlem Tonfall, gedacht, um die Unterhaltung im Keim zu ersticken, fragte Dom: »Möchtest du etwas Bestimmtes, Fotherby?«

Fotherby schien die Frage als Erlaubnis zum Fortfahren aufzufassen und nickte. »Alvanley, Petersham und ich, wir sind deine Freunde, Merton, und wir wollen nicht, dass du einen Fehler begehst. Diese Frau.« Er hielt inne. »Nun, sie wurde in Lady Thornhills Haus gesehen.«

Fotherby hatte sich auf einen Punkt über Doms linker Schulter konzentriert, warf ihm aber nun einen direkten Blick zu. Dom bemühte sich um eine ausdruckslose Miene. Wenn sein Freund sich eine Reaktion erhofft hatte, würde er enttäuscht werden.

»Es ist nur, dass ...«, Fotherby schluckte, »Lady Thornhill, na, du weißt schon.«

Dom hatte von den Thornhills gehört, einem Paar *Radical Whigs,* das die Verbreitung liberaler Ideen und der Künste anstrebte. Es war für ihn keine Überraschung, dass Grace ihre Schützlinge dorthin mitgenommen hatte. »Miss Stern residiert schließlich bei Worthington.«

»Natürlich, das wird der Grund sein.« Fotherby nickte, machte jedoch keine Anstalten, zu gehen.

Er wusste, dass Dom es verabscheute, beim Lesen der Zeitung gestört zu werden. Dom hielt sich davon ab, mit den Zähnen zu knirschen. »Was ist noch?«

»Sie ist nicht gut genug für dich. Es gibt reichlich andere junge Ladies ...«

»*Es reicht!*« Dom schlug mit der Hand auf die Armlehne des Sessels. »Ich bin sehr wohl dazu in der Lage, meine eigene Ehefrau zu wählen, ohne die Hilfe von dir oder sonst irgendwem.«

Fotherby versteifte sich und verneigte sich leicht. »Wie du meinst. Ich werde dich nun in Ruhe lesen lassen.«

»Ich danke dir.« Dom schlug die Zeitung erneut auf und hielt sich das Nachrichtenblatt vor die Nase. Die Zeilen verschwammen und wurden durch das Bild einer verführerischen Frau mit rabenschwarzem Haar und grünen Augen ersetzt. Was würde Thea wohl davon halten, wie er sie wahrnahm? Sie würde vermutlich schockiert sein. Bis auf diesen einen Moment am gestrigen Abend, als er den Blick nicht hatte von ihr abwenden können, war sie sich seines Leids wahrscheinlich nicht einmal bewusst.

Andere Damen servierten sich ihm auf einem silbernen Tablett. Jede von ihnen wäre geschmeichelt, einen Heiratsantrag von ihm zu erhalten, doch wäre es bei Thea auch so? Hegte sie überhaupt Gefühle für ihn?

Eine halbe Stunde später und nachdem er eine Tasse des sonst so köstlichen Kaffees des Clubs hinuntergezwungen hatte, stieg er die Treppen zur Straße hinab und begegnete dort Alvanley. »Guten Morgen.«

Alvanely blieb stehen. »Hast du dich in letzter Zeit vor uns versteckt?«

Seit wann war Dom seinen Freunden Rechenschaft schuldig? Er versuchte, ihn nicht düster anzufunkeln. »Nein. Meine Mutter ist in der Stadt.« Würde er diese Unterhaltung nun mit jedem führen müssen? In dem Bestreben, weiteren Fragen zuvorzukommen, sprach er weiter. »Sie möchte alte Freunde besuchen.«

Alvanley zog seine Schnupftabakdose hervor und schnippte sie mit einem Finger auf, ehe er sich eine Prise herausnahm. »Du hast mein aufrichtiges Mitgefühl.«

Wenigstens stellte er keine Fragen zu Miss Stern. »Allerdings.«

Dom ergriff die Gelegenheit, um sich davonzumachen, und trat auf den Gehweg. Er ging die St. James Street in Richtung Piccadilly entlang und bog dann in die Bond Street. Fotherby hatte vielleicht Nerven! Selbst wenn Dom nicht bereits entschieden hätte, dass Miss Stern sich nicht für ihn eignete, hatte sein Freund kein Recht, sich einzumischen. Er kannte seine Pflichten und würde sie erfüllen, auch wenn er jede einzelne Minute davon hasste. Er würde sich eine Ausrede überlegen, die er seiner Mutter auftischen konnte, und morgen zu seinem Anwesen in Devon aufbrechen. Zuerst würde er jedoch die Bücher abholen, um die ihn seine Mutter gebeten hatte.

»Was glauben Sie, was Sie da tun, Miss? Lassen Sie den Knaben los; er gehört mir.« Das Gebrüll eines Mannes setzte Doms Grübeleien ein Ende.

Eine Schar Menschen hatte sich in einem Kreis zusammengefunden. Ein Bediensteter in Worthingtons Livree überragte den Rest und stand nahe der Mitte der Menschenmenge.

Eine aufgebrachte Frauenstimme, die Dom nur allzu gut kannte, hob sich aus dem Radau hervor. »Er ist nur ein kleines, hungriges Kind. Sie werden ihn *nicht* festnehmen.«

Thea. Er hätte es wissen müssen. Er beschleunigte seine Schritte und eilte zu dem Getümmel aus Straßenkehrern, Verkäufern und Schaulustigen. Die kleine Menschenmenge teilte sich, um ihn durchzulassen. In der Mitte des Gedränges baute Thea sich vor einem kräftig aussehenden Bauern auf. Ein unterernährtes, schmuddeliges Kind im Alter von vielleicht sechs oder sieben Jahren umklammerte in einer verdreckten Hand einen Apfel und hing mit der anderen an ihrem Rockzipfel. Der Junge hatte sie eindeutig als seine Rettung erkannt.

»Wie viel kostet der Apfel?«, fragte sie den Bauern.

»Darum geht's nich', Miss«, stieß der Mann aggressiv hervor, während ihm der Speichel aus dem Mund flog. »Er ist ein Dieb und hat es verdient, bestraft zu werden.« Das Kind versteckte sich hinter Thea, als der Bauer sich zur Seite lehnte. »Er gehört gehängt oder deportiert.«

Thea hob das Kinn und gab nicht nach. »Ich sage nicht, dass es richtig war, aber Sie würden vielleicht auch stehlen, wenn Sie am Verhungern wären. In diesem Fall ist das Gesetz zu streng.«

Doms Halstuch schnürte ihm plötzlich die Kehle zu. Das Gesetz, auf das sie sich bezog, war eines, das er befürwortet hatte.

»Jetzt hören Sie mir mal zu, Miss. Behaupten Sie ja nicht, dass *ich* ein Dieb bin. Schauen Sie ihn sich doch mal an. Er ist ein Tunichtgut.«

Der Junge kauerte sich dichter hinter Thea und wimmerte leise. Als Dom für den Gesetzesentwurf gestimmt hatte, hatte er sich keine kleinen Kinder vorgestellt, auch wenn er theoretisch gewusst hatte, dass es auch auf sie zutreffen würde.

Sie öffnete den Mund, presste ihre Lippen dann aber wieder aufeinander und schüttelte den Kopf. »Ich habe Sie nicht verleumdet.« Sie kramte in ihrer Pompadour-Tasche herum. »O weh. Ich habe mein letztes Geld für ein Paar Handschuhe ausgegeben.« Sie blickte zum Bediensteten, hoffte offenbar, dass er ein paar Münzen dabei hatte, aber er schüttelte unmerklich mit dem Kopf. »Na schön, dann werde ich hier warten, während Sie die Handschuhe für mich retournieren.«

»Nein, Miss, das kann ich nicht. Laut meinen Anweisungen darf ich Sie nicht allein lassen.«

Thea fuhr sich mit der Hand über die Stirn. »Ich schätze, uns bleibt nichts anderes übrig als ...«

In genau diesem Augenblick wurde Merton bewusst, dass sie ernsthaft in Erwägung zog, diese zusammengewürfelte Menschenmenge die Bond Street hoch zum

Laden zu führen, damit sie die Handschuhe retournieren und dem Bauern sein Geld geben konnte. Allein der Gedanke an den Skandal, der folgen würde, ließ ihm einen Schauer über den Rücken laufen. »Miss Stern, darf ich Ihnen behilflich sein?«

Hastig wandte sie sich zu ihm um und die Sorgenfalten auf ihrem Gesicht verschwanden. »Oh, Milord. Ja, ich danke Ihnen. Würden Sie diesen Mann bitte für den Apfel bezahlen? Ich scheine das Geld ausgegeben zu haben, das ich bei mir hatte.«

Nachdem sie das »Milord« erwähnt hatte, trat der Bauer einen Schritt zurück. Als er dieses Mal das Wort ergriff, war seine Stimme nicht mehr so laut und klang deutlich höflicher. »Der Junge hat mich bestohlen. Ich werde den *Constable* rufen.«

Dom hielt sich sein Monokel vors Auge und ließ den Blick langsam von dem abgetragenen Filzhut auf dem Kopf des Bauern bis hin zu seinen Nagelschuhen schweifen. Jemand kicherte. Er musste Thea schleunigst aus diesem Schlamassel holen, ehe sie zum neuesten Tratsch wurde. »Wie viel für den Apfel?«

Der Bauer funkelte ihn an, murrte aber schließlich: »Zwei Pennys.«

Dom hob eine Braue. »Tatsächlich. Vielleicht sollten wir den *Constable* eher Ihretwegen holen. Ich gebe Ihnen nicht mehr als zwei Viertelpennys.«

Er ließ die Münzen in die ausgestreckte Hand des Mannes fallen, ehe er die Schaulustigen mit einem strengen Blick bedachte. »Hier gibt es nichts zu sehen. Gehen Sie weiter.«

Die Menschenmenge löste sich auf und der Bedienstete atmete erleichtert auf.

Thea wandte sich an den Jungen. »Du kannst den Apfel jetzt ruhig essen.«

Das Kind sah dem Bauern misstrauisch nach. »Was, wenn er wieder hinter mir herjagt?«

»Das wird er nicht«, beteuerte sie sanft. »Lord Merton und ich werden dich beschützen.«

Das Kind blickte ehrfürchtig von Thea zu Merton. »Sind Sie wirklich 'n Lord?«

»Natürlich ist er das«, sagte der Bedienstete. »Das ist der Marquis of Merton.«

»Boah«, hauchte der Junge. »Hab noch nie 'ne Lordschaft getroffen.«

Merton unterdrückte ein Seufzen. Thea würde dem Kind sicher nicht erlauben, in sein verbrecherisches Leben zurückzukehren. »Miss Stern, was haben Sie mit dem Jungen vor?«

Sie zog die Brauen zusammen und legte die Stirn in Falten. »Ich werde versuchen, seine Familie zu finden. Wenn er ein Waise ist, werde ich zusehen, dass ich ihn irgendwie zu mir nach Hause schicke. Ich bin mir sicher, dass meine Familie ihm eine Pflegefamilie finden könnte, bis er alt genug ist, einen Beruf zu erlernen.«

Sie schenkte Dom einen hoffnungsvollen Blick. Ihre grünen Augen waren geweitet und voller Sorge, und er wusste, dass er seine nächsten Worte bereuen würde. »Ich werde ihn vorläufig bei mir unterbringen.«

Thea lächelte ihn an, als hätte er ihr die teuersten und seltensten Juwelen auf Erden angeboten. »Vielleicht könnte er Ihr Stallbursche werden, bis wir eine dauerhafte Lösung finden?«

Er blickte den Jungen an. Auch wenn es derzeit so üblich war, würde er niemals zulassen, dass ein kleines Kind sich um seine Pferde kümmerte. »Wir werden uns schon etwas einfallen lassen.« Erst jetzt fiel ihm auf, dass Thea weder von Cousine Louisa noch von Lady Charlotte begleitet wurde. War sie allein? Er würde Worthington dafür umbringen, dass er nicht mehr acht auf sie gab. »Was tun Sie hier allein?«

»Ich bin nicht allein.« Mit einer wedelnden Handbewegung deutete sie auf den Bediensteten. »Ich habe

Fred dabei, und Grace ist beim Schuster. Ich wollte ein Buch besorgen. Und dann habe ich gesehen, wie der Bauer Tom ergriffen hat.«

»Genau, Ihre Lordschaft.« Der Junge nickte und blickte dann andächtig zu Thea zurück. »Genauso isses passiert. Miss hat mich gerettet.«

Offenbar war das Schicksal fest entschlossen – ganz gleich, wie Dom auch darüber denken mochte –, ihm Thea immer wieder in den Weg zu werfen, nur damit er sie vor ihren Torheiten retten konnte. Sollte dies gut ausgehen, dann würde es ein Werk Gottes sein. Er blickte zu dem Bediensteten. »Bringen Sie den Jungen nach Merton House. Richten Sie meinem Butler aus, dass das Kind gebadet werden und etwas zu essen bekommen soll. Ich werde bei Miss Stern bleiben.«

Der Bedienstete verneigte sich und Dom bildete sich ein, seine Mundwinkel zucken zu sehen. »Sehr wohl, Milord.«

Tom krallte sich fester in Theas Röcke, bis sie seine Hand sanft entfernte. »Dir wird mit Fred nichts geschehen. Er wird dich zum Haus seiner Lordschaft begleiten, wo sie sich um dich kümmern werden, aber du musst dich benehmen.«

Die Augen des Knaben füllten sich mit Tränen. »Werd … werd ich Sie wiedersehen?«

Sie schenkte ihm ein sanftes Lächeln. »Natürlich wirst du das. Ich werde so bald wie möglich nach dir sehen. Und jetzt ab mit dir. Es wird alles gut werden.«

Er blickte über seine Schulter und ein leichter Schauer durchfuhr seinen Körper. »Ja, Miss. Ich werde artig sein. Versprochen.«

»Das weiß ich doch.« Sie lehnte sich zu dem Jungen hinab und gab ihm einen Kuss auf die schmutzige Wange. »Wir sehen uns bald wieder.«

Grace stieß zu ihnen, als Fred Tom an der Hand fort-
führte und der Junge über seine Schulter zu Thea zu-
rückblickte.

Grace ließ den Blick von Thea zu Dom und wieder zurück schweifen und hob dann eine Braue. »Könnte mir
jemand erklären, was genau hier vor sich geht?«

»O Grace«, Thea ergriff die Hände ihrer Freundin,
»Lord Merton war so freundlich, den armen Tom aufzunehmen ...«

Als Thea die Geschichte beendet hatte, warf Grace
Dom einen seltsamen Blick zu. »Natürlich«, bemerkte
sie kryptisch. Einen Augenblick später richtete sie ihre
Aufmerksamkeit wieder auf Thea. »Nun, wir sollten
unsere restlichen Besorgungen erledigen.«

Thea drehte sich zu ihm um und bedachte ihn mit einem strahlenden Lächeln. »Ich danke Ihnen vielmals
für Ihre Hilfe. Wenn es Ihnen nichts ausmacht, werde
ich Ihnen morgen einen Besuch abstatten, um nach
Tom zu sehen. Ich würde schon heute kommen, aber ...«

Es war närrisch, nach ihrer Bestätigung zu streben,
sich nach ihrem Lächeln zu sehnen und sie in die Arme
schließen zu wollen. »Morgen ist in Ordnung. Er wird
sicher etwas Zeit brauchen, um sich einzuleben.« Er
nahm ihre Hand in seine und führte sie an seine Lippen. »Vielleicht sehen wir uns nachher.«

Sie sah ihn einen Moment lang an, der Blick aus ihren
grünen Augen war ernst. »Ich freue mich darauf.«

Als Thea Grace in die Leihbibliothek folgte, blieb Dom
eine Weile wie angewurzelt stehen und sah ihr nach,
bis sie durch die Tür verschwand. Was an ihr verleitete
ihn dazu, sich so merkwürdig zu verhalten? Und viel
wichtiger war die Frage, wie er damit aufhören konnte.
Doch dann fühlte er sich wie ein Junge, der seinem
Schulunterricht entkommen war, und grinste vor sich
hin. Mit dieser neuen Verantwortung würde er die
Stadt nun schlecht verlassen können.

KAPITEL 9

Als Dom durch seine Haustür trat, erklang ein ohrenbetäubender Schrei aus dem Untergeschoss. »Was zur Hölle ist das?«

Paken räusperte sich. »Das wird wohl der junge Tom sein.«

Was zum Teufel konnte der Junge in der kurzen Zeit angestellt haben? »Er bekommt jetzt schon eins auf den Hintern?«

»Nein, Milord. Er wird gebadet. Etwas, das ihm scheinbar eine Heidenangst einjagt.«

Dom rieb sich mit der Hand über das Gesicht. »Er hat Angst vorm Baden?«

»Ja, Milord. So, wie wir das verstanden haben, ist seine Mutter bei einem Bad ums Leben gekommen.«

Vermutlich war sie ertrunken, nachdem sie zu viel getrunken hatte.

Fred, Theas Bediensteter, stürzte durch die grüne Tür und kam schlitternd zum Stehen. »Milord, Gott sei Dank sind Sie hier. Sie müssen sofort mitkommen.«

Dom schüttelte den Kopf. Die Situation schien gänzlich aus dem Ruder gelaufen zu sein. »Ich dachte, Sie würden schon fort sein.«

»Jedes Mal, wenn ich gehen wollte, hat der arme Junge nach mir gegriffen und zu weinen begonnen. Ich glaube, es würde ihm helfen, wenn Sie ihm erklären könnten, dass das Wasser ihn nicht umbringen wird.«

Erst ein aufsässiger Kater und nun ein schlecht erzogenes Kind. Was wollte ihm das Schicksal noch aufbürden? »Ich komme schon.«

Zum ersten Mal seit dem Tod seines Vaters betrat Dom die Küche, wo seine Haushälterin, Mrs. Sorley, mit den Händen in den Hüften auf ein Bündel schmutziger Lumpen starrte, das in einer Ecke kauerte. »Du wirst nichts essen, bis du sauber bist, und damit basta.«

Obwohl die Knochen des Kindes hervortraten, wollte selbst die Drohung, ihn verhungern zu lassen, nichts bewirken. »Ich werde jetzt übernehmen«, sagte Dom.

Sie warf ihm einen Blick zu und anstatt ihre Bestürzung kundzutun, darüber, dass er sich höchstpersönlich in eine Angelegenheit der Dienerschaft einmischte, sagte sie: »Es wird aber auch Zeit, dass Sie hier auftauchen ... Milord.«

Er fuhr sich mit der Hand durchs Haar und ihm kam erneut der Gedanke, dass er allmählich die Kontrolle über sein sorgfältig geordnetes Leben verlor. »Bringen Sie dem Kind ein Glas Milch und ein gebuttertes Brot.«

Sie eilte davon und murmelte etwas, das Dom nicht ganz ausmachen konnte.

Dom streckte seine Hand nach dem Kind aus und verwendete seinen strengsten Tonfall. »Komm.«

Tom hob das tränenüberlaufene Gesicht. Es war voller Schlieren und sein abgemagerter Körper wurde von heftigen Schauern geschüttelt. Dom hatte noch nie ein so verängstigtes Kind gesehen. Dies würde offensichtlich keine einfache Angelegenheit werden.

»Ich werde sterben, wenn ich in diese Wanne steige.«

Dom ließ sich auf einem in der Nähe stehenden Hocker nieder. »Erzähl mir, weshalb du das glaubst.«

»So ist es meiner Mutter ergangen. Sie ist in die Wanne gestiegen und hat angefangen zu schreien. Dann kam Blut aus ihr und sie ist eingeschlafen und nie wieder aufgewacht.«

»Warst du allein?«

Tom nickte. »Nachdem sie starb, hat die alte Mrs. White gesagt, dass ich verschwinden muss, und dann sind ein paar Männer gekommen, die mich mitgenommen haben.«

Mrs. White, wer auch immer das sein mochte, würde in Kürze von Dom hören. Er widerstand dem Drang, auf etwas einzuschlagen, und lockerte seine Faust, streckte die Finger. Wie konnte man ein Kind einfach so vor die Tür setzen? »Wie lange ist das her?«

Tom blickte aus großen, müden Augen zu Dom auf, ganz so, als wäre er ein Gott. »Ich weiß es nicht.«

Nun denn, dieses Detail würde er dann wohl später in Erfahrung bringen müssen. Aber zuerst musste das Kind baden und etwas essen. »Ich verspreche dir, dass du in der Wanne nicht sterben wirst. Ich werde hierbleiben und aufpassen, dass dir nichts geschieht. Wäre das in Ordnung?«

Einen Augenblick lang sah es so aus, als würde Tom auch Dom zurückweisen, doch dann nickte das Kind. »Sie versprechen, dass ich nicht sterben werde?«

»Du hast das Wort eines Bradfords.« Er trug die Verantwortung für hunderte von Leben auf seinen Anwesen. Und doch hatte es etwas Demütigendes, dass dieser kleine Junge glaubte, er könne über Leben und Tod entscheiden.

Tom, der noch immer am ganzen Leib zitterte, erhob sich und entfernte den Rest seiner Kleidung. Mrs. Sorley kam mit dem Essen und einem Dienstmädchen zurück, das die verdreckten Kleidungsstücke mitnahm.

Dom war bestürzt über die Blutergüsse und all die anderen Anzeichen von Gewalt, die den Körper des Jungen fast gänzlich überzogen. »Wer hat dir das angetan?«

Tom presste die Lippen aufeinander und schüttelte den Kopf langsam hin und her. »Das darf ich nicht sagen. Er wird mich umbringen.«

Wie es schien, war Mrs. White nicht die einzige Person, um die er sich würde kümmern müssen. Dom hob den Jungen in die Wanne. Eines der Dienstmädchen seifte ein Stück Stoff ein und begann damit, Toms dürren Körper zu schrubben. Sobald der Schmutz weg war, sah der Junge schon um einiges besser aus. Er hatte dunkelblondes Haar und seine Nase war etwas zu groß für sein Gesicht, aber ansonsten wies er ebenmäßige Gesichtszüge auf. Etwas an ihm kam Dom auf eine seltsame Art und Weise vertraut vor, aber er kam einfach nicht darauf.

Das Dienstmädchen zog dem Jungen ein Nachthemd über den Kopf, und Mrs. Sorely inspizierte Toms Nacken und die Haut hinter seinen Ohren. »Na also, so ist's brav. Jetzt kannst du etwas essen. Du musst etwas Speck auf den Rippen zulegen.«

»Jawohl, Ma'am.« Tom verschlang die erste Scheibe Brot und trank die Milch. Dann wurden ihm etwas Käse und ein Stück Hühnchen gebracht, ehe man ihm das Gesicht und die Hände abwischte. Eines der Dienstmädchen führte ihn in ein Schlafgemach.

Mrs. Sorely stand in der Tür, ihre Arme vor ihrem üppigen Busen verschränkt. »Da haben Sie sich ein kleines Mysterium angeschafft, Milord.«

»Wie meinen Sie das?« Dom hatte dem Kind nachgesehen, als es die Treppe emporstieg, doch wandte sich nun an seine Haushälterin.

»Haben Sie nicht bemerkt, wie er gesprochen hat?«

Dom ließ ihre Unterhaltung über das Baden Revue passieren. Natürlich, der Kleine hatte seinen Akzent abgelegt. »Es klang fast schon kultiviert.«

Sie nickte, als hätte er einen Test bestanden. Vielleicht hatte er das auch. »Was ist mir noch entgangen?«

»Er hat lange Finger, seine Hände sind gut strukturiert und er sieht aus wie jeder andere kleine Junge in Mayfair.«

»Ein uneheliches Kind?«

»Könnte sein.« Sie zuckte mit den Schultern. »Sie sollten es herausfinden.«

»Ich könnte jemanden einstellen.«

»Das könnten Sie, aber es wird nicht viel Zeit in Anspruch nehmen und Sie könnten womöglich etwas daraus lernen.« Ihr Tonfall ließ keinen Zweifel daran, dass sie wollte, dass er die Angelegenheit selbst ermittelte.

Er runzelte die Stirn.

»Ihr Vater hätte es selbst in die Hand genommen.«

Nur mit Mühe konnte er seine Kinnlade davon abhalten, hinunterzuklappen. Kaum jemand erwähnte seinen Vater, doch es war ihm nie in den Sinn gekommen, es zu hinterfragen. Vielleicht war es an der Zeit, dass sich die Dinge änderten. »Warum erwähnen Sie meinen Vater ausgerechnet jetzt?«

Sie zuckte wieder mit den Schultern. »Die leitende Dienerschaft hat Ihren Vater sein ganzes Leben lang gekannt. Doch als Lord Alasdair einzog, hat dieser uns befohlen, kein Wort über ihn zu verlieren. Nun ... Lord Alasdair weilt nicht mehr unter uns. Und jetzt habe ich zu tun. Ihre Ladyschaft lässt ausrichten, dass sie Ihnen zum Lunch Gesellschaft leisten wird.«

Langsam erklomm Dom die Treppen. Es war oberste Priorität, so viel wie möglich über den jungen Tom herauszufinden, gleich nachdem er für den heutigen Abend einen Tanz mit Thea arrangiert hatte. Er sollte nicht mit ihr tanzen. Er redete sich ein, dass es seine Pflicht war, sicherzustellen, dass sie jemanden außer ihn zum Tanzen hatte, aber dieser Rechtfertigungsversuch war selbst für Dom zu verworren. Die Wahrheit war schlicht und ergreifend, dass er sie in die Arme schließen und Zeit mit ihr verbringen wollte, und ein Tanz war die einzig gesellschaftlich akzeptierte Möglichkeit, das zu tun.

Es war schwer zu glauben, dass er sie lediglich eine Woche lang kannte, wo sie seine Gedanken – ein kleines fiependes Geräusch ließ ihn hinabblicken und er streichelte den Kater – und auch sein Leben bereits gänzlich einnahm.

Als Dom den Ballsaal der Rutherfords an dem Abend betrat, ließ er ein kritisches Auge über die Menge schweifen und stellte erfreut fest, dass nicht viele junge Gentlemen anwesend waren. Zwei Sekunden später erspähte er Thea mit einigen anderen jungen Damen.

Ungeachtet der anderen Menschen im Saal, steuerte er direkt auf sie zu. »Miss Stern?«

Sie blickte zu ihm auf und lächelte. »Guten Abend, Milord. Ich freue mich, Sie hier zu sehen.«

»Die Freude ist ganz meinerseits.« Er konnte dem Drang nicht widerstehen, ihre Finger an seine Lippen zu heben. »Haben Sie den Tanz vor dem Abendmahl noch frei?«

»Habe ich.« Ihre Wangen überzogen sich mit einer zarten Röte.

Keine der anderen jungen Damen sagte ein Wort. Sie alle schienen ihre Aufmerksamkeit auf Thea und ihn gerichtet zu haben.

Seine Kehle schnürte sich zu und die nächsten Atemzüge fielen ihm schwer. »Würden Sie diesen Tanz für mich aufheben?«

Sie sah ihm tief in die Augen, ehe sie mit fester Stimme antwortete: »Ja, das werde ich.«

»Ich danke Ihnen.« Als er den Daumen über ihre Hand gleiten ließ, fragte er sich unwillkürlich, was sie in ihm gesehen hatte, das zu ihrem Entschluss geführt hatte.

Sie zog die Luft ein und ihre Finger zitterten leicht unter seiner Berührung. Wenn er sie doch nur zu sich heranziehen könnte, dann würde er an ihrem cremefarbenen Hals knabbern und ... Dies war keine besonders große Hilfe.

Er verspürte nicht das geringste Bedürfnis, mit einer Dame außer Thea zu tanzen. Vielleicht konnte er sich im Kartenspielzimmer verstecken, bis es Zeit war, seinen Tanz einzufordern. Wenn er das tat würde er sie allerdings nicht sehen können. Doch wollte er wirklich dabei zusehen, wie sie mit einem anderen Mann tanzte? Er war eindeutig dabei, den Verstand zu verlieren.

Verflucht. Aus dem Augenwinkel sah er, wie Worthington auf ihn zukam. Zwei Tänze. Dom wollte zwei, aber er würde sich beeilen müssen. »Würden Sie mir auch die Ehre des ersten Walzers erweisen?«

Thea neigte den Kopf und betrachtete ihn einen Augenblick lang. »Ja.«

»Danke sehr.« Er küsste ihre Finger ein weiteres Mal. »Ich sollte nach meiner Mutter sehen.«

Über den Köpfen der anderen Gäste begegnete er Worthingtons Blick und grinste. Selbst er konnte Thea nicht davon abhalten, mit Dom zu tanzen. Um sie jedoch nicht in Verlegenheit zu bringen, begab Dom sich auf die andere Seite des Saals, um dort zu warten. Als ein Diener mit Champagner an ihm vorbeiging, schnappte er sich ein Glas.

Ehe er auch nur einen einzigen Schluck trinken konnte, sagte eine Lady: »Guten Abend, Lord Merton.«

Kurz schloss er die Augen, wandte sich dann um, lächelte höflich und verneigte sich leicht. »Guten Abend, Miss Turley.«

Sie machte einen Knicks. Seltsam; es war ihm vorher nie aufgefallen, dass sie nicht so anmutig war wie Thea.

Miss Turley schwieg und wartete offenbar darauf, dass er sie zum Tanz aufforderte. Er wollte zwar nicht, aber wenn er nicht mit ihr tanzte, dann würde die Gastgeberin eine andere junge Dame finden, die noch keinen Tanzpartner hatte. »Würden Sie den ersten Kontratanz mit mir tanzen?«

Sie neigte den Kopf zur Seite und ein kleines Lächeln umspielte ihre Lippen. »Es wäre mir eine Freude, Milord.«

»Ich danke Ihnen.« Er wusste nicht, was er sonst noch sagen sollte, und wollte nicht in eine weitere Unterhaltung verwickelt werden, bei der sie ihm in allem zustimmte, also verneigte er sich erneut. »Wenn Sie mich entschuldigen würden? Da ist jemand, den ich sehen sollte.«

Sie knickste wieder und er machte sich davon. Nicht zum ersten Mal wurde ihm bei dem Gedanken daran, sie oder eine der anderen Damen auf seiner Liste zu heiraten, ganz flau im Magen.

***

Miss Elizabeth Turley stieß einen Seufzer aus, als Lord Merton davonschritt. »Das verlief nicht wie erwartet.«

»Nein.« Lavvie blickte seiner Lordschaft hinterher. »Ich war mir sicher, dass er dich um den Walzer bitten würde.«

»Ich ebenso.« Elizabeth seufzte erneut. »Allerdings hat er nicht versucht, mir einen Besuch abzustatten. Vor letzter Woche hatte ich noch die Hoffnung, dass er mich zu einer Kutschfahrt einladen würde. Ich war mir so sicher, dass er kurz davor war, mir einen Heiratsantrag zu machen. Vater hat erzählt, dass die Gewinnchancen bei den Wetten im *White's* immer besser aussahen.«

»Elizabeth!«, zischte Lavvie schockiert. »Solche Dinge sollte dein Vater wahrlich nicht mit dir besprechen.«

Das war nicht das Einzige, das er mit ihr besprach. »Du hast natürlich recht, aber es würde sich für mich auch nicht gehören, ihn dafür zu schelten.« Sie suchte nach Merton. Dank seiner Größe und seinem goldblonden Haar war er zum Glück leicht zu finden. »Mit wem er wohl den Walzer tanzen wird?«

»Vielleicht mit niemandem. Oder vielleicht hat er die Lady lediglich aufgefordert, weil du noch nicht hier warst.«

»Nun, ich hätte schlecht früher eintreffen können.« Elizabeth konnte die Verärgerung in ihrer Stimme nicht verbergen. »Wir haben schließlich erst vor einer halben Stunde herausgefunden, wo er heute Abend sein wird.«

Langsam wedelte Lavvie ihren mit Federn geschmückten Fächer. »Es war eine überaus gute Idee von deinem Vater, dass sich eines der Dienstmädchen mit diesem Stallburschen von Merton anfreundet.«

»Ich wünschte mir nur, dass uns die Informationen etwas früher erreichen würden.« Elizabeth gab acht, sich ihre Frustration nicht anmerken zu lassen. »Merton benimmt sich in letzter Zeit nicht wie er selbst. Vater hat gesagt, er lässt sich derzeit kaum noch im *White's* blicken.«

»Ich habe gehört, dass er und Fotherby einen kleinen Streit hatten.« Lavvie tippte Elizabeth mit dem Fächer auf die Schulter. »Es ist bestimmt nicht der Rede wert.«

Die Geigen stimmten den Walzer an und Elizabeth beobachtete, wen Merton aufs Parkett führte. »Es ist Miss Stern. Mit ihr hat er bereits an einem anderen Abend den Walzer getanzt.«

»Ich dachte, er tanzt bloß mit ihr, weil er mit Worthington verwandt ist.«

»Offenbar nicht«, keifte Elizabeth. Er war kurz davor, ihr durchs Netz zu gehen, und sie wusste nicht, wie sie ihn zurückerobern sollte.

Lavvies Augen weiteten sich. »Wie bitte?«

»Entschuldige.« Das Pochen in ihrer Schläfe, das bereits vorhin begonnen hatte, wurde stetig schlimmer.

Sie rieb sich die Schläfen. »Es ist nur, dass diese Hochzeit sehr wichtig für meine Familie ist. Hast du dir schon etwas überlegt, um …«

Sie brachte es nicht über sich, den Satz zu Ende zu sprechen. Die Vorstellung, auf Schwindel und List zurückgreifen zu müssen, gefiel ihr nicht, doch wenn Merton das Interesse an ihr verloren hatte, schien ihr keine andere Wahl zu bleiben.

»Noch nicht. Aber mir wird sicher etwas einfallen.« Lavvie senkte die Stimme. »Hier kommt Viscount Wivenly, um dich zum Tanz aufzufordern. Er würde ebenfalls eine gute Partie sein.«

»Außer, dass es Jahre dauern wird, bis er sein Erbe antritt, und ich bezweifle, dass sein Vater sich auf die Bedingungen meines Vaters einlassen würde. Vater ist sich sicher, dass er Merton gut zureden kann.«

Ein paar Minuten später wirbelte Elizabeth mit Viscount Wivenly auf dem Tanzparkett umher. Sie versuchte, einen Blick auf Miss Stern und Lord Merton zu erhaschen, doch es gelang ihr nicht. Wenn sie dabei waren, sich ineinander zu verlieben, dann würde es das, was sie tun musste, umso schrecklicher machen. Würde sie mit sich leben können, wenn sie eine Liebe zerstörte? Würde er ihr je verzeihen?

Dotty lächelte Merton an, als er sie während einer Drehung dichter an sich heranzog, als es nötig gewesen wäre. Am Nachmittag, als er sich bereit erklärt hatte, Tom unterzubringen, hatte sie die Suche nach einer Ehefrau für ihn eingestellt. Zwischen ihnen geschah etwas und sie wollte herausfinden, was es war.

Das Kerzenlicht brachte sein Haar zum Strahlen. Sie waren sich nah genug, dass sie seinen Duft einatmen konnte, Seife und ein zartes Eau de Cologne, das sich mit seiner ganz eigenen Note vermischte. Ihre Finger kribbelten angenehm, dort, wo er sie berührte. Die

Hitze seiner Hand, die an ihrer Taille lag, brachte ihre Haut durch den Stoff ihres Kleids förmlich zum Glühen. Sein Lächeln ließ seine Augen und sein ganzes Gesicht strahlen, so als würde er nirgends lieber sein als hier bei ihr.

»Ein Penny für Ihre Gedanken.« Er grinste.

Ihr stieg eine leichte Röte in die Wangen. Wenn er doch nur wüsste, dass ihre Gedanken so viel mehr wert waren als das. »Ich tanze so gern mit Ihnen.«

Er sah etwas überrascht aus, doch sein Griff festigte sich. »Ich danke Ihnen.«

Sie blickte in seine tiefblauen Augen und wünschte sich, sie könnten ewig hier verweilen. Dann erinnerte sie sich an ihren Schützling. »Wie geht es dem kleinen Tom?«

Seine Miene wurde plötzlich ernst. »Jetzt geht es ihm wieder gut. Als ich das Haus verließ, hat er noch geschlafen. Er scheint in eine Art Mysterium verwickelt zu sein.«

Damit hatte sie nicht gerechnet. »Wie meinen Sie das?«

»Ich weiß nicht, ob dies der richtige Ort ist, um es zu besprechen. Es ist eine ziemlich lange Geschichte.« Er wirbelte sie auf dem Parkett umher.

»Ich werde Ihre Mutter um Erlaubnis bitten, ihn morgen besuchen zu dürfen. Wenn es Ihnen nichts ausmacht, natürlich.«

»Ganz und gar nicht. Vielleicht haben Sie mehr Glück dabei, seine Geschichte aus ihm herauszulocken. Ich habe nur sehr wenig Erfahrung mit Kindern.«

Wie schade, dass er ein Einzelkind war. »Erzählen Sie mir von Cyrille. Wie ging es ihm nach seiner Kutschfahrt?«

Merton lachte laut auf und das Pärchen neben ihnen starrte sie an. »Er hat es gerade noch nach Hause geschafft, bevor er sich erleichtern musste.«

»O je. Sie sollten wohl ein Geschirr für ihn anfertigen lassen. Es wäre nicht gut, wenn er einfach von der Kutsche springt.«

Sein Gesichtsausdruck war noch immer ernst, aber seine Augen funkelten amüsiert. »Wenn Sie ernsthaft glauben, dass ich meine Kutsche anhalte, damit er absteigen kann und ...«

»Hören Sie doch auf!« Wenn sie jetzt anfing zu lachen, würde sie nicht wieder aufhören können. »Sonst blamiere ich uns noch. Ich bezweifele sehr, dass es als akzeptabel gilt, während eines Balls in schallendes Gelächter auszubrechen.«

»Versuchen Sie nie, Ihre Gefühle zu verbergen?«, fragte er leise.

»Manchmal.« Vermutlich war er es nicht gewohnt, dass eine Dame nicht vorgab, sich zu langweilen. »Wenn ich jemanden nicht kränken möchte. Ich würde Mrs. Jabobs, eine unserer Pächterinnen, zum Beispiel niemals sagen, dass ihre Kekse nach Staub schmecken, auch wenn sie es tun.«

Seine Augen weiteten sich schockiert. »Wollen Sie damit etwa sagen, dass Sie sie tatsächlich essen?«

Was für eine törichte Frage. »Natürlich tue ich das. Wie soll ich das Ihrer Meinung nach vermeiden?«

Merton schüttelte leicht den Kopf. »Ich schätze, Sie haben recht.« Er schwieg einen Moment lang. »Was ich mit meiner Frage meinte, war, ob Sie jemals vorgeben, keinen Spaß zu haben, obwohl Sie sich amüsieren?«

»Nein, warum sollte ich? Ich finde ein solches Verhalten ziemlich lächerlich, vor allem für eine Lady, die gerade ihr Debüt macht.«

»Sie tun es, weil es derzeit der Mode entspricht.«

Was sollte sie darauf antworten? Dotty wusste, dass Merton mit Lord Alvanley befreundet war, der wiederum ein enger Vertrauter des berühmt-berüchtigten Beau Brummels war. »Ich ziehe es vor, meinen eigenen

Bräuchen zu folgen. Bräuchen, die nicht auf Täuschung basieren.«

Einen Moment lang musterte er sie intensiv, und ein interessiertes Glitzern trat in seine tiefblauen Augen. »Sie sind eine ungewöhnliche Frau, Dorothea Stern«, sagte er schließlich.

Sie wusste nicht, ob er es als Kompliment meinte oder nicht, also beschloss sie, es als Lob aufzufassen. »Ich danke Ihnen.«

Als der Tanz endete, geleitete er sie zurück zu Grace, die mit Lady Merton zusammensaß. Louisa und Charlotte erreichten sie zur selben Zeit. »Wo ist Matt?«

Grace hob den Blick an die Decke, was für sie schon praktisch ein Augenrollen war. »Ich habe ihn in das Kartenspielzimmer geschickt.«

»Warum das denn?«, fragte Louisa.

»Damit ich ihn nicht umbringe«, sagte Grace mürrisch. »Sein hervorragender Plan für heute Abend, um euch Mädchen zu beaufsichtigen, bestand darin, dass ich zu jedem Stück mit ihm tanzen sollte, damit er euch im Auge behalten kann.«

Charlotte runzelte die Stirn. »Aber du tanzt doch gerne mit Matt.«

»Unter normalen Umständen tanze ich liebend gern mit ihm. Aber nicht, wenn er dabei versucht, für euch Wache zu stehen. Es graut mir davor, herauszufinden, was er als angemessene Reaktion erachten würde, sollte ein Gentleman euch zu nahekommen oder euch nur eine Sekunde zu lange in die Augen sehen. Es hat mir durchaus den Spaß verdorben.«

Grace hatte mit ihnen allen gesprochen, wandte sich aber jetzt an Dotty. »Wie ich höre, hast du Merton den Tanz vor dem Abendmahl versprochen, stimmt das?«

Dotty nickte und hoffte, dass es nicht zu Schwierigkeiten führen würde. Das Tanzen mit Merton gefiel ihr genauso sehr, wie Grace es mit ihrem Ehemann zu genießen schien. »Ja, das habe ich.«

»Lady Merton hat gefragt, ob du ihr beim Abendmahl Gesellschaft leisten möchtest.«

Da hatte jemand gut mitgedacht. Wenn Dotty ein weiteres Mahl erleben musste, bei dem Matt versuchte, Merton mit seinen Blicken zu erdolchen, könnte sie für nichts garantieren. Außerdem wollte sie mehr über das andere Kätzchen und Tom hören. Auch wenn sie wusste, dass sie in guten Händen waren, blieb sie über ihre Schützlinge gern auf dem Laufenden.

Sie blickte zu der älteren Frau. »Ich danke Ihnen, Milady.«

Der Tanz vor dem Abendmahl war ein weiterer Walzer und sie wünschte sich nichts sehnlicher, als sich in Mertons Arme zu schmiegen.

Als die letzte Note des Tanzes verklang, geleitete er sie zu seiner Mutter und sie gingen gemeinsam hinunter zum Speisesaal. Nachdem Merton sie an einen Tisch geführt hatte, der so weit wie möglich von dem der Worthingtons entfernt war, beschlagnahmte er einen Bediensteten und kehrte mit Hummerpasteten, in Champagner pochiertem Lachs, getrüffeltem Perlhuhn, gefüllten Taubeneiern, einem Salat, Sahne, Törtchen und einem kleinen englischen Trifle zurück.

Seine Hand streifte ihre, als er ihr ein Glas Champagner reichte, und das Kribbeln begann erneut.

»Ich habe versucht, all die Speisen zu beschaffen, die Ihnen das letzte Mal zu schmecken schienen.«

Erstaunt, dass er sich daran erinnerte, grinste sie und trank dann einen Schluck Champagner. »Ich danke Ihnen, Milord.«

Kutschfahrten, zwei Walzer und jetzt das. War es möglich, dass Merton ihr den Hof machte? Wenn das der Fall war, würde sie sich über ihre Gefühle für ihn klar werden müssen.

Vor seine Mutter stellte er andere Speisen ab.

»Danke, mein Lieber. Ich bin mir sicher, dass mir alles vorzüglich schmecken wird.« Lady Merton blickte zu Dotty. »Wie gefällt Ihnen die Ballsaison bislang, Dorothea?«

»Sehr gut, Milady. Sie erfüllt all meine Erwartungen.« Dotty hielt kurz inne. »Würden Sie mir erzählen, wie es Camille geht?«

Lady Mertons ausdrucksstarke blaue Augen funkelten. »Sie bringt so viel Freude in mein Leben. Sie scheint immer genau zu wissen, wann ich sie brauche, und leistet mir dann Gesellschaft.«

Dom setzte sich an dem kleinen, runden Tisch auf die andere Seite von Dotty. Unter dem Vorwand, sich von dem Essen zu nehmen, schielte sie kurz in seine Richtung und stellte fest, dass er es ihr gleichtat. Seine Mundwinkel hoben sich, als er das Champagnerglas an die Lippen führte.

Genau in dem Moment, als sie gänzlich abgelenkt war und das Gespräch nicht mehr im Mindesten verfolgte, fragte Lady Merton: »Finden Sie nicht auch, Miss Stern?«

Wärme stieg ihr in die Wangen. »Entschuldigen Sie ...«

»Mutter«, warf Merton ein, »ist das Lady Bellamny, die soeben den Saal betreten hat?«

Dotty atmete erleichtert auf und warf ihm ein hastiges Lächeln zu, als seine Mutter sich zur Tür wandte.

»Ja, ich glaube schon. Ich werde sie nachher aufsuchen. Zu Schulzeiten sind wir gute Freundinnen gewesen.«

»Ich dachte mir doch, dass ich mich an so etwas in der Art erinnere«, murmelte er.

Lady Merton blickte zu Dotty und Merton. »Merton, wie ich höre, hat unser Haushalt einen Neuzugang?«

»In der Tat. Er heißt Tom. Miss Stern hat ihn heute gerettet.«

Dottys Gesicht errötete erneut, als Merton seiner Mutter erzählte, wie es dazu gekommen und was danach mit dem Bad geschehen war. »Ich hoffe, es macht Ihnen nichts aus, Milady?«

»Natürlich nicht. Es ist ein sehr großes Haus. Da wird ein kleiner Junge sicherlich keine Umstände machen.«

Dotty hoffte, dass Tom sich rasch einleben würde. »Ich weiß vielleicht, wo wir einige Informationen über ihn in Erfahrung bringen können. Zumindest, mit wem er jüngst zusammen gewesen ist. Zwei von Graces Freundinnen, Lady Evesham und Lady Rutherford, haben ein Waisenhaus eröffnet und viel über die Kinder auf der Straße lernen können.«

»Ich glaube nicht, dass er allein gewesen ist«, sagte Merton. »Er hat jemanden erwähnt. Ich werde Ihnen morgen mehr davon erzählen, wenn Sie zu Besuch kommen.«

Lady Merton hob fragend eine Braue und Dotty realisierte, dass sie noch nicht um Erlaubnis gebeten hatte. »Wenn ich darf, Milady.«

»Selbstverständlich. Ich würde mich über einen Besuch von Ihnen freuen. Vielleicht möchten Sie mir zum Lunch Gesellschaft leisten?«

»Ich danke Ihnen. Es wäre mir eine Freude.«

Nach dem Abendmahl entschuldigte sich Dotty und ging auf die Damentoilette. Sie war noch hinter der Trennwand, als sie die Unterhaltung von zwei Frauen vernahm, die offensichtlich glaubten, allein zu sein, da sie ihre Stimmen kaum senkten.

»Dass Merton zwei Mal mit Miss Stern getanzt und seine Mutter sie zum Abendmahl an ihren Tisch gebeten hat, ist kein gutes Zeichen«, sagte die erste Dame, die Verzweiflung in ihrer Stimme unüberhörbar.

»Wir werden schnell vorgehen müssen. Ich habe zum Glück eine Idee«, erwiderte eine zweite Dame. »Du wirst einem Bediensteten eine Nachricht für Merton überreichen, in der du ihn bittest, dich um ein Uhr am Springbrunnen zu treffen.«

»Ich werde eine solche Nachricht doch nicht signieren können. Was, wenn sie in die falschen Hände gerät? Ich wäre ruiniert!«

»Nein, nein, Liebes«, sagte die andere Dame beschwichtigend. »Sie wird anonym sein. Besser noch, ich werde sie schreiben.«

Ein paar Sekunden lang herrschte Schweigen, und dann: »Na schön. Aber wir müssen uns beeilen. Bis zur vollen Stunde sind es nur noch etwa zwanzig Minuten. Was hast du vor?«

»Ich werde zwei oder drei der Damen bitten, einen Spaziergang mit mir im Garten zu unternehmen, um ein bisschen frische Luft zu schnappen. Wenn du mich lachen hörst, wirfst du ihm die Arme um den Hals.«

Dotty legte sich eine Hand auf den Mund, um ein Keuchen zu unterdrücken. Was für eine Freveltat! Ihr Vater hatte sie davor gewarnt, dass Männer solche Dinge taten, aber dass eine Dame versuchen würde, sich selbst zu kompromittieren, war äußerst schockierend.

Die erste Dame klang besorgt. »Bist du dir sicher, dass es funktionieren wird?«

»O ja.« Die andere lachte leise. »Merton verabscheut Skandale jeglicher Art. Endlich kommt es dir zugute, dass er ein solcher Tugendbold ist.«

Und da war es wieder, ein solches Wort. Merton war ihr noch nie langweilig erschienen. Also wirklich, wo hatten denn alle diese Meinung her?

»Ich schätze, es ist immer noch besser, als gar keinen Plan zu haben«, sagte die erste Dame zweifelnd.

Kurz zog Dotty es in Erwägung, aus ihrem Versteck zu springen und zu verkünden, dass sie Merton aufsuchen würde, um ihm von ihrem Vorhaben zu berichten – jedoch hatte das etwas von einer Heldin aus einem Roman, kurz bevor man sie ergriff und fesselte. Hinzu kam, dass sie vielleicht nicht zugegen sein würde, wenn sie es das nächste Mal versuchten, sollte sie die Verschwörung jetzt aufdecken. Beide Frauen schienen es sich fest in den Kopf gesetzt zu haben, dass er die eine Dame heiraten sollte.

»Gut«, sagte die zweite Dame. »Ich habe ein Blatt Papier und einen Bleistift.«

Einige Sekunden lang war nichts außer dem leisen Kratzen von Stift auf Papier zu hören, bis die Tür schließlich geöffnet und wieder zugezogen wurde. Als Dotty an der Trennwand vorbeilugte, war der Raum leer. Sie musste Merton finden und ihn warnen. Mit etwas Glück hatte er den Ball bereits verlassen. Sie eilte so schnell es ihr möglich war, ohne dabei auf sich aufmerksam zu machen, in den Ballsaal zurück. Warum war er noch immer so überfüllt? Auf der anderen Seite des Saals saß Lady Merton mit Grace und einer anderen Dame zusammen. Verflixt, das bedeutete, dass er noch immer hier war. Sie bahnte sich am Rande des Saals einen Weg zu den Türen, die auf die Terrasse führten, und kam gerade noch rechtzeitig, um zu sehen, wie er nach draußen schritt.

Sie holte Merton ein, als er den Treffpunkt erreichte. »Milord ...«

»Miss Stern, was hat dies zu bedeuten?« Er hielt die Nachricht in die Höhe und runzelte die Stirn.

»Ich bin hier, um Sie zu warnen.« Ihr Herz hämmerte so wild, dass sie kaum sprechen konnte, und sie war noch nie zuvor mit einem Gentleman allein gewesen. »Sie müssen sofort wieder hineingehen. Bitte!«

Er schüttelte den Kopf. »Ich verstehe das nicht. Sie haben mich doch gebeten, Sie hier zu treffen.«

Warum musste er ausgerechnet jetzt so starrköpfig sein? Sie sprach leise weiter, die Dringlichkeit in ihrer Stimme aber war unverkennbar. »Nein, die Nachricht ist eine Falle.« Sie griff nach seiner Hand und versuchte, ihn zu den Türen zu ziehen. Leider bewegte sich der verflixte Kerl jedoch nicht vom Fleck.

»Eine Falle?« Er runzelte die Stirn. »Wie meinen Sie das?«

Sie widerstand dem Drang, ihn lautstark anzuschnauzen. Es musste fast ein Uhr sein. Sie hatten keine Zeit zu verlieren. »Ich erkläre es Ihnen auf dem Weg.«

Er starrte auf sie herab. »Sie werden es mir jetzt erklären.«

Warum musste er sich ausgerechnet jetzt aufführen wie der letzte … Argh! Las der Mann denn keine Romane? Bemüht um einen ruhigen Tonfall, sagte sie: »Ich habe zufällig ein Gespräch mitangehört. Da ist eine Dame, die versucht, Sie zu einer Heirat zu zwingen.« Dotty ergriff seine andere Hand und zog. »Ich bitte Sie, Sie dürfen sich hier draußen nicht erwischen lassen.«

Endlich rührte er sich, aber die Wucht, mit der sie an ihm zog, ließ sie zusammenstoßen, als er einen Schritt auf sie zu machte. Ehe sie sich zurückziehen konnte, hörte sie jemanden nach Luft schnappen.

»Na, na, na, was haben wir denn da?«

Dotty erkannte die Stimme als eine der Damen, die sie vorhin gehört hatte, aber Mertons breite Schultern verbargen ihr die Sicht.

Er war ihr so nah, dass ihre Brüste fast seine Weste berührten, und seine Arme lagen um ihre Taille.

Gütiger Gott. Das kann doch nicht wahr sein. Wir müssen aussehen wie ein Liebespaar!

»Offenbar stören wir gerade ein Rendezvous«, zwitscherte eine weitere Frau.

»Immer solch reges Treiben in den Gärten«, sagte eine dritte.

Das Lachen der vierten Dame klang wie ein boshaftes Gackern. »Es ist schon einige Wochen her, dass wir einen guten Skandal hatten.«

Es würde wahrscheinlich nicht helfen, aber Dotty würde trotzdem versuchen, Dom und sich selbst aus dieser misslichen Lage herauszureden. Sie stellte sich auf die Zehenspitzen, konnte aber kaum über Mertons Schulter blicken. Einer hochgewachsenen, blonden Dame fiel die Kinnlade hinunter und ihr stieg die Zornesröte ins Gesicht.

»Ich ... ich habe nur eine Nachricht überreicht.« Leider klang Dottys Stimme alles andere als überzeugend.

So viel dazu. Den schockierten Gesichtsausdrücken nach zu urteilen, glaubte ihr keine der vier Damen auch nur ein einziges Wort.

Merton legte die Arme auf Dottys Schultern. »Was Sie hier sehen, Ladies«, seine Stimme war so kalt und eisig, dass sie erschauerte, »ist ein Antrag.« Er sah sie an. »Ich meine, Miss Stern war kurz davor mir eine Antwort zu geben, ehe Sie uns unterbrochen haben.«

Sie konnte nicht atmen. Merton heiraten? Sie mochte ihn, manchmal sogar mehr als das, aber sie wollte sich sicher sein, dass der Mann, den sie heiratete, sie liebte und sie diese Liebe erwiderte. Und es gab noch weitere Dinge, die in Erwägung gezogen werden mussten. Sie konnte keinen Mann heiraten, der ihre Ansichten zu sozialen Problemen und Politik nicht teilte.

Er flüsterte ihr ins Ohr: »Sie haben sich bemüht, aber es hat nicht funktioniert. Jetzt gibt es nur einen Ausweg.«

Wenn sie doch nur wüsste, was sie jetzt tun sollte. Hatte sie eine Wahl oder hatte er recht?

Er legte ihr einen Finger unters Kinn und hob es an. Sein sachter Atem liebkoste ihr Ohr. »Wäre es eine solche Tragödie, mich zu heiraten?«

Sie musterte sein Gesicht, konnte im Dunkeln aber nur wenig erkennen. Ihr Herz pochte so schnell, dass ihre Stimme atemlos klang. »Ich weiß es nicht.«

Er sah sie an, als hätte er mit dieser Antwort nicht gerechnet. »Wir könnten uns verloben, und sollten Sie dann feststellen, dass Sie den Gedanken, meine Frau zu werden, nicht ertragen, dürfen Sie es wieder auflösen. So vermeiden wir wenigstens einen Skandal.«

Einen Skandal zu vermeiden, hatte oberste Priorität. Es klang nach einem guten Plan. Es könnte funktionieren. »Also gut, ich werde mich mit Ihnen verloben.«

Er wollte gerade einen Schritt zurückweichen, als Matt sich durch die Menge drängte, Dotty von ihm fortzog und mit der Faust zum Schlag ausholte.

Merton duckte sich. »Worthington, es ist nicht, wie es aussieht.«

Lord Rutherford packte Worthington am Arm und sagte in einem tiefen, aber bestimmten Tonfall: »Nicht hier.«

Matt schüttelte den Mann ab, richtete sein Jackett und funkelte Merton böse an. »Ich erwarte dich unverzüglich in Stanwood House.«

»Ich werde da sein.« Merton nahm Dottys Hand und hakte sie bei sich unter. »Miss Stern hat sich soeben bereit erklärt, meine Frau zu werden.«

Was um alles in der Welt war nur in ihn gefahren? Warum musste er Matt jetzt auch noch provozieren? Sie verspürte den Drang, Merton auf den Fuß zu treten. Sie würde nie verstehen, weshalb Männer es manchmal für nötig hielten, sich wie Kleinkinder aufzuführen. »Das reicht. Wir werden dies besprechen, sobald wir zu Hause sind. Merton, Sie dürfen mich zurück in den Saal geleiten.« Sie senkte die Stimme. »Und das Lächeln nicht vergessen. Wir haben uns gerade verlobt. Wir müssen glaubwürdig aussehen«, fügte sie dann hinzu.

Er warf ihr ein seltsames Grinsen zu, gehorchte aber. Dotty rief sich den Rat ihrer Großmutter ins Gedächtnis und schritt erhobenen Hauptes durch die Menge der

Schaulustigen hindurch. Sie lächelte ihren Freundinnen zu, deren Gesichter deutlich von Verwirrung und Neugierde gekennzeichnet waren.

Es würde noch genügend Zeit geben, Louisa und Charlotte zu erzählen, dass es sich nur um eine Scheinverlobung handelte, wenn sie Stanwood House erreicht hatten. Das Traurige war, dass, sobald sie Merton wieder verließ – denn ihre Ansichten würden sich nie miteinander vereinbaren lassen –, würde man ihm die Schuld dafür geben, nicht ihr. Es hatten doch alle schon längst beschlossen, dass er nicht liebenswert war … aber war er das wirklich?

***

Elizabeth hatte die Tür zum Ballsaal fast erreicht, als sie von einer großen Hand ergriffen wurde. Ihr Kopf schnellte herum und sie blickte in das strenge Gesicht ihres Bruders, Gavin, ehe sie versuchte, sich aus seinem Griff zu befreien und zischte: »Lass mich los.«

»Warum?« Er machte ein finsteres Gesicht. »Damit du dich zum Narren machen kannst?«

»Wer hat dir davon erzählt?«

Seine Finger entspannten sich zwar etwas, aber er ließ sie nicht los. »Unsere liebe Cousine, Lavinia«, höhnte er. »Dies war ihre Idee, nicht wahr?«

Als Elizabeth sich weigerte, zu antworten, fuhr er fort. »Natürlich war es das. Dir würde so etwas Boshaftes nie in den Sinn kommen, und deinen Ruf würdest du auch nicht ohne ihr Drängen riskieren.«

Verflixt, Lavvie. Warum hatte sie nicht den Mund halten können? »Ich tue dies auch für dich.«

»Nein, du tust es, weil Vater dich davon überzeugt hat, dass wir bankrott sind.«

Elizabeths Augen weiteten sich, als ihr die Andeutung ihres Bruders bewusst wurde. »Du meinst, wir sind es nicht?«

156

»Nein. Vater wollte so lediglich sichergehen, dass du Mertons Antrag annimmst, sollte er dir einen machen.«

Sie hörte auf, an ihrem Arm zu zerren, woraufhin ihr Bruder sie losließ. Wut und Schmerz stiegen in ihr auf und schnürten ihr fast die Kehle zu. Sie hatte ihrem Vater immer vertraut. Ihr kam ein Schluchzen über die Lippen. »Wie konnte er nur? Ich dachte, er hat mich gern.«

»Auf seine ganz eigene Art und Weise hat er das auch.« Die Stimme ihres Bruders wurde sanfter. »Er wollte sicherstellen, dass du eine gute Partie machst. Merton ist so wohlhabend wie Golden Ball, und er wäre gut zu dir. Nicht wie der Halunke, den Lavinia geheiratet hat.«

Elizabeths Brust verengte sich. Sie versuchte, die Tränen fortzublinzeln. »Was wäre, wenn ich mich in jemand anderen verliebt hätte?«

Gavins Blick verschärfte sich, als er ihn über ihr Gesicht gleiten ließ. »Hast du das? Liebst du Merton?«

Langsam schüttelte sie den Kopf. »Nein. Es gibt niemanden. Allerdings hat mir der Gedanke immer gefallen, aus Liebe zu heiraten.«

Er schien sich zu entspannen. »Dann ist es gut, dass du dort nicht hinausgegangen bist. Wer könnte einen Griesgram wie Merton schon lieben?«

Sie glaubte, Miss Stern könnte es, sagte jedoch nichts. Unruhe nahe der Tür ließ sie hinüberblicken. Miss Stern, Merton, Lord und Lady Worthington und Lord Rutherford betraten den Saal aus dem Garten. Merton und Miss Stern lächelten, nickten und begrüßen die anderen Gäste. Lavvie, ihre Lippen fest aufeinandergepresst, hastete mit drei anderen Damen hinterher.

»Was zur Hölle ...?«, fragte ihr Bruder.

»Hörst du wohl auf, in meiner Anwesenheit zu fluchen.« Elizabeth sah ihn mit gerunzelter Stirn an. »Wie gut, dass du mich aufgehalten hast. Stell dir nur vor, wie unangenehm es geworden wäre, wenn Miss Stern und ich beide aufgetaucht wären.«

»Wie es aussieht, wird Merton auch ohne deine Hilfe heiraten.« Gavin grinste, seine Miene wurde aber schnell wieder ernst. »Hör zu, Tante Agatha ist in London und ich habe dafür gesorgt, dass sie dich sponsert.«

Ihre Tante, die Countess of Shirring, hatte für jede ihrer vier Töchter eine gute Partie gefunden. Doch obwohl Tante Agatha wusste, dass Elizabeth niemanden hatte, hatte sie es ihr nicht angeboten. »Wie hast du sie dazu überredet?«

Er warf ihr ein selbstgefälliges Lächeln zu. »Als ich ihr erzählt habe, dass du unter der Fuchtel von Lavvie stehst, hat sie unverzüglich ihre Truhen packen und das Stadthaus vorbereiten lassen. Ihre Meinung über unsere Cousine ist nicht viel besser als meine. Wenn du mich fragst, hat sie darauf gewartet, dass Vater sie bittet, sich um dich zu kümmern.«

Lavvie musste Elizabeth und ihren Bruder entdeckt haben, denn ihre Cousine trug ein höfliches Lächeln im Gesicht, als sie zielstrebig auf sie zuging.

»Wo warst du?«, zischte Lavvie.

»Ich habe sie aufgehalten.« Gavins Stimme klang kalt und schneidend. »Hast du jetzt das letzte bisschen Verstand verloren?«

Sichtlich verärgert, baute sich Lavvie vor Elizabeths viel größerem Bruder auf und fauchte leise: »Nein, Gavin. Ich versuche nur dabei zu helfen, meine Familie vor dem sicheren Ruin zu bewahren.«

Die beiden haderten seit eh und je miteinander, und Elizabeth hoffte sehr, dass sie sich nicht vor aller Welt streiten würden.

Er hob eine Braue. »Darum werde ich mich kümmern, um meine Schwester ebenfalls.« Er bedachte Elizabeth mit einem strengen Blick. »Ich werde jetzt nach der

Kutsche rufen lassen. Versuche, keinen Ärger zu machen, bis ich wieder da bin.«

Nachdem er gegangen war, atmete Elizabeth erleichtert auf. »Was ist geschehen?«

»Als wir eintrafen, war er gerade dabei, um Miss Sterns Hand anzuhalten, aber er wird sie nicht lange haben wollen.«

Elizabeth schloss einen Moment lang die Augen. Sie war sich nicht sicher, ob sie wissen wollte, was ihre Cousine angestellt hatte. »Wie meinst du das?«

Lavvie zuckte mit einer Schulter. »Ich habe Lady Brownfield lediglich erzählt, dass es so aussah, als würden sie ihrem Ehegelübde zuvorkommen wollen.«

Elizabeth blickte sich um, um sich zu vergewissern, dass ihnen niemand zuhörte, und zog ihre Cousine dann weiter hinter die Palme. »Wie konntest du nur so etwas Gemeines und Boshaftes tun?«

Sichtlich ungerührt, erwiderte Lavvie: »Sie hat dir wehgetan, Liebes.«

»Das hättest du nicht ...«

Plötzlich wurden sie von einer mürrischen Männerstimme unterbrochen. »Was treibt ihr hier, hinter ...«, Viscount Manners zog sein Monokel hervor und beäugte die Pflanze, »... diesem Busch? Meine Frau sollte es besser wissen. Interessiert es euch denn gar nicht, was die Leute denken?«

Lavvies Mundwinkel zitterten, als sie sich an einem Lächeln versuchte. »Ich wollte nur ein wenig an die frische Luft. Der Saal erschien mir kurz so einengend. Ich hatte nicht damit gerechnet, dich heute Abend noch einmal zu sehen.«

»Hättest du auch nicht, wenn Merton nicht für einen solchen Aufruhr gesorgt hätte. Der Ball ist zu Ende. Sie konnten es alle nicht abwarten, die glücklichen Neuigkeiten an die Nichtanwesenden weiterzugeben. Da wollte keiner der Letzte sein. Ich werde in meinen Club gehen.«

Nachdem Lord Manners gegangen war, warf ihre Cousine Elizabeth ein verruchtes Lächeln zu. Du lieber Himmel. Genauso hatte Lavvie ausgesehen, als sie sich das Komplott, um Merton in die Falle zu locken, überlegt hatte. Was heckte sie jetzt schon wieder aus – und wie konnte Elizabeth es ihr ausreden? Selbst wenn sie Lavvie die Wahrheit sagte, würde sie schwer aufzuhalten sein.

KAPITEL 10

Die Kutschen warteten bereits, als Dom den Eingangssaal mit Thea und seiner Mutter erreichte. Er war erst fassungslos und dann erfreut gewesen, als sie die Situation in die Hand genommen hatte, indem sie ihm und seinem Cousin befohlen hatte, aufzuhören. Sie war entschlossen und respekteinflößend, was bei einer Frau ihres Alters und Rangs selten war.

Er und Thea fuhren mit seiner Mutter und erzählten ihr auf dem kurzen Weg zum Berkeley Square, was vorgefallen war.

»Das war sehr mutig von Ihnen, Liebes.« Seine Mutter nickte anerkennend. »Nicht viele Damen würden ihrem Gewissen Folge leisten, so wie Sie es getan haben.«

Kurze Zeit später waren sie alle in dem Salon von Stanwood House versammelt, wo Wein und Brandy serviert wurden. Kein Champagner, stellte er fest. Außer Thea war seine Mutter scheinbar die einzige Person, die gewillt war, die Möglichkeit dieser Ehe zu akzeptieren. Sie hatte einen sehnsüchtigen Blick auf dem Gesicht, seit sie von der Verlobung erfahren hatte.

Thea musste ein weiteres Mal erklären, was sich ereignet hatte. Worthington blickte noch immer düster drein, selbst nachdem er die Erklärung gehört hatte. »Ich bringe ihn um.«

»Das. Wirst. Du. Nicht.« Grace betrachtete ihn mit einem tiefen Stirnrunzeln. »Merton muss mit Dotty verlobt sein. Es war weder seine Schuld noch ihre.«

»Wenn jemand Schuld trägt«, sagte Thea, »dann die Damen, die vorhatten, ihn in die Falle zu locken. Vielleicht hätte ich nicht versuchen sollen, ihn zu warnen, aber ihr Vorhaben war absolut boshaft.«

Worthington stieß ein tiefes Knurren aus, blieb aber ansonsten still.

Grace blickte zu Dom. »Haben Sie eine Vermutung, wer es gewesen sein könnte?«

»Vielleicht Miss Turley.« Er hatte gewusst, dass sie ihn heiraten wollte. Offenbar hatte er ihre Entschlossenheit unterschätzt. »Ihre Cousine, Lady Manners, war Teil der Gruppe, die uns gefunden hat. Sie war eindeutig überrascht, als sie Miss Stern bei mir entdeckte.«

»Was ist dann aus Miss Turley geworden?«, fragte Thea.

»Ich habe gesehen, wie sie sich mit ihrem Bruder gestritten hat«, erwiderte Charlotte.

Doms Mutter lehnte sich herüber und tätschelte Theas Hand. »Es ist gut, dass Miss Stern eingeschritten ist. Miss Turley würde ich nicht als Schwiegertochter haben wollen.«

Er hatte seine Mutter noch nie zuvor so etwas sagen gehört. »Mutter!«

»Ist doch wahr.« Sie sah ihn an und ihr Blick wies nicht die geringste Spur von Reue auf. »Wenn die junge Lady sich bereits jetzt so hinterlistig verhält, wie würde sie sich dann als Ehefrau benehmen?«

»Ich kann einfach nicht glauben, dass Miss Turley sich so schlecht verhalten haben soll.« Charlotte nippte an ihrem Wein. »Vielleicht wurde sie gezwungen. Schließlich ist sie überaus gehorsam.«

»Ich glaube nicht, dass wir uns Sorgen machen müssen.« Louisa setzte ihr Glas ab. »Nachdem die Saison vorüber ist, kann Dotty die Verlobung auflösen. Bis die nächste Vorsaison begonnen hat, wird der Vorfall bereits vergessen sein.«

Worthington erhob sich und schenkte sich noch einen Brandy ein. »Und genau so wird es ablaufen.«

Dom ballte die Hände zu Fäusten, versuchte, sich im Zaum zu halten.

Nicht, wenn ich ein Wörtchen mitzureden habe.

Seine Verlobung mit Thea war vielleicht nicht vorgesehen gewesen. Er hatte, was sie betraf, so widersprüchliche Gefühle gehabt, dass er nicht einmal wusste, ob er um ihre Hand angehalten hätte. Doch jetzt, da es passiert war, war er felsenfest davon überzeugt, dass sie genau die Frau war, die er ehelichen wollte.

Seine Cousins und sein Onkel konnten zur Hölle fahren. Dom musste Thea jetzt nur noch davon überzeugen, dass er der Gemahl war, den *sie* wollte.

»Ich fürchte, Lord Merton zu versetzen, wird keine Option sein.«

Sie wandten sich zur Tür, wo die Witwe Worthington mit Lady Bellamny stand. Das Alter der Dame hatte ihrer Macht im *ton* offenbar nichts anhaben können.

Lady Worthington fixierte Thea und ihn mit einem Blick, ehe sie fortfuhr. »Ich habe nicht gesehen, was zwischen euch vorgefallen ist, und ich bezweifle, dass die Geschichte, die derzeit kursiert, der Wahrheit entspricht; nichtsdestotrotz muss es eine Hochzeit geben. Ein Skandal muss um jeden Preis verhindert werden.«

»Ein Monat sollte ausreichen.« Lady Bellamny nickte, was ihre zahlreichen Kinns zum Wackeln brachte. »Es soll schließlich nicht den Anschein erwecken, als hätten Sie es eilig. Wie gut, dass Sie Ihre fünf Sinne beisammenhatten, Merton. Und Sie ebenfalls, Miss Stern.«

Wenn Worthington Dom nicht noch immer so mürrisch angestarrt hätte, hätte er erleichtert aufgeatmet. Dies war ein viel besseres Ergebnis. Dom würde eine Hochzeit mit der Frau bekommen, die er wollte, und das ohne all die gefährlichen Gefühle, die eine echte Umwerbung mit sich gebracht hätte.

Ehe er sich versah, brach es aus Thea heraus: »Ich verstehe das nicht. Wir haben *nichts* getan! Wir haben uns an den Händen gehalten, weil ich versucht habe, ihn wieder hineinzuziehen, aber mehr auch nicht.« Sie sah ihn an. »Sagen Sie es ihnen.«

Er bemühte sich um einen tröstenden Blick, aber glücklicherweise ergriff Lady Bellamny erneut das Wort.

»Es ist nicht wichtig, was *tatsächlich* geschehen ist. Wir müssen uns mit dem auseinandersetzen, wie es aufgefasst wurde.« Ihr Gesichtsausdruck nahm einen strengen Zug an. »Ich werde es Ihnen sagen, junge Dame. Wenn Merton keinen kühlen Kopf bewahrt hätte, als diese Klatschweiber Sie entdeckt haben, wären Sie jetzt ruiniert.«

Thea zog einen Teil ihrer Unterlippe zwischen die Zähne, was dazu führte, dass er sie küssen wollte. »Was … was erzählen sich die Leute?«

Lady Worthington ging zu Thea und fasste sie an den Händen. »Liebes, belassen wir es dabei, dass es mehr ist, als wirklich vorgefallen ist. Wir bringen das schon wieder in Ordnung. Mertons Aussage, dass er dir einen Antrag gemacht hat, macht ebenfalls die Runde. Wir werden die Verlobung trotzdem bekanntgeben, einen Ball arrangieren und ein Hochzeitsdatum festlegen müssen.«

Theas Nicken war zögerlicher, als es Dom lieb war. »Ich verstehe.«

Lady Bellamny ließ ihre Masse in den Stuhl neben seiner Verlobten sinken. »Mertons Interesse an Ihnen und Ihres an ihm sind nicht unbemerkt geblieben. Viele erfolgreiche Ehen haben mit weniger begonnen.«

Thea warf ihm einen Blick zu, unsicher, aber dennoch entschlossen. »Na schön. Wir werden in einem Monat heiraten.«

Er atmete langsam ein und bemerkte erst jetzt, wie besorgt er gewesen war, dass sie ablehnen würde. »Ich werde sofort die nötigen Vorkehrungen treffen, um Ihren Vater zu besuchen.«

Genüsslich lehnte sich Matt neben Grace auf dem Sofa zurück, und seine Mundwinkel verzogen sich zu einem trägen Lächeln. »Das wird nicht nötig sein, Merton«, sagte er gedehnt. »Sir Henry hat mich bevollmächtigt, einen Ehevertrag zu verhandeln.«

Beim Jupiter! Worthington würde Dom durch die Hölle gehen lassen, und das einfach nur aus Spaß an der Freud. Er hätte seinem Cousin zu gern einen Hieb verpasst, aber er durfte jetzt nicht die Beherrschung verlieren. Schließlich würde er Thea bekommen, und daran konnte sein Cousin herzlich wenig ändern. Er neigte den Kopf zur Seite. »Na schön. Lass mir den Entwurf zukommen, sobald er bereit ist.«

»Du wirst ihn in ein oder zwei Tagen erhalten. Ich werde dir eine Nachricht schicken, sobald wir wissen, wo Sir Henry die Zeremonie abhalten möchte.«

Wie es schien, würde Worthington alles so schwierig wie möglich gestalten. Dom mahlte mit dem Kiefer. »Ich würde entweder St. George's oder die Kapelle in Merton bevorzugen.«

Thea erhob sich und legte Dom die Hand auf den Arm. »Ich weiß nicht, ob meine Mutter für eine Reise bereit sein wird. Sie wissen doch, dass sie ein gebrochenes Bein hat.«

Es war zwar nicht, was er wollte, doch er bedeckte ihre Hand mit der seinen. »Entschuldigen Sie, meine Liebe, das hatte ich vergessen. Wir werden dort heiraten, wo Ihr Vater es für angebracht hält.«

Lady Bellamny runzelte die Stirn. »Wenn Ihre Mutter die Reise in die Stadt antreten kann, wäre St. George's die beste Option.«

»Ich werde Lady Stern schreiben.« Nachdenklich schürzte Grace die Lippen. »Wir werden ihnen eine unserer Reisekutschen zur Verfügung stellen. Die Sitze können in Betten umgebaut werden und die Kutsche ist gefedert. Sie wird eine komfortable Reise haben.«

Dom verneigte sich leicht. »Die Vorbereitungen werde ich den Ladies überlassen. Jetzt würde ich gerne erst einmal mit Miss Stern unter vier Augen sprechen.«

Fast grinste er, als er sah, wie Worthingtons Blick sich wieder verfinsterte.

Trotz allem hoben sich Theas Mundwinkel zu einem zögerlichen Lächeln und sein Herz schien auszusetzen.

Besitzergreifend schloss er die Finger um ihre. »Wir sind in wenigen Minuten wieder zurück.«

Auf seine Worte folgte Schweigen. Matt, Charlotte und Louisa runzelten die Stirn. Lady Merton, die sich bislang zurückgehalten hatte, nickte ermutigend. Die Witwe Worthington und Lady Bellamny, die sich leise mit Grace unterhielten, blickten nicht einmal auf.

Dotty führte Merton zu einem Salon im vorderen Teil des Hauses, und ein Bediensteter huschte vor ihnen hinein, um die Kerzen anzuzünden.

Nachdem Merton und sie allein waren und die Tür ins Schloss gefallen war, wandte sie sich zu ihrem Verlobten um. Er schloss sie in die Arme und sein Adamsapfel hüpfte, als würde ihm das Schlucken schwerfallen. Schließlich sagte er: »Ich werde mein Bestes tun, um Ihnen ein guter Ehemann zu sein.«

»Es tut mir so leid.« Dotty stiegen die Tränen in die Augen und sie blinzelte sie fort. »Wenn ich Sie doch nur in Ruhe gelassen hätte, dann würden Sie jetzt nicht in diesem Schlamassel sitzen.«

Er ließ den Daumen über ihre Wange gleiten. Überrascht stellte sie fest, dass er sich etwas rau anfühlte.

»Und dann würde ich Miss Turley heiraten, statt Sie.«

Was er wahrscheinlich wollte. Miss Turley hatte er schließlich bereits in Erwägung gezogen. Warum hatte sie sich einmischen müssen? »Aber ...«

»Nicht.« Er unterbrach sie, ehe sie fortfahren konnte. »Ich bin froh, dass du es bist, Thea.«

»Wie haben Sie mich genannt?« Die Wärme seines Körpers durchströmte sie, und seine Lippen berührten ihren Mundwinkel.

»Thea. Alle nennen dich Dotty, aber ich wollte meinen eigenen Namen für dich. Stört es dich?«

Ihr stieg eine zarte Röte in die Wangen. Wie es schien, brachte seine Nähe sie ständig zum Erröten. Ihre Großmutter nannte sie ebenfalls Thea. Sie war sich zwar unsicher über ihre Verlobung, aber über die Bitte freute sie sich sehr. »Nein, es gefällt mir. Wie darf ich Sie nennen?«

»Dom. Nur eine Person hat mich je so genannt«, sein Hals bewegte sich, als er schluckte, »und er ist tot. Darf ich dich küssen?«

Tausende Gedanken und Emotionen schwirrten in ihrem Kopf umher, doch seine Frage ließ sie innehalten. Du lieber Himmel, küsste er sie nicht bereits? Sie hatte offensichtlich noch viel zu lernen. »Ja.«

Sanft strichen seine Lippen über ihre. Als sie ihre dann spitzte, um den Kuss zu erwidern, grinste er und legte seinen Mund auf ihren. Er ließ die Zunge über den Saum ihrer Lippen gleiten.

»Öffne dich für mich.«

Dotty verstand nicht, was er vorhatte, kam seiner Bitte jedoch nach und erschrak, als sich ihre Zungen berührten. Sie ahmte seine Bewegungen nach, erwiderte sie.

Als er stöhnte, zog sie sich hastig zurück. »Habe ich dir wehgetan?«

»Niemals. Du fühlst dich nur so gut an.« Er hielt sie fester.

Sie schob die Hände über seine Brust und schlang sie ihm um den Hals, presste sich dicht an seinen Körper. Sie hatte vorher gar nicht bemerkt, wie groß er war. Er legte den Kopf schief und jeglicher Gedanke verflüchtigte sich. Es gab nur noch ihn und seinen Geschmack aus Brandy und Mann. Sie spürte ein intensives Pulsieren in ihrem Inneren. Kein Wunder, dass es Damen nicht gestattet war, einen Gentleman vor der Verlobung zu küssen. Sie wusste nicht einmal, was sie für Merton – Dom – empfand, aber was er in ihr hervorrief, war wundervoll.

Seine Hände schienen sie überall zu berühren, als könne er nicht aufhören. Ihre Brüste schmerzten und als er die Finger über sie gleiten ließ, jagten Funken durch ihren Körper. Sie keuchte, erstaunt über ihre eigenen Empfindungen.

Plötzlich hielt er inne. Seine Hände kamen an ihrer Taille zum Ruhen und seine Lippen lösten sich von ihren. Seine Stimme klang steif. »Es tut mir leid. Ich hätte dich nicht so intim berühren dürfen.«

Glaubte er, es hätte ihr nicht gefallen? Sie legte ihm zwei Finger auf die Lippen und hielt ihn so davon ab, weiterzusprechen. »Entschuldige dich bitte nicht. Es hat mir gefallen.«

Dom starrte sie einen Moment lang an, ehe er lächelte und ihre Handfläche mit einem Kuss bedachte. »Ich bin äußerst froh darüber, dass wir heiraten.«

»Ja, ich denke, das bin ich ebenfalls.« Vor allem, wenn er seine formellen Manieren ablegte.

Obwohl sie keine Erfahrung mit Männern hatte, hatten sich seine Berührungen richtig angefühlt. Nach solchen Küssen wusste Dotty nicht, wie man auch nur ansatzweise behaupten konnte, dass Dom gefühlskalt sei. *Zurückhaltend* traf es besser.

Er hatte seine guten Seiten. Heute Abend hatte er sie vor dem Ruin bewahrt, und er hatte ihr dabei geholfen, die Kätzchen und Tom zu retten. Anderseits würde sie schrecklich unglücklich in der Ehe mit Dom sein, wenn er sich nicht änderte. Womöglich hatte ihn bisher bloß niemand an die Herausforderung herangeführt, anderen zu helfen, sei es im privaten Leben oder im *House of Lords*. Konnte sie vielleicht doch die richtige Frau für ihn sein?

Sie wünschte, Charlotte und ihre Familie würden ihm gegenüber nicht eine solche Abneigung empfinden. Dotty würde so bald wie möglich mit Grace sprechen. Dotty wollte nicht, dass sie und ihre Freundinnen sich entfremdeten; als Einzelkind würde es Dom zugutekommen, seine Cousinen besser kennenzulernen. Es musste einen Weg geben, eine Versöhnung zu arrangieren.

Dom fixierte sie mit seinen tiefblauen Augen, sein Blick war warm und sein Gesicht gekennzeichnet von markanten, schlanken Zügen, die von seinen normannischen Vorfahren zeugten. Würden sie nicht in der heutigen Zeit leben, könnte sie sich vorstellen, wie er sie auf sein Pferd verfrachten und mit ihr davonreiten würde. Plötzlich wurde ihr bewusst, dass sie sich in ihn verlieben würde, und sobald er diese Liebe erwiderte, würde sie nichts mehr trennen können.

All ihre Wünsche würden in Erfüllung gehen.

KAPITEL II

In dem Bestreben, all ihre Zweifel fortzujagen, bedeckte Dom Theas Mund ein weiteres Mal mit seinem. Er wollte sie für sich beanspruchen. Alles an ihr, ihr ganzes Wesen. Für immer.

Sie schmeckte nach Tee und Wein, nach Frau mit einem Hauch Lavendel. Seit ihre Lippen sich das erste Mal berührt hatten, konnte er nicht genug davon bekommen. Und obwohl sie eindeutig noch unberührt war, war sie nicht schockiert gewesen, als er seine Hände über sie hatte gleiten lassen. Wenn er ehrlich war, hatte er von einer Ehefrau nie eine solche Wärme erwartet. Jetzt, wo er einen winzigen Vorgeschmack erhalten hatte, konnte er sein Glück kaum fassen. Plötzlich war es überaus wichtig, dass sie sich ihre Hochzeit ebenso sehr wünschte wie er. Sie gehörte ihm.

Ihre gehärteten Brustwarzen schmiegten sich an seinen Oberkörper und ihr kam ein Stöhnen über die Lippen. Er fuhr ihr mit den Händen über den Rücken und tiefer zu ihrem Hinterteil. Er wollte ihre seidene Haut unter sich spüren, in sie gleiten und sich in ihr ergießen. Ein Monat erschien ihm nun wie eine Ewigkeit.

Seine Finger streiften wieder über Theas Brüste. Sie belohnte ihn mit einem tiefen, atemlosen Keuchen und küsste ihn mit einer unschuldigen Leidenschaft, die ihn beinahe die Beherrschung verlieren ließ.

Er war schon immer in der Lage gewesen, Frauen zu befriedigen, aber dies war so viel wichtiger als bloßes Vergnügen. Er sollte langsamer vorgehen, aber er musste sie an sich binden, wollte, dass sie ihm auf eine Art gehörte, die ihm vorher nie wichtig erschienen war.

Wenn er sie doch jetzt nur mit nach Hause nehmen könnte ... Vielleicht war das die Antwort. Als Tochter eines Gutsherrn vom Lande hatte Thea noch viel zu lernen, um die Rolle seiner Marquise übernehmen zu können. Sie sollte nach Merton House ziehen, damit seine Mutter sie mit den Verhaltensweisen vertraut machen konnte. Und da seine Mutter vor Ort sein würde, wäre es ordnungsgemäß. Ihren Eltern würde es bestimmt nichts ausmachen. Sie würden über die Hochzeit hocherfreut sein. Schließlich kam es nicht alle Tage vor, dass die Tochter eines unbekannten Baronets einen Marquis heiratete.

Er unterbrach den Kuss. »Wir sollten zurückgehen, bevor Worthington kommt, um nach dir zu sehen.«

Sie seufzte. »Er ist ganz und gar nicht begeistert, oder?«

»Ich würde sagen, das ist noch eine Untertreibung. Er möchte mich mindestens umbringen.« Obwohl Worthington sich vielleicht auch mit einer Kastration zufriedengeben würde.

Thea blickte zu Dom empor. Sie sah aus wie eine Frau, die ausgiebig geküsst worden war. Wenn sein Cousin sie so zu Gesicht bekam, würde es eindeutig auf eine Kastration hinauslaufen.

»Unsere Verlobung ist nicht deine Schuld«, sagte sie. »Vielleicht ist es sogar meine, weil ich niemanden gesucht habe, der mich begleitet. Aber mir blieb bloß so wenig Zeit, um dich zu warnen.«

Er küsste sie sanft. Er würde nicht zulassen, dass sie sich selbst die Schuld zuschrieb. Wenn sie vorsichtiger vorgegangen wäre, dann wäre er jetzt nicht mit ihr verlobt. Doch wann war sie je vorsichtig? »Vielleicht hatte das Schicksal seine Finger im Spiel. Und wie ich bereits sagte, bin ich froh, dass wir heiraten. Mein einziger Wunsch ist, dass du dich ebenfalls freust.«

»Es geschah alles so plötzlich, aber ich bin mir sicher, dass alles gut werden wird.« Sie senkte die dichten, dunklen Wimpern. »Mir gefällt es, dich zu küssen.«

Und da wurde es ihm bewusst. Wenn Thea ihn ansah, sah sie weder einen Marquis noch einen wohlhabenden Grundherrn, sondern lediglich einen Mann. War ihm das je zuvor passiert? Wann hatte er das letzte Mal auch nur für einen einzigen Augenblick vergessen, wer er war?

»Merton«, sagte sein Onkel, packte ihn am Arm und zerrte ihn fort. »Es gehört sich für dich nicht, mit den Jungs aus der Stadt zu spielen. Du hast Pflichten. Du beschäftigst ihre Väter. Vergiss niemals, wer du bist.«

Er war damals zehn Jahre alt gewesen, und hatte den Befehl von Onkel Alasdair bis jetzt nicht missachtet. Dom verdrängte die Kritik, mit der sein Onkel ihn zweifellos überhäuft hätte. Doch selbst sein Onkel würde einsehen, dass er Thea heiraten musste.

Allerdings war er nach draußen gegangen, weil er gehofft hatte, sie dort zu treffen. Er hatte sich stur geweigert, auf ihre Warnung zu reagieren. Hatte er gewollt, dass man sie sah? Dieses Detail hatte niemand hinterfragt.

»Ist alles in Ordnung?« Er blickte zu ihr hinab, und es lag Sorge in ihren weiten grünen Augen, mit denen sie ihn fixierte.

»Wie bitte?«

»Du sahst nur kurz so aus, als wärest du ganz in Gedanken versunken.«

Er beugte den Kopf und strich erneut mit den Lippen über ihre. »Ja, mir geht es gut. Alles ist gut.«

Es würde die reinste Tortur werden, sie bei sich im Haus zu haben. Er konnte ja jetzt schon kaum die Finger von ihr lassen. Nun, heiraten würden sie so oder so. Davon konnte sie nichts mehr abbringen. Und die Hälfte des *tons* brachte schon nach sieben oder acht

Monaten das erste Kind zu Welt. Warum sollte er dann warten? Verdammt, was dachte er denn da? Worthington würde ihr niemals erlauben, nach Merton House zu ziehen, und Dom konnte sie doch nicht unter seinem eigenen Dach verführen. Sein Onkel hatte recht gehabt. Zu viel Leidenschaft machte einen Mann leichtsinnig. Er musste sich in ihrer Anwesenheit beherrschen.

Mit Mühe zwang er sich dazu, die Arme fallen zu lassen, und ergriff hastig ihre Hand. »Wir sollten lieber zurückgehen.«

Langsam schlenderten sie zum Salon. Als sie den Raum betraten, waren die Damen noch immer in ein Gespräch vertieft. Doch Worthington war fort, Charlotte und Louisa ebenfalls.

Dom wollte keinen Monat warten. Er beugte sich zu ihr hinab. »Drei Wochen«, flüsterte er ihr zu.

Sichtlich verwirrt sah sie zu ihm auf. »Drei Wochen für was?«

»Ich möchte auf unsere Hochzeit nicht so lange warten.« Er hauchte ihr übers Ohr, erfreut, als sie ein Schauder durchfuhr. Genüsslich spielte er mit den Locken in ihrem Nacken. »Du etwa?«

Ihr Blick haftete eine Weile lang auf seinem Gesicht, ehe sie antwortete. »Nein.«

Es war schon fast Ende April. »Wir könnten Mitte Mai heiraten. Sobald ich die Bestätigung erhalten habe, dass dein Vater über unsere Verlobung informiert wurde, werde ich die Ankündigung in der *Morning Post* drucken lassen.«

Thea nickte und ließ den Blick zu den anderen im Raum gleiten. »Entschuldige mich.« Sie ging zu Grace, die sich mit seiner Mutter, der Witwe Worthington und Lady Bellamny unterhielt. »Verzeihen Sie die Störung, aber Lord Merton und ich haben beschlossen, dass wir gern in drei Wochen heiraten würden. Es gibt keinen Grund, länger zu warten.«

Grace und ihre Schwiegermutter hoben beide eine Braue. Doms Mutter lächelte und ein wissender Blick trat in Lady Bellamnys schwarze Augen.

Sie lachte leise. »Merton, es wurde aber auch höchste Zeit, dass Sie aufhören, ein solcher Narr zu sein.«

Er neigte seinen Kopf und grinste. »Jawohl, Ma'am.«

»Es gibt also doch noch Hoffnung für Sie.«

Als die Stimme seines Onkels auf ihn einstürmte, ließ Dom die Hand zu Theas Taille gleiten und hielt sie fest.

Pflichten, Merton. Denk an deine Pflichten.

Er würde einen Weg finden, sie glücklich zu machen. War das nicht auch seine Pflicht?

***

Am nächsten Tag tigerte Elizabeth im kleinen Salon auf und ab, während sie auf ihre Cousine wartete. Zur Mittagszeit erhielt sie über ihre Zofe endlich eine Nachricht von Lavvie, in der sie ihr erklärte, dass sie aufgehalten worden war. Elizabeth überlegte, Miss Stern zu warnen, aber sie standen sich nicht nahe und vielleicht konnte Elizabeth ihre Cousine noch von ihrem Vorhaben abbringen, wie auch immer dies aussehen mochte. Wenn ihr Vater sie doch nur nicht angelogen hätte. Das war es nämlich, was diesen Schlamassel verursacht hatte. Nun, wenigstens würde sie nicht mit ihm darüber sprechen müssen. Gavin hatte gesagt, dass er sich mit ihrem Vater unterhalten würde.

Gerade, als sie gehen wollte, öffnete sich die Tür und Tante Agatha schneite in einem Wirbel aus Schals und Federn herein. »Meine liebe Elizabeth, welch Glück, dich zu Hause anzutreffen. Komm, gib mir einen Kuss. Ich habe bereits Tee bestellt. Du kannst mich über das Treiben des *tons* auf den neusten Stand bringen und dann sehe ich mir deine Einladungen an. Keine Sorge, Liebes. Ich werde dir im Nu einen Ehemann finden.«

Elizabeth wurde etwas schwindelig, als Tante Agatha sie umarmte. Eine Feder baumelte von ihrem Turban, kitzelte Elizabeth an der Nase und brachte sie fast zum Niesen. »Ich hatte nicht damit gerechnet, dich so bald schon zu sehen. Gavin hat mir erst gestern Abend erzählt, dass er deine Anreise arrangiert hat.«

»Nun.« Tante Agatha schniefte. »Sobald dein Bruder mir erzählt hat, dass dein Vater dich mit der Anweisung, Merton einen Antrag zu entlocken, in die Obhut von Lavinia gegeben hat, wusste ich sofort, dass ich das nicht geschehen lassen kann. Man beginnt doch keine Saison mit nur einem Anwärter im Sinn.«

Zu versuchen, ihren Vater oder ihre Cousine in Schutz zu nehmen, hatte keinen Zweck, und nach den neuesten Geschehnissen sah Elizabeth auch keinen Grund mehr dafür. »Jawohl, Ma'am.«

»Und«, ihre Tante wedelte mit einem Finger, »mir gefällt dieser Manners nicht. Der Mann ist wahrlich ein Schurke fern jeder Moral. Eine Frau im heiratsfähigen Alter kann nie vorsichtig genug sein, was ihren Ruf betrifft.«

Elizabeth unterdrückte ein Schaudern, als sie an das dachte, was sie beinahe getan hatte. Gott sei Dank hatte Gavin sie aufgehalten. Als ihnen der Tee gebracht wurde, schenkte sie ihrer Tante eine Tasse ein.

»Ich habe Lavinia bereits eine Nachricht zukommen lassen mit der Erklärung, dass sie sich nicht länger um dich zu kümmern hat.«

»Ich danke dir.« Mit etwas Glück würde Lavvie ihre Intrigen aufgeben, die Miss Stern und Lord Merton auseinanderbringen sollten.

Ihre Tante nickte. »Du wirst in mein Haus ziehen. Vorher müssen wir allerdings Miss Stern einen Besuch abstatten.«

Elizabeth verschluckte sich an ihrem Tee und begann zu husten. »Wie ... wie bitte? Ich kenne sie kaum.«

»Leider erzählt man sich, dass Lavinia ein paar boshafte Gerüchte über Miss Stern und Merton in die Welt gesetzt hat. Wir müssen dich von dem Gerede abgrenzen. Daher werden wir gleich nach dem Lunch nach Stanwood House gehen. Außerdem bin ich mit der Witwe Worthington bekannt und es sähe seltsam aus, wenn ich ihr keinen Besuch abstatte. Du kannst die Möglichkeit nutzen, um Miss Stern deine Glückwünsche auszusprechen.«

Elizabeth wünschte, sie wäre eine Schildkröte und könnte sich in ihrem Panzer verkriechen, aber Tante Agatha hatte recht. Wenn jemand sie mit dem Geschwätz ihrer Cousine in Verbindung brachte, wäre jede Chance auf eine gute Partie für sie vertan. Und dann war da noch die Nachricht. Sie betete, dass niemand sie mit der Nachricht an Merton in Verbindung brachte.

Als ihre Tante und sie Stanwood House erreichten, waren Frauenstimmen auf dem Korridor zu hören. Sobald man ihre Ankunft verkündet hatte, breitete sich Stille aus. Elizabeth setzte ein höfliches Lächeln auf, als ihre Tante feierlich mit ihr am Arm in den Raum spazierte.

»Patience«, sagte Tante Agatha zu der blonden Frau, die neben Lady Louisa saß.

»Agatha.« Die Dame kam auf sie zu, gab Tante Agatha einen Kuss auf die Wange und blickte dann zu Elizabeth. »Dies ist aber eine schöne Überraschung.«

»Ich möchte Ihnen meine Nichte, Miss Turley, vorstellen. Elizabeth, dies ist die Witwe Worthington.«

Elizabeth knickste. »Es ist mir eine Freude, Sie kennenzulernen, Milady.«

Die Witwe lächelte. »Die Freude ist ganz meinerseits.«

Elizabeths Blick richtete sich auf Miss Stern. »Wie schön, Sie zu sehen. Ich … ich möchte Ihnen gratulieren. Ich freue mich sehr, dass Sie Lord Merton heiraten.«

Auch wenn Miss Stern anfangs etwas überrascht wirkte, erreichte es ihre Augen, als sie dann lächelte. »Ich danke Ihnen. Ich bin froh, dass Sie uns besuchen.«

»Ich habe nicht viele morgendliche Besuche abgestattet …«

»Leider hat sich meine Ankunft in der Stadt verspätet«, sagte Tante Agatha. »Ich sponsere meine Nichte, wissen Sie. Eine Cousine von ihr hat die arme Elizabeth bisweilen beaufsichtigt, aber *davon* fangen wir lieber gar nicht erst an.« Sie ließ keinen Zweifel an ihrer Missbilligung. »Ich glaube, es wäre gut für meine Nichte, einen größeren Bekanntenkreis zu haben. Es ist schließlich ihre erste Saison und das muss sie ausnutzen.« Freudestrahlend lächelte sie Miss Stern zu. »Ich möchte Ihnen ebenfalls meine Glückwünsche aussprechen. Aber Sie werden Merton an die Kandare nehmen müssen, da können Sie sich sicher sein.«

Miss Stern schenkte Tante Agatha ein reumütiges Grinsen. »Das habe ich nun bereits mehrfach gehört, Milady.« Miss Stern wandte sich mit einem weiteren warmen Lächeln zurück an Elizabeth. »Nennen Sie mich doch bitte Dotty, wie alle meine Freundinnen. Kommen Sie mit, ich werde Sie einigen der anderen Damen vorstellen. Ich glaube, Lady Charlotte Carpenter und Lady Louisa Vivers kennen Sie bereits.«

»Ja, wir haben uns kennengelernt, ehe die Saison begann. Es würde mich freuen, wenn Sie mich Elizabeth nennen.«

Elizabeth atmete erleichtert auf, als Dotty sich bei ihr unterhakte und sie auf eine Gruppe junger Damen zusteuerte. Wenn die zukünftige Marquise of Merton sie akzeptierte, dann würden alle anderen es ebenfalls tun.

Jetzt war es noch von viel größerer Bedeutung, dass Elizabeth Lavvie davon abhielt, ihre Pläne umzusetzen.

***

Cordelia, die ihrem Salon im ersten Stock von Stern Manor überdrüssig geworden war, fühlte sich nun stark genug, um sich in den kleinen Salon zu begeben, der den Garten überblickte, wo derzeit die Rosen, Nelken und der Schwarzkümmel blühten. Ihr Butler überreichte ihr ein Silbertablett mit drei Briefen.

Sie griff nach dem Brieföffner und brach zuerst das Siegel von Dorotheas Brief. »Ich danke Ihnen. Bringen Sie mir doch bitte etwas Tee.«

Er verneigte sich. »Sehr wohl, Milady.«

Sie las die zweite Zeile ein weiteres Mal, ehe sich ihr Herzschlag beschleunigte. Als sie schließlich ihre Stimme wiederfand, um ihre Aufregung zu äußern, erschien sie ihr überaus schrill. »Hudson!«

Ohne auch nur mit der Wimper zu zucken, antwortete er ihr mit klangvoller Stimme. »Milady?«

»Holen Sie Sir Henry. Miss Dotty wird heiraten!«

Dies war selbst für Hudson zu viel. Seine Augen weiteten sich. »Unsere Miss Dotty?«

Cordelia fächerte sich mit dem Brief Luft zu. »Kennen Sie etwa eine andere?«

»Nein, Milady. Ich werde unverzüglich nach ihm suchen. Unsere Miss Dotty heiratet! Großartig, einfach großartig.«

Sie blickte wieder auf das Schreiben hinab.

Liebste Mutter,
Du wirst die ganze Geschichte sicherlich noch von Grace erfahren. Versuche, Dir nicht allzu große Sorgen darüber zu machen, wie es zu meiner Verlobung kam. Es hat sich alles zum Besten gekehrt. Auch wenn wir uns noch nicht ineinander verliebt haben. Ich heirate

einen Mann, in den ich mich verlieben kann. Lord Mer-
ton ist überaus freundlich zu mir. Du wirst Dich erin-
nern, er war der Mann, der mir geholfen hat, die Kätz-
chen und Tom zu retten ...
Deine Dich liebende Tochter,
Dotty

Cordelia stiegen die Tränen in die Augen, als sie die Nachricht von Grace öffnete, in der sie tatsächlich die ganze Situation erklärte und außerdem schrieb, dass Merton überheblich sein konnte, aber in Dorothea vernarrt zu sein schien.

Der dritte Brief stammte von der verwitweten Marquise of Merton. Marquise? Dotty würde eine *Marquise* sein, und sie hatte nicht einmal seinen Titel erwähnt. Lächelnd schüttelte Cordelia den Kopf. Das sah ihrer Tochter ähnlich; sie legte mehr Wert darauf, dass er ihre Streuner aufnahm. Mit ihrer guten Herkunft und Verwandtschaft standen ihr natürlich auch die höheren gesellschaftlichen Ränge offen. Cordelia hätte bloß nie geglaubt, dass ihre Tochter eine *so* gute Partie machen würde.

Nur wenige Minuten später kam ihr Ehemann mit zwei Briefen in der Hand und einem Stirnrunzeln im Gesicht in den Raum.

»Was ist los, Liebling?«, fragte sie.

»Ich weiß nicht, ob mir gefällt, wie Dotty sich in der Stadt benimmt. Ich bin kurz davor, sie nach Hause zu holen.«

Cordelia richtete den Blick an die Decke und stieß den Atem aus. »Solch drastische Maßnahmen sind nicht nötig. Wir wurden von Lady Merton nach London eingeladen und können bei ihr residieren, sobald ich die Reise antreten kann. Grace hat uns eine ihrer Reisekutschen angeboten, welche morgen oder übermorgen eintreffen sollte und dann hier verweilt, bis wir für den Aufbruch bereit sind.«

Ihr Gatte seufzte schwer. »Und was ist mit unseren anderen beiden Töchtern, Liebling?«

»Ich wünschte, Tilly wäre schon wieder bei uns, aber leider hat sich die Gesundheit ihrer Mutter zum Schlechten gewandt. Ich hoffe nur, dass wir uns keine andere Gouvernante suchen müssen. In der Zwischenzeit wird das Kindermädchen für etwa eine Woche doch auf die Mädchen aufpassen können. Für die Hochzeit werden wir sie natürlich mit in die Stadt nehmen.«

Er sah noch immer unentschlossen aus.

Armer Henry; er hasste es, von seiner Familie getrennt zu sein. »Oder sie könnten mit uns kommen. Außerdem müssen wir für Dottys Hochzeit auch Harry aus Oxford und Stephen aus Rugby anreisen lassen.« Sie wischte sich mit der Hand über die Stirn. »Vielleicht wäre es das Beste, wenn Harry Stephen abholt und sie dann die Mädchen begleiten.«

»Bist du denn überhaupt schon in der Lage, zu reisen?«, fragte er zweifelnd.

»Ich werde sofort nach dem Arzt rufen lassen.« Sie legte den Brief in ihren Schoß. »Du meine Güte. Es gibt doch keinen Grund, so ein langes Gesicht zu machen, Henry.« Sie reichte ihm die Briefe, die sie erhalten hatte, und griff nach der Klingel. »Ich bin mir sicher, dass alles gut werden wird.«

Er blickte von einer der Nachrichten auf. »Wenn nicht, wird der junge Herr es mit mir zu tun bekommen.«

Sie widerstand dem Drang, mit den Augen zu rollen, und fragte sich, was ihr fortschrittlich eingestellter Ehemann wohl von dem altmodischen Marquis halten würde und umgekehrt. Dann lächelte sie. Dorothea glaubte, sie würden sich verlieben. Mehr konnte sich

Cordelia für ihre Kinder nicht wünschen. »Mutter wird so überrascht sein über diese Neuigkeiten!«

»Du scheinst dich sehr über seinen Titel zu freuen.« Henry kam zu ihr und kniete sich hin. »Wünschst du dir je ...«

»Nie.« Sie gab ihm einen sanften Kuss. »Ich liebe dich jetzt noch mehr als vor zweiundzwanzig Jahren. Ich will nicht leugnen, wie erfreut ich bin, dass Dorothea eine gute Partie macht. Dennoch würde ich die Ehe nicht wollen, wäre sie nicht der Meinung, dass sie sich ineinander verlieben könnten.«

Endlich lächelte Henry. »Das hat sie dir geschrieben?«

»Ja, und selbst du musst doch zugeben, dass Dorothea eine vernünftige junge Frau ist.«

»Das ist sie.« Er seufzte. »Ich schätze, ich sollte mir keine Sorgen machen. Vermutlich wird es mir besser gehen, nachdem ich den jungen Herrn kennengelernt habe.«

»Ich werde Mutter sofort schreiben. Ich bin mir sicher, dass diese Neuigkeiten sie fort vom Land und zurück in die Stadt locken werden, sobald meine Schwester die Geburt heil überstanden hat.«

Der Butler betrat den Raum. »Milady, die reguläre Post ist soeben eingetroffen. Sie haben einen weiteren Brief erhalten.«

Cordelia öffnete den Brief und überflog hastig die Zeilen. »Meine Schwester hat endlich einen Jungen zur Welt gebracht. Mutter schreibt, dass er vor Gesundheit nur so strotzt, aber wie sein Vater aussieht.«

Henry lachte schallend. »Der arme Junge.«

Cordelia beäugte ihn mit krausgezogener Nase. »Das ist aber nicht sehr nett.«

»Nein, aber es stimmt.« Er gab ihr einen Kuss auf die Stirn. »Ich gebe ja zu, dass er es in anderen Bereichen wieder wettmacht, aber Leonard war noch nie ein gutaussehender Mann.«

Sie ignorierte ihn geflissentlich und las den Brief weiter. »Mutter schreibt, sie wird innerhalb der nächsten Woche wieder bei sich zu Hause eintreffen.«

Cordelia legte den Brief ab. »Sie bleibt nie, nachdem das Kind geboren wurde.«

»Natürlich nicht. Schließlich beginnt dann die ganze Arbeit.«

»Mir soll es recht sein. Dorothea braucht sie in London.«

»Genau.« Ihr Ehemann lachte leise. »Eine Duchess, die unserem Mädchen ein wenig Schliff verleiht.«

Cordelia weigerte sich, nachzugeben. »Unsere Tochter wird eine Marquise sein. Meine Mutter kann ihr zeigen, wie man sich benimmt«, gab sie zurück.

»Wir reden doch hier von derselben Frau, oder?« Henry grinste. »Die Frau, die der Kronprinz nicht anerkennt, weil sie ihm gesagt hat, er solle aufhören, sich von Quacksalbern behandeln zu lassen?«

»Das ist schon lange her. Darüber wird er mittlerweile bestimmt hinweg sein.«

»Ob Merton deine Mutter wohl überleben wird? Vielleicht sollten sie sich erst nach der Hochzeit kennenlernen.«

»Henry.« Manchmal brachte ihr Ehemann sie wahrlich auf die Palme. »Du solltest nicht so respektlos sein. Wenn sie nicht wäre, würden wir beide nicht verheiratet sein.«

»Aber, aber, Liebes. Du weißt doch, dass ich dich nur necke. Ich schätze deine Mutter sehr. Aber selbst du musst zugeben, dass es eine Erleichterung ist, wenn sie nach ein paar Tagen wieder abreist.«

»Sie ist eben etwas pedantisch.«

Plötzlich trat ein schelmischer Ausdruck auf sein Gesicht. »Sag mir bitte, dass sie bei Bristol wohnt.«

Cordelia schüttelte den Kopf. Henry würde ihrem Bruder und seinem einstigen Freund nie verzeihen, dass er ihre Ehe nicht guthieß. »Nein, er ist noch auf dem Land.«

Ihr Ehemann küsste ihre Lippen. »Ich gehe jetzt, um Harry und Stephen zu schreiben. Ich möchte außer Hörweite sein, wenn du es den Mädchen erzählst. Ihr Gekreische würde mein Trommelfell sicher zum Platzen bringen.«

»Schick doch bitte auch nach dem Arzt.«

»Das werde ich. Je mehr ich darüber nachdenke, desto mehr möchte ich in die Stadt reisen. Ich würde meinen zukünftigen Schwiegersohn vor der Hochzeit gerne besser kennenlernen.«

Cordelias gute Laune verflüchtigte sich. »Henry Stern, solltest du versuchen, ihn abzuschrecken, kann ich für nichts garantieren.«

»Wenn Dotty ihn möchte, dann soll sie ihn auch bekommen; allerdings wird er schon bald lernen, dass er es mit mir zu tun bekommt, sollte er meine Tochter schlecht behandeln.« Er hielt kurz inne. »Und wenn er sich von mir abschrecken lässt, dann ist er sowieso nicht der Richtige für Dotty.«

Die Tür fiel ins Schloss und Cordelia lehnte sich in die Kissen zurück. Vielleicht würde sie Grace fragen, ob sie Worthington bitten könnte, Merton vor einigen der radikaleren Ansichten ihres Mannes zu warnen. Andererseits wäre es vielleicht besser, einfach abzuwarten, wie die Dinge sich entwickelten. Dies konnte noch überaus unterhaltsam werden.

KAPITEL 12

Zwei Tage nach der Verlobung erhielt Dom einen kurz gefassten Brief, in dem Sir Henry der Hochzeit zustimmte. Keine Glückwünsche, Überraschung oder Dankbarkeit dafür, dass seine Tochter einen Marquis heiraten würde. Lediglich eine einfache Erklärung, dass Sir Henry Stern hiermit Lord Merton seine Erlaubnis erteile, seine Tochter, Miss Dorothea Stern, zu ehelichen.

Dom vergeudete keine Zeit und ließ die Ankündigung unverzüglich von einem seiner Bediensteten an die *Morning Post* überbringen. Es in die Zeitung zu setzen, machte es unwahrscheinlicher, dass etwas die Hochzeit aufhalten konnte.

Am späten Morgen ließ Worthington ihm den ersten Entwurf der Eheverträge zukommen. Während Dom das Siegel öffnete, stellte er überrascht fest, dass er sich tatsächlich freute, die Verträge abzuschließen und die Hochzeit in Gang zu bringen, auch wenn sein Onkel es für unschickliche Eile gehalten hätte. Die meisten Pärchen warteten nicht lange mit der Hochzeit. Worthington hatte es auch nicht getan.

Je mehr er jedoch von dem Entwurf las, desto wütender wurde er. Absolut lächerlich! Nein. Schlimmer. Das verdammte Ding war eine Beleidigung!

Wie zur Hölle kam Worthington darauf, ihm zu empfehlen, dass Thea ihr Vermögen in einem Trust aufbewahren sollte, auf den nur sie Zugriff hatte? Neben dem Nadelgeld, das sie erhalten würde. Thea würde Doms Marquise sein. Natürlich hatte er vor, überaus großzügig zu sein. Sie würde ihr eigenes Geld nicht benötigen.

Welche Frau tat das schon? Und aufzulisten, dass sie über ihre eigene Kutsche und Pferde verfügen würde? Es war doch selbstverständlich, dass sie einen eigenen Zweispänner oder eine andere Kutsche ihrer Wahl erhalten würde sowie zwei aufeinander abgestimmte Pferde und ein Reitpferd. Mit seiner Zustimmung, natürlich. Oder erwartete Worthington etwa, dass sie ihren eigenen Pferdestall etablierte? Frauen waren nicht dazu in der Lage, gute Pferde auszuwählen.

Er schnappte sich das anstößige Dokument vom Schreibtisch und marschierte aus der Tür. Ein Spaziergang würde ihn bestimmt beruhigen. Ein paar Minuten später öffnete sich die Tür zu Worthington House, wo sich das Arbeitszimmer seines Cousins noch immer befand, und Dom stieg die Stufen empor.

Der Butler verneigte sich. »Guten Morgen, Milord. Ich glaube, seine Lordschaft erwartet Sie bereits.«

Dom zügelte seinen Ärger und neigte den Kopf. »Das kann ich mir denken.«

Natürlich erwartete Worthington ihn. Ein Bediensteter öffnete ihm die Tür zum Arbeitszimmer und raubte ihm somit die Genugtuung, sie gegen die Wand krachen zu lassen.

Er fuchtelte mit dem Dokument vor dem Gesicht seines Cousins. »Was zum Teufel hat dies zu bedeuten?«

Worthington lehnte sich in seinem Sessel zurück und zog eine Mappe von der Seite seines Schreibtisches zu sich hin. »Dir auch einen guten Morgen.« Er wies mit der Hand auf einen Stuhl. »Setz dich doch.«

Dom knirschte mit den Zähnen, blieb jedoch stehen. »Ich werde dem nicht zustimmen.«

Sein Cousin lächelte amüsiert. »Hast du etwa vor, Dotty sitzenzulassen?«

Sie sitzenzulassen? *Niemals.* Sie gehörte ihm. »Nein.«

Worthington zuckte mit den Schultern. »Dann wirst du es unterzeichnen.«

Dom ballte seine Hände zu Fäusten und entspannte sie dann wieder. Er verspürte den nahezu überwältigenden Drang, seinem Cousin einen Hieb zu verpassen. »Hat sie es gesehen?«

In einer überheblichen Geste hob Worthington eine Braue. »Nein. Ich habe ihr erzählt, was in dem Dokument steht, aber sie hat natürlich keine Erfahrung mit Eheverträgen. Wichtig ist, dass Sir Henry es abgesegnet hat.« Worthington tippte auf die Mappe. »Dotty ist einfach nur froh, dass du so großzügig bist. Selbst meine Stiefmutter ist gewillt, ihre Meinung über dich ein wenig zu revidieren.«

Doms Miene verfinsterte sich. »Du hast dies nur getan, um mich in Verlegenheit zu bringen. Einen anderen Grund gibt es nicht.«

Sein Cousin lehnte sich vor, setzte die Ellenbogen auf dem Schreibtisch ab. »Ganz im Gegenteil. Ich habe es getan, um Dotty zu beschützen. Meine Eheverträge mit Grace sind nahezu identisch.«

Plötzlich fühlte er sich wie einer dieser Heißluftballons, die in die Bäume abstürzten. Er war so verdutzt, dass er lediglich ein Krächzen zustande brachte. »Deine?«

Worthington lehnte sich zu einem Tischchen, auf dem eine Karaffe mit zwei Gläsern stand. Nachdem er etwas von der bernsteinfarbenen Flüssigkeit in die beiden Gläser gefüllt hatte, bot er Dom eines davon an. »Brandy?«

»Ja, danke«, sagte er und nahm es entgegen.

»Grace und ich sind nicht die Einzigen, die ändern, wie wir Verträge und die Bedürfnisse von Frauen betrachten. Viele meiner Freunde haben es ebenfalls getan. Es ist ein neues Zeitalter, Merton. Vielleicht solltest du versuchen, das neunzehnte Jahrhundert zu betreten.«

Dom nahm einen Schluck, genoss das rauchige Aroma und das Brennen beim Schlucken. Einen Vortrag von seinem Cousin hatte er nicht nötig, aber einen Streit konnte er auch nicht gebrauchen. »Ich werde es unterschreiben.«

Worthington lächelte und diesmal sah es aufrichtig aus. »Das dachte ich mir. Übrigens, wie ich höre, hat deine Mutter an Lady Stern geschrieben, um sie und Sir Henry einzuladen, bis nach der Hochzeit in Merton House zu verweilen.«

Dom nickte. Seine Mutter hatte ihm von der Idee erzählt, er wusste aber nicht, ob sie bereits eine Antwort erhalten hatte.

»Sie werden Ende nächster Woche eintreffen. Früher erlaubt der Arzt es Lady Stern nicht, die Reise anzutreten.«

Natürlich würden sie anreisen, sobald es ihnen möglich war. »Das habe ich mir schon gedacht.«

Worthington hob eine Braue. »Glaube ja nicht, dass Sir Henry und Lady Stern sich um deinen Rang scheren. Ihnen geht es einzig und allein darum, ob Dotty glücklich ist.«

War die ganze Welt verrückt geworden? Sir Henry war ein Baronet. Er sollte herumstolzieren wie ein Gockel.

Seine Gedanken mussten sich auf seinem Gesicht abgezeichnet haben, denn Worthington fügte hinzu: »Sir Henry ist fast der Meinung, dass der Adelsstand abgeschafft werden sollte.«

Einen Augenblick lang verschlug es Dom die Sprache. »Aber warum? Profitiert er denn nicht von unserem Ordnungssystem?«

Sein Cousin nickte. »Doch, aber ihm geht es vielmehr darum, dass der Großteil des Besitzes unter einer Minderheit aufgeteilt wird und diese dann auch noch Gesetze erlässt, die es den weniger Wohlhabenden noch schwerer macht. Wenn ich du wäre, würde ich versuchen, einer politischen Debatte mit ihm aus dem Weg zu gehen.«

Doms Hirn setzte aus. Er war immer davon ausgegangen, dass nur die Anhänger der Französischen Revolution und der ehemaligen amerikanischen Kolonien diese Ansichten vertraten. »Verachtet er dich?«

»Nein.« Er grinste. »Allerdings wähle ich ja auch so wie er es tun würde.«

Beim Jupiter. Da musste Thea ihre Ansichten herhaben. Woran glaubte sie sonst noch? Dom stellte sein Glas ab. »Ich würde Miss Stern jetzt gerne sehen.«

Sein Cousin deutete mit der Hand in die Richtung von Stanwood House. »Meinetwegen. Ich habe keine Ahnung, ob sie zu Hause sind.«

Das war zu viel des Guten. Ein Mann sollte ein Auge auf seine Frauen haben. »Solltest du das nicht eigentlich wissen?«

»Wenn du glaubst«, gab Worthington trocken zurück, »ich könnte mit ihren Saisonzeitplänen mithalten, ohne im Irrenhaus zu landen, dann bist du verrückt geworden. Ich gehe dorthin, wo ich hinbestellt werde, und versuche mich die restliche Zeit irgendwie nützlich zu machen. Oder hast du etwa vergessen, dass Grace und ich noch zehn Kinder zu Hause haben und ihren Bruder, Stanwood, in der Schule.« Er hielt kurz inne und nippte an seinem Brandy. »Jetzt, wo ich darüber nachdenke, meine ich, auch deiner Mutter und ihrer Gefährtin vorhin einen guten Morgen gewünscht zu haben, ehe ich das andere Haus verlassen habe.«

Wie war das möglich? Dom hatte seine Mutter heute beim Frühstück gesehen. Sie hatte nicht erwähnt, dass sie das Haus verlassen wollte. »Ich werde vorsichtshalber vorbeischauen.«

»Du kannst tun und lassen, was du willst.« Worthington nahm seinen Stift in die Hand. »Sobald du die Verträge unterschrieben hast, versteht sich.«

Dom umfasste den Stift und setzte seine Unterschrift auf das Papier, ehe er den Raum verließ.

Was hatte seine Mutter vor? Nicht, dass es ihm etwas ausmachte, wenn sie Zeit mit Thea verbrachte. Er hätte es vielleicht sogar vorschlagen sollen. Trotzdem hätte seine Mutter es ihm wenigstens mitteilen können, dass sie vorhatte, auszugehen. Was, wenn er sie gebraucht hätte? Er überquerte den Square und klopfte an die Tür zu Stanwood House, wo Worthingtons Familie dieses Jahr verweilte.

Die Tür öffnete sich und der Butler verneigte sich.

»Ich würde gerne Miss Stern sehen.«

»Verzeihung, Milord. Die Damen sind derzeit nicht daheim. Darf ich ihr ausrichten, dass Sie hier waren?«

Er schüttelte den Kopf. »Nein. Ich werde später noch einmal vorbeikommen.«

Der Butler verneigte sich erneut. »Wie Sie wünschen, Milord.«

Dom warf einen Blick auf seine Uhr. Für die morgendlichen Besuche war es noch zu früh. Wo zum Teufel steckten sie? Und warum hatte ihn niemand darüber informiert?

»Oh, Madame Lisette, es ist wundervoll.« Dotty bestaunte sich in den vielen Spiegeln, die um die Plattform aufgebaut waren, auf der sie stand, um sich ihre Maße nehmen zu lassen. Der Ausschnitt des hellblauen seidenen Ballkleids, das mit einem feinen silbernen Stoff überzogen war, war tiefer, als es für debütierende Damen angemessen war. Die bauschigen Ärmel und der Volant nahe dem Saum waren mit Tüll versehen. So etwas hatte sie noch nie zuvor besessen. Das Kleid war der erste sichtbare Hinweis darauf, dass ihr ganzes

Leben sich in Kürze verändern würde. Selbst nach Doms Kuss hatte sich ihre Verlobung noch nicht real angefühlt.

»*Oui, d'accord*«, sagte Madame. »*Moi,* ich finde, es eignet sich hervorragend.«

»Kann ich es den anderen zeigen?«

»*Naturellement*. Ich werde sie hereinrufen.«

Eine Minute später betraten Grace, Charlotte, Louisa und Lady Merton das kleine Zimmer.

»Dotty, du siehst zauberhaft aus«, brachte Charlotte atemlos hervor.

Grace lächelte anerkennend. »Es ist perfekt.«

»Wundervoll, Liebes«, fügte Lady Merton hinzu. »Wenn Sie keinen passenden Schmuck haben, den Sie dazu tragen können, meine ich, genau das Richtige zu haben.«

Das Angebot verschlug Dotty kurz die Sprache. »Ich weiß nicht, ob ich das annehmen kann.«

»Unsinn. In ein paar Wochen werden Sie die Marquise of Merton sein und dann werden die Familienjuwelen Ihnen gehören.«

Dotty rieb sich die Stirn, woraufhin die Schneiderin mit ihr schimpfte, die derweil Änderungen an dem Kleid vornahm.

»Wenn Sie möchten«, fuhr Lady Merton fort, »können Sie sie mir nach dem Ball zurückgeben.«

Darauf bedacht, nur den Kopf zu bewegen, blickte sie zu Grace. »Wann wird der Ball stattfinden?«

»Ich habe heute Morgen einen Brief von deiner Mutter erhalten. Sie wird vor nächstem Freitag in der Stadt sein.« Grace lachte. »Sie musste dem Arzt versprechen, dass sie nicht tanzen und das Bein so oft wie möglich schonen würde.«

Dotty konnte sich bildlich vorstellen, wie ihre Mutter den Arzt dazu überredete, die Reise antreten zu dürfen.

»Es klingt, als hätte Mutter ihn gezwungen, ihr seine Erlaubnis zu erteilen.«

»Da hast du vermutlich nicht unrecht. Da wir jetzt wissen, wann sie ankommen werden, wird Lady Merton den Ball am Samstag vor der Hochzeit geben.«

Das war eine Überraschung. »Er wird nicht in Stanwood House stattfinden?«

»So macht es mehr Sinn«, sagte ihre zukünftige Schwiegermutter. »Ihre Mutter hat meine Einladung angenommen, bei mir zu residieren. Wir dachten, Sie würden vielleicht ebenfalls gern nach Merton House ziehen. So hätten Sie die Möglichkeit, die Angestellten kennenzulernen und sich mit dem Haus vertraut zu machen.«

So langsam hatte Dotty das Gefühl, dass sie gut daran täte, den Plänen mehr Beachtung zu schenken, die um sie herum geschmiedet wurden. »Bei allem Respekt vor meiner Mutter, aber ich hätte erwartet, dass sie mir ebenfalls schreiben würde.«

»Oh!« Grace sah bestürzt aus. »Wir haben einen Stapel Post erhalten, da wird bestimmt auch ein Brief für dich mit dabei sein. Als der Butler mir meinen hochgebracht hat, habe ich leider nicht daran gedacht, ihm auszurichten, dass er dir deinen bringen soll.«

»Ja, natürlich«, war alles, was Dotty dazu einfiel.

Sie hatte mit ihren Freundinnen so viel Spaß gehabt, dass sie noch gar nicht darüber nachgedacht hatte, woanders zu leben. Was töricht war. Sie würde in weniger als drei Wochen verheiratet sein, und sie freute sich darauf. Seit er Tom bei sich aufgenommen hatte, waren Merton und sie noch enger zusammengewachsen, und er schien seine steife Art abzulegen. Es würde alles bestens werden.

KAPITEL 13

Es war fast mittags, als Dom seine Verlobte und seine Mutter, begleitet von seiner Cousine, Grace und Lady Charlotte endlich fand. Sie hatten gerade den Gehweg betreten, bogen auf der Bruton Street nach rechts und kamen ihm entgegen, als er die Bond Street verließ.

Theas Miene erhellte sich, als sie ihn sah. »Guten Morgen. Hattest du in der Gegend zu tun?«

Ja. Damit, sie und seine Mutter ausfindig zu machen. Er begrüßte die anderen Damen und nahm dann Theas Hand in seine, strich mit den Fingern über ihre Knöchel. Er verkniff sich ein Lächeln, als sie hörbar die Luft einzog. »Nein, ich mache nur einen Spaziergang. Du siehst reizend aus, wie immer.« Ihr Gesicht und Hals nahmen wieder diesen bezaubernden Rotton an und er wünschte sich plötzlich, er könne sie dauerhaft zum Erröten bringen. Ihm gefiel, wie natürlich sie stets war. »Habt ihr all eure Besorgungen erledigt?«

»Nein, wir sind gerade auf dem Weg zum Schuster.«

Er hakte sie bei sich unter und drehte sich dann um, um mit ihr zurück zur Bond Street zu gehen. Dom senkte die Stimme, so dass nur sie ihn hören konnte. »Ich glaube, ich bin eifersüchtig.«

Theas Augen weiteten sich. »Tatsächlich? Auf wen denn?«

»Auf den Schuster, dem es erlaubt sein wird, deinen Fuß zu berühren, wenn ich es nicht darf.«

Sie warf ihm einen Seitenblick zu. »Machst du mir etwa Avancen, Milord?«

»Das versuche ich zumindest.« Er hatte noch nie das Bedürfnis verspürt, einer Frau zu schmeicheln. Er hoffte, es gefiel ihr. »Gelingt es mir?«

»Sehr.« Ihr Gesicht hatte sich noch etwas stärker verdunkelt, doch ihr Tonfall war locker und neckend. »Ich hatte ja keine Ahnung, dass du ein solcher Halunke bist.«

Was sollte er darauf erwidern? Sie war neu in der Stadt und kannte sich mit der Kunst des Umwerbens schon besser aus als er. Bestimmt fiel es Frauen leichter. »Nur mit dir, meine Liebste.«

Theas Antwort kam sofort: »Aber was ist, wenn wir verheiratet sind? Ich dachte, dass es im *ton* nicht gern gesehen wird, wenn ein verheirateter Mann mit seiner Frau anbändelt.«

Gefangen in seiner eigenen Schlinge. Die Vorstellung, wie ein anderer Mann ihr Beachtung schenkte, brachte sein Blut in Wallung. Also antwortete er ihr mit ihren eigenen Worten. »Ich ziehe es vor, meinen eigenen Bräuchen zu folgen. Bräuchen, die nicht auf Täuschung basieren.«

Ihr entwich ein Lachen, bevor sie sich die Hand über den Mund schlug. »Ich hatte vergessen, dass man nicht allzu laut lachen darf.«

Verdammt sei derjenige, der es dem gesamten *ton* vorgeschrieben hatte, man müsse stets gelangweilt aussehen. Er würde nicht zulassen, dass man ihre Freude dämpfte. Vor allem nicht, wenn ihr Gelächter so glockenhell war und *er* es ausgelöst hatte. »Als die Marquise of Merton kannst du dich meist so benehmen, wie du möchtest. Man wird sich von dir die neuesten Bräuche abgucken.«

»Das mag schon sein, aber als Miss Dorothea Stern kann ich nicht einfach mir nichts, dir nichts die Regeln brechen.« Verschmitzt sah sie ihn an. »Damit werde ich warten.«

Sie fühlte sich so wohl in ihrer eigenen Haut, besaß ein Selbstvertrauen, das nichts mit ihrem Rang zu tun hatte. War es Mut oder ein angeborenes Zugehörigkeitsgefühl? Sie benahm sich nie so, als müsse sie sich beweisen, oder machte andere nieder, um selbst besser dazustehen.

Pure Lust durchströmte seinen Körper. Er wünschte, sie wären allein, damit er sie wieder küssen konnte.

»Dotty.« Grace war vor ihnen stehengeblieben. »Wir sind da.«

Über ihnen hing das Schild für den Schuster. Er würde Thea jetzt entweder gehenlassen und dem verfluchten Angestellten erlauben müssen, ihren Fuß zu berühren, oder bei ihr bleiben und dem Mann düstere Blicke zuwerfen. Bei Gott, er war tatsächlich eifersüchtig. »Soll ich dich um fünf Uhr für eine Kutschfahrt abholen?«

Sie verzog das Gesicht. »Ich kann leider nicht versprechen, dass wir dann bereits zurück sind. Wir kaufen nicht nur für mich ein.«

Grace scheuchte die anderen in den Laden und ließ ihn mit Thea allein zurück.

Er würde sich wohl bis zur Hochzeit mit diesen ausgedehnten Einkaufstouren abfinden müssen. »Lass mir eine Nachricht zukommen, wenn du wieder zu Hause bist.«

Theas Miene hellte sich auf. »Das werde ich. Wenn es für die Fahrt zu spät wird, sehen wir uns heute Abend.«

»Das werden wir und dieses Mal kann ich die ganze Nacht an deiner Seite verbringen.«

Sie lachte leise und er ließ ihre Hand los, damit sie zu den anderen stoßen konnte. Heute Abend würde er dafür sorgen, dass kein Gentleman auch nur auf die Idee kam, dies könnte eine Zweckehe sein. Er ging zurück zur Piccadilly Street und weiter zur St. James Street, um im *White's* ein Rindersteak zu genießen.

Als er einen Fuß auf die schmale Treppe setzte, die zur Tür seines Clubs führte, wurde er von Fotherby abgefangen. »Du wirst es wirklich durchziehen?«

Dom hob eine Braue. »Ich nehme an, du hast die Ankündigung gesehen.«

»Woher würde ich es sonst wissen?«, fragte Fotherby gereizt. »Du bist derzeit ja nie an deinen bevorzugten Plätzen anzutreffen. Ich verstehe nicht, wie du dieses Weib heiraten kannst.«

Wieder löste die Art, wie Fotherby über Thea sprach, Wut in ihm aus. Doch er würde nicht zulassen, dass der Mann seine Laune verdarb. Er zwang sich dazu, möglichst unverbindlich mit den Schultern zu zucken. »Was soll ich denn deiner Meinung nach tun?« Das Schicksal hatte ihm die perfekte Gelegenheit geboten, das zu bekommen, wonach er sich sehnte. Allerdings hatte er bestimmt nicht vor, seinen Wunsch, Thea zu heiraten, mit Fotherby oder sonst irgendwem zu besprechen.

Der Mann ging ihm langsam auf die Nerven. »Tatsache ist und bleibt, dass ich sie heiraten werde.«

»Dann sollte ich dich wohl beglückwünschen«, schnaubte Fotherby. »Mir wäre dabei sehr viel wohler, wenn ich nicht glauben würde, dass sie dich an der Nase herumführen wird.«

Es fiel Dom schwer, sich das Grinsen zu verkneifen. Auf Trab halten würde sie ihn, keine Frage, doch bei ihr würde er immer wissen, woran er war. »Wenn sie das tut, dann nicht für lange.«

»Ich schätze, dann gibt es nichts mehr zu sagen. Ich habe gesehen, wie es meinem Bruder kurz vor seiner Hochzeit ging. Du wirst alle Hände voll zu tun haben.«

»Das ist wohl wahr.« Dom fragte sich, ob seine Meinung bezüglich der Trauung oder des Hochzeitsmahls überhaupt gefragt sein würde. Die Damen schienen alles gut im Griff zu haben. »Ich muss mich noch um einiges kümmern. Die Pflicht ruft, trotz Hochzeit. Ich werde mich jetzt verabschieden, es sei denn, du möchtest mir beim Essen Gesellschaft leisten.«

»Ich wünschte, das wäre möglich. Meine Mutter ist in der Stadt und hat deutlich gemacht, dass sie mich zu Hause erwartet.« Fotherby verneigte den Kopf und ging davon.

Dom konnte kaum glauben, wie erleichtert er war, dass sein Freund anderweitige Verpflichtungen hatte. Zwei Stunden später erklomm er die Treppen zu seinem Haus und wurde dort von Cyrille – der zu ihm aufblickte und eindeutig Aufmerksamkeit erwartete – sowie von Tom begrüßt, der ein Stück Papier hin und her wedelte.

»Milord, sehen Sie mal. Mrs. Sorley sagt, ich sei ein Ausnahmetalent.«

Mit jedem Tag, der verstrich, wurde der kultivierte Akzent des Jungen ausgeprägter. Es war Thea aufgefallen, als sie ihm vor Kurzem einen nachmittäglichen Besuch abgestattet hatte. Dom nahm das Papier entgegen; es war ein Bild von Cyrille, wie er in Doms Sessel im Arbeitszimmer schlummerte. Obwohl es mit einem Bleistift gezeichnet worden war, hatte das Kind den Kontrast zwischen dem schimmernden Fell und dem glatten Leder des Sessels gut eingefangen. Jemand hatte ihm das Zeichnen beigebracht. Wer zum Teufel waren Toms Eltern und wie sollte Dom es in Erfahrung bringen, wenn der Knabe sich weigerte, über sie zu sprechen?

»Dies ist ausgezeichnet. Wir werden dir einen Zeichenmeister suchen müssen.«

Das Gesicht des Jungen strahlte vor Stolz. »Ich danke Ihnen, Milord.«

Was wäre aus Tom geworden, wenn Thea ihn nicht gerettet hätte? Vermutlich hätte man ihn in das örtliche Gefängnis gesteckt, dann womöglich in ein Armenhaus oder Schlimmeres. Dom würde nichts unversucht lassen, um die Familie des Kindes ausfindig zu machen. »Kannst du mir verraten, wo du gelebt hast, als du noch bei deiner Mutter warst?«

Die Miene des Jungen verschloss sich. »Das soll ich nicht verraten, sonst bekomme ich Ärger.«

Dom bat darum, Tee in seinem Arbeitszimmer servieren zu lassen, und nahm den Jungen an die Hand. »Ich kann dir mit ruhigem Gewissen versichern, dass dir nichts zustoßen wird, solange du unter meinem Schutz stehst.«

Eine Weile lang schwieg der Junge. »Sie haben mich vor dem Tod bewahrt.«

»Ähm, ja. Nicht nur das erste Mal, sondern auch anschließend.« Das Baden war noch immer eine Herausforderung. Nachdem Dom ihm versichert hatte, er habe seine Macht, Tom zu beschützen, einem der Bediensteten verliehen, hatte er den Waschungen des Jungen zum Glück nicht mehr beiwohnen müssen.

Tom hüpfte auf das Sofa und musterte Dom aufmerksam. Schließlich nickte er. »Ich kenne die Adresse nicht, aber ich würde es erkennen, wenn ich es wieder sehe.«

Er unterdrückte ein Stöhnen. Dies würde wohl ein langwieriges und kompliziertes Unterfangen werden. »Ausgezeichnet. Vielleicht unternehmen wir eine Kutschfahrt in meinem Zweispänner. Das würde dir sicher gefallen.«

Tom nickte daraufhin so emsig, dass Dom fürchtete, der Junge würde sich eine Gehirnerschütterung zuziehen.

Der Tee wurde serviert. Mrs. Sorley füllte eine Tasse und reichte sie ihm. Tom gab sie eine Tasse Milch und ein Marmeladentörtchen. »Dass du mir ja aufisst. Du bist noch viel zu dürr.«

»Das werde ich.« Tom nickte. »Es schmeckt köstlich. Selbst die von unserer Köchin waren nicht so gut.«

Mrs. Sorley sah zu Dom und hob die Brauen.

Offensichtlich erwartete sie, dass er nachhakte. »Ähm, hat die Köchin bei euch gelebt?«

Der Junge schüttelte den Kopf, während er sein Törtchen verspeiste. »Nein. Sie hat uns Essen gebracht. Mutter hat immer gesagt, dass die Köchin ihre Lieblingsperson war, nach Vater und mir.«

Vater? Waren seine Eltern verheiratet gewesen? Dom fuhr sich mit der Hand durchs Haar. Wo trieb sich der Halunke jetzt herum?

Lord Fotherby schlenderte den Gehweg im Park entlang und schwang dabei seinen in Gold verzierten Gehstock im Takt mit den Troddeln seiner Stiefel, als er eine Dame nach ihm rufen hörte.

»Lord Fotherby, wie schön, Sie wieder anzutreffen.«

»Lady Manners.« Er verneigte sich und hob den Hut. »Die Freude ist ganz meinerseits.«

Sie bedeutete dem Bediensteten, sich zurückzuziehen. »Welch traurige Neuigkeiten.«

Wovon zum Teufel sprach sie? War jemand gestorben? Er wollte natürlich nicht, dass sie glaubte, er wäre nicht auf dem neuesten Stand der Dinge. »In der Tat. Es kam für uns alle sehr unerwartet.«

Die Augen der Dame weiteten sich. »Auch für Sie? Ich dachte, gerade *Ihnen* hätte er sich anvertraut. Allerdings ist er wohl ziemlich reserviert.«

Fotherby blinzelte. Verflucht, über wen sprach sie? Wenn sie einfach weitersprach, würde er es vielleicht erahnen können. »Nein, nein. Wie Sie sagten, er behält seine Gedanken meist für sich.«

Lady Manners nickte betroffen. »Es muss ihm sehr unangenehm sein, so tief unter seinem Stand heiraten zu müssen.«

Langsam lichtete sich der Nebel. Er war zwar nicht so intelligent wie viele seiner Freunde, aber schwer von Begriff war er nicht. Sie musste Merton meinen und sie war offensichtlich bestürzt. »Das würde ich ebenfalls behaupten. Allerdings wird er sicher das Beste daraus machen. Es bleibt ihm schließlich nichts anderes übrig.«

»Nun.« Sie stieß den Atem aus und pustete sich damit eine ihrer Locken von der Stirn. »Ich für meinen Teil bin absolut verzweifelt. So ein listiges Biest, ihn so in die Falle zu locken. Wissen Sie, er hätte meine Cousine, Miss Turley, heiraten sollen.«

Falle? Fotherby mochte Miss Stern nicht sonderlich, aber er hätte nicht gedacht, dass sie etwas Verwerfliches tun würde. Allerdings war Merton ein Marquis. Kein Wunder, dass er sich nicht über seine Verlobung unterhalten wollte. Nicht, dass er da wirklich eine Wahl hatte. Es hatte sich bereits in der gesamten Stadt verbreitet, ehe die Ankündigung in der *Morning Post* erschienen war. Wenn die Sache bereits so weit fortgeschritten war, dann war es schlicht und ergreifend zu spät. Er hätte ihm nicht so hart zusetzen dürfen. »Es ist eine üble Angelegenheit, aber was soll man machen?«

Er hatte die Frage rhetorisch gemeint, doch ein Glitzern trat in Lady Manners' Augen und sie fasste ihn am Arm, lehnte sich vertrauensvoll dichter zu ihm herüber.

»Vielleicht ... Wenn ich einen Gentleman zur Hilfe hätte, könnte ich eventuell einen Weg finden, die Hochzeit aufzuhalten.«

»Ich verstehe nicht, was Sie meinen. Merton würde die Hochzeit niemals absagen. Dafür legt er zu viel Wert auf seinen Ruf. Und das Mädchen wohnt bei seinem Cousin.«

Sie klimperte mit den Wimpern, als hätte sie etwas im Auge. »Aber was wäre, wenn Miss Stern nicht auf der Hochzeit erscheint?«

Fotherby versuchte, einen Schritt zurückzuweichen, doch Lady Manners hatte seinen Arm fest umklammert. »Merton würde es nicht gefallen, zum Narren gehalten zu werden.«

»Ganz genau. Er würde ihr keine weitere Chance geben.«

Fotherby war sich ganz und gar nicht sicher, ob er an Lady Manners' Vorhaben teilhaben wollte. Wenn es ans Licht käme, würde er es ewig von seiner Mutter zu hören bekommen. »Ich werde mich nicht in kriminelle Aktivitäten involvieren.«

»Es wäre ja nichts wirklich Illegales. Wir würden lediglich sicherstellen, dass sie für einen Tag oder so ... irgendwo anders ist.«

Beruhigend tätschelte sie Fotherbys Arm. Wenn sie gewusst hätte, dass er ein solches Spatzenhirn besaß, hätte sie jemand anderen auserkoren, um sie zu unterstützen, aber sie musste Elizabeth helfen. Wenn sie schon nicht aus Liebe heiraten konnte, konnte Lavvie wenigstens sicherstellen, dass ihre Cousine einen Mann heiratete, der gut zu ihr sein würde. Nicht wie Manners, der es nicht leid wurde, ihr stets die Schuld an allem zu geben.

Der Arm unter ihrer Hand spannte sich an, als Fotherby zischte: »Hören Sie, ganz gleich, was sie angestellt hat, ich werde mich nicht daran beteiligen, Miss Stern zu ruinieren.«

Der Mann stellte sich noch sturer an als erwartet. Wenn sie jemand anderen hinzuziehen könnte, dann würde sie es tun. Leider hatte Merton nicht viele Freunde und Fotherby war der einzige mit einem Haus in der Nähe von Richmond. Weit genug weg, um zu verhindern, dass Miss Stern zurück nach London gelangte, und nah genug, dass Fotherbys Abwesenheit nicht auffallen würde.

Sie schluckte ihren Ärger hinunter. »Nein, nein, natürlich nicht. Das würde sich nicht gehören. Wir werden in Umlauf bringen, dass sie zurück nach Hause gefahren ist. Wie ich höre, kann Lady Stern derzeit nicht reisen. Es wäre also kaum verwunderlich, wenn das Mädchen feststellt, dass es der Rolle als Mertons Ehefrau nicht gewachsen ist, und zu ihrer Mutter flüchtet.« Als Fotherby nicht antwortete, fuhr sie in ihrem überzeugendsten Tonfall fort. »Wir werden Miss Stern nur für etwa einen Tag behalten, sie dann unbeschadet ihrer Familie zurückgeben und Merton kann dann eine geeignete Braut auswählen.«

Fotherby sah sie mit gefurchter Stirn an. »Wie Ihre Cousine, Miss Turley, zum Beispiel?«

»Aber ja, wenn er noch immer um ihre Hand anhalten möchte.«

Lavvie widerstand dem Drang, mit den Augen zu rollen, während er ihre Idee überdachte.

»Wo werden Sie sie hinbringen?«, fragte er.

Sie lehnte sich etwas dichter an seine Seite und blickte zu ihm auf, versuchte sich an einem hilflosen Blick. »So weit habe ich noch nicht gedacht.« Sie glättete den Stoff seines Ärmels. »Kennen Sie einen Ort, der sich für unser Vorhaben eignen würde und nah genug an der Stadt liegt?«

»Ich habe ein Häuschen in Richmond, das mir meine Großmutter vererbt hat. Es ist jetzt schon einige Jahre unbewohnt, aber ein Ehepaar hält es instand. Ich glaube aber nicht, dass sie Miss Stern gegen ihren Willen dort festhalten würden.«

»Wir könnten ihnen sagen, dass sie eine Verwandte von mir ist, die versucht hat, heimlich zu heiraten, und sicher untergebracht werden muss, bis ihr Bruder sie abholen kommt.«

»Ich schätze, das könnte funktionieren«, murmelte Fotherby.

»Dann müssen wir nur noch einen Tag festlegen.« Lavvie benahm sich, als wäre es bereits beschlossene Sache. Sie konnte es sich nicht erlauben, dass Fotherby einen Rückzieher machte. Wer wusste schon, was für einen Mann ihr Onkel Elizabeth aufzwingen würde, wenn Lavvie versagte?

»Ich tue dies aber nur, um Merton zu helfen«, sagte Fotherby in weinerlichem Tonfall. »Ich möchte nicht dabei zusehen, wie er gegen seinen Willen heiratet.«

»Natürlich«, erwiderte Lavvie bemüht unschuldig. »Das ist auch mein Anliegen.«

Sie bedeutete ihrem Bediensteten, ihr die Botschaft zu überbringen, mit der sie ihn zuvor beauftragt hatte. »Milady, Sie werden zu spät zu Ihrem Termin kommen.«

»Ich danke Ihnen, Edwards. Mr. Fotherby, es freut mich sehr, dass wir uns unterhalten konnten.«

Er nahm die Hand, die sie ihm reichte. »Mich ebenfalls. Wann werden wir ... Sie wissen schon?«

Sie lächelte. »Ich werde Ihnen eine Nachricht zukommen lassen.«

Er nickte, ehe er in Richtung St. James Street verschwand. Sobald er außer Hörweite war, schlenderte sie zum Parkausgang nahe der Green Street. »Edwards, ich möchte, dass Sie eine junge Dame im Auge behalten. Ich will über ihren Tagesablauf Bescheid wissen.«

»Sehr wohl, Milady. Ich werde jemanden damit beauftragen.« Er ging hinter ihr, dichter, als es angemessen war. Lavvie spürte seinen Atem im Nacken, ehe sie seine Stimme vernahm. »Es hat mir nicht gefallen, wie du dich an diesen Mann gelehnt hast.« Sein Tonfall war unverschämt und sie erwischte ihn dabei, wie er seinen heißen Blick über ihr Korsett gleiten ließ. »Lass es mich nicht noch einmal sehen.«

Ein wohliger Schauer lief ihr über den Rücken. Sie konnte es kaum erwarten, ihn wieder nackt vor sich zu sehen und zu spüren, wie sein muskulöser Körper sie für sich beanspruchte. Ein solcher Gegensatz zu dem weichen, dicklichen Leib ihres Ehemannes, der seinen Teil des Aktes kaum schaffte, ihr dann aber die Schuld dafür gab, dass sie nicht schwanger wurde. »Hör auf. Es darf niemand Verdacht schöpfen.«

Er hob eine schwarze Braue. »Du meinst, es würde seiner Lordschaft nicht gefallen, dass ich es mit seiner Frau treibe?«

Das war ihre einzige Sorge, die sie selbst betraf. Sollte Manners es herausfinden, würde er sich scheiden lassen. Den Skandal würde sie nicht überleben. »Er darf es niemals erfahren.«

»Ich will dich ... bald.«

Gütiger Gott, sie hechelte wie eine läufige Hündin. »Das Zimmer der alten Gouvernante.«

Sie betraten den Eingangssaal ihres Hauses. Unter dem Vorwand, ihr den Mantel abzunehmen, glitt seine Hand zu ihrem Hinterteil und drückte zu. Seine tiefe Stimme liebkoste ihr Ohr. »Lass mich nicht warten.«

Sie befeuchtete ihre Lippen. »Werde ich nicht.«

Ein Klopfen ertönte an der Tür. Edwards öffnete sie.

»Lavvie, ich war mir nicht sicher, ob ich dich zu Hause antreffen würde.« Elizabeth schien den Bediensteten nicht einmal zu bemerken. »Ich muss etwas mit dir besprechen.«

Lavvie ließ sich von ihrer Cousine einen Kuss auf die Wange geben. »Es tut mir leid, Liebes, aber ich kann momentan leider keinen Besuch empfangen. Ich habe schreckliche Kopfschmerzen.«

»Nicht schon wieder eine Migräne?«

»Doch, leider. Hat dein Anliegen Zeit?« Sie versuchte, kränklich zu wirken, doch das Einzige, was mit ihr nicht stimmte, war die Feuchtigkeit zwischen ihren Beinen.

»Ja. Es tut mir leid, dass du dich nicht wohlfühlst. Ich muss dann jetzt zurück.«

»Natürlich. Deine Tante Agatha ist hier.«

Elizabeth warf ihr ein kleines Lächeln zu. »Ich hoffe, es geht dir bald wieder besser.«

Lavvie straffte die Schultern. »Wir sehen uns sicher bald wieder.«

KAPITEL 14

Nachdem Dom das *White's* verlassen hatte, ging er nach Hause und ließ Tom zu sich bringen. Dieser saß nun auf Doms Schoß. Der Junge hatte offenbar eine Weile mit beiden Elternteilen zusammengelebt, und Dom wollte jetzt so viel wie möglich über sie in Erfahrung bringen. Bislang hatte niemand Erfolg gehabt, aber ihm blieb nichts anderes übrig, als zu hoffen, dass der Junge sich jetzt sicher genug fühlte, um ihm die Informationen zu anzuvertrauen. »Tom, wie lautet dein vollständiger Name?«

»James Thomas Hubert.« Er betrachte Dom stirnrunzelnd. »Sind Sie böse auf mich?«

»Nein, natürlich nicht.« Warum würde er das denken? »Warum?«

»Weil meine Mutter mich immer so genannt hat, wenn sie verärgert war.«

Er zerzauste die Haare des Jungen. »Du hast nichts Schlimmes angestellt.« Er grinste. »Aber jetzt weiß ich wenigstens, wie ich dich nennen kann, wenn du etwas angestellt hast. Also, ähm, Mr. Hubert war dein Vater?«

»Nein, das ist mein dritter Vorname, benannt nach dem Onkel meiner Mutter, der verstorben ist.«

Dom war kurz davor, das erste Mal in seinem Leben Kopfschmerzen zu bekommen. »Wie lautete der Nachname deines Vaters?«

Und wieder verzog der Junge den Mund zu einer störrischen Linie.

Dom legte sich die Finger an die Schläfen und ließ sie dort kreisen. »Lass mich raten, das sollst du nicht verraten.«

Tom nickte energisch. Wer oder was hatte dem Jungen eine solche Heidenangst eingejagt?

Frauenstimmen hallten durch den Korridor. Seine Mutter war zu Hause und es war jemand bei ihr. Vielleicht war es Thea. Er zog an der Klingel und ein Bediensteter streckte den Kopf durch die Tür.

»Milord?«

»Wenn Miss Stern hier ist, bitten Sie sie, mich aufzusuchen.«

»Sehr wohl, Milord.«

Es war die übliche Antwort, jedoch hatte Dom sie noch nie in einem so enthusiastischen Tonfall gehört.

Ein paar Minuten später betraten seine Mutter und Thea den Raum. Tom sprang auf und schlang die Arme um ihre Beine.

Thea lachte. »Du wächst so schnell. Bald wirst du mich umstoßen.«

Dom blickte zu dem Jungen. In nur wenigen Tagen hatte Tom genügend Gewicht zugenommen, dass er anfing, wieder gesund auszusehen. »Ist es nicht Zeit für deinen Unterricht?«

»Jawohl, Sir. Ich werde Sally suchen gehen.« Tom rannte zur Tür und schloss sie von außen.

Thea hob eine Braue. »Unterricht?«

»Mit einem der Dienstmädchen, bis ich die Zeit habe, einen Tutor zu arrangieren. Wir müssen uns über das Kind unterhalten. Es ist nicht, wie wir anfangs vermutet haben.«

»Ja, das sagtest du bereits.«

Thea und seine Mutter setzten sich auf das Sofa bei den Fenstern, die den Garten überblickten, während Dom nach Tee klingelte.

Sie unterhielten sich über Theas Einkaufsbummel, bis ihnen der Tee gebracht wurde. Seine Mutter bedeutete Thea, ihn auszuschenken.

Dom nahm seine Tasse entgegen. Es war schön, sie hier zu haben. Er konnte es kaum erwarten, jede Mahlzeit gemeinsam mit ihr einzunehmen. »Meine Haushälterin hat mich darauf aufmerksam gemacht. Der Junge scheint aus gutem Hause zu stammen.« Er berichtete ihnen von den Unterhaltungen, die er mit Tom geführt hatte. »Nach allem, was er durchlebt hat, möchte ich ihm nicht drohen.«

»Dem stimme ich zu.« Thea goss etwas Milch in ihre Tasse und rührte um. »Vielleicht kann ich mit ihm sprechen und mehr herausfinden. Allerdings glaube ich zu wissen, weshalb er Angst davor hat, zu reden. Deinen Aussagen nach zu urteilen, scheint er von einer Diebesbande aufgenommen worden zu sein, die Kinder im Diebstahl ausbildet.«

Seine Tasse klirrte, so hastig stellte er sie ab. »Das kann nicht dein Ernst sein.«

Sie zuckte leicht mit den Schultern. »Die meisten Menschen in London wissen davon.«

Doch sie lebte nicht in der Stadt und wusste trotzdem davon. Er stierte in seinen Tee und wünschte sich, es wäre Brandy. »Aber weshalb setzen sie Kinder ein? Erhöht es nicht das Risiko, erwischt zu werden?«

»Kinder werden meist deportiert, statt erhängt.«

Er spuckte seinen Tee aus. Glücklicherweise hob er seine Serviette, bevor der Schaden allzu groß werden konnte. »*Deportiert*? Ich dachte, er würde in ein Armenhaus gesteckt werden.«

Ihm war schleierhaft, wie sie so ruhig dasitzen konnte.

»Nicht, nachdem er des Diebstahls verurteilt worden ist. Man hätte ihn nach Newgate gebracht.«

Plötzlich wurde das Pochen in seinem Kopf lauter. »Newgate?«

Thea nickte. »Ja, aus diesem Grund haben Lady Evesham und Lady Rutherford jetzt ein Waisenhaus eröffnet und versuchen, die Gesetze ändern zu lassen. Es ist entsetzlich, einem Kind Vorwürfe für etwas zu machen, das es erlernt hat, um sich ernähren zu können. Ihm wurde sicherlich gesagt, dass es schreckliche Folgen haben würde, wenn er jemandem etwas über die Verbrecherbande oder sich selbst verrät.«

Thea schenkte Dom eine weitere Tasse Tee ein, während er versuchte, seine Auffassung der Welt mit dem, was der Realität zu entsprechen schien, zu vereinbaren. Hatte sein Onkel davon gewusst, als er Dom geraten hatte, für strenge Bestrafungen für Verbrecher jeglichen Alters zu wählen? Was wäre geschehen, wenn er stattdessen auf Worthington und seinesgleichen gehört hätte?

»Dominic?«, fragte seine Mutter.

»Ja, Mutter?«

»Dorothea hat eine Verabredung mit Mrs. Sorley, um sich das Haus anzusehen. Wir werden dich also nun allein lassen.«

»Natürlich.« Er erhob sich, als sie aufstanden, und nahm Theas Hand in seine. »Wir sehen uns heute Abend, wenn nicht schon eher.«

Sie suchte seinen Blick und lächelte. »Oder vielleicht sogar beides.«

Irgendwann musste er der Sache auf den Grund gehen und herausfinden, was mit Tom geschehen war, aber heute Abend wollte er einfach nur mit Thea auf den Ball gehen. Er könnte einen ruhigen Salon ausfindig machen oder einen abgeschiedenen Ort im Garten oder auf der Terrasse, um sie genau so zu küssen, wie er es auch jetzt tun wollte. Sie gehörte ihm und es war an der Zeit, dass er es ihr bewies.

Dotty überließ Dom seinen Gedanken über sein neu gewonnenes Wissen. Es hatte sie erstaunt, wie isoliert er vom wahren Leben war. Sie fragte sich, ob es ihm je gelingen würde, Tom davon zu überzeugen, die Wahrheit zu sagen, und beschloss, es selbst zu versuchen. Schließlich hatte sie jüngere Schwestern und einen jüngeren Bruder.

»Milady?«

»Sie möchten den kleinen Tom sehen, nicht wahr?«

Sie grinste. In nur wenigen Tagen hatte sie den Scharfsinn ihrer zukünftigen Schwiegermutter kennen und lieben gelernt. »Ja, das möchte ich. Nachdem ich mit Ihrer Haushälterin gesprochen habe, natürlich.«

»Ich finde, das ist eine gute Idee. Ihnen wird er sich vielleicht eher öffnen als Dominic.« Sie gingen weiter zum Salon ihrer Ladyschaft, wo sie sich mit der Haushälterin treffen würden. »Falls Sie einen kleinen Hinweis möchten, wie Sie mit Mrs. Sorley gut auskommen, bitten Sie sie einfach, von der Familie zu erzählen. Sie ist in Merton geboren und ihre Mutter war vor ihr die Haushälterin. Es gibt kein Familiengeheimnis, das sie nicht kennt.«

Dottys Augen weiteten sich. »Gibt es denn Geheimnisse?«

»Mehr als ich gedacht hätte.« Lady Merton seufzte.

Sie erreichten den Salon, wo die Haushälterin bereits auf sie wartete. Mrs. Sorley sah aus, als würde sie in den Vierzigern sein. Sie war von mittlerer Statur, hatte hellbraunes Haar und graue Augen. Ihre Miene war freundlich, aber ernst. Wehe dem Kind, das ihre Böden beschmutzte. Dotty mochte sie trotzdem auf Anhieb.

Mrs. Sorley führte einen Knicks aus. »Miss, es freut mich, Sie kennenzulernen.«

Dotty hielt ihr die Hand hin. »Die Freude ist ganz meinerseits, Mrs. Sorley. Wollen wir anfangen?«

Die Haushälterin berührte zwei von Dottys Fingern und ließ sie dann wieder los. Ein Grinsen überzog ihr langes, schmales Gesicht. »Wir werden mit den oberen

Stockwerken beginnen und uns dann hinabarbeiten, wenn es Ihnen recht ist.«

»Absolut.« Wie es schien, dachte Mrs. Sorley genau wie Dotty. »Mit Schwerpunkt auf dem Kinderzimmer?«

»Ja, Miss. Genau das hatte ich mir auch gedacht.« Sie reichte Dotty ein kleines Notizbüchlein und einen Bleistift. »Ich werde Notizen machen, aber vielleicht möchten Sie das ja ebenfalls.«

Dotty folgte der Haushälterin in die Eingangshalle und drei Stockwerke hoch, ehe sie das Kinderzimmer erreichten. Wie erwartet, war das Haus sauber und ordentlich, hatte aber in einigen Bereichen etwas Renovierungsbedarf. Lady Merton hatte hier nicht viel Zeit verbracht. Dotty hatte die Etage mit dem Unterrichtsraum in Stanwood House und auch die Pläne für Worthington House gesehen, was ihr reichlich Ideen für eine Umgestaltung gegeben hatte. Auch wenn sie hoffte, niemals elf Kinder zu haben. Zwölf, wenn man Grace mitzählte.

Im Unterrichtsraum war Tom damit beschäftigt, mit Sally – der vorübergehenden Tutorin – zu lesen und ihr Fragen zu stellen. »Aber Sally, diesen Teil verstehe ich nicht.«

Das Mädchen blickte zu ihnen und kratzte sich an der Wange. »Ich glaube, das kann ich dir auch nicht erklären.«

Dotty stellte sich hinter Tom und las den Absatz über seine Schulter hinweg. Es war ein altes Buch über das Betreiben von Landwirtschaft. »Sally, verstehen Sie mich bitte nicht falsch, aber gab es nichts anderes?«

Das Mädchen machte ein Gesicht. »Nein, Miss. Ich kann ihm damit zwar die Buchstaben beibringen, aber ...«

Dotty blickte zu Mrs. Sorley. »Gibt es vielleicht etwas in der Bibliothek?«

»Nein, Miss. Nachdem der Vater seiner Lordschaft verstarb, hat Lord Alasdair alle Kinderbücher hinauswerfen lassen.«

Was hatte den Mann dazu verleitet, so etwas zu tun? »Wollen Sie mir damit sagen, dass Lord Merton anhand solcher Bücher gelernt hat?« Sie hob den anstößigen Wälzer auf.

Mrs. Sorley sog die Wangen ein, ihre Missbilligung war deutlich zu erkennen. »Ja, Miss.«

Kein Wunder, dass Matt eine solche Abneigung gegen Lord Alasdair hegte. Sie biss sich auf die Unterlippe. Noch war sie nicht Doms Ehefrau und es stand ihr nicht zu, eines seiner Familienmitglieder zu kritisieren. »Könnte man eine Liste mit geeigneteren Büchern an einen Bücherladen senden?«

»Wenn Sie eine Liste erstellen, Miss, werde ich einen Bediensteten damit losschicken.« Ein fast trotziges Funkeln trat in Mrs. Sorleys Augen und ihre leicht hochgezogenen Mundwinkel zeigten Dotty, dass die Frau ihr zustimmte.

Sie setzte sich an den kleinen Tisch, zückte ihr Notizbüchlein und schrieb die Art von Büchern nieder, die Tom erhalten sollte.

»Miss?«

»Ja, Mrs. Sorely?«

»Der Junge kann unwahrscheinlich gut zeichnen.«

Sally nickte zustimmend und reichte Dotty ein Blatt Papier. »Sehen Sie hier. Dies hat er für mich gezeichnet.«

Es war ein sehr gelungenes Bildnis des Dienstmädchens, das sogar das Glitzern in ihren Augen einfing. »Zeichenmaterialien also auch.« Sie blickte zu Tom, der sich mit einer weiteren Zeichnung vergnügte. »Tom, wie alt bist du?«

»Sechs.« Plötzlich schlug er sich die Hand vor den Mund. »Das soll ich nicht verraten, weil ich jünger aussehe.«

Dotty bedeutete Mrs. Sorley und Sally, den Raum zu verlassen. Nachdem die Tür ins Schloss gefallen war, hob Dotty ihn zu sich auf den Schoß. »Ich weiß, dass man dich nicht gut behandelt hat, bevor du nach Merton House kamst. Aber ich verspreche dir, dass es nicht wieder vorkommen wird. Glaubst du mir?«

Tom nickte. »Seine Lordschaft hat das Gleiche gesagt. Aber die Männer haben gesagt ...«

Es war höchste Zeit, dass man ihm die Angst nahm. Sie drehte ihn so, dass sie ihm in die Augen sehen konnte. »Hör mir zu. Wenn dir jemand etwas antun will, muss dieser Jemand erst einmal an seiner Lordschaft und mir sowie an Paken und *all* seinen Bediensteten vorbeikommen.«

Die Augen des Jungen wurden kugelrund. »Sogar an Mr. Paken?«

Doms vornehmer und unerschütterlicher Butler hatte genau den Eindruck erweckt, auf den sie gezählt hatte. »Glaubst du, dass die Personen, die dich festgehalten haben, das schaffen würden?«

Langsam schüttelte Tom den Kopf.

»Aber damit Paken dich so gut wie möglich beschützen kann, braucht er deine Hilfe.«

»Wie kann ich helfen?«

»Indem du mir so viel wie möglich über deine Eltern erzählst, und darüber, wo du gelebt hast, bevor man dich auf die Straße gesetzt hat.«

Tom starrte sie eine gefühlte Ewigkeit lang an, ehe er sich gegen ihre Schulter schmiegte und zu erzählen begann. »Der Mädchenname meiner Mutter ist Sophia Cummings. Ihr Vater ist James Cummings, Esquire of Bude, in Cornwall. Mein Vater ist Robert Cavanaugh. Und sein Vater ist der Earl of Stratton. Vater ist ein

Major in der 95. *Rifle Brigade* und auf dem Weg nach Brasilien.« Toms Stimme fing an zu beben. »Mein Name ist James Thomas Hubert Cavanaugh. Ich wurde am 6. April 1809 geboren und wohne in der St. George Street, Nummer 14.«

Dotty hielt ihn fest, während er bitter schluchzte und sein schmaler Körper zitterte. Sie blinzelte die Tränen fort, die auch ihr in die Augen stiegen. »Schon gut. Es wird alles wieder gut. Das verspreche ich dir.«

Als er sich beruhigt hatte, betrat Mrs. Sorley wieder den Raum und drückte Tom eine Tasse in die Hand. »Vielleicht hilft ein bisschen warme Milch.«

»Ja. Bitten Sie Sally, bei ihm zu bleiben. Sie soll ihm nicht von der Seite weichen. Ich werde ihn jetzt ins Bett bringen.«

»Sehr wohl, Miss. Soll ich seine Lordschaft bitten, hochzukommen?«

»Nein, aber würden Sie Lady Merton bitten, mich im kleinen Salon zu treffen?«

»Natürlich. Ich danke Ihnen, Miss. Wenn ich so frei sein darf: Ich freue mich, dass Sie bald zur Familie gehören werden.« Die Haushälterin knickste und ging davon.

Hier würde es reichlich zu tun geben. Dotty gab Tom einen Kuss auf den Scheitel, nahm ihm die leere Tasse ab und stellte sie auf den Tisch, ehe sie ihn in sein Schlafgemach trug und dort zudeckte. Cyrille sprang auf das Bett und rollte sich neben dem schlafenden Jungen zusammen.

Als allererstes musste sie sich um Tom kümmern. Gott sei Dank hatte seine Mutter ihm die Familiengeschichte eingebläut. Wie schrecklich es für sie gewesen sein musste, allein mit einem kleinen Kind zu sein, als sie starb. Dotty wischte die Träne fort, die ihr über die Wange kullerte.

Sie spürte Wut in sich aufkeimen, Wut auf diejenigen, die Tom misshandelt hatten. Die Hauswirtin hatte einiges auf dem Kerbholz. Dotty war sich nicht sicher, ob sie ihr würde höflich gegenübertreten können, wenn sie sie fand, aber finden würde sie die Frau. Mrs. Cavanaugh musste einige Habseligkeiten zurückgelassen haben und sie gehörten Tom und seinem Vater.

Sie kehrte zum Tisch zurück und machte sich daran, all das aufzuschreiben, was Tom ihr erzählt hatte, während sie auf das Dienstmädchen wartete. Noch ehe der Tag zu Ende ging, würde sie die Frau konfrontieren, die ein kleines Kind den Straßen überlassen oder, wahrscheinlicher noch, an Räuber verkauft hatte.

Dom hob den Blick von den Dokumenten, die er gerade am Durchsehen war, als Thea sein Arbeitszimmer betrat, gefolgt von seiner Mutter. Er erhob sich, bis sie sich auf die beiden Stühle gesetzt hatten, die vor seinem Schreibtisch standen. Es freute ihn, zu sehen, dass die beiden sich so gut verstanden.

Er lächelte, bemerkte dann aber, dass beide ihre Lippen zusammengepresst hatten und die Spannung in der Luft nahezu greifbar war. Ging es um das Haus, oder – Gott bewahre – Mrs. Sorley? »Stimmt etwas nicht?«

Thea schob ein kleines Blatt Papier über den Schreibtisch zu ihm. »Tom hat mir endlich erzählt, wer er ist. Ich wollte unverzüglich zur Unterkunft seiner Familie in der St. George Street aufbrechen, aber deine Mutter hat mich davon überzeugt, es erst mit dir zu besprechen.« Ihre Stimme überschlug sich vor Zorn. »Ich werde Mrs. White konfrontieren.«

Dom legte seinen Stift ab. »Die Hauswirtin?«

»Ganz genau. Ich gehe davon aus, dass sie Tom an die Schurken verkauft hat, die ihm das Stehlen beigebracht haben.«

Dom lehnte sich in seinem gepolsterten Ledersessel zurück und versuchte, ihr zu folgen. Was auch immer der Junge ihr erzählt hatte, hatte Theas Nerven offenbar überstrapaziert. »Fang noch einmal von vorn an und erzähl mir alles, was du weißt.«

»Es steht alles auf dem Zettel«, sagte seine Mutter. »Mrs. Sorley hatte recht. Er stammt aus gutem Hause.«

»Wenn das so ist, müssen wir seine Familie finden.«

Thea rieb sich die Schläfen, als würden sie ihr Schmerzen bereiten. »Ich verstehe nicht, weshalb die törichte Frau den Earl of Stratton nicht kontaktiert hat.«

Doms Blick flog zwischen Thea und seiner Mutter hin und her, ehe er einwarf: »Stratton?«

Sie fuhr fort, als hätte er nichts gesagt. »Er hätte ihr doch bestimmt mehr gezahlt als diese Schurken.«

»Da bin ich mir nicht so sicher, Liebes«, erwiderte Mutter. »Der Earl ist ein harter Mann. Was, wenn sein Sohn eine Frau geheiratet hat, die er nicht für gut befunden hat?«

»Aber es an dem Kind auszulassen?« Thea ballte ihre kleinen Hände zu Fäusten. »Das ist kriminell!«

Dom fuhr sich mit einer Hand übers Gesicht. Wovon zum Teufel sprachen sie? »Würde eine von euch mir bitte erklären, was der Earl of Stratton mit Tom zu tun hat?«

Thea blickte ihn aus großen Augen an, als würde sie erwarten, dass Dom es bereits wusste. »Er ist natürlich Toms Großvater.«

»*Verflucht!*«

»Dominic!«, sagte seine Mutter streng. »Solche Wörter wirst du weder vor mir noch vor Dorothea verwenden.«

Er grummelte und griff nach dem Stück Papier auf seinem Schreibtisch. »Jawohl, Ma'am.«

James Cavanaugh und Sophia Cummings Cavanaugh. Er schüttelte den Kopf. Toms Vater war vermutlich ein paar Jahre älter als Dom und ihm fiel nur eine einzige Person ein, die er befragen kon-nte – Worthington. *Verdammt.*

»Wir könnten zuerst mit dem Earl sprechen«, schlug Thea vor.

»Ich weiß nicht, Liebes«, erwiderte seine Mutter. »Wir sollten lieber zuerst herausfinden, ob es zwischen Vater und Sohn böses Blut gibt. Ach, wieso habe ich mich nur so lange auf dem Land und in Bath verschanzt?« Sie erhob sich. »Zuallererst werden wir dieser Mrs. White einen Besuch abstatten. Ich wäre allerdings sehr überrascht, wenn das tatsächlich ihr richtiger Name ist.«

Thea stand ebenfalls auf. Dom erhob sich aus Gewohnheit. Was hatten sie bitte vor? Waren sie nicht zu ihm gekommen, um sich seinen Rat einzuholen?

»Dominic, ich werde Dorothea nach Stanwood House bringen, nachdem wir in der St. George Street waren.«

Scheinbar nicht. Waren in seinem Umfeld jetzt alle Frauen verrückt geworden? Er hätte wahrscheinlich wissen müssen, dass Thea die Frau konfrontieren würde, aber seine Mutter?

Seine Mutter lächelte, als hätte sie nichts weiter vor, als jemandem einen gesellschaftlichen Besuch abzustatten. Teufel noch eins. Zurechtweisen konnte er die beiden später.

»Wartet. Ich komme mit euch.« Er zog an der Klingel und ein Bediensteter steckte den Kopf durch die Tür. »Machen Sie umgehend die Kutsche bereit.«

»Sehr wohl, Milord.« Er schloss die Tür und Dom vernahm, wie er den Korridor entlang rannte. Verdammt. Tom musste völlig außer sich sein, nachdem er Thea all dies anvertraut hatte. »Wo ist der Junge?«

Thea schob sich eine lange Nadel in den Hut. »Momentan schläft er noch. Sally ist bei ihm und ich habe ihr gesagt, sie soll ihn nicht allein lassen.«

Er öffnete die Tür und trat dann zur Seite. »Wollen wir?«

Als Thea ihn erreichte, blieb sie stehen. »Ich bin froh, dass du beschlossen hast, uns zu begleiten. Ein Marquis ist genau, was wir brauchen, sollte es ein wenig Einschüchterung bedürfen.«

Fast fiel ihm die Kinnlade hinunter. Dann musste er sich das Lachen verkneifen. Endlich hatte sie eine Verwendung für seinen gesellschaftlichen Rang gefunden. Sein Onkel würde sich im Grab umdrehen, doch Dom hatte sich noch nie so lebendig gefühlt.

»Darin sind wir Marquis schließlich unschlagbar.« Er gab ihr einen flüchtigen Kuss auf die Lippen. »Ich werde in der Eingangshalle zu euch stoßen.«

Nachdem sie aus dem Raum geeilt war, ging er zurück zu seinem Schreibtisch und zog eine kleine, aber zielsichere Pistole aus der obersten Schublade hervor. Schließlich konnte man nie wissen, wann der gesellschaftliche Rang nicht ausreichen würde.

KAPITEL 15

Zwanzig Minuten später kam Doms Kutsche vor einem bescheidenen Haus auf der St. George Street zum Stehen. Die Fassade sah relativ unauffällig aus. Vom Londoner Ruß hellgrau verfärbt, führten ein paar Stufen zu einer Tür empor, deren Klopfer ein bisschen Politur vertragen könnte. Dennoch machte das Haus einen respektablen Eindruck.

Roger, einer der beiden Bediensteten, die Dom als Begleitung mitgenommen hatte, öffnete die Tür der Kutsche und ging die schmalen Stufen hinauf, um anzuklopfen. Ein schmächtiges Mädchen mit mattbraunem Haar, das unter ihrer Schürze ein abgetragenes blaues Kleid trug, öffnete ihnen.

Ohne das Mädchen eines Blickes zu würdigen, verkündete Roger: »Der Marquis of Merton wünscht mit Mrs. White zu sprechen.«

Das letzte bisschen Farbe im Gesicht der jungen Frau verblasste. »Ich weiß nicht, ob sie Gäste empfängt.«

Das Mädchen hatte offenbar größere Angst vor ihrer Hausherrin als vor einem dahergelaufenen Marquis. Dom trat hinter seinem Bediensteten hervor. »Vielleicht sollten Sie nachfragen.«

Als das Dienstmädchen versuchte, die Tür zu schließen, stellte sein Diener ihr den Fuß in die Quere und fragte freundlich: »Na, Sie wollen seine Lordschaft und ihre Ladyschaft doch nicht etwa hier draußen warten lassen, oder?«

Das Mädchen sah erst zu Roger, dann zu Dom. »Ich schätze nicht«, brummte sie. »Dann kommen Sie rein, wenn's sein muss, aber ich kann Ihnen sagen, sie hält nicht viel von Besuch.«

»Sie ist ein alter Griesgram, was?«, fragte der Bedienstete.

Das Mädchen schien sich etwas zu entspannen. »Könnte man so sagen. Sobald ich 'ne andere Position gefunden hab, bin ich hier weg.«

Thea, die jetzt neben Roger stand, lächelte sie an. »Ich danke Ihnen vielmals, dass wir hereinkommen durften.«

Das Dienstmädchen starrte sie aus geweiteten Augen an und knickste hastig.

»Gern, Milady. Ich werde die Hausherrin sofort holen.«

Thea sah sich im Eingangsaal um, ließ den Finger über das Treppengeländer gleiten und betrachtete ihren behandschuhten Finger. »Dieses Haus müsste dringend geputzt werden.«

Kurze Zeit später kam eine junge Matrone die Treppen herunter, an der Hand hielt sie ein Kind, das etwa im gleichen Alter war wie Tom. Als sie die unterste Stufe erreichte, blickte sie auf. »Oh, Verzeihung. Ich hatte Sie nicht gesehen. Sind Sie hier, um sich die leerstehenden Zimmer anzusehen?«

Dom war kurz davor, es abzustreiten, als Thea ihm einen warnenden Blick zuwarf. »In der Tat, das sind wir. Leben Sie schon lange hier?«

Die Frau lächelte. »Erst seit ein paar Monaten. Ich wollte wieder bei meiner Mutter einziehen, während mein Gatte unser Heim in Kanada arrangiert.«

Thea runzelte die Stirn.

»Oh.« Die Frau lachte kurz auf und legte sich die Hand über den Mund. »Ich klinge ja wie eine Närrin. Mein Ehemann ist in der Armee und wird die nächsten Jahre über in Kanada stationiert sein. Wir werden dann zu ihm stoßen, sobald er uns eine Unterkunft arrangiert hat. Eigentlich wollte ich so lange zurück zu meiner Mutter ziehen, aber Mrs. White war so liebenswürdig, dass mein Mann und ich entschieden haben, ich würde stattdessen hierbleiben, bis er nach mir schickt. Wenn er die Miete im Voraus zahlt, gibt sie uns für die Zeit, die ich mit meiner Tochter hier wohne, sogar einen reduzierten Satz.«

Thea ließ den Blick zu dem Kind sinken. »So ein entzückendes kleines Mädchen.«

Die junge Dame schenkte ihr ein sentimentales Lächeln. »Ich danke Ihnen. Sie ist so brav und wird in wenigen Monaten einen kleinen Bruder oder eine kleine Schwester bekommen. Deshalb wollte mein Mann nicht, dass ich mit ihm reise.«

Theas Körper schien sich anzuspannen, ihre Miene aber blieb ruhig. Flüchtig berührte sie ihren Bauch. »Kommt Mrs. White mit Kindern gut zurecht?«

»Sie vergöttert sie. Sie hat meiner Susan sogar ein paar Spielzeuge gegeben, die von einem vorherigen Mieter zurückgelassen wurden. So freundlich.«

Thea erstarrte und Dom sah, wie viel Mühe es sie kostete, weiterhin zu lächeln.

Er würde wetten, dass es sich um Toms Spielzeug handelte. Irgendetwas stimmte hier ganz und gar nicht. »Madam, ist Ihr Ehemann bereits abgereist?«

»Noch nicht. Wir haben noch zwei Wochen zusammen.« Sie reichte Thea die Hand. »Entschuldigen Sie, wie unhöflich von mir. Ich bin Mrs. Horton.«

Thea nahm die Hand entgegen. »Ich bin ... Mrs. Merton und dies sind mein Ehemann und meine Schwiegermutter. Was ist aus der Familie aus den leerstehenden Gemächern geworden?«

Die Frau sah ein wenig verwirrt aus. »Ich bin mir nicht sicher. Vor etwa einem Monat sind sie ganz plötzlich aufgebrochen. Die Frau war überaus nett zu mir. Die Geburt ihres Kindes stand im Herbst an ...«

»Mama, können wir jetzt gehen?«, fragte das Mädchen. »Bessie wird schon warten.«

»Ja, Liebes, natürlich.« Mrs. Horton lächelte Thea ein weiteres Mal zu. »Vielleicht werden wir ja Nachbarn.«

Theas Mundwinkel hoben sich. »Wäre das nicht schön?«

Kaum hatte sich die Haustür geschlossen, kehrte das Dienstmädchen zurück. »Sie wird Sie jetzt empfangen. Sie *behauptet*, sie fühle sich nicht gut, Sie können also nicht allzu lange bleiben.«

Dom legte Thea die Hand auf den unteren Rücken, als sie dem Mädchen durch einen schmalen Korridor folgten. Das ganze Ambiente in diesem Haus störte ihn und er musste sie berühren, sie beschützen.

Sie betraten einen Salon, der in einem geschmacklosen Blumenmuster eingerichtet war. Ein Sortiment aus Flakons und kleinen Kästchen zierte den Tisch, der neben der Chaiselongue stand, auf der wiederum eine mollige Frau mittleren Alters mit kurioser blonder Frisur und Spitzenhaube lag. Ein farbenfroher Schal mit langen Fransen verhüllte ihre großzügigen Proportionen und auf ihrer Stirn ruhte ein nasses Stück Stoff. Leider führte dies dazu, dass der ausgiebig aufgetragene Puder ihr das Gesicht hinunterlief. Sie erinnerte ihn an eine Schauspielerin aus dem *Drury Lane*.

»Milord, Miladies, ich bitte um Verzeihung«, sagte sie in einem lauten Flüsterton. »Ich liege danieder und kann mich leider nicht erheben.« Sie machte eine ausholende Armbewegung. »Wie Sie sehen, bin ich dem Tode nah, fühle mich aber geehrt, Sie in meinem bescheidenen Zuhause begrüßen zu dürfen.«

Thea gab ein Geräusch von sich, als hätte sie sich verschluckt, während seine Mutter sanft schnaubte.

Dom trat vor und neigte den Kopf ein Stück. »Mrs. White, wir sind hier, um Mrs. Cavanaughs Habseligkeiten abzuholen.«

Kurz nahm das Gesicht der Frau unter dem Puder einen leichten Grünton an, der sie tatsächlich kränklich aussehen ließ, aber sie erholte sich schnell. »Die arme Dame, von ihrem Eigentum habe ich nichts mehr. Ich musste alles verpfänden, um ihre Miete zu zahlen.«

Sein Kiefer spannte sich an und er machte einen weiteren Schritt auf sie zu. »Und ihr Sohn?«

Sie seufzte theatralisch. »Der arme kleine Bengel ist davongelaufen. Tagelang habe ich nach ihm gesucht ...«

»*Das reicht.*« Er machte noch einen Schritt und stand nun direkt über ihr. »Ich werde mich nicht anlügen lassen.«

Ihre Hand schnellte zu ihrem Hals. »Milord, ich bitte Sie. Mein Herz.«

»Ich glaube Ihnen ebenfalls kein Wort.« Thea trat hinter ihm hervor.

»Nein, ich auch nicht.« Seine Mutter ließ den Blick durch das Zimmer schweifen. »Es würde mich nicht wundern, wenn ein Großteil dieser Kleinigkeiten den Familien Ihrer Opfer gehört hat.«

Mrs. White verengte die Augen und zischte: »Das versuchen Sie erst einmal zu beweisen.«

Thea war um die Chaiselongue herum gegangen und an deren Kopflehne zum Stehen gekommen. Sie nahm ein silbernes Kästchen in die Hand und trat zurück. »Ich glaube, dies ist eines der Beweisstücke. Es hat die Initialen *SC.* Das sind die Initialen von Toms Mutter. Vielleicht erkennt er es.«

Mrs. White bewegte sich, aber Thea war schneller, drehte sich von den krallenartigen Fingern der Frau weg. »Sie hat es mir gegeben. Es war ein Geschenk.«

»So wie Tom Ihnen sein Spielzeug gegeben hat?« Dom knirschte mit den Zähnen. »Ich glaube nicht, Mrs. White.«

Der erschrockene Blick der Frau huschte von Thea zu Dom und dann zu seiner Mutter. »Ich hab Ihnen doch gesagt, dass er gegangen ist. Hab ihn seitdem nicht mehr gesehen. Er war ja ganz aufgelöst.«

Noch nie hatte Dom einen stärkeren Drang verspürt, eine Person zu erdrosseln, als jetzt. Nicht einmal auf Worthington reagierte er mit so viel Wut. »So aufgelöst, dass er sich daran erinnert, wie Sie ihn mit zwei Männern fortgeschickt haben?«

Thea stand an Doms Seite, während seine Mutter die anderen Gegenstände in dem überfüllten Raum unter die Lupe nahm. »Das hat er doch gesagt, nicht wahr, meine Liebe?«

Sie nickte. »Ja, genau das hat er gesagt.«

»Gesagt?« Mrs. Whites Stimme klang fahrig und sie sah erstmals so aus, als würde sie ohnmächtig werden.

Er streckte eine Hand nach ihr aus, aber Thea hielt ihn zurück. »Wir sollten dies den *Bow Street Runnern* überlassen.«

Sobald sie die *Runner* erwähnte, sprang Mrs. White von der Chaiselongue auf und hastete zur Tür. Dom packte sie an der Schulter. Sie wirbelte herum und versuchte, ihm einen Hieb zu verpassen, aber ihre Arme waren zu kurz; dann begann sie zu schreien.

»Was zur Hölle ist das für ein Lärm?«, fragte ein Mann, gekleidet in der Uniform der 95. Rifle Brigade. »Oh, entschuldigen Sie, Ladies, ich habe Sie nicht gesehen. Was ist mit Mrs. White los?«

Dom lockerte seinen Griff und die Frau fiel zu Boden. »Wenn ich Sie wäre, würde ich meine Frau und mein Kind schnellstens von hier fortbringen.«

»Major Horton?«, fragte Thea.

»Ja.«

»Ich bin Miss Stern. Dies«, sie zeigte auf Dom, »ist mein Verlobter, Lord Merton, und das hier ist seine Mutter, Lady Merton.«

Thea legte dem Major die Hand auf den Arm. »Dies ist kein sicherer Ort für Ihre Familie.«

Stirnrunzelnd betrachtete er die Szene, die sich ihm bot. »Wo sind sie jetzt?«

»In Sicherheit, im Park, zu dem sie wollten«, erwiderte Doms Mutter.

Er nickte. »Wie gut, dass sie dies nicht mitansehen müssen. Es würde meine Frau bekümmern.« Er verstummte und schien Dom zu mustern. »Merton? Doch nicht etwa Worthingtons Cousin?«

Dom unterdrückte ein Stöhnen. Vermutlich würde sich dieser Vorfall bis zum Abend in der ganzen Stadt herumgesprochen haben. Was hatte er sich nur dabei gedacht, seiner Mutter und Verlobten zu erlauben, an so einem Vorhaben teilzuhaben? Warum war er hier? Was würde Onkel Alasdair dazu sagen?

»Hätte nicht gedacht, dass Sie es in sich haben.«

Er hörte auf, sich Vorwürfe zu machen, und starrte den Major an. »Wie bitte?«

Der Mann grinste. »Laut Worthington sind Sie ein viel zu großer Stockfisch, um sich in so etwas zu verwickeln.«

»Das stimmt nicht.« Dotty trat an Doms Seite. »Er ist einer der mitfühlendsten Menschen, die ich kenne. Er hat mir dabei geholfen, Kätzchen zu retten und ...«

»Liebste. Ich danke dir, aber das ist nicht nötig.«

Ein Funkeln trat in Major Hortons Augen. »Kätzchen?«

Sie hob das Kinn. »Ja, und ein Kind. Deshalb sind wir hier.« Sie ließ den Blick sinken. Mrs. White hatte die Gelegenheit ergriffen, um davon zu robben. »Halten Sie sie auf!«

Der Major stellte sich vor die Tür.

Mrs. White erhob sich auf die Knie, verschränkte die Finger vor der Brust. »Oh, Major«, weinte sie theatralisch, »Sie müssen mir helfen.«

»Wenn es Ihnen nichts ausmacht, würde ich gerne erfahren, was hier vor sich geht.«

Ein Klopfen ertönte. »Milord«, Roger erschien in der Tür, »ist hier alles in Ordnung?«

»Ja, ich denke, es wird genügen, wenn Sie den *Constable* rufen und ihn in die Bow Street schicken.«

»Major, wenn Sie uns helfen würden, erzählen wir Ihnen gern, was wir wissen.« Lady Merton reichte Dotty die Gardinenkordeln. »Ich glaube wirklich, wir sollten sie festbinden. Sonst versucht sie wieder, zu fliehen.«

Dom nahm eine Kordel in die Hand und der Major die andere. In Nullkommanichts hatten sie Mrs. Whites Hände und Füße gefesselt. Dotty zog einen Hocker heran und setzte sich neben die Hauswirtin. »Erzählen Sie mir alles und lassen Sie nichts aus.«

Mrs. White drehte den Kopf weg. »Mit Ihnen rede ich kein Wort. Sie haben keine Beweise. Niemand wird einem Jungen glauben.«

Thea hob eine Braue und sprach in dem ruhigen, befehlerischen Tonfall, den sie auch in der Nacht ihrer Verlobung angewandt hatte. »Wir müssen das Dienstmädchen befragen. Milord, vielleicht könnten Sie ihr eine Stelle anbieten, wenn sie uns genauestens berichtet, was sie alles weiß.«

»So töricht ist sie nicht.« Mrs. White kicherte verächtlich. »Wenn sie etwas verrät, werden sie hinter ihr her sein.«

Dom zückte sein Monokel und nahm die Hauswirtin damit ins Visier. »Nicht, wenn sie unter meinem Schutz steht.«

Sie verstummte, die Lippen fest aufeinandergepresst.

Dotty erhob sich. »Da wir hier nicht weiterkommen, werde ich mit dem Mädchen sprechen.«

Doms Kiefer spannte sich an und zuckte leicht. »Allein?«

Sie nickte. »Mir wird nichts passieren. Roger wird bei mir sein. Du musst hierbleiben, bis die *Runner* eintreffen. Milady?«

Ihre zukünftige Schwiegermutter warf ihr einen Blick zu. »Ja, Liebes?«

»Könnten Sie diese Gegenstände durchsehen und all die heraussuchen, die mit Initialen oder einer Gravur versehen sind?«

Lady Merton grinste. »Das ist eine großartige Idee. Gerne.«

Mrs. White begann zu kreischen und der Major zog sein Taschentuch hervor. »Milord, wenn Sie mir Ihres geben, werde ich diesem Gekreische ein Ende bereiten.«

Als Dotty die Eingangshalle betrat, saß das Dienstmädchen auf der Treppe und Roger stand über ihr. Sie setzte sich neben das Mädchen auf die Stufen. »Wie heißen Sie?«

»Sukey.« Ein Schauer lief ihr über den Körper.

»Also, Sukey. Wie es scheint, ist hier einiges vorgefallen.«

Das Mädchen nickte. »Roger hat gesagt, dass seine Lordschaft auf mich aufpassen wird, wenn ich mit Ihnen rede.«

»Da hat Roger recht.«

»Was, wenn sie mich aufsuchen?«

»Lord Merton wird Ihnen eine Stelle auf dem Land anbieten, wenn Sie das möchten. Er hat mehrere Anwesen. Dort werden Sie in Sicherheit sein.«

Roger ergriff ihre Hand. »Sie sagten doch, das sei Ihr Wunsch. Seine Lordschaft beschützt seine Familie und Angestellten.«

Sie blickte zu dem Bediensteten auf und nickte. »Ich bin seit etwa einem Jahr hier. Die ersten paar Male habe ich der Hausherrin geglaubt, als sie sagte, die Leute hätten einfach ihre Sachen gepackt und seien gegangen. Aber dann war da dieses eine Mal, als eine Dame den

Tee getrunken hat, den sie von Mrs. White bekommen hatte, und gestorben ist.«

Dotty biss sich auf die Unterlippe. »Eine Dame?«

»Jawohl, Ma'am. Sie saß in der Klemme und da hat Mrs. White sie bei sich aufgenommen. Ich glaube, sie war schwanger, aber sie trug keinen Ring.« Sukey sah zu Dotty. »Als wäre sie unverheiratet.«

Oder der Ring passte einfach nicht mehr. Sie bedeutete dem Mädchen, fortzufahren.

»Etwa eine Woche später kam ein Mann an die Küchentür. Mrs. White hat mich nach oben gescheucht, aber ich habe mich hinter einer Ecke versteckt. Er wollte die Dame abholen.«

Dotty schüttelte den Kopf leicht. »Wie meinen Sie das?«

»Er sollte sie an einen Ort bringen, der *Miss Betsy's* heißt.«

Roger zog die Luft ein.

Dotty drehte sich zu ihm um. »Wissen Sie, was das ist?«

»Ja, Miss, aber es eignet sich nicht für Ihre Ohren.«

Sukey fuhr fort, erzählte ihnen von den anderen Damen, die im Schlaf fortgebracht worden waren, und von den Kindern, die verschwanden. Dotty hatte nicht die Erfahrung, um zu verstehen, was all das zu bedeuten hatte, war sich aber sicher, dass die *Runner* weiterwissen würden. Nachdem Sukey ihren Bericht beendet hatte, ergriff Dotty die Hände des Mädchens. »Ich danke Ihnen für Ihre Hilfe. Wir werden Ihnen zur Seite stehen. Das verspreche ich.«

Sukeys Blick glitt zu Roger.

»Sie können der Lady glauben«, versicherte er ihr. »Seine Lordschaft hält sein Wort.«

Es klopfte an der Haustür und Roger ging hin, um sie zu öffnen.

Ein hochgewachsener, schmaler Mann in einer roten Jacke betrat die Eingangshalle. »Ich bin Mr. Hatchet aus der Bow Street.«

Dotty erhob sich. »Ich bin Miss Stern. Im Salon finden Sie Lord und Lady Merton sowie Major Horton der Leibgarde. Ich glaube, Sie werden Hilfe benötigen.«

»Mein Partner, Mr. Bonner, wird in Kürze eintreffen.«

»Dann will ich Sie mal machen lassen.«

Obwohl sie lieber dabei geholfen hätte, die Gegenstände im Salon der Hauswirtin durchzusehen, beschloss Dotty, auf Mrs. Horton zu warten. Es wäre nicht gut, sie ohne Vorwarnung in diese Situation hineinlaufen zu lassen. Was sie ihr mitteilen mussten, war schon erschütternd genug. Selbst Dotty fühlte einen Stein im Magen, obwohl sie durch ihre Besuche in der Gemeinde nur zu gut wusste, wie grausam Menschen zueinander sein konnten. Doch sie hatte das dumpfe Gefühl, dass ihnen das Schlimmste noch bevorstand, und sie dafür all ihre Stärke und Mitgefühl benötigen würde.

Kurz darauf traf der zweite *Runner* ein und Dotty zeigte ihm den Weg zum Salon. Sukey, begleitet von Roger, ging in die Küche, um Tee zu kochen. Dotty setzte sich wieder auf die Treppe. Es dauerte eine gefühlte Ewigkeit, bis Dom und seine Mutter zurück in die Eingangshalle traten.

Er hielt ihr die Hand hin, um ihr beim Aufstehen zu helfen, und zog sie dann zu sich in die Arme. »Und, habe ich ein neues Dienstmädchen?«

Sie liebte es, dass seine trockenen Kommentare sie immer aufmunterten, und grinste in seine Jacke. »Ja, hast du. Sie kann nicht hierbleiben. Es ist zu gefährlich.«

»Roger wird sie nach Merton House begleiten.«

Plötzlich wurde ihr bewusst, dass seine Mutter anwesend war, und sie zuckte zurück. »Milady, ich habe mich vergessen. Ich hätte nicht ...«

»Sie hatten einen schweren Tag, Liebes.« Sie lächelte gutmütig. »Es ist nicht verwerflich, wenn Sie Ihrem zukünftigen Ehemann erlauben, Sie zu trösten.«

Dom zog sie wieder zu sich. »Es hat nichts Unanständiges.«

Als Major Horton die Eingangshalle betrat, ließ Dom seine Arme allerdings fallen. »Major, wo werden Sie hingehen?«

Seine Miene nahm einen grimmigen Zug an. »Ich weiß es nicht. Die *Runner* haben uns versichert, dass wir die nächsten Wochen hierbleiben können, aber ich werde meine Frau nicht allein zurücklassen, wenn ich abreise.«

»Gibt es nicht eine Möglichkeit, sie mitzunehmen?«, fragte Dotty.

Der Major fuhr sich mit der Hand durchs Haar. »Nein. Ich könnte mich eventuell von dem Einsatz befreien lassen, aber meine Karriere würde das nicht fördern. Jetzt, wo der Krieg vorbei ist, wird es immer schwieriger, im aktiven Dienst zu bleiben.«

Dom blickte mürrisch drein. »Was ist mit ihren Eltern oder den von Ihnen?«

Der Major lachte humorlos. »Wir hatten in Erwägung gezogen, dass sie bei ihrer Mutter bleibt, aber es würde in einen Krieg ausarten. Unsere Familien können sich nicht ausstehen. Sie haben sich nicht gänzlich von uns losgesagt, aber wenn wir einer der beiden Seiten Vorrang geben, indem meine Frau und mein Kind dort leben, würde es die arme Rebecca um den Verstand bringen.«

Dotty wechselte einen Blick mit Lady Merton und ihr kam eine Idee. »Was wäre, wenn Sie eine sichere Unterkunft für Ihre Familie hätten?«

»Was stellen Sie sich vor, Liebes?«, fragte Lady Merton.

»Ich kenne mich nicht mit den Rechtsförmlichkeiten aus oder ob es überhaupt möglich ist.« Dotty blickte sich in der Eingangshalle um. »Aber was wäre, wenn man dieses Haus, oder ein ähnliches, erwerben und zu einer sicheren Unterkunft machen könnte?« Als sie weitersprach, kamen ihr mehr und mehr Ideen. »Die Apartments könnten von Familien wie der des Major Horton gemietet werden, oder von Witwen, die nicht wissen, wohin ...«, ihr nächster Vorschlag war so gewagt, dass sie nicht einmal wusste, ob ihre Ladyschaft ihr zustimmen würde, »oder von Frauen in Not.«

Mit angehaltenem Atem wartete sie ab, ob ihre zukünftige Schwiegermutter verstand, was sie damit meinte.

Erkenntnis blitzte in den Augen von Lady Merton auf. »Ja, natürlich. Es gibt so viele Damen aus gutem Hause mit begrenzten Mitteln und ... und andere, die Hilfe brauchen.«

Dotty atmete auf. »Milord, würden Sie dieses Haus und ein oder zwei weitere erwerben?«

Lady Merton blickte mit hochgezogener Braue zu Dom. »Wenn er es nicht tut, dann tue ich es.«

Er musterte seine Mutter einen Augenblick lang, ehe er Dottys Hand in seine nahm und sich an die Lippen führte. »Wahrscheinlich nicht dieses. Es ist zu sehr in kriminelle Machenschaften verstrickt. Aber wenn es dich glücklich macht, werde ich meinen Verwalter bitten, andere für uns zu suchen.«

Sein Blick fand ihren und wärmte sie. Sie hatte recht gehabt. Dom war ein gütiger und großzügiger Mann, und er gehörte ihr. Ihr allein. Sie war noch nie so glücklich gewesen. »Ich danke dir.«

»Du liebe Güte, ist das aber ein feiner Gentleman«, sagte Sukey aus dem Korridor, der zur Küche führte.

Major Horton lachte schallend, verstummte aber, als die Tür sich öffnete und seine Frau samt Kind in den

Eingangsaal trat. Denn genau zur gleichen Zeit erschien einer der *Bow Street Runner* aus dem Seitenkorridor und hatte Mrs. White am molligen Arm gepackt. Ihre Tränen hatten Spuren auf ihrem gepuderten Gesicht hinterlassen und das Schwarz, das sie für ihre Wimpern verwendete, lief ihr die Wangen hinunter, was ihr ein wahrlich schauriges Aussehen verlieh.

»Ach, du meine Güte.« Mrs. Horton riss die Augen auf und ihr Blick flog zu ihrem Ehemann. »Lion, was geht hier vor sich?«

Major Horton hob seine Tochter hoch und nahm seine Frau beiseite, sprach mit gesenkter Stimmte auf sie ein. Kurz rang die Dame nach Luft und ihr Blick huschte erst zu der Hauswirtin, dann zu Dotty und Dom.

»Ladies, Milord, Major«, sagte der *Runner*, »wir benötigen Ihre Aussagen so bald wie möglich.«

Dom neigte den Kopf. »Natürlich, wenn es hier einen Schreibtisch gibt, werden wir das unverzüglich erledigen.«

Sobald der *Runner* und Mrs. White gegangen waren, räusperte Sukey sich. »Ich führe Sie in Mrs. Whites Arbeitszimmer. Dort können Sie den Tee zu sich nehmen.«

Sie alle folgten dem Dienstmädchen zu einem kleinen Raum am hinteren Ende des Hauses. Es war mit einem alten Schreibtisch aus Eichenholz und mehreren Stühlen ausgestattet. An einem Ende des Schreibtisches stand ein Bücherregal, das mit Wirtschaftsbüchern gefüllt war. Während Dom sich setzte und sich mehrere Papierbögen von dem Dienstmädchen reichen ließ, durchsuchte Dotty die Wirtschaftsbücher. Man konnte der Hauswirtin einiges vorwerfen, aber ihre Buchhaltung hatte sie akribisch geführt. Sie hatte Haushaltsausgaben, die Namen der Mieter und das Einkommen notiert. Auch ihre kriminellen Machenschaften wurden von Mrs. White aufgeführt, darunter die Beträge, die sie von ihren Komplizen erhalten hatte, sowie ihre Initialen oder Spitznamen. Jedenfalls glaubte Dotty, dass ein Name wie »Snake« in letztere Kategorie fiel.

»Sukey, rufen Sie Mr. Hatchet.«

Dom hob den Kopf. »Thea, was hast du gefunden?«

Sie hielt das Buch hoch. »Sie hat alles aufgeschrieben. Wenn ihre Opfer noch am Leben sind, können wir sie vielleicht retten.«

Er sah sie aus leicht zusammengekniffenen Augen an. »Du meinst, die *Runner* können sie finden. Du kannst nicht nach Whitecastle gehen, oder wo auch immer sich diese kriminellen Banden herumtreiben. Das ist viel zu gefährlich.«

»Ja, natürlich.« Da hatte er recht, aber dieses *Miss Betsy's* lag nur wenige Straßen weiter und je schneller sie die Frauen fanden, desto besser.

KAPITEL 16

Dom streute Sand über seine Aussage und überließ den Schreibtisch seiner Mutter. Der Major und seine Frau saßen ihm gegenüber und schrieben ihre Berichte nieder. Thea hingegen war damit beschäftigt, Informationen aus einem der Wirtschaftsbücher in ihr Notizbüchlein zu übertragen. Ihre grünen Augen funkelten vor Tatendrang.

Verflucht, sie führte doch etwas im Schilde. Er glaubte wirklich nicht, dass sie leichtsinnig genug sein würde, um zu versuchen, die Diebe auf eigene Faust ausfindig zu machen, aber was könnte es sonst sein?

Seit einer geschlagenen halben Stunde hörte Dom die Stimme seines Onkels in seinem Kopf dröhnen, die ihm sagte, dass es als ein Merton unter seiner Würde sei, mit Mitgliedern der niedrigeren Gesellschaftsstände und den *Runnern* zu verkehren.

Denk daran, wer du bist, Merton.

Er schüttelte den Kopf, um ihn wieder freizubekommen. Der *Runner*, der gerade dabei war, die Wirtschaftsbücher einzusammeln, hatte ihm mitgeteilt, dass der Handel mit Frauen und Kindern zwar in Mayfair eher unüblich war, in anderen Gegenden Londons aber häufig vorkam. Der Mann erzählte ihm von jungen Damen, die auf der Suche nach respektabler Arbeit in die Stadt gekommen waren, dann entführt und gezwungen wurden, in den Bordellen zu arbeiten. Von jungen Kindern, die zum Überleben stehlen mussten, und von jenen, die mit zarten fünf Jahren entweder für Verbrechen deportiert wurden, oder aus dem einfachen Grund, dass man nicht wusste, wohin mit ihnen.

Da der Krieg vorüber war und viele Männer des Militärs arbeitslos waren, nahm das Problem in letzter Zeit immer weiter zu. Wie konnte er davon nichts gewusst haben?

Dom kam der schreckliche Gedanke, dass dies einer der Gründe war, weshalb Worthington sich so über ihn ärgerte. Hatten seine Stimmabgabe und Ansichten die Probleme in England verschlimmert? Wenn es seine Pflicht war, sich um das eigene Land zu sorgen, dann folgte daraus doch, dass es ebenfalls seine Pflicht war, den Menschen in Not zu helfen.

Sein Onkel hatte Dom vielleicht verhätschelt, ihn vor den grausameren Dingen im Leben bewahrt, aber er hatte sich bereitwillig damit abgefunden. Vielleicht war es endlich an der Zeit, die Augen vor der Realität zu öffnen. Die, in der sein Cousin, seine Verlobte und sogar seine Mutter so fest verankert zu sein schienen.

»Milord?«

Theas Stimmte riss ihn aus seinen Gedanken

»Ja?«

»Lady Merton und ich haben beschlossen, zu diesem *Miss Betsy's* zu gehen, um die Damen zu holen, die dorthin verschleppt wurden.«

Major Horton bekam einen plötzlichen Hustenanfall.

Das Gesicht des *Runners* wurde knallrot. »Miss, Milady, das sollten Sie lieber sein lassen. Für die Damen ist es wahrscheinlich schon zu spät.«

»Wie meinen Sie das?« Thea zog die Brauen zusammen und legte die Stirn in Falten. »Sind sie tot?«

»Ähm, nein, nicht direkt.« Der Mann fuhr mit dem Finger unter sein Halstuch. »Aber so gut wie.«

Seine Mutter trug einen ähnlich entgeisterten Gesichtsausdruck wie seine Verlobte. Offenbar war sie ebenfalls zu den Reformerinnen konvertiert.

»Wenn sie krank sind«, sagte seine Mutter in einem steifen Tonfall, »ist es doch nur noch dringlicher, dass Miss Stern und ich sie finden.«

Dom beobachtete, wie der *Runner* von einem Bein auf das andere trat. Konnte es sich etwa um ein Freudenhaus handeln? Er schielte zum Major, dessen Lippen das Wort »Bordell« formten.

Bei Gott. Das fehlte ihm gerade noch. Dom musste sie irgendwie aufhalten. Er konnte es seiner Mutter und Thea nicht gestatten, sich mit Mätressen oder noch Schlimmerem abzugeben, und seine Kutsche, die mit seinem Wappen versehen war, durfte an so einem Ort nicht gesehen werden. Er fuhr sich mit der Hand durchs Haar. Die eigentliche Frage war jedoch, ob er sie überhaupt aufhalten konnte. Bislang hatte er nicht sehr viel Erfolg darin gehabt, ihnen ihre Vorhaben auszureden.

»Wenn der Major mich begleitet, werde ich gehen. Zuerst möchte ich Miss Stern zurück nach Stanwood House bringen.« Er wandte sich zu ihr. »Du wirst zu spät zum Dinner kommen, und du möchtest doch sicher nicht, dass Grace sich um dich sorgt.«

Nachdenklich schüttelte Thea den Kopf. »Du jagst den Damen vielleicht Angst ein. Es wäre besser, wenn deine Mutter und ich allein gehen.«

Der Major räusperte sich. »Milord, Worthington wäre bestimmt nützlicher als ich, und ich würde es vorziehen, meine Familie derzeit nicht allein zu lassen.«

»Nein, nein, Liebster.« Mrs. Horton legte ihrem Ehemann eine Hand auf den Arm. »Ich bin mir sicher, dass ich zurechtkomme. Du musst ihnen helfen, die armen Frauen zu retten. Während du unterwegs bist, werde ich die anderen Zimmer fertig machen, es sei denn, ihr meint, die Damen sollten ins Krankenhaus gebracht werden.«

Der Major starrte seine Frau an, als hätte sie den Verstand verloren. »Ich glaube trotzdem, dass wir Worthingtons Rat einholen sollten.«

Thea blickte auf die Uhr, die an ihr Kleid gesteckt war. »Bis zum Dinner bliebt uns noch mindestens eine Stunde. Das reicht doch sicher, um unser Vorhaben in die Tat umzusetzen.«

»Das sehe ich auch so. Komm, Dominic.« Seine Mutter drehte sich zur Tür. »Wenn wir Worthington mitnehmen sollen, haben wir keine Zeit zu verlieren.«

Gütiger Gott. Keine dieser Damen schien den blassesten Schimmer zu haben, was das *Miss Betsy's* war und wie schlimm es dort sein könnte. Er musste sie irgendwie aufhalten. Vielleicht hatte sein Cousin eine Idee, wie man dieses Unterfangen bewältigen konnte, das langsam, aber sicher in eine Sisyphusaufgabe ausartete.

»Roger, Sie bleiben hier, bis wir wieder zurück sind.« Dom fasste Thea am Arm und ging, gefolgt von seiner Mutter und dem Major, zur Kutsche hinaus.

Während der kurzen Fahrt zum Berkeley Square herrschte Stille.

Dom vermutete, dass die heutigen Geschehnisse einfach zu schrecklich waren, um darüber zu sprechen.

Jedenfalls tat er das, bis Thea ihn fragend ansah. »Ich verstehe nicht, weshalb jemand für kranke Frauen bezahlen würde.«

Gott steh ihm bei. Er musste verhindern, dass sie die Wahrheit herausfand. Sie war vielleicht aufgeklärter, was einige der schrecklichen Dinge betraf, die Menschen durchlebten, aber er war sich verdammt sicher, dass sie über Bordelle nicht sehr viel wusste.

Die Kutsche fuhr vor Stanwood House vor und die Tür öffnete sich, ehe er Thea und seiner Mutter aus der Kutsche geholfen hatte.

Grace begrüßte sie auf den Stufen. »Ich hatte gerade angefangen, mir Sorgen zu machen.« Ihr Blick huschte über ihre Gesichter. »Was ist los?«

Doms Mutter gab Grace einen Kuss auf die Wange. »Ist Worthington daheim?«

»Er empfängt keinen Besuch, aber für Sie macht er sicher eine Ausnahme. Er ist in meinem Arbeitszimmer.«

Sie folgten ihr in die Eingangshalle und durch einen Korridor. Worthington erhob sich, als sie das Zimmer betraten. »Horton! Sie habe ich ja schon seit einer Ewigkeit nicht mehr gesehen. Was verschafft mir die Ehre?«

Grace klingelte nach Tee, und sobald er serviert wurde, erzählte Thea ihnen, was sie über Tom und Mrs. White in Erfahrung gebracht hatten sowie von ihrem und Lady Mertons Vorhaben, die verschollenen Frauen ausfindig zu machen.

Worthington lehnte sich in seinem Sessel zurück und betrachtete Thea. »Weißt du, was für ein Etablissement *Miss Betsy's* ist?«

Sie schüttelte den Kopf.

Verflucht, verflucht, verflucht! »Das muss sie auch nicht erfahren«, warf Dom ein. »Es gibt keinen Grund, weshalb du, Major Horton und ich uns nicht darum kümmern können.«

Graces Lippen formten eine harte Linie. »Merton, Sie können weder Dotty noch Ihre Mutter darüber im Dunkeln lassen. Nach der Hochzeit wird sie schnell genug lernen, was es mit solchen Etablissements auf sich hat.«

Wollte Grace damit etwa andeuten, dass er ein Freudenhaus aufsuchen würde?

»Dominic, guck nicht so düster«, sagte seine Mutter. »Was Grace damit meint, ist, dass Dorothea als verheiratete Frau Dinge hören wird, die man vor Unschuldigen nicht bespricht.«

Er schluckte und bekam fast einen Hustenanfall. »*Damen* besprechen ...«

Grace grinste. »Es würde Sie überraschen, über was wir alles reden. Eine Frau wird Sie mindestens begleiten müssen, sonst könnte Ihre Hilfe möglicherweise missverstanden werden.« Sie wandte sich an ihren Gatten. »Ich werde mitgehen.«

Störrisch reckte Thea ihr Kinn hervor. »Wenn Grace mitgeht, dann werde ich es ebenfalls.«

Kurz schloss Worthington die Augen. »Dotty, es ist ein Bordell«, sagte er dann.

Seine Worte schienen ihr den Wind aus den Segeln zu nehmen, aber das dauerte nicht lange an. »Aber wenn Merton und Grace bei mir sind, wüsste ich nicht, wo das Problem liegt.«

Seine Mutter tätschelte Theas Hand. »Ich werde Grace begleiten. Es würde sich für Sie wirklich nicht gehören. Wenn jemand Sie sieht, könnte es Probleme nach sich ziehen.«

»Da muss ich Ihnen zustimmen«, fügte Grace hinzu.

Thea trank einen Schluck Tee und runzelte die Stirn. »Und wenn ich mit geschlossenen Gardinen in der Kutsche bleibe?«

Worthington rieb sich die Wange. »Jemand müsste bei dir bleiben. Man kann nie wissen, wer sich in solchen Gegenden herumtreibt.«

Waren sie alle verrückt geworden? »Worthington, könnten wir ein Wort unter vier Augen wechseln?«

Grace erhob sich von ihrem Stuhl. »Ich werde die Kutsche vorfahren lassen. Ladies, würden Sie mich begleiten?«

Thea warf Dom einen Blick zu, ehe sie Grace und seiner Mutter aus dem Zimmer folgte. Sobald die Tür hinter ihr ins Schloss fiel, wirbelte er zu seinem Cousin herum. »Was zum Teufel fällt dir ein? Wie kannst du auch nur in Erwägung ziehen, sie uns begleiten zu lassen?«

Worthington verengte die Augen. »Hast du ihren Blick gesehen? Sie kommt, ob wir es wollen, oder nicht. Möchtest du etwa, dass sie mit nur einem Bediensteten als Begleitung auftaucht?«

Dom ließ sich gegen die Lehne seines Sessels fallen. Dies konnte doch nicht wahr sein. Er war das Oberhaupt der Familie. Thea und seine Mutter sollten ihm gehorchen. »Es muss doch einen Weg geben, sie davon abzubringen?«

»Bis auf sie in ihrem Schlafgemach einsperren zu lassen, wohl eher nicht.«

Er richtete sich auf. »Das könnte funktionieren.«

Sein Cousin schüttelte den Kopf. »Jemand würde sie in kürzester Zeit wieder herauslassen. Du wirst schon bald lernen, dass deine Chancen, deinen Kopf durchzusetzen, drastisch sinken, wenn du eine Frau heiratest, die ihren eigenen Willen hat.«

Dom unterdrückte ein Stöhnen. Hätte er sich doch nur mit einer geeigneten Braut zufriedengegeben. Doch die Vorstellung, wie ein anderer Mann Thea berührte, setzte dem Gedankengang ein rasches Ende. Worthington musste sich irren. Sobald sie verheiratet waren, würde er mehr Kontrolle über Thea haben. Schließlich musste eine Frau auf ihren Ehemann hören.

Da die Tage langsam länger wurden, war es noch hell, als die beiden schwarzen Kutschen vor einem großen Haus am äußersten Rand von Mayfair vorfuhren. Dotty fummelte an dem Schleier herum, den Grace ihr geliehen hatte. Die Spitze war so angefertigt, dass man hinausblicken, sie aber niemand erkennen konnte. Das hatte Dom zwar etwas beschwichtigt, aber glücklich war er trotzdem nicht. Nun, wie Grace gesagt hatte, früher oder später würde er sich daran gewöhnen müssen, dass Dotty die nötigen Maßnahmen ergriff, um anderen zu helfen.

Die drei Herren und die vier hochgewachsenen Bediensteten trugen Pistolen bei sich. Matt hatte zudem einen Beutel mit Münzen dabei, den sie Miss Betsy geben konnten, sollte das der einzige Weg sein, die Frauen zu befreien.

Dotty hatte gewusst, dass Mädchen vom Lande aufgegriffen wurden, um sie als Prostituierte arbeiten zu lassen. Es war einem der Mädchen aus ihrem Ort passiert. Leider war die junge Frau gestorben, bevor man sie retten konnte.

Ein Mann, der ihr bekannt vorkam, lungerte auf der Straße nahe dem nächsten Gebäude. Als er sich zu ihr umdrehte, erkannte sie Hatchet, einen der *Runner* von vorhin.

Als sie sich wieder gegen die weichen Kissen lehnte, um zu warten, ergriff Dom ihre Hand. »Auch wenn es mir widerstrebt, hat Worthington recht. Mit mir bist du sicherer und der Schleier ist dicht genug, dass dich niemand erkennt.«

Ihr Herz pochte und das Atmen fiel ihr schwer. In wenigen Wochen würde er ihr Ehemann sein, und sie wollte nicht mit ihm streiten. Doch sie hatte das Gefühl, dass es Dom wichtig war, zu glauben, er hätte das Sagen. »Du meinst, ich darf mitkommen?«

»Ja.« Sein strenger Tonfall passte zu seinem mürrischen Gesichtsausdruck. »Aber du weichst mir nicht von der Seite. Wenn es sein muss, hältst du dich an meiner Jacke fest.« Seine Stimme wurde weicher. »Dies wird sicher ein Schock für dich sein.«

Sie wollte ihm einen Kuss auf die Wange geben, aber der Schleier würde ihr im Weg sein. »Da hast du mit Sicherheit recht.«

Einer von Matts größeren Bediensteten klopfte an die Tür und trat dann zur Seite. Ein Mann, der wie ein Butler gekleidet, aber kräftig gebaut war und dessen Nase

bereits mindestens einen Bruch erlitten hatte, öffnete
ihnen und stellte sich dann in den Eingang.

Matt schob sich durch die Tür. »Wir sind hier, um
Miss Betsy zu sehen.«

Der Mann verneigte sich. »Das glaube ich gern. Hier
gehen wir auf die Bedürfnisse aller ein.«

Dottys Hand lag in Doms Armbeuge, als sie dem Diener in einen großen Saal folgten, der in hellen Blau-
und Goldtönen geschmückt war. Kleine römische Statuen thronten auf Sockeln. Sie ließ den Blick an die Decke gleiten, auf der unzählige, eng umschlungene,
nackte Paare abgebildet waren.

So etwas hatte sie noch nie zuvor gesehen. Ein leichtes Ziehen an ihrem Arm lenkte ihre Aufmerksamkeit
zurück auf ihren Verlobten. Dann beging sie den Fehler, zum Diener zu sehen.

Der Blick des Butlers glitt über Dottys verhüllte Ge-
stalt. »Sagen Sie ruhig Bescheid, wenn Sie's ein bisschen härter wollen. Dem Wunsch würde ich nur zu
gern nachkommen.«

Doms Arm wurde so hart wie Stein und ihre Hand
war gefangen zwischen seinem Arm und seinem Körper. »Miss Betsy«, zischte er. »Jetzt.«

»Brutus, was habe ich dir gesagt?« Eine Frau, gekleidet
in ein griechisch aussehendes Gewand, das mit golde-
nem Band verziert war, kam auf sie zu. Durch ihre
kaum blickdichte Kleidung blitzte etwas Rotes auf. Mit
jedem Schritt öffneten sich ihre Röcke und gaben einen
skandalösen Blick auf nackte Beine frei. Ihre Zehennä-
gel waren goldfarben lackiert, passend zu ihren Sanda-
len.

»Verzeihung, Miss Betsy.«

Sie ignorierte ihn und fixierte stattdessen ihre kleine
Gruppe. »Willkommen in meinem Haus des Vergnü-
gens.« Die Frau ließ den Blick über Dom gleiten und

schnurrte. »Wir gehen in meinen Salon, wo Sie mir von Ihren Gelüsten erzählen werden.«

In einer besitzergreifenden Geste zog Dotty ihn dichter zu sich heran. Und es war wichtig, dass *sie* bei Dom blieb? Er war doch offenbar in ebenso großer Gefahr wie sie. Sollte diese Frau Anstalten machen, ihn zu berühren, konnte sie für nichts garantieren.

Miss Betsy sah Dotty herablassend an. Ehe sie daran dachte, dass die Frau sie durch den Schleier gar nicht sehen konnte, hob Dotty eine Braue und bedachte sie mit ihrem überheblichsten Blick.

Der Salon, in den Miss Betsy sie führte, war in dem beliebten ägyptischen Stil in Weiß und Gold gehalten. Sie setzten sich auf die tiefen Chaiselongues und Miss Betsy bestellte Wein.

Nachdem er serviert worden war, zog Matt ein Stück Papier aus seiner Tasche hervor. »Wir sind für zwei junge Frauen hier, die Sie von Mrs. White erworben haben.«

Unter ihrem Rouge erblasste Miss Betsy, doch dann hob sie ihr Kinn. »Ich weiß nicht, wovon Sie sprechen. Meine Mädchen sind alle aus freien Stücken hier.«

Lügnerin! Dotty wollte die Frau anbrüllen. Stattdessen starrte sie die Besitzerin des Bordells unverwandt an.

Neben ihr verlagerte Dom sein Gewicht. »Mrs. White wurde festgenommen und ihre Wirtschaftsbücher sind in der Bow Street. Wir wissen, wieviel Sie gezahlt haben und wann.«

Das Gesicht der Frau nahm einen wachsamen Zug an, als sie zweifelsfrei versuchte, sich eine alternative Geschichte zu überlegen. »Sie waren nicht für mein Haus geeignet. Ich musste sie gehen lassen.«

Dotty betete, dass es nicht stimmte. So schlimm dieser Ort auch sein musste, anderswo konnte es noch um einiges schlimmer sein.

Miss Betsy warf einen raschen Blick zu einer Tür, die so angefertigt war, dass sie wie ein Teil der Wand aussah.

Dotty drückte Doms Arm. »Wenn das so ist, macht es Ihnen sicherlich nichts aus, wenn wir uns umsehen und mit den Frauen sprechen. Schließlich ist es für Kundschaft noch recht früh.«

Die Frau zuckte mit einer Schulter. »Wie Sie wünschen. Sie werden nichts finden.«

Dotty erhob sich und ging schnurstracks zur Tür.

»He, das sind meine privaten Gemächer! Da können Sie nicht hineingehen.«

Matt ergriff die Frau am Handgelenk. »Sie sagten, wir können uns umsehen.«

Dotty öffnete die Tür, die zu einer Treppe führte, aber Dom hielt sie zurück. »Ich gehe vor.«

Er nahm zwei Stufen auf einmal. Sie raffte die Röcke und folgte so schnell sie nur konnte. Oben angekommen, fanden sie einen kurzen Korridor mit Türen zu beiden Seiten. Ein süßlicher Geruch lag in der Luft.

O Gott, nein! Sie zückte ihr Taschentuch und legte es sich über die Nase. »Opium. Verdeck deine Nase.«

Er leistete ihren Anweisungen Folge und band sich ein Stück Stoff über Mund und Nase. »Woher weißt du das?«

»Wir mussten es für einen unserer Pächter einsetzen.« Sie versuchte, das Fenster am Ende des Gangs zu öffnen. »Es klemmt.«

Dom schaffte es, es wenige Zentimeter hochzuschieben, aber nicht weiter. »Es ist vermutlich zugenagelt. Bleib zurück.« Er trat gegen das Fenster und sein Stiefel zerschmetterte das Glas. Dann schnappte er sich einen Stuhl, der neben einer der Türen stand, und zertrümmerte damit den restlichen Rahmen.

Ein aufgebrachter Schrei drang von unten an ihre Ohren.

»Was macht er mit meinem Haus?«

Dotty öffnete die Tür neben sich. Auf einer kleinen Kohlenpfanne in der Ecke des Raumes stand ein Gefäß. Eine dunkelhaarige Frau hatte sich in nichts als einem schmutzigen Unterkleid auf einer kleinen Pritsche zusammengerollt. »Ich glaube, ich habe eine der Frauen gefunden, aber wir müssen Luft ins Zimmer lassen und das Opium loswerden.« Dom zog an der Fensterschnur. Wieder öffnete es sich nur wenige Zentimeter. »Sie sind wahrscheinlich alle zugenagelt.« Er zerbrach auch dieses Fenster. »Na also, jetzt kannst du das Gefäß hinauswerfen.«

Dotty schnappte sich eine dünne Decke und wickelte die Kohlenpfanne darin ein, um ihre Hände nicht zu verbrennen, und warf sie dann aus dem Fenster. Mit einem Grinsen im Gesicht blickte sie zu ihm, doch er war bereits auf dem Weg ins nächste Zimmer.

Sie betraten jedes der Zimmer, zerstörten das Fensterglas, um frische Luft hereinzulassen, und entfernten die Kohlenpfannen. Nachdem sie fertig waren, nahm Dotty die Frauen in Augenschein. Es waren insgesamt sechs. Keine von ihnen trug mehr als ein schmutziges Unterkleid. Eine von ihnen sah kaum älter aus als ein Mädchen. Kamen sie alle aus Mrs. Whites Haus?

Doms Brustkorb hob und senkte sich, als er in der Mitte des letzten Zimmers innehielt. »Wir brauchen mehr Kutschen.«

»Wohin bringen wir sie?«

»An irgendeinen Ort, an dem sie sich von der Wirkung der Droge erholen können.« Lady Merton stand in der Tür und bedeckte Nase und Mund.

Die Energie, die Dotty angetrieben hatte, begann nachzulassen und stattdessen setzte der Schrecken ein. Tränen der Wut stiegen ihr in die Augen. »So etwas Grauenhaftes habe ich noch nie gesehen.«

Obwohl seine Mutter anwesend war, schlang Dom die Arme um sie. »Du bist erschrocken. Vielleicht solltest du dich lieber auf die Rettung von Tieren beschränken.«

Auch wenn seine Worte aufgeblasen und herablassend waren, meinte sie, Hoffnung in seiner Stimme zu vernehmen. Wahrscheinlich hatte er sich nicht einmal im Traum vorstellen können, dass Orte wie dieser hier existierten. Und so schwer es auch mitanzusehen war, sobald sie Lady Merton war, hätte sie die Ressourcen, um noch mehr Gutes zu tun als zuvor. »Nein. Dies ist erst der Anfang. Ich werde um ein Treffen mit Lady Evesham und einigen der anderen Damen bitten. Wir werden dorthin gehen, wo die Not am größten ist.« Dotty lehnte sich zurück und sah zu Dom auf. »Du wirst doch nicht versuchen, mich aufzuhalten, oder?«

Er zog sie zurück an seine Brust und antwortete in einem resignierten Tonfall: »Ich frage mich, ob ich überhaupt eine Wahl habe.«

Die hatte er. Er könnte versuchen, ihrem Vorhaben in die Quere zu kommen. Sie hatte gewusst, dass er mit wohltätigen Zwecken nie etwas am Hut gehabt hatte, aber jetzt erkannte er doch sicherlich, wie notwendig es war. Und wenn nicht? Wie würde sich das auf ihre Zukunft auswirken und auf ihre Hoffnung, Liebe zu finden?

KAPITEL 17

Plötzlich hörten sie lautes Ächzen, Faustschläge, das Poltern von Möbeln und weibliches Kreischen von unten. Was zum Teufel trieben Worthington und Horton dort unten?

Dom zog Thea zur Seite und zückte seine Pistole, als jemand die Treppe heraufstürmte. Worthington stürzte in den Korridor.

Dom steckte die Waffe zurück in die Jacke und nahm seinen Cousin in Augenschein. Worthingtons sonst so ordentlich gebundenes Halstuch war zerknittert und saß schief. Die Knöchel an einer Hand waren zerschrammt und ein roter Fleck, der sich sicherlich noch verfärben würde, zierte sein Kinn. »Habt ihr Spaß gehabt?«

Ein Funkeln trat in Worthingtons Augen. »So könnte man es sehen. Miss Betsys Handlanger sind gebändigt und wir haben die anderen Frauen im Salon versammelt.« Er verneigte sich vor Doms Mutter. »Grace hat darum gebeten, dass Sie ihr dort Gesellschaft leisten, um mit den Frauen zu sprechen.«

»Selbstverständlich.« Trotz allem lächelte seine Mutter. »Auch wenn die Umstände hier wirklich schrecklich sind, habe ich mich schon lange nicht mehr so lebendig und nützlich gefühlt.«

Dom unterdrückte ein Stöhnen. Sein Leben würde nie wieder dasselbe sein. »Wir müssen uns etwas für die Frauen hier oben einfallen lassen. Sie wurden alle unter Drogen gesetzt.«

Worthingtons Grinsen wurde breiter. »Ich hatte mich schon gewundert, weshalb du all die Fenster zerstört hast. Nicht dein üblicher Zeitvertreib.«

Dom versuchte vergeblich, die notwendige Überheblichkeit aufzubringen, um die gute Laune seines Cousins zu dämpfen. Wenn er ehrlich war, hatte er seit seiner Kindheit nicht mehr so viel Spaß gehabt.

»Sie waren alle zugenagelt.« Dotty lächelte ihn an, ein stolzes Funkeln in ihren grünen Augen. »Er war großartig.«

Dom verspürte den Drang, seine Brust hervorzustrecken. Er hatte nicht erwartet, Lob dafür zu ernten, dass er sich wie ein Raufbold verhalten hatte. Die Art, wie Thea ihn ansah, wärmte sowohl sein Herz als auch andere Gegenden seines Körpers. Er drückte sie an sich. »Ich danke dir.« Er blickte zurück zu seinem Cousin. »Wurde Major Horton ebenso übel zugerichtet wie du?«

»Etwas schlimmer. Sein Kopf hat eine Vase abbekommen.«

»O weh.« Dottys Hand flog zu ihren Lippen. »Der arme Major. Ich hoffe, er hatte wenigstens ausreichend Spaß, um die Beule wieder wettzumachen, die er sicherlich davontragen wird.«

Wie konnte sie nur so etwas Entsetzliches sagen? »Thea!«

Sie sah ihn aus geweiteten Augen an. »Vater sagt immer, dass Männer sich hin und wieder gerne mal raufen. Du nicht?«

Dom wollte gerade leugnen, dass ihm solche Aktivitäten Spaß bereiteten, aber das wäre gelogen gewesen. Warum stieg er sonst in Jacksons Ring? Dennoch musste es ein Ende haben. Er war eindeutig zu weit gegangen, als er seine Mutter und seine unschuldige Thea mit in ein Bordell genommen hatte. Das durfte sich nicht wiederholen. Er musste an seine Pflichten denken.

»Ich stimme Thea voll und ganz zu«, sagte seine Mutter. »Dein Verhalten hier erinnert mich an deinen Vater.«

Kurz starrte er sie an und wollte gerade fragen, was sie damit meinte, als ein leises Stöhnen seine Aufmerksamkeit auf die bemitleidenswerte Frau lenkte, die zusammengekauert auf der Pritsche lag. »Wir müssen für diese Frauen eine Unterkunft finden.«

Thea presste ihre Lippen aufeinander. »Zuerst müssen wir ihnen etwas zum Anziehen suchen. Sie können das Haus nicht im Unterkleid verlassen.«

Außer einer Pritsche, einem Stuhl und einem Nachttopf war dieses Zimmer, genau wie die anderen, leer. »Nicht einmal ein Kleiderschrank.«

»Wir sollten ihnen auch etwas zu Essen bringen. Lasst uns nach der Küche suchen. Die Frauen werden hier sicher sein, bis wir zurückkehren. Matt, sorgst du bitte dafür, dass sich keiner der *Runner* nach hier oben verirrt?«

Er salutierte ihr und sie folgte Dom die Treppe hinunter. In dem Salon herrschte absolutes Chaos. Miss Betsys Hände waren hinter ihrem Rücken gefesselt und ihr dünnes Kleid war an einigen Stellen zerrissen. Man hatte ihr einen Schal um die Schultern gelegt, der ihre Brüste verdeckte. Das Dienstmädchen, die ihnen den Wein serviert hatte, kauerte in einer Ecke und fuhr zusammen.

Sofort steuerte Thea auf sie zu. »Sie müssen keine Angst haben, wir werden Ihnen nichts tun. Können Sie mir helfen, den Frauen oben etwas Brühe und Brot zu bringen?«

Das Mädchen nickte. »Ja, Milady. Die Köchin müsste noch in der Küche sein. Ich glaube, dort unten hat niemand nachgesehen.«

Zu seiner Überraschung war die Küche gut ausgestattet und sauber. Zahlreiche Töpfe standen auf einem neumodischen, geschlossenen Herd und eine große, rundliche Frau kommandierte zwei Dienstmädchen herum.

Die Köchin hörte auf, in ihrem Topf zu rühren, sah dann zu ihnen auf und erdolchte das arme Dienstmädchen mit einem bösen Blick. »Lucy, was hast du dir dabei gedacht, feine Herrschaften hier herunterführen?«

Thea trat vor das Mädchen. »Ich habe ihr gesagt, dass ich mit Ihnen sprechen möchte.«

Die Köchin stemmte die Hände in die großzügigen Hüften. »Und wer bitte sind Sie?«

Thea versteifte sich und hob eine Braue. »Ich bin Miss Stern. Mein Verlobter, Lord Merton, und ich haben die Frauen gefunden, die unter Drogen gesetzt wurden. Sobald sie wach sind, sollten sie etwas Nahrung zu sich nehmen. Gibt es hier einen Verwalter oder eine Haushälterin?«

Die Köchin betrachtete Thea misstrauisch. »Wo ist die Hausherrin?«

»Die *Bow Street Runner* haben sie festgenommen.«

Die Köchin bekreuzigte sich. »Gott sei Dank.«

Dom legte sich eine Hand an die Stirn, konnte kaum glauben, was er da hörte. Sein Onkel hatte ihm immer erzählt, dass Menschen über ihr Leben selbst bestimmten. Und doch hatten die Frauen oben das eindeutig nicht getan und auch die Köchin schien erleichtert zu sein, gerettet zu werden. Nichts davon ergab Sinn.

Eines der Küchenmädchen spähte zu ihm empor. Sie konnte nicht älter als vierzehn oder fünfzehn sein und war sehr hübsch. »Bin ich jetzt in Sicherheit, Mrs. Oyler?«

Die Köchin lächelte das Mädchen an. »Vielleicht biste das, Liebes.« Mrs. Oyler blickte zu Thea. »Ich mache die Suppe fertig, aber ich habe es nicht gern, wenn meine Mädchen durch das Haus gehen. Es ist zu gefährlich.«

»Jetzt ist es in Ordnung, Ma'am«, sagte Lucy. »Im Salon ist keiner und ich werde helfen.«

»Kommen Sie, Miss, setzen Sie sich«, sagte die Köchin an Thea gewandt. »Ich mache Ihnen und seiner Lordschaft 'ne Tasse Tee. Ich bin Mrs. Oyler.«

Thea ließ sich auf dem Stuhl nieder und Dom tat es ihr gleich. Sobald man ihnen Tee und frisches Brot mit Butter gebracht hatte, bedeutete Thea Mrs. Oyler, sich ebenfalls zu setzen. »Warum sind Sie hier?«

»Nachdem mein Mann starb, war es für mich als Papistin nicht leicht, Arbeit zu finden. Mrs. Spencer hat mich aufgenommen und mir eine Stelle gegeben. Dies war das Haus einer respektablen Dame, ehe diese Miss Betsy es in die Hände bekommen hat. Hat sich wie 'ne feine Dame verhalten und es von den Erben meiner ehemaligen Hausherrin erworben. Ich hatte überlegt, zu gehen, aber ohne Referenz ist es schwierig, Arbeit zu finden. Und dann habe ich meine Berufung gefunden. Einige der Mädchen, die hergebracht wurden, waren jung. Jünger als unsere May hier.« Sie zeigte auf das hübsche Mädchen. »Ich fing an, ihnen Ausbildungsstellen zu suchen und ihnen bei der Flucht zu helfen. Ich glaube, Miss Betsy hat es spitzbekommen, denn dann hat sie mit dem Opium angefangen.«

Es bedurfte keiner großen Vorstellungskraft, sich den Rest zusammenzureimen. Sobald die Frauen abhängig von der Droge waren, würden sie alles dafür tun, mehr zu bekommen. Danach gab es für sie keinen Ausweg mehr.

»Miss«, fragte Mrs. Oyler, »was haben Sie jetzt vor?«

»Die Frauen zu retten, die gehen wollen.« Thea nippte an ihrem Tee. Zwischen ihren Brauen formte sich eine kleine Falte. »Als Allererstes brauchen wir Kleidung und saubere Unterkleider für die Frauen, die Lord Merton und ich gefunden haben. Ihre Unterkunft werde ich mit Lady Merton und Lord und Lady Worthington besprechen. Ich bin mir sicher, dass uns etwas einfallen wird.«

Die Köchin faltete die Hände auf dem Tisch. »Ich helfe gern, wo ich kann.«

Thea nickte nachdenklich. »Ich habe das Gefühl, dass wir so viel Hilfe wie möglich benötigen werden. Dieses Unterfangen ist um einiges umfangreicher geworden, als ich anfangs gedacht hatte.«

Das war die Untertreibung der Saison. Dom unterdrückte ein Stöhnen. Wenn er sie nicht bald unter Kontrolle bekam, würde er sein Leben damit verbringen, ihr auf ihren Wohltätigkeitsmissionen hinterherzulaufen, nur um sie vor Schwierigkeiten zu bewahren. Sein Onkel würde einen Herzinfarkt erleiden, wenn er Dom jetzt sehen könnte. Es überraschte ihn, dass sie nicht vorgeschlagen hatte, *dieses* Haus zu kaufen. Allerdings war der Tag ja auch noch jung. Sie hatte noch reichlich Zeit.

Mrs. Oyler hievte sich aus dem Stuhl und erteilte die Anweisungen, Suppe und Brot anzurichten und alles nach oben zu bringen.

Thea erhob sich. »Ich danke Ihnen, Mrs. Oyler. Ich komme noch einmal her, bevor wir gehen.«

Er war ebenfalls aufgestanden, sobald Thea sich erhoben hatte, und folgte ihr dann die Treppen hoch. »Warum willst du die Köchin noch einmal sehen?«

»Na, um ihr zu versichern, dass sie eine Stelle hat. Wir können sie doch nicht ohne Arbeit zurücklassen. Es bringt schließlich nichts, jemanden aus einer Notlage zu befreien, nur um sie dann in eine andere zu bringen.«

Mindestens zwei weitere Bedienstete und ein paar Häuser; er hätte sich niemals von Worthington einreden lassen dürfen, Thea ihr eigenes Geld zu überlassen. Es würde alles für wohltätige Zwecke ausgegeben werden. »Da hast du nicht ganz Unrecht.«

Sie hielt eine Stufe über ihm an, legte ihm eine Hand an die Wange und legte ihre Lippen sanft auf seine. »Danke. Ich wollte dir nicht so viel Ärger bereiten.«

Er schlang einen Arm um ihre Hüfte und liebkoste ihre Lippen, bis sie sich für ihn öffneten. Ihre Zunge tanzte mit seiner, während er versuchte, sein Verlangen im Zaum zu halten. Er musste den Verstand verloren haben. Sein einziger Gedanke war, dass dies jeden Penny wert war. »Du machst mir keinen Ärger. Wir sollten besser nachsehen, wie es den anderen geht.«

Als sie den Salon erreichten, unterhielten sich seine Mutter, die Worthingtons und Major Horton leise mit fünf Frauen. Miss Betsy war fort, vermutlich war sie von den *Runnern* abgeführt worden.

Seine Mutter deutete auf den Platz neben sich auf dem Sofa. »Bow Street wird hier einen Mann stationieren und wir werden ebenfalls jemanden herschicken, damit niemand in das Haus eindringen kann. Diese *Damen* hier möchten fort.« Sie betonte das Wort. »Die anderen möchten anderswo arbeiten. Offenbar war dieser Ort hier für alle wie eine Art Gefängnis.«

Außer für diejenigen, denen die Köchin zur Flucht verholfen hatte. Dom hatte einen neu gefundenen Respekt für die Frauen, die solche Misshandlungen überlebt hatten. »Wohin werden sie gehen?«

»Darüber haben wir uns gerade unterhalten«, sagte Grace. »Diese Damen wurden entführt, genau wie die oben. Fast jede von ihnen hat einen Ehemann in der Armee, der im Ausland stationiert ist.« Sie hielt kurz inne. »Sie brauchen ein Zuhause, bis ihre Gatten heimkehren – und eventuell auch noch danach.«

Es dauerte eine Weile, bis Dom verstand, was sie damit meinte. Dann fragte er sich, wie er nur so begriffsstutzig gewesen sein konnte. Nach dem, was sie durchlebt hatten, würden ihre Gatten sie eventuell nicht mehr zurück wollen.

Grace fuhr fort. »Für ein paar Tage können sie hierbleiben, wir müssen ihnen aber eine dauerhaftere Bleibe suchen.«

»Ich weiß nicht, ob das eine so gute Idee ist«, sagte seine Mutter. »Sie alle waren stark geschminkt, um unerkannt zu bleiben. Wenn sie hier gesehen werden, gibt es für ihren Ruf keine Hoffnung mehr. Jeder würde wissen, wozu sie gezwungen worden sind.«

Dom glaubte zwar nicht, dass es auch nur den Hauch einer Chance gab, den Ruf der Frauen zu retten, aber er wusste jetzt, dass er – sie alle – dafür alles in ihrer Macht Stehende tun würden. Thea biss sich auf die Unterlippe. Er hoffte sehnlichst, sie würde damit aufhören, bevor sie ganz zerbissen war.

»Ein Witwenhaus«, sagte sie schließlich.

Die Augen aller leuchteten auf. Nur er blieb im Dunkeln. »Ein Witwenhaus?«

Thea nickte auf diese enthusiastische Art und Weise, die sie immer hatte, wenn ihr eine Idee gekommen war. »Ja. Ein Zuhause für die Witwen des Militärs und für die Ehefrauen von Soldaten, die stationiert sind. Außerdem können wir so den Dienstmädchen und der Köchin Arbeit geben.«

»Wir könnten Spenden für sie sammeln«, fügte Grace hinzu. »Vielleicht sogar Gelder von der Regierung einholen.«

Worthington rieb sich das Kinn und sein Blick landete auf Dom. »Würdest du eine Gesetzesvorlage unterstützen?«

Liebevoll blickte Thea zu ihm auf. Ganz gleich, was er dafür würde tun müssen, er wollte, dass sie ihn immer so ansah. »Ja. Es ist eine Schande, wie wir unsere Soldaten und ihre Familien behandelt haben.«

Eine der Frauen nahe Grace begann zu schluchzen. Grace bückte sich zu ihr hinunter und streichelte ihr über den Rücken. »Aber, aber, es wird alles gut werden. Sie werden schon sehen.«

Eine weitere Dame legte den Arm um die weinende Frau. »Es ist Zeit fürs Dinner. Es wird ihr sicher besser gehen, nachdem sie etwas gegessen hat.«

»Major Horton«, sagte Thea, »wären Sie damit einverstanden, wenn wir sie in dem Haus unterbringen, in dem Sie derzeit wohnen, bis wir eine dauerhafte Lösung gefunden haben?«

Er schwieg einen Moment lang. »Ich glaube nicht, dass ich das Recht habe, ihnen eine Unterkunft zu verwehren. Hätten Sie Mrs. Whites Machenschaften nicht aufgedeckt, hätte meine Frau eine von den Damen dort oben sein können. Ich weiß nicht, wie viele Betten es dort gibt. Wir werden wohl etwas Bettwäsche von hier mitnehmen müssen.«

»Sobald es dunkel ist«, sagte Grace, »können wir sie aus den Stallungen hinterm Haus fortbringen.« Sie blickte zu Worthington. »Schaffen die Bediensteten das allein?«

»Ich denke schon.«

Die meisten der Frauen waren durch Mrs. White im *Miss Betsy's* gelandet, und auch wenn niemand dorthin zurück wollte, so war es doch besser als hier zu bleiben. Die Köchin und Dienstmädchen beschlossen, die anderen Frauen in die St. George Street zu begleiten.

»Nun«, Doms Mutter erhob sich und schüttelte ihre Röcke aus, »jetzt, wo wir das fürs Erste geklärt hätten, sollten wir uns verabschieden.«

Worthington, Thea und Major Horton reisten in einer Kutsche. Grace und seine Mutter fuhren bei Dom mit. Da Thea jetzt nicht mehr bei ihnen war, sprachen seine Mutter und Grace etwas unverblümter über die Umstände der Frauen.

»Die junge Dame, die angefangen hat zu weinen ...«, sagte Grace.

Er nickte.

»Sie war erst wenige Monate verheiratet, als ihr Ehemann stationiert wurde. Mrs. White hat ihr ein Getränk gegeben und in der Nacht verlor sie ihr Baby. Keine Woche später wurde sie hergebracht. Miss Betsy hat versucht, ihr Opium zu verabreichen, aber sie wurde schwerkrank. Sie hatte sich dagegen gewehrt, sich benutzen zu lassen, doch sie sagten ihr, dass man sie ans Bett binden würde. Dass sie es etlichen Herren erlauben würden, sich an ihr zu vergehen.«

Dom drehte sich der Magen um und eine glühende Wut, die er so noch nie verspürt hatte, stieg in ihm auf. Solche Dinge hatten sich überall in seinem Umfeld zugetragen, und er hatte es nicht einmal gewusst. Schlimmer noch, er hatte sich geweigert, denjenigen zuzuhören, die versucht hatten, ihm die Augen zu öffnen.

Seiner Mutter stieg die Zornesröte ins Gesicht. »Sie alle haben ähnliche Geschichten. Selbst die Mädchen, die sich bereits vorher dazu entschlossen hatten, sich zu prostituieren, durften das Haus nicht verlassen und wurden zu unsäglichen Dingen gezwungen.«

Er lehnte sich gegen die Kissen. »Ich danke euch, dass ihr dies nicht vor Miss Stern besprochen habt. Ich fürchte, es würde sie zu sehr schockieren.«

Graces Augen weiteten sich. »Ich werde es mit Dotty besprechen, sobald ich zurück bin. Sie hat es verdient, davon zu erfahren. Denken Sie doch an all die Leben, die sie heute verändert hat. Außerdem nützt es nichts, Mädchen in Unwissenheit zu halten.«

Er stöhnte und seine Mutter tätschelte ihm die Hand. »Es wird alles gut, Dominic. Dorothea ist eine vernünftige, junge Lady. Wie sehr ich mir wünsche, ich hätte in ihrem Alter schon so viel Mut und Willensstärke besessen.«

Alles in ihm sträubte sich dagegen. Er konnte den Gedanken nicht ertragen, wollte nicht, dass sie wusste, wie schrecklich die Welt war. Sein Onkel hatte immer gesagt, dass man Frauen beschützen musste. Sie vor den Dingen bewahren, die sie nicht verstehen konnten. Dom war schleierhaft, wie er das anstellen sollte, wenn sich seine Verlobte mir nichts, dir nichts ins Gefecht stürzte. Er war mehr als bereit zu spenden, ganz gleich wie hoch der Betrag auch ausfallen möge, wenn es sie davon abhielt, sich wieder in eine solche Situation zu begeben. Aber wie zur Hölle konnte er sie aufhalten, ohne dass sie ihn dafür verabscheute?

***

Dotty konnte sich das Grinsen nicht verkneifen, als Dom am oberen Ende der Treppe stand und den Blick durch den Ballsaal und über die Gäste schweifen ließ. Ihre Blicke trafen sich und er lächelte.

Es dauerte nicht lange, bis er vor ihr stand und ihr die Finger küsste, einen nach dem anderen. »Guten Abend.«

Ein warmes Kribbeln jagte ihren Arm hinauf. »Milord.«

Er sah zu ihr auf. Seine Wärme und sein Verlangen fesselten sie, genau wie beim ersten Mal. Wenn sie doch bloß allein wären, dann würde er sie auf die Lippen küssen.

Ein Gentleman räusperte sich. »Miss Stern, ich meine, Sie hätten mir diesen Tanz versprochen.«

Sie blickte zu Mr. Garvey. »Ja, natürlich.«

Dom ließ ihre Hand nicht los. »Garvey, verschwinden Sie.«

Louisa wandte sich ab, eine Hand über den Mund gelegt, um ihr Lachen zu verbergen.

»Milord, ich habe Mr. Garvey aber versprochen, mit ihm zu tanzen.«

Dom bedachte ihre Hand mit einem weiteren Kuss. Seine Stimme war ein tiefes Grollen. »Hast du sonst noch jemandem einen Tanz versprochen?«

Ihr Herzschlag beschleunigte sich und raubte ihr den Atem. War er etwa eifersüchtig? »Nein.«

»Gut. Belass es dabei.« Er überreichte ihre Hand an ihren Tanzpartner. »Ich erwarte Miss Stern nach dem Tanz unverzüglich wieder zurück.«

Mr. Garveys Augen funkelten amüsiert. »Unsinn, ich glaube, ich werde mit Miss Stern nach dem Tanz noch ein wenig durch den Saal spazieren.« Ehe Dom antworten konnte, zog Mr. Garvey sie schnell hinter sich her und sie schlossen sich den Tänzern an, die sich für die Quadrille aufstellten. »Ich weiß nicht, was Sie mit ihm angestellt haben, Miss Stern, aber es ist eine erhebliche Verbesserung.«

Dotty wollte protestieren, aber sowohl Charlotte als auch Louisa hatten beim Dinner etwas ähnliches gesagt. Sogar Theodora, Matts jüngste Schwester, hatte aufgehört, ihn *seine Marquisheit* zu nennen, nachdem sie gehört hatte, wie Dom ihr bei Toms Rettung geholfen hatte. »Kennen Sie Lord Merton schon lange?«

Ihre Tanzschritte trennten sie kurz voneinander und Mr. Garvey antwortete ihr, als sie wieder zusammenkamen. »Wir hätten uns eigentlich unser ganzes Leben lang gekannt, aber nachdem sein Vater starb, hat sein Onkel ihn von all den anderen Kindern in der Gegend ferngehalten. Ich bin ihm in Oxford begegnet, aber wir waren nie eng miteinander befreundet.«

»Das ist wohl kaum verwunderlich.« Dotty konnte sich beim besten Willen nicht erklären, weshalb man ein Kind so ausgrenzen würde. Vielleicht war das der Grund, weshalb Dom sich den meisten anderen Menschen gegenüber so steif verhielt. »Würden Sie mir erzählen, wie er war, als Sie ihn kannten?«

»Er war ein ganz normaler Junge. Sein Vater war ein guter Kerl. Als er noch am Leben war, haben Merton und ich viel Zeit miteinander verbracht und all den typischen Blödsinn angestellt. Nach dem Tod des ehemaligen Lord Merton wollten mein Vater und ich seiner Familie unser Beileid aussprechen, doch man hat uns die Tür vor der Nase zugeschlagen.«

Sie konnte sich nicht vorstellen, dass Dom oder seine Mutter so etwas erlaubt hätten. »Aber weshalb?«

»Der Onkel hielt uns für keinen guten Umgang.«

»Danke, dass Sie mir davon erzählt haben.« Dom hatte an diesem Tag all ihre Erwartungen übertroffen, doch vielleicht war es nun an der Zeit, Lady Merton ein paar Fragen zu seinem Vormund zu stellen.

»Miss Stern, Merton trägt viel von seinem Vater in sich. Es ist wirklich schade, dass er nicht mehr am Leben ist.«

Sie lächelte. »Ich weiß Ihre Ehrlichkeit sehr zu schätzen, Mr. Garvey.«

Als der Tanz zu Ende ging, legte er sich ihre Hand in die Armbeuge. »Ich wollte Sie gerade fragen, ob Ihnen nach einem kleinen Spaziergang zumute ist, aber wie ich sehe, hat Merton andere Ideen.«

Dom pflückte ihre Hand vom Arm ihres Tanzpartners und legte sie stattdessen auf seinen. »Komm, meine Liebe. Du siehst durstig aus.«

Mr. Garvey lachte leise, als Dom sie davonführte.

Auf dem Weg zu den Terrassentüren ergriff er zwei mit Champagner gefüllte Gläser vom Tablett eines Bediensteten. »Es ist warm hier, findest du nicht?«

Ihre Lippen zuckten, als sie versuchte, sich das Kichern zu verkneifen, das sich einen Weg durch ihre Kehle bahnte. »In der Tat, es ist recht unbehaglich.«

Sie traten hinaus und er führte sie ans hintere Ende der Terrasse, wo eine Fülle von Rosen ein großes

Spalier emporrankte. Sie nahm einen Schluck, ehe er ihre Gläser auf der steinernen Brüstung abstellte.

»Thea«, flüsterte er und zog sie dichter zu sich heran, seine Lippen kamen ihren immer näher. »Ich wollte dies schon den ganzen Abend lang tun.«

Sie schlang ihm die Arme um den Hals, drängte sich ihm entgegen und öffnete die Lippen, um ihm Einlass zu gewähren. Besitzergreifend ließ er die Hände zu ihrem Hinterteil gleiten, fuhr dann an ihren Seiten wieder hoch und umfasste ihre Brust. Seine Berührungen hinterließen eine heiße Spur. Sanft streichelte er mit dem Daumen über ihre Brüste; ihre Brustwarzen verhärteten sich und schmerzten. Als er sanft zudrückte, entfuhr ihr ein Stöhnen.

Ihre Finger fanden sein Gesicht, sie neigte den Kopf, schmiegte ihre Lippen an seine und vertiefte den Kuss, während seine Hände und Finger ein Feuer in ihr entfachten, das bis in den letzten Winkel ihres Körpers vordrang. Wenn sie doch wenigstens ihre Handschuhe ausziehen könnten. Sie wollte seine bloßen Hände auf sich spüren.

Als er den Kuss unterbrach, atmeten sie beide schwer. Er hauchte federleichte Küsse an ihrem Kiefer entlang. »Dom, ich will mehr.«

Seine Zunge neckte eine besonders empfindliche Stelle unterhalb ihres Ohrs. »Mehr was?«

Sie ließ die Hände über seinen Oberkörper gleiten. »Das weiß ich nicht genau. Ich dachte, das würdest du vielleicht wissen.«

Er hatte ihr Kinn zur Seite gestupst, um an ihrem Hals knabbern zu können, hielt dann aber abrupt inne. »Gütiger Gott, was tue ich denn hier? Bis zur Hochzeit sind es noch zwei Wochen.« Er richtete sich auf. »Es tut mir leid. Ich hätte dies nicht einleiten dürfen.«

Forschend blickte sie in sein Gesicht, konnte im Dunkeln aber nichts erkennen. »Ich wollte dich küssen.«

Er glättete den Stoff seiner Jacke, ehe er mit schnellen, effizienten Bewegungen auch ihr Kleid wieder richtete. »Denk daran, wer du bist«, murmelte er, scheinbar eher zu sich selbst als zu ihr. »Thea, du bist die einzige Frau, die mich je so sehr in Versuchung geführt hat. Ich werde versuchen, mich zu beherrschen.«

Nein, nein, nein. Das will ich doch gar nicht! »Das musst du aber nicht.«

»Du bist noch unschuldig.« Er ließ den Kopf in den Nacken fallen und stieß den Atem aus. »Du verstehst nicht, worauf dies hinauslaufen könnte. Ich allerdings schon.«

Sie schlug die Augen nieder, brachte es aber nicht über sich, sich kokett zu geben. So plötzlich, wie er allerdings abgekühlt war, würde sie vielleicht daran arbeiten müssen. »Du küsst mich doch gerne.«

Er blickte zu ihr hinab, doch statt sie wieder in die Arme zu schließen, rieb er ihr über die Schultern. »Genau *das* ist Teil des Problems. Es gefällt uns beiden. Ich kann aber nicht zulassen, dass du auch nur in die Spur eines Skandals verwickelt wirst.«

Als er sie am Arm fasste und zurück in den Ballsaal führte, hätte Dotty am liebsten vor Frust mit dem Fuß gestampft. Warum musste er ausgerechnet jetzt wieder zum Spießer werden, wo er sich den ganzen Tag doch so gut gemacht hatte? Es kam ihr fast so vor, als könnte er sich nicht erlauben, Spaß zu haben. Nun, dann musste er es eben lernen. Sie würde es ihm schon beibringen.

KAPITEL 18

Dotty saß auf dem kleinen Sofa in dem Salon, den die jungen Damen sich teilten. Die späte Morgensonne fiel in einem Winkel durchs Fenster und schuf einen hellen Streifen, auf dem die beiden grauen Kätzchen schlummerten. Auf einem kleinen Tisch vor ihr stand ein silbernes Tablett und darauf lagen drei fein säuberlich sortierte Stapel Briefe. Sie nahm den Stapel, der an sie adressiert war. Ihre Mutter und Henny hatten ihr geschrieben und ihr Bruder Harry ebenfalls. Dotty entschied sich zuerst für den Brief ihrer Mutter, schob den Brieföffner unter das Siegel und zog ein Stück Papier mit ordentlich beschriebenen, senkrechten und horizontalen Zeilen hervor.

Charlotte hörte auf zu schreiben und blickte auf. »Hast du schon von deiner Mutter gehört?«

Dotty hielt den Brief empor und nickte. »Der Arzt sagt, ihre Genesung verlaufe nicht nach Plan und sie dürfe erst nächste Woche reisen, aber Großmutter Bristol kommt.«

Schnell verwandelte sich Charlottes Lächeln zu einem Stirnrunzeln. »Wird sie dich bitten, bei ihr zu wohnen?«

»Das bezweifele ich.« Grinsend schüttelte Dotty den Kopf. »Sie wird mich nicht beaufsichtigen wollen. Sie sagt, das *Almack's* sei geschmacklos und dass sie zimperliche junge Ladies nicht ausstehen könne. Meine Mutter schreibt, dass Großmutter im *Pulteney* unterkommen wird, wo sie dann getrost die Angestellten tyrannisieren kann.«

»Wer tyrannisiert die Angestellten?«, fragte Louisa von der Tür aus.

»Meine Großmutter. Sie tut es nicht wirklich. Aber sie ist sehr eigen und sagt, das *Pulteney* sei der einzige Ort, an dem man sie versteht. Selbst wenn mein Onkel Bristol in der Stadt ist, lebt sie im Hotel.«

Charlotte zog die Brauen zusammen. »Ich dachte, das ist, weil sie sich mit deiner Tante nicht versteht.«

»Das stimmt.« Dotty kicherte. »Sie können sich auf den Tod nicht ausstehen. Und wenn sie mal im selben Raum sind, wird es so kalt, dass man einen Schal benötigt.«

Louisa bückte sich, um ihre Briefe einzusammeln, hielt dann aber abrupt inne. »Bristol? Der Duke of Bristol?«

Dotty drehte den Brief auf die Seite, um die senkrechten Zeilen lesen zu können, und erwiderte: »Ja.«

»Ich wusste gar nicht, dass du mit ihm verwandt bist.«

»Vater sagt, es sei kein Grund zum Prahlen. Mein Onkel hat versucht, die Hochzeit meiner Eltern zu verhindern, was zu einer Spaltung in der Familie geführt hat. Es ist eine lange und komplizierte Geschichte. Kurz gesagt, mein Großvater hat die Hochzeit meines Onkels arrangiert und Großmutter ist der Meinung, es hätte das Glück meines Onkels zerstört. Also hat sie jede Partie abgelehnt, die mein Großvater versucht hat, für meine Mutter auszuhandeln, bis sie schließlich volljährig war und meinen Vater heiraten konnte. Das Gleiche hat sie auch mit ihren anderen Kindern getan.«

Louisa neigte den Kopf. »Sind die anderen glücklich?«

Dotty nickte. »Alle, außer Onkel Bristol, also hat es wohl funktioniert. Ich hoffe, sie wird mit Merton einverstanden sein. Ich würde ungern mit ihr auf Kriegsfuß stehen. Sie ist meine liebste Verwandte.«

»Ich hoffe, sie bittet uns, ihr einen Besuch abzustatten.« Charlotte grinste. »Sie ist eine großartige alte Dame.«

»Ich frage mich, wann sie wohl ankommen wird«, sinnierte Dotty. »Sie warnt uns nie vor.«

Charlotte beäugte den hohen Stapel Karten auf dem Silbertablett. »Ich schätze, wir sollten die Einladungen durchsehen und entscheiden, welchen Empfängen wir beiwohnen möchten.«

Sie teilten die Karten unter sich auf.

»Lady Bellamny hält ein spätes Frühstück«, sagte Louisa. »Das wird bestimmt spaßig.«

»Hier ist eine für einen Maskenball.« Charlotte hielt die Einladung hoch. »Meint ihr, Grace erlaubt es uns?«

»Grace vielleicht.« Louisa verzog das Gesicht. »Matt nicht.«

»Nein.« Charlotte seufzte. »Da hast du vermutlich recht.«

»Hier ist eine von der Baroness Merton, der das schöne Waldstück mit den Glockenblumen gehört. Sie lädt nächste Woche zum Picknick ein«, sagte Louisa. »Wie schade, dass sie nicht mit uns verwandt ist. Dann könnten wir den Garten jederzeit besuchen.«

»Ihr Familienname ist Merton?«, fragte Dotty.

Charlotte und Louisa nickten.

»Wir sollten die Einladung trotzdem annehmen. Glockenblumen sind einfach zauberhaft.«

»Ich lege sie zu den Annahmen.« Louisa platzierte das Kärtchen auf den entsprechenden Stapel.

Nachdem sie fertig waren, schickten sie die Liste hinunter zu Grace, um sie genehmigen zu lassen.

Ein paar Minuten später blickte Dotty zur Uhr und erhob sich. »Wir sehen uns nachher. Lady Mertons Kutsche wird mich bald abholen. Wir wollen ein paar Besorgungen erledigen.«

»Du bist so viel unterwegs. Wir sehen dich kaum noch.« Charlotte umarmte Dotty. »Bist du glücklich?«

Sie würde Charlotte ihre Sorgen so gern anvertrauen, aber es war einfach nicht möglich. Sie hatte sich bemüht, Dom nicht mehr zu kritisieren, aber bei der geringsten Provokation würde Charlotte sich auf Dottys Seite stellen und gegen ihn Partei ergreifen. Sie schenkte ihrer Freundin ein Lächeln. »Ja, das bin ich. Ich glaube, Lady Merton wird eine wundervolle Schwiegermutter sein, und ich habe Merton sehr gern.«

»Dann freue ich mich für dich.«

Dotty umarmte ihre Freundin. »Vielleicht bist du ja hier, wenn ich zurückkomme.«

Sie verließ hastig den Salon, als ihr die Tränen in die Augen stiegen. Sie war glücklich. Gestern Abend war sie sich so sicher gewesen, dass ihr Verlobter kurz davor gewesen war, ihr seine Liebe zu gestehen. Wenn Dom sich doch nur nicht immer hinter seinen Mauern verstecken würde, dann wäre alles perfekt. Sie würde die Zeit allein mit Lady Merton nutzen, um ihr ein paar Fragen zu seiner Erziehung zu stellen.

Dotty stieg gerade die Treppen hinab, als einer der Bediensteten sie abholen kam. In der Kutsche wurde ihr allerdings mitgeteilt, dass sie auf den Wunsch von Lady Merton hin erst nach Merton House fahren würden, um den Rundgang zu beenden.

Wieder begrüßte Tom sie, indem er ihr die Arme um die Beine schlang. »Sie werden nie erraten, was ich heute bekommen habe.«

Sie erwiderte seine Umarmung und sagte: »Da hast du recht. Ich habe nicht die geringste Ahnung.«

»Mein Spielzeug!«

»Oh, Tom! Das ist ja wundervoll!« Wie freundlich von Mrs. Horton, es herschicken zu lassen. »Wenn ich mit Mrs. Sorley fertig bin, musst du es mir unbedingt zeigen.«

Er nahm Dotty an die Hand und führte sie in den kleinen Salon. »Und wissen Sie, was noch? Mrs. Sorley hat Lord Mertons Spielsachen gefunden und er hat gesagt, ich darf mit ihnen spielen.«

Dottys Herz platzte fast vor Freude. Dom hatte es Tom nicht erlaubt, in den Park zu gehen, da er sich nicht sicher war, ob die Halunken, die ihn entführt hatten, versuchen würden, den Jungen zurückzuholen. »Das ist aber sehr nett von ihm. Hast du daran gedacht, dich bei Lord Merton zu bedanken?«

»Ja, Miss, und er hat gesagt, ich hätte es gut gemacht.«

Dotty betrat den kleinen Salon und fand dort Mrs. Sorley und Lady Merton vor.

»Setzen Sie sich, Liebes.« Lady Merton saß an einem kleinen Tisch und deutete auf den Stuhl neben sich. »Wir besprechen gerade die Haushaltsartikel, die ersetzt werden müssen.«

Nachdem sie Platz genommen hatte, reichte die Haushälterin ihr eine der Listen.

»Auf dieser stehen zum Großteil nur all die gewöhnlichen Artikel«, sagte Mrs. Sorley. »Aber ihre Ladyschaft hat eine mit Wandteppichen und Gardinen.«

Lady Merton reichte Dotty das Blatt Papier. »Sie haben freie Hand, was die Gestaltung betrifft. Und keine Sorge, ich bin nicht gekränkt, wenn Sie Änderungen vornehmen möchten. Die meisten Zimmer wurden seit den Zeiten meiner Schwiegermutter nicht mehr renoviert. Doms Vater und ich haben mehr Zeit in Merton Hall verbracht als hier in der Stadt.«

Das große, alte Stadthaus zu besichtigen, dauerte um einiges länger, als Dotty angenommen hatte. Als sie schließlich fertig waren und neue Stoffe besprochen hatten, war es schon an der Zeit für sie, nach Stanwood House zurückzukehren. Sie hatte keine Zeit mit Lady Merton allein gehabt, in der sie ihr hätte Fragen stellen können.

Dom traf zu Hause ein, als Dotty darauf wartete, dass die Kutsche vorfuhr. Er grinste und küsste sie auf die Wange. »Ich bin froh, dass du noch hier bist. Komm mit.« Er führte sie in einen selten besuchten Salon im vorderen Bereich des Hauses und zog ein kleines Päckchen aus seiner Westentasche hervor. »Es hat länger gedauert als gedacht, aber jetzt ist es endlich fertig.«

Geduldig wartete Dotty, bis er das Päckchen geöffnet hatte.

Er ergriff ihre rechte Hand. »Ich dachte, dieser würde dir am besten gefallen.« Er streifte ihr einen breiten Goldring über den Finger in dessen Mitte ein großer, quadratischer Smaragd saß. Zu beiden Seiten waren kleinere Smaragde in den Ring eingesetzt. »Hatte ich recht?«

Sie streckte die Hand aus. Der Stein in der Mitte funkelte in der Nachtmittagssonne, die durch das Fenster schien. »Das hattest du. Ich liebe ihn.«

Er schloss sie in die Arme und zog sie dichter zu sich heran. Als sie den Kopf hob, um ihm in die Augen zu sehen, legten sich seine Lippen auf ihre. Ihre Zungen tanzten miteinander, liebkosten sich und jagten Funken durch ihren Körper. Zärtlich schob sie die Hand unter seine Jacke und ließ sie über seinen starken Rücken gleiten. Wenn sie doch nur allein sein könnten. Sobald ihre Eltern hier waren, würde sie ihn vielleicht davon überzeugen können, dass sie nicht bis zu ihrer Hochzeitsnacht warten mussten.

Am Abend erhielt Dotty eine Nachricht von ihrer Großmutter.

Meine liebste Thea,
ich bin angekommen. Ich erwartete Dich morgen um drei Uhr im Pulteney.

Das *Pulteney* machte seinem opulenten Ruf alle Ehre. Die dicken Perserteppiche dämpften ihre Schritte, als Dotty zu einem Raum geführt wurde, in dem die königsblauen Samtvorhänge mit goldenen Kordeln zurückgebunden waren, um die Nachmittagssonne hineinzulassen.

»Großmutter!« Stürmisch umarmte Dotty die vornehme Dame, die neben dem Kamin mit Goldverzierungen saß. Obwohl das Haar ihrer Großmutter wie pures Silber aussah, waren ihre Brauen und Wimpern noch ebenso schwarz wie ihre eigenen.

»Thea!« Großmutter gab Dotty einen hastigen Kuss auf beide Wangen, ehe sie sie musterte. »Du bist der Inbegriff einer schönen, jungen Dame. Sag, haben die Gentlemen sich schon alberne Spitznamen für dich ausgedacht?«

Dotty grinste. »Louisa hat gehört, wie jemand uns die Drei Grazien genannt hat.«

Großmutter nickte anerkennend und zeigte auf den Hocker vor sich. »Sehr zutreffend, da bin ich sicher. Lady Louisa habe ich natürlich noch nicht gesehen, aber wenn sie auch nur halb so schön ist wie ihre Mutter, wird sie sicher großen Erfolg haben. Wie ich höre, ist Charlotte noch reizender als zuvor.«

Dotty ließ sich auf den Hocker sinken und ergriff die noch immer kräftigen, fähigen Hände ihrer Großmutter. »Das ist sie. Sie beide sind wunderhübsch und gute Freundinnen.«

Großmutter schwieg einen Moment lang. »Deine Mutter hat mir geschrieben, dass du mit Merton verlobt bist. Sie scheint zu glauben, dass es für dich Hoffnung auf eine Liebesheirat gibt. Ich muss gestehen, dass die Berichte, die mir zu Ohren gekommen sind, ihrer Meinung eher widersprechen. Also musst du mir sagen, ob es stimmt. Kannst du dir vorstellen, dich in ihn zu verlieben? Und viel wichtiger noch, wird er dich lieben? Ganz gleich, was auch vorgefallen sein mag, ich werde nicht zulassen, dass du einen Mann heiratest, der dich nicht glücklich macht.«

Die Tatsache, dass man ihrer Großmutter alles anvertrauen konnte, war eines der Dinge, die Dotty an ihr am meisten schätzte. Dotty erzählte ihr, wie Dom ihr geholfen hatte, die Kätzchen und Tom zu retten, von dem Bordell und – mit roten Wangen – auch von den Küssen.

Am Ende ihrer Erzählung runzelte sie die Stirn. »Das einzige, was mich stört, ist, dass er innehält, sobald er merkt, dass er Spaß hat. Ich weiß wahrlich nicht, was ich tun soll. Bevor du angereist bist, konnte ich mit niemandem darüber sprechen.«

Einen Moment lang zog Dottys Großmutter nachdenklich die Brauen zusammen. »Es freut mich zu hören, dass er etwas von seinem Vater in sich trägt. Ich hatte mich schon gefragt, ob Lord Alasdair es gänzlich aus ihm vertreiben würde.«

Wenn ihre Großmutter über die Familie Bescheid wusste, wäre es besser sie, statt Lady Merton zu fragen. »Kannst du mir etwas darüber erzählen, was Merton als Kind widerfahren ist?«

Ihre Großmutter lächelte wehmütig. »Der Vater von deinem Merton war ein wahrer Schlingel. Er hat immer irgendetwas im Schilde geführt und war für jeden Spaß zu haben. Aber er vollführte es alles mit einem so gutmütigem Charme, dass man ihm selbst die unerhörtesten Streiche verzieh. Lord Alasdair war das komplette Gegenteil von Merton. Wie die beiden sich angefreundet haben, werde ich nie verstehen. Ihre Beziehung ging fast in die Brüche, als Merton sich in Eunice, Dominics Mutter, verliebt hat.«

Ein Klopfen ertönte an der Tür und ein Dienstmädchen brachte ihnen Tee. Sie zogen zu einem Tisch am anderen Ende des Raums um. Nachdem Dotty ihnen eingeschenkt und Milch und Zucker hinzugefügt hatte, blickte sie zurück zu ihrer Großmutter. »Was hat denn zu den Problemen geführt?«

Großmutter nahm einen Schluck und stellte die Tasse dann wieder ab. »Alasdair war der Meinung, dass Merton Eunice niemals treu sein würde, und er wollte nicht, dass er ihr das Herz bricht. Aber Merton hat alle überrascht. Er hat sich unverzüglich von seinen Mätressen verabschiedet.«

Hastig schluckte Dotty ihren Tee hinunter. »Er hatte mehr als eine zur gleichen Zeit?«

»Aber ja. Ich sagte doch, er war recht unkonventionell. Einen ganzen Harem hatte er. Jede von ihnen mit einem anderen Talent.« Großmutter nahm einen weiteren Schluck. »Ich war da, an jenem Abend, als Merton Eunice zum ersten Mal sah. Sie stand inmitten ihrer Freunde und er ist schnurstracks auf sie zugegangen, ist in die Mitte des Kreises getreten, machte einen Kniefall und hat um ihre Hand angehalten.«

Etwas Romantischeres konnte Dotty sich nicht vorstellen. »Was hat sie gesagt?«

»Sie sagte, es sei der beste Antrag, den sie je erhalten hätte, und willigte ein. Seit jenem Abend wich er ihr nie wieder von der Seite und er blieb ihr sein Leben lang treu. Er vergötterte sie und Dominic. Sein Tod hat Eunice sehr schwer getroffen. Ich habe gehört, dass sie das Kind verlor, mit dem sie zu der Zeit schwanger war. All das war schon schlimm genug, allerdings hat Alasdair es meiner Meinung nach nur noch schlimmer gemacht. Er bestand drauf, dass sie nach Bath ging und einen Quacksalber aufsuchte, während er die Erziehung von Dominic übernahm. Und zwar so, wie er es für seinen gesellschaftlichen Rang für angemessen hielt.«

Jetzt ergab Doms Verhalten viel mehr Sinn, wenn er Mutter und Vater auf einen Schlag verloren hatte. Sie hatte immer den Eindruck gehabt, dass er sich benahm, als würden zwei Personen in seinem Inneren um Kontrolle ringen. »Was kann ich dagegen tun?«

»Sei einfach du selbst und erlaube ihm nicht, so zu tun, als wäre er nicht der Mann, der er ist.« Großmutter suchte sich einen Keks vom Teller aus. »Und, was hast du für den restlichen Nachmittag vor?«

»Lady Thornhill gibt einen Empfang.« Dotty grinste. »Lady Merton wird ebenfalls anwesend sein, und Merton begleitet sie *immer*.«

Ein Funkeln trat in Großmutters Augen. »Ausgezeichnet. Wenn es dir nichts ausmacht, werde ich dir Gesellschaft leisten.«

Dom legte den Stift ab und lehnte sich in seinem Ledersessel zurück. Am vorherigen Abend mit Thea war er so kurz davor gewesen, die Kontrolle zu verlieren. Zu kurz davor. Er hatte sie hinter sich herziehen und ihr mehr von dem Vergnügen zeigen wollen, das sie miteinander teilen würden. Hatte ihr mit den Fingern über die makellosen Brüste streichen wollen. Ihre warme, duftende Haut kosten wollen. Bei dem Wissen, dass sie seine Annäherungen erwidert hätte, hatte sich sein Glied schmerzhaft versteift.

Die Worte seines Onkels waren gerade noch rechtzeitig durch den Nebel der Lust zu ihm durchgedrungen.

Denk daran, Merton, du musst immer die Fassung bewahren. Dein Kopf darf sich nicht von sinnlichen Gelüsten leiten lassen. Der Schlüssel liegt in der Mäßigung. Deine zukünftige Frau wird dir dafür danken. Keine Dame möchte sich begrapschen lassen und wie eine Hure behandelt werden.

Das Verlangen, das er für Thea verspürte, musste diesen Gelüsten entsprechen, vor denen sein Onkel ihn gewarnt hatte. Er hatte von Männern gehört, die sich nach einem Kampf nichts sehnlicher wünschten als eine Frau. Die Geschehnisse im Bordell mussten bei ihm eine ähnliche Reaktion hervorgerufen haben. Noch nie hatte er sich so nach einer Frau verzehrt wie nach ihr. Aber das erklärte sein Verhalten gestern nicht. Was wäre geschehen, wenn sein Bediensteter nicht geklopft hätte, um ihnen mitzuteilen, dass die Kutsche bereitstand?

Seine arme, liebste Thea. Sie dachte nur an Küsse. Sie hatte ja keine Ahnung, wozu es führte. Würde sie entsetzt sein, wenn er sie nackt sehen wollte? Würde sie es verabscheuen, ihn so zu sehen? Vielleicht wäre es besser, wenn sie beide ihre Nachtkleidung trugen, aber er wollte sie sehen. Sehen, wie ihre Haut errötete. Jeden Zentimeter von ihr erkunden und küssen. Er stöhnte, als sein Glied bei dem Gedanken hart wurde.

Obwohl er sich wünschte, dass sie nach Merton House zog, sollte er nach den Ereignissen des gestrigen Abends dankbar sein, dass ihre Eltern erst in mehreren Tagen anreisen würden. Sie hier zu haben, ohne sie berühren zu dürfen, würde die reinste Tortur werden. Wenigstens hatte er jetzt erkannt, was er spürte. Es war lediglich Lust, keine Liebe. Sich zu verlieben, wäre eine Katastrophe. Es würde ihn dazu verleiten, seine Pflichten zu vernachlässigen.

Cyrille hüpfte auf Doms Schoß und er begann unwillkürlich, den kleinen Kater zu streicheln. Jedes Mal, wenn Thea es auf sich nahm, jemanden zu retten, sei es Mensch oder Tier, geriet sein Leben außer Kontrolle. Er begann sich Dinge zu wünschen, die er nicht haben konnte, genau wie damals als Kind. Er schlug mit der Faust auf den Schreibtisch und erschreckte dadurch den Kater, wenn auch nur kurz. Es würde ein Ende nehmen müssen. Thea konnte nicht dauerhaft Streuner aufnehmen und ihre Sicherheit riskieren.

»Milord!« Tom stürmte zur Tür hinein. »Sehen Sie mal, was ich gemalt habe. Sally sagt, es ist bisher meine beste Zeichnung.« Der Junge krabbelte auf Doms Schoß, darauf bedacht, den Kater nicht zu stören, und reichte ihm das Blatt Papier. »Sehen Sie?«

Dom unterdrückte ein Stöhnen. Bestimmt fehlte nur ein dreibeiniger Hund. Doch als er die Skizze genauer betrachtete, war es ganz und gar nicht, was er erwartet hatte. Die Zeichnung zeigte eindeutig Thea, und Tom hatte sogar das Funkeln in ihren Augen eingefangen. Das, von dem er hoffte, dass es bestehen blieb, wenn er ihr sagte, dass sie ihre Aktivitäten würde einstellen müssen.

Er zerzauste Toms Haar. »Sehr gut.«

Wenigstens machte sich der Junge wirklich gut. Doms Bemühungen, Toms Großvater, den Earl of Stratton, ausfindig zu machen, waren bisher erfolglos gewesen. Der Mann war nicht in der Stadt und die Briefe, die er an sein Anwesen und an seinen Beauftragten gesandt hatte, blieben bislang unbeantwortet. Major Horton hatte eingewilligt, bei der Leibgarde nachzufragen, wann Toms Vater in etwa zurückerwartet wurde. Bis sie ein Familienmitglied fanden, das sich bereit erklärte, ihn aufzunehmen, war es an Dom, sich um den Jungen zu kümmern. Er würde sich die Zeit nehmen müssen, ihm einen Tutor zu suchen, doch wer würde schon eine Stelle von unbestimmter Dauer annehmen?

Einen Augenblick später kam ihm eine Idee. Worthington und Grace wären vielleicht gewillt, Tom zu helfen. Er erinnerte sich nicht gern an die vielen erbarmungslosen Stunden zurück, die er allein mit seinen Lehrern verbracht hatte. Selbst Garvey war nicht mehr zum Spielen zu ihm gekommen. So sehr es ihm auch widerstrebte, Worthington um einen Gefallen zu bitten, Dom würde mit seinem Cousin sprechen. Tom mit anderen Kindern lernen zu lassen, würde gut für ihn sein. Nun musste er nur noch einen Zeichenlehrer auftreiben, aber wo zum Teufel fing man da an zu suchen?

Ein Klopfen ertönte an der Tür und seine Mutter trat ein. Lächelnd betrachtete sie Dom und malte sich vermutlich seine zukünftigen Kinder auf seinem Schoß aus. Würde er sich von ihnen auch distanzieren müssen?

Tom hüpfte auf den Boden und wedelte mit der Zeichnung in der Luft herum. »Milady, sehen Sie mal, was ich gemacht habe.«

Doms Mutter nahm das Bild entgegen. »Du hast ein erstaunliches Talent.«

Erwartungsvoll blickte sie zu Dom, als würde sie fragen, was er zu tun gedachte.

»Weißt du vielleicht, wo ich einen Zeichenlehrer finden kann?«

Sie zögerte nur kurz. »Ich glaube schon«, erwiderte sie dann. »Ich bin hier, um dir mitzuteilen, dass Matilda und ich Lady Thornhills Empfang beiwohnen werden. Für gewöhnlich sind dort auch einige Künstler anwesend. Warum leistest du uns nicht Gesellschaft?«

Vor langer Zeit hatte er seinem Onkel versprochen, dass er diese Lasterhöhle niemals betreten würde. Die meisten Gäste ihrer Ladyschaft amüsierten sich über den Kronprinzen und besprachen radikale Reformen. Auch wenn man fairerweise sagen musste, dass der Prinz sich selbst zur Witzfigur machte. Es würde bloß schwierig werden, seinen Widerwillen so zu formulieren, dass es die Gefühle seiner Mutter nicht verletzte. »Ich wollte heute Nachmittag eigentlich etwas Zeit mit Thea verbringen.«

Seine Mutter hob eine Braue. »Dann solltest du wohl lieber mit uns kommen, denn sonst wirst du sie vor heute Abend nicht sehen.«

Er verkniff sich ein Stöhnen. Das hatte er vergessen. Grace nahm die jungen Ladies häufig mit dorthin. Wenn er nur ging, um Tom einen Lehrer zu suchen, würde es doch niemandem schaden, oder? Und er sollte sich selbst ein Bild davon machen, womit Thea in solcher Gesellschaft konfrontiert wurde. »Es würde mich freuen, dich zu begleiten.«

Dem Empfang beiwohnen, einen Zeichenlehrer finden und seine Damen – dazu zählte er auch Thea – dem Einfluss der Thornhills entziehen. Das sollte doch machbar sein. Tom würde er in der Zwischenzeit nach Worthington House bringen.

Dom bat einen Bediensteten, den Jungen bereitzumachen, und rief nach seiner Kutsche.

Er betrat die Eingangshalle und Tom sah nervös zu ihm auf. »Schicken Sie mich zu jemand anderem?«

Dom ergriff die Hand des Jungen und führte ihn nach draußen auf den Gehweg. »Nein, ich möchte dir Unterricht mit anderen Kindern arrangieren. Es sind meine Cousins und Cousinen. Du wirst sie sicher mögen.«

Der Junge hüpfte kurz, sagte aber nichts.

Dom ließ sich zuerst nach Stanwood House bringen, in der Hoffnung, die Angelegenheit mit Grace besprechen zu können.

Der Butler öffnete ihnen die Tür. »Guten Tag, Milord.«

Dom neigte den Kopf leicht und reichte dem Mann Hut, Handschuhe und Gehstock. »Royston, empfängt Lady Worthington derzeit Besucher?«

»Das tut sie, Milord. Wenn Sie mir folgen würden.« Er machte vor einer Tür am Ende des Korridors Halt, klopfte, und öffnete sie dann. »Milady, Lord Merton ist hier, um Sie zu sehen.«

Grace blickte von den Wirtschaftsbüchern auf ihrem Schreibtisch auf und erhob sich. »So eine Überraschung.« Dom wollte sich gerade rechtfertigen, doch sie lächelte. »Eine schöne. Royston, würden Sie bitte den Tee servieren lassen, und ich glaube, der Koch hat noch ein paar Marmeladentörtchen.« Sie blickte zu Tom und ging dann zu einem kleinen Sofa. »Dies muss Tom sein. Er hat sich gut gemausert. Setzen Sie sich doch. Was kann ich für Sie tun?«

Dom nahm auf dem großen Ledersessel Platz und Tom kletterte wieder auf seinen Schoß. »Sollte mein Vorschlag nicht möglich sein, sagen Sie es mir bitte. Ich möchte, dass Tom mit Ihren Brüdern und Schwestern unterrichtet wird.«

Grace sah zu dem Jungen, als sie seine Bitte abwog. »Ich wüsste nicht, weshalb das ein Problem sein sollte, aber ich würde es gern mit Miss Tallerton und Mr. Winters besprechen. Sie werden Tom testen wollen, um einzuschätzen, wie weit er ist. Es sei denn, das wissen Sie bereits?«

Dom schüttelte den Kopf. Es war ihm nicht einmal in den Sinn gekommen, den Jungen zu fragen, was er gelernt hatte, bevor seine Mutter gestorben war. »Nein, Sie können sie ruhig herbitten.«

Grace zog an der Klingel und kurz darauf streckte ein Bediensteter den Kopf durch die Tür. »Würden Sie Miss Tallerton und Mr. Winters bitten, mich aufzusuchen, sobald es ihnen zeitlich passt, eine Pause einzulegen?«

»Sehr wohl, Milady.«

So konnte man doch keinen Haushalt führen. Dom erwartete von seinen Angestellten, dass sie ihn unverzüglich aufsuchten, wenn er nach ihnen rief. »Ich hatte gehofft, dass wir dies möglichst schnell abwickeln können.«

Sie betrachtete ihn gelassen. »Sie haben Ihren Tee noch nicht getrunken.«

»Das nicht, aber ...«

Grace bedachte ihn mit einem Blick, den sein ehemaliges Kindermädchen stolz gemacht hätte. »Ich werde den Unterricht der Kinder nicht unterbrechen. Sie haben einen strengen Stundenplan, an den wir uns halten müssen.«

Er verzog das Gesicht. »Entschuldigen Sie. Ich hätte wissen müssen, dass Sie die Ordnung wahren müssen.«

»Ganz genau. Wenn ich es nicht täte, würde hier das reinste Chaos herrschen.« Sie blickte zu der großen Standuhr aus Mahagoni. »Sie werden bald herunterkommen.«

Kurz nachdem der Tee serviert wurde, hörte er etwas, das verdächtig nach einer Herde trampelnder Pferde mit begleitendem Gekreische klang.

»Ah.« Grace stellte ihre Tasse ab. »Pause.«

Die Unterschiede zu seiner eigenen Erziehung waren unverkennbar. Nach dem Tod seines Vaters, war es ihm nicht gestattet gewesen, durch das Haus zu laufen oder zu schreien. Er wusste, dass seine Frage töricht klingen würde, konnte aber nicht anders. »Was machen die Kinder jetzt?«

»Für die nächsten zehn Minuten oder so werden sie draußen umherlaufen, dann gibt es Mittagessen. Danach haben sie Einzelunterricht.«

Verständnislos schüttelte Dom den Kopf.

»Sie alle spielen ein Musikinstrument und müssen kompetent genug sein, um sich nicht zu blamieren, sollten sie gebeten werden, etwas vorzuspielen. Sie erlernen außerdem die Grundlagen des Zeichnens, allerdings muss ich gestehen, dass Matt der Einzige von uns ist, der darin etwas Talent hat. Dann gibt es noch die Fremdsprachen. Den Älteren werden Latein, Griechisch, fortgeschrittene Mathematik und die Wissenschaften beigebracht. Französisch und Italienisch ebenfalls. Außerdem müssen die Mädchen ihre Handarbeit üben.«

Außer der Handarbeit war dies Doms Ausbildung sehr ähnlich. Was ihn überraschte, war, dass die Jungen und Mädchen offenbar gemeinsam unterrichtet wurden. »Werden Sie die Kinder in die Schule schicken?«

»Die Jungen schon. Matt und ich halten nicht sehr viel von Mädchenschulen. Zum Glück haben wir hier genügend Mädchen, sodass sie nicht einsam sein werden.«

So wie er es gewesen war.

Es klopfte an der Tür und eine hochgewachsene, blonde Frau trat ein, an ihrer Seite ein noch größerer Herr mit hellbraunem Haar.

»Sie wollten uns sehen, Milady?«

Grace bedeutete ihnen, sich zu setzen. »Ja. Miss Tallerton, darf ich Ihnen meinen Cousin vorstellen? Dies ist der Marquis of Merton. Merton, dies sind unsere Gouvernante, Miss Tallerton, und unser Tutor, Mr. Winters.«

Die beiden Lehrer setzten sich gegenüber von Grace auf das Sofa und betrachteten Tom neugierig.

»Ich wollte Sie fragen, ob ein weiteres Kind Ihren Lehrplan durcheinanderbringen würde.«

Sie tauschten einen Blick und schüttelten dann den Kopf.

»Wir müssten lediglich sicherstellen, dass der Junge auf dem gleichen akademischen Stand ist wie mindestens eines der anderen Kinder«, sagte Mr. Winters. »Warum lassen Sie ihn nicht einfach zum Mittagessen und für den restlichen Tag hier?«

Grace ging zur Tür, die in den Garten führte, und rief nach Mary und Theodora, den zwei jüngsten Kindern. Sie kamen angeschossen und ihre Locken lösten sich aus ihren Zöpfen.

»Was gibt's, Grace?«, fragte Mary.

»Dies ist Tom. Er besucht Lord Merton für eine Weile und wird eventuell euren Unterrichtsstunden beiwohnen. Ich würde mich freuen, wenn ihr ihn mit nach draußen nehmt und den anderen vorstellt.«

Theodora, mit acht Jahren die ältere der beiden Mädchen, ergriff Toms Hand. »Komm mit, wir spielen, bis es Zeit zum Essen ist.«

Als er sah, wie Tom grinste und ihn dann über die Schulter hinweg anlächelte, machte Doms Herz einen kleinen Sprung.

»Bis nachher, Milord.«

»Ich werde die Kutsche herschicken, um dich abzuholen.« Dom blickte den Kindern hinterher, als sie durch die Tür verschwanden. Irgendwann würde Tom sich für immer von ihm verabschieden.

»Es wird ihm hier gut gehen, Milord«, sagte Miss Tallerton.

Dom räusperte sich, seine Stimme war plötzlich belegt. »Natürlich.«

Zwei Stunden später betrat Dom Lady Thornhills Salon. Wie die Höhle des Löwen fühlte es sich jedoch nicht an, sondern es erinnerte vielmehr an den Wohnsitz eines Scheichs und war sogar recht angenehm. Er konnte nicht genau sagen, was an dem Raum so anders war, aber es regte die Sinne an. Eine schlanke, hochgewachsene Frau, gekleidet in ein buntes Kleid und einen Turban, begrüßte ihn, seine Mutter und seine Cousine.

»Eunice, wie schön, Sie hier zu sehen.« Die Dame gab seiner Mutter einen Kuss auf die Wange.

»Silvia.« Seine Mutter erwiderte die Geste. »An Dominic werden Sie sich wohl nicht mehr erinnern.«

Lady Thornhill streckte die Hände aus. »Sie sind zu einem wahrlich prachtvollen, jungen Herrn herangewachsen. Das letzte Mal, als ich Sie gesehen habe, konnten Sie kaum laufen. Danach waren mein Gatte und ich in der Auslandsvertretung in der Türkei.«

Er war so entsetzt, dass er fast vergaß, sich zu verbeugen. »Es ist mir eine Freunde, unsere Bekanntschaft zu erneuern.«

Er hatte nicht gewusst, dass seine Mutter mit Lady Thornhill befreundet war oder dass ihr Ehemann im diplomatischen Korps tätig war. Wenn zwischen seiner Mutter und der Lady eine Freundschaft bestand, würde er sich nicht früher davonmachen können. Seine Mutter würde vermutlich nicht gehen wollen.

Lady Thornhill lachte. »Ich bezweifle, dass Sie das derzeit ernst meinen, aber vielleicht finden Sie ja Interesse an einigen der Unterhaltungen.« Sie lächelte schelmisch. »Mein Ehemann und ich sind nicht ganz so schrecklich wie von vielen behauptet wird.«

Ertappt. Da hatte sie mit ihrer Vermutung ins Schwarze getroffen. Er grinste. »Wie es scheint, habe ich viel zu lernen. Allerdings würde ich als Erstes gern einen Zeichenlehrer für mein vorübergehendes Mündel finden. Er ist ziemlich talentiert.«

Die Dame blickte sich im Raum um, hielt inne und kniff dann die Augen zusammen. »Aha!« Sie deutete auf die hinterste Ecke, neben einem Fenster. »Da sind Sie bei der Gruppe dort hinten genau richtig. Sie alle sind junge Künstler, die auf Erfolg hoffen. Wenn von ihnen keiner Interesse hat, kennen sie sicherlich jemanden, der es hätte.«

Dom verneigte sich erneut. »Wenn Sie mich entschuldigen würden?«

»Aber natürlich. Sie sollten sich besser gleich darum kümmern. Ihre Miss Stern ist noch nicht eingetroffen.«

Er spürte, wie ihm die Wärme in die Wangen stieg. Lady Thornhill war eindeutig direkt. »Ich danke Ihnen, Ma'am.«

Sie neigte den Kopf und wandte sich zurück zu seiner Mutter, als er sich einen Weg zum anderen Ende des langen Salons bahnte.

Eine halbe Stunde und zahlreiche Fragen bezüglich Toms Können später, erklärte sich ein Künstler mit dem Namen John Martin bereit, den Jungen zu unterrichten. Sein Ziel erreicht, verabschiedete sich Dom von den Herren und drängte sich wieder durch die Menge. Dann erspähte er, wie Thea hinter einer attraktiven, älteren Dame mit silbernem Haar eintrat.

Er stand nur wenige Meter von seiner zukünftigen Frau entfernt, als Lady Thornhill die Stimme hob: »Euer Gnaden. Es wird aber auch Zeit, dass du mich mal wieder besuchst.«

Euer Gnaden? Warum war Thea in der Gesellschaft einer Duchess? Sie musste eine von Graces Bekanntschaften sein.

Die Augen der Duchess funkelten, doch sie antwortete in ernstem Tonfall: »Silvia, deine Manieren sind auch mit hochgesteckten Haaren nicht besser geworden.«

Lady Thornhills Augen tränten leicht, als sie breit grinste. »Ich habe dich vermisst. Wir sehen dich hier nicht annähernd oft genug.«

Die Frau umarmte Lady Thornhill. »Immer noch ganz die Alte.«

»Ja. Gefällt's dir?«

»In der Tat, das tut es.« Ihre Hoheit wies Thea an, vorzutreten. »Wie ich höre, hast du die Bekanntschaft meiner Enkelin Dorothea bereits gemacht.«

Wie vom Donner gerührt, hielt Dom inne.

Enkelin? Gott sei Dank hatte er ihr gegenüber nie angedeutet, sie müsse das Dasein als Marquise erst lernen. Er hätte sich zum Narren gemacht.

Lady Thornhill wandte sich an Thea. »Ja. Sie ist dir wie aus dem Gesicht geschnitten.«

Er betrachtete die Duchess und dann Thea. Die Ähnlichkeiten waren unverkennbar. Theas Züge waren ein jüngeres, rundlicheres Abbild ihrer Großmutter, die noch immer eine sehr attraktive Frau war.

Thea warf ihrer Großmutter einen verwirrten Blick zu. »Ich wusste nicht, dass du und Lady Thornhill euch so nahesteht.«

»Silvia ist meine Patentochter. Nach dem Tod ihrer Mutter habe ich sie für ihre erste Saison gesponsert.«

Dom unterdrückte ein Stöhnen und ging einen Schritt auf sie zu. Allmählich fügten sich die Puzzleteile zusammen. Kein Wunder, dass Thea so selbstbeherrscht auftrat und sich in fast jeder Situation wohlzufühlen schien. Er fand ihren Blick und nickte unmerklich in die Richtung ihrer Großmutter.

Sie streckte die Hand nach ihm aus. »Großmutter, darf ich dir meinen Verlobten, Lord Merton, vorstellen? Milord, dies ist meine Großmutter, die Duchess of Bristol.«

Die ältere Dame betrachtete ihn argwöhnisch. »Merton, ich hatte nicht damit gerechnet, Sie je hier anzutreffen, aber ich bin erfreut, Sie zu sehen.«

Er konnte kaum glauben, dass diese charmante Dame die Mutter des Duke of Bristol war. Einem verbitterteren Mann war er noch nie begegnet.

Er ergriff ihre Hand und verneigte sich. Wenn dies ein Test gewesen war, schien er ihn bestanden zu haben. »Ich danke Ihnen, Euer Gnaden.«

Sein Vorhaben, Theas Familie mit angemessener Herablassung zu begegnen, um so ein allzu vertrautes Verhältnis ihrerseits zu vermeiden, löste sich soeben in Luft auf. Kurz hatte er Schwierigkeiten, alles zu verarbeiten. Ihre Verwandtschaft würde wohl kaum ein Geheimnis sein, aber niemand hatte sie ihm gegenüber erwähnt. Selbst Alvanley schien davon nichts gewusst zu haben.

Anmutig neigte die Duchess den Kopf. »Geht nur, ihr zwei. Ich bin mir sicher, dass ihr interessanteren Unterhaltungen beiwohnen wollt.«

Thea hakte sich bei ihm ein. »Danke, Großmutter.«

Seine Verlobte führte ihn zu einem Fensterplatz am gegenüberliegenden Ende des Saals von den Künstlern. »Ich freue mich, dich zu sehen, aber was führt dich hierher?«

»Meine Mutter und meine Suche nach einem Zeichenlehrer für Tom.«

Sie zog die Brauen zusammen. »Noch immer kein Wort von seiner Familie?«

Dom schüttelte den Kopf. »Nichts, und es erscheint mir merkwürdig, dass Tom nie nachfragt. Für ihn scheint es ganz selbstverständlich, dass sein Vater zurückkommt, sobald er wieder im Lande ist.«

»Nun, er ist schließlich in der Armee. Vielleicht ist es für ihn die Norm. Großmutter sagt, dass Lord Stratton etwas seltsam ist.« Thea zog ihre volle Unterlippe zwischen die Zähne und Dom verspürte den Drang, seinen Mund auf ihren zu pressen. »Es macht dir nichts aus, dass Tom noch eine Weile bei dir sein könnte?«

»Du meinst bei uns, sollte niemand Anspruch auf ihn erheben, bevor sein Vater zurückkommt.«

Ihr sanftes Lächeln rührte ihn. »Mich stört es ganz und gar nicht. Tatsächlich habe ich ihn sehr liebgewonnen.«

»Das habe ich ebenfalls.« Und das war Teil des Problems. »Je länger Tom bei mir ist, desto schwerer wird es mir fallen, ihn wieder gehen zu lassen. Aber für ihn wäre es besser, bei seiner Familie zu sein.«

»Nicht, wenn sie ihn nicht wollen.«

Dom hatte den Blick beiläufig durch den Saal schweifen lassen, doch bei dem bissigen Klang in ihrer Stimme flog er zu ihr. »Du glaubst, es gibt eine Art Spaltung in der Familie?«

»Mir fällt sonst kein Grund ein, weshalb Tom und seine Mutter nicht in Stratton House oder auf einem der anderen Anwesen gewohnt haben.« Sie fasste sich mit Daumen und Zeigefinger an die Nasenwurzel. »Der Earl hat zahlreiche Anwesen. Man hätte ihr doch sicherlich eines davon überlassen können, vor allem in ihrer Situation. Weißt du denn nicht mehr, dass das eine von Mrs. Whites Bedingungen war? Keine engen Verwandten.«

»Das hatte ich vergessen.« Es war ihm ein Rätsel, wie das hatte passieren können. Er hatte sich immer etwas auf sein Gedächtnis eingebildet. Doch wenn Thea an seiner Seite war, konnte er an kaum etwas anderes denken als an sie. »Du scheinst dich informiert zu haben. Was hast du noch herausfinden können?«

»Es kommt alles von meiner Großmutter. Über die Ehe von Toms Eltern wusste sie nicht viel. Allerdings sagte sie, dass sein Vater für die Grafschaft an zweiter Stelle steht und obwohl der Erbe bereits seit mehreren Jahren verheiratet ist, hat er noch keine Kinder.« Sorge spiegelte sich in ihren Augen. »Großmutter sagte außerdem, dass der Gesundheitszustand von Stratton nicht der beste sei.«

»Statt weiterhin zu versuchen, den Earl zu kontaktieren, sollte ich vielleicht lieber seinen Erben ausfindig machen. Weißt du zufällig, wie er heißt?« Thea hatte recht, irgendetwas stimmte nicht, und je schneller er der Sache auf den Grund ging, desto besser. Der Junge sollte bei seiner Familie sein.

Sie hob den Blick kurz an die Decke. »Musstest du nie die Mitglieder des Adels auswendig lernen?«

»Ich dachte immer«, er schenkte ihr sein charmantestes Lächeln, »ich würde eine Frau heiraten, die sich damit auskennt. Und andernfalls habe ich irgendwo eine Kopie des *Debrett's* herumliegen.«

»Er ist der Viscount Cavanaugh. Sein primäres Anwesen liegt in Norfolk.«

»Wenn das so ist, sollte ich ihm einen Brief zukommen lassen.«

Sie legte ihre zierliche Hand in seine. »Danke. Ich wusste, du würdest dich darum kümmern.« Sie rutschte von der Bank und stellte sich vor ihn. »Komm mit. Wir machen einen Spaziergang durch die Gemäldegalerie. Ich glaube, dort hängt ein kleines Porträt von meiner Großmutter.«

Während er sich von ihr fortführen ließ, überlegte er, Toms Großvater mütterlicherseits ebenfalls eine Nachricht zu schicken. Sowie Thea oder sein Sekretär die Identität des Herrn herausgefunden hatten.

Sobald sie den Salon verlassen hatten, wechselte Thea das Thema. »Hast du schon ein geeignetes Haus für die Damen gefunden?«

Seine Mutter, Thea und er hatten sich darauf geeinigt, dass sie ein Anwesen benötigten, das nahe genug an London lag, um gut erreichbar zu sein, aber trotzdem weit genug entfernt war, damit die Damen sich nicht davor fürchten mussten, entdeckt zu werden. »Mein Sekretär ist dabei, die Auflistungen durchzusehen. Ich hatte vergessen, dass ich meinen Verwalter für ein paar Wochen nach Norfolk geschickt habe, sonst wäre es bereits erledigt.«

»Sie möchten natürlich so bald wie möglich umziehen. Die meisten von ihnen trauen sich nicht vor die Tür, und das Haus birgt so viele schlechte Erinnerungen für sie.«

Sie hatten die lange Galerie erreicht. Überrascht stellte er fest, dass keine Seele zu sehen war. Erstaunlich, wenn man die Anzahl der Gäste bedachte. Gott sei Dank. Endlich waren sie allein.

Dom drehte sich, um Thea in die Arme zu schließen, und unterdrückte dann ein Stöhnen. Ganz gleich, wonach er sich auch sehnen mochte, er würde alles in seiner Macht stehende tun müssen, um die Finger von ihr zu lassen. Er durfte nicht zulassen, dass seine Lust ihn kontrollierte.

KAPITEL 19

Dotty hoffte, Dom würde ihre kleine List nicht bemerken, oder es ihr wenigstens nicht übelnehmen. Großmutter hatte ihr tatsächlich erzählt, dass es irgendwo im Haus ein Bild von ihr mit Lady Thornhills Mutter gab. Da sie die Galerie allerdings bereits besucht hatte, wusste Dotty, dass sie für gewöhnlich leer war und sich hier einige ruhige Nischen befanden. Die Vorfreude auf seine Berührungen erwärmte ihren Körper.

Sie durchquerten den breiten Korridor und als sie das andere Ende erreichten, hielt Dotty vor einer Nische inne, die breit genug war, um eine lebensgroße Staue zu beherbergen. »Es muss irgendwo anders hängen.« Sie drehte sich zu ihm um und legte ihm die Hände auf die breiten Schultern. »Dom?«

Er bückte sich und presste seine Lippen hart auf ihre.

»Wir sollten dies nicht hier tun«, sagte er dann mit rauer Stimme.

Kühn liebkoste sie seine Zunge mit ihrer. Ihre Finger krallten sich in sein samtweiches Haar. »Warum nicht?«

Doms Hand fand zu ihrem Hinterteil, zog sie gegen sich. »Jemand könnte hereinkommen.«

Seufzend schmiegte sie sich an ihn. »Wir sind verlobt. Und in einer Woche werden wir verheiratet sein.«

»Wären wir doch bloß schon verheiratet, dann würde ich meine Zeit mit dir nicht an einem öffentlichen Ort verbringen.«

Dotty hielt sich an ihm fest, als seine andere Hand seitlich über ihre Brust fuhr und ihre Brustwarze sich zusammenzog. Als er seinen Daumen über die harte

Knospe streichen ließ, entfachte er ein Feuer in ihr, das durch ihren Körper jagte und die empfindliche Stelle zwischen ihren Beinen zum Pulsieren brachte. Sie drängte sich gegen ihn, sehnte sich nach etwas, nach irgendeiner Art von Erlösung.

Stöhnend versuchte sie ein Bein um ihn zu schlingen, doch ihre Röcke hinderten sie daran.

Der Druck baute sich auf und ihr kam ein weiteres Stöhnen über die Lippen. »Dom, ich will …«

»Was, Liebste? Was ist es, das du willst?«

»Ich weiß es nicht. Mein Körper schmerzt.«

»Bei Gott, Thea.« Er klang atemlos und als hätte er Schwierigkeiten, die Worte auszusprechen. »Du bringst mich noch ins Grab.«

Mit seinem Bein schob er ihre auseinander und drängte seinen Oberschenkel gegen ihre Mitte. Das Pulsieren wurde drängender. Gerade, als sie glaubte, es nicht mehr aushalten zu können, durchfuhr sie ein Schauer und ihre Atmung kam stoßweise. Dom verstärkte den Druck, während sie von einer Welle neuer Empfindungen nach der anderen überrollt wurde. Kurz darauf zersprang sie.

Sein Mund presste sich auf ihren und er erstickte ihren Schrei mit einem Kuss.

Großer Gott, *was* war gerade geschehen und wann konnten sie es wiederholen? Er zog sein Bein zurück und sie sackte gegen ihn.

Dom hielt sie fest. »Dies darf sich nicht wiederholen. Nicht, bis wir verheiratet sind.«

Das hatte sie nun wirklich nicht hören wollen. Sie hauchte Küsse an seinem Kiefer entlang. »Aber es hat mir gefallen.«

Sein tiefes Lachen vibrierte in seiner Brust. »Das verheißt Gutes für unsere Zukunft. Aber wenn wir nicht aufhören, werde ich es nicht bis zur Hochzeit aushalten.«

Was war daran so schlimm? Die Vorstellung, diese Wahl selbst treffen zu können, gefiel ihr. Natürlich war es mit Risiken verbunden, aber wie wahrscheinlich war es schon, dass Dom vor ihrer Hochzeit starb? Dank einer Unterhaltung, die sie mit der Frau eines Pächters geführt hatte, die auf dem Land ihres Vaters lebte, wusste sie über den Akt bereits Bescheid.

Die eigentliche Frage war also, wie Dom darauf reagieren würde, wenn sie ihm offenbarte, dass sie nicht zu warten wünschte. Andererseits war es vielleicht besser, ihn nicht vorzuwarnen. Sobald ihre Eltern ankamen und sie nach Merton House zog, hatte sie noch reichlich Zeit, ihn umzustimmen.

Sie erwiderte seinen Blick, hob die Hand, um seine Haare wieder zu glätten, und presste ihre Lippen auf seine. Als er mit der Zunge über den Saum ihrer Lippen fuhr und um Einlass bat, blitzte etwas in den Tiefen seiner Augen auf.

Dann verschloss sich seine Miene wieder und er ließ von ihr ab. »Wir sollten zurück zum Salon gehen, sonst macht sich noch jemand auf die Suche nach dir.«

Dieser verflixte Mann. Dies würde schwieriger werden als gedacht. Sie richtete ihr Kleid. »Nun. Es muss keiner wissen, dass wir mehr getan haben, als uns die Bilder anzusehen.«

Als sie den Salon wenige Minuten später wieder betraten, war die Anzahl der Gäste um fast das Doppelte gestiegen. Dotty suchte nach ihrer Großmutter und fand sie schließlich mit einer Gruppe älterer Damen, darunter auch Lady Merton und Lady Shirring. Was bedeuten musste, dass Miss Turley anwesend war.

Nach ihrem morgendlichen Besuch hatte Dotty Charlotte und Louisa von dem Gespräch erzählt, das sie belauscht hatte. Letzten Endes hatten sie sich darauf geeinigt, dass Lady Manners die Impulsgeberin gewesen war und Miss Turley sich zu leicht beeinflussen ließ.

Für Dom war sie jedenfalls viel zu gehorsam. Es war jedoch noch immer ein Rätsel, weshalb Lady Manners gewollt hatte, dass ihre Cousine Dom heirate.

Der Fensterplatz war besetzt, genau wie all die anderen Stühle und Sofas. Große, bunte Kissen dienten als zusätzliche Sitzgelegenheiten, doch selbst die waren von jungen Männern und einigen der mutigeren Damen in Beschlag genommen worden.

Dotty führte Dom zu einer Ecke, in der noch niemand stand. »Ich glaube, Miss Turley ist hier.«

Seine dunkelblonden Brauen zogen sich zusammen. »Wie kommst du darauf?«

»Ihre Tante, die Countess of Shirring, steht bei meiner Großmutter und deiner Mutter. Sie ist angereist, um die Beaufsichtigung von Miss Turley zu übernehmen.«

»Nach ihrem kleinen Kunststück wird es aber auch höchste Zeit, dass das jemand in die Hand nimmt.«

Dass er glücklich sein würde, hatte Dotty nicht geglaubt, aber sie hatte auch nicht damit gerechnet, dass er noch immer so verärgert sein würde. »Ich glaube nicht, dass es das Werk von Miss Turley war.« Oder vielleicht benahm er sich so schroff, weil er sich gewünscht hatte, Miss Turley zu heiraten. Hatte er deshalb in der Galerie von ihr abgelassen? Wenn er sie wirklich nicht wollte, würde Dotty ihn gehen lassen.

Mit hochgezogener Braue hob sie das Kinn. »Wie dem auch sei, hätten die Dinge nicht ihren Lauf genommen, dann wären wir jetzt nicht verlobt.«

Dom hatte sich im Saal umgesehen, aber die Herausforderung in ihrer Stimme war unverkennbar und sein Blick schnellte zurück zu ihr. Verdammt. Dies war einer dieser Momente, über die sich andere Männer beschwerten, einer, von dem er nie geglaubt hatte, ihn selbst zu erleben. Das Problem war, dass er sich auf den melodischen Klang ihrer Stimme konzentriert, ihre Worte dabei aber nur halb mitbekommen hatte.

Stimmte etwas nicht mit ihrer Verlobung? Ein kämpferisches Flackern trat in ihre dunkelgrünen Augen und instinktiv wusste er, dass es nur eine Antwort gab. »Ich will dich.«

Ihre Miene entspannte sich und sie lächelte wieder. »Ich frage mich, weshalb Lady Manners sich die Hochzeit so sehr gewünscht hat.«

Er zuckte mit den Schultern. Er hatte zu all seinen potenziellen Ehefrauen Nachforschungen anstellen lassen. Ihre Familien waren finanziell abgesichert und keine von ihnen ließ auch nur einen Anflug von Unanständigkeit vermuten. »Prestige. Ihr Vater ist ein Viscount und der Titel ist noch nicht allzu alt.«

Theas Braue schoss erneut in die Höhe.

Um Himmels willen, dieses ... was auch immer es war, was sie verband, wimmelte nur so vor versteckten Fettnäpfchen. Er wollte es keine Liebeshochzeit nennen – schließlich hatte er geschworen, sich nicht zu verlieben – aber eine praktische Vernunftehe war dies ganz sicher auch nicht. An seiner Thea gab es rein gar nichts Praktisches. Bordelle, Kätzchen, verlorene Kinder und gefallene Frauen. Es fühlte sich an, als würde er in Treibsand versinken. Und wer wusste schon, wo es enden würde? Er jedenfalls nicht. Nicht nur das, nachdem er die Bekanntschaft ihrer Großmutter gemacht hatte, hatte er jegliche Hoffnung aufgegeben, sie jemals zügeln zu können.

Ehe Thea antworten konnte, sagte er: »Es ist ganz selbstverständlich, dass ihre Familie nach einem möglichst hochrangigen Ehemann für sie sucht.«

Sie murmelte etwas Unverständliches über ihren Vater und schüttelte leicht den Kopf. »Nicht alle Damen versuchen, einen Gentleman in die Falle zu locken.«

Gott sei Dank. Er war wieder auf sicherem Boden. »Das stimmt.«

»Dort hinten ist sie ... mit einem jungen Mann.«

»Das ist ihr Bruder, Mr. Turley.«

Ihre üppige Unterlippe schob sich leicht hervor. »Ja, man erkennt die Ähnlichkeiten. Ob sie uns bemerken werden?«

»Ich hoffe nicht.« Dom hatte sie gern für sich allein, auch wenn es in einem von Menschen überfüllten Salon war. Wenigstens bat sie niemand um einen Tanz oder bot an, ihr ein Getränk zu holen.

Mr. Turley blickte in ihre Richtung und neigte sich dann zu seiner Schwester. Sie errötete und schüttelte den Kopf. Er musste noch etwas anderes gesagt haben, denn nun nickte sie und sie kamen geradewegs auf ihn zu.

Doms Kiefer spannte sich an.

»Sei nett«, flüsterte Thea. »Nach den ganzen Gerüchten, die in Umlauf gesetzt wurden, werden die Klatschmäuler unsere Reaktion genauestens beobachten.«

Welche Gerüchte? Ihm war nichts zu Ohren gekommen. Allerdings hatte er seine Freunde in letzter Zeit nicht gesehen und im *White's* war er auch schon länger nicht mehr gewesen. Sein Griff um ihren Arm wurde fester.

Thea lächelte und streckte ihre freie Hand aus. »Elizabeth, wie schön, Sie zu sehen.«

Miss Turley warf ihm einen verängstigten Blick zu und richtete ihre Aufmerksamkeit dann auf Dotty. »Dotty, ich danke Ihnen. Ich kenne hier nur wenige Gäste, aber meine Tante hat darauf bestanden, dass wir herkommen.«

Er und Turley begrüßten sich mit einem kurzen Kopfnicken.

»Turley.«

»Milord.«

»Oh, Dotty.« Miss Turley schenkte ihr ein strahlendes Lächeln. »Darf ich Ihnen meinen Bruder, Mr. Turley, vorstellen? Gavin, dies ist Miss Stern.«

Hatte der Bruder bei der Falle mitgewirkt? Hatte Miss Turley deshalb an jenem Abend mit ihm diskutiert?

Sein Lächeln machte jedenfalls einen aufrichtigen Eindruck, als er sich über Theas Hand verbeugte. »Es ist mir eine Freude, Miss Stern. Erlauben Sie mir, Ihnen und Lord Merton zur Verlobung zu gratulieren.«

Thea drehte sich zu Dom. Ihr Gesicht strahlte vor Freude, und bei dem Gedanken, dass dieser Ausdruck ihm galt, begann sein Herz wie wild in seinem Brustkorb zu pochen. Und sie hatte recht. Ohne Lady Manners' Intrigen würde er jetzt in Merton sitzen, statt Thea zu heiraten. Er grinste Turley an. »Ich danke Ihnen. Wir sind sehr glücklich.«

Turley nickte und wandte sich erneut an Thea. »Elizabeth hat mir erzählt, wie freundlich Sie zu ihr waren.«

»Ach, es ist doch ein Leichtes, freundlich zu jemandem zu sein, der so gutmütig ist wie Ihre Schwester.«

Eine Weile lang unterhielten sie sich über das Wetter und die vielen interessanten Gäste von Lady Thornhill.

Schließlich sagte Turley: »Miss Stern, es hat mich gefreut, Sie kennenzulernen. Ich kann verstehen, weshalb Lord Merton so glücklich ist.«

Miss Turley nickte und hakte sich bei ihrem Bruder unter. »Absolut. Ich finde, Sie sind ein perfektes Paar.«

Während Thea ihnen dankte und sich von ihnen verabschiedete, stellte Dom überrascht fest, dass er tatsächlich glücklich war. Glücklicher noch als er es vor dem Tod seines Vaters gewesen war.

Als die beiden sich davonmachten, murmelte er: »Das lief doch gut und sollte auch dem letzten bisschen Gerede ein Ende setzen. Vielleicht sollte ich meinen Sekretär bitten, Lady Manners eine Dankeskarte zukommen zu lassen.«

»Milord.« Theas Augen weiteten sich in gespieltem Entsetzen. »Hast du gerade einen Witz gemacht?«

Er überlegte kurz und lachte dann leise. »Ich schätze schon.«

KAPITEL 20

Ein paar Tage nach Lady Thornhills Empfang bat Major Horton um ein dringendes Treffen mit Dotty, Dom und seiner Mutter.

Der Major lehnte am Kaminsims im Arbeitszimmer, seine Haltung war angespannt. Lady Merton saß vor Doms Schreibtisch auf einem Stuhl neben Dotty.

»Wie schlimm war es?«, fragte Dom den Major, der kurz nach dem Frühstück eingetroffen war und ihnen mitgeteilt hatte, dass die Damen früher als geplant umziehen mussten.

»Sie hat das ganze Haus geweckt und allen eine Schei...«, sein Blick huschte zu Dotty und dann zu Lady Merton, »eine Heidenangst eingejagt. Zum Glück konnte Mrs. Oyler alle beruhigen, aber es hat sie sehr erschreckt und auch meine Frau hat es nervös gemacht. Die Frau, die so geschrien hat, sagte, sie habe gehört, wie sich Männer vor ihrem Fenster unterhalten hätten.«

Doms Gesichtszüge zeugten von Ungeduld. Als würde er die Schwere des Problems wahrlich nicht verstehen. »Sie sind gut beschützt und wir haben alle Türschlösser ausgetauscht. Sagen Sie ihnen einfach, dass es keinen Grund zur Sorge gibt.«

Dotty zog lautstark die Luft ein und atmete dann langsam wieder aus. Mrs. White wartete derzeit in Newgate auf ihr Gerichtsverfahren. Glücklicherweise hatten die *Runner* ausreichend Beweise, sodass keine der Damen aussagen musste. Miss Betsy war ihnen allerdings irgendwie entwischt, und keiner wusste, wer die Halunken waren, die Mrs. White geholfen hatten.

Major Hortons Haltung blieb unverändert, aber er schien noch angespannter. »Es ist diese Woche schon das zweite Mal, dass so etwas geschieht. Die Frauen werden sich in dem Haus nie sicher fühlen.«

Er hatte recht und vermutlich war es auch nicht sicher. Ja, Dom hatte im Haus Bedienstete aufgestellt, aber wer wusste schon, wozu die Verbrecher fähig waren? Eine Unterkunft zu finden, erwies sich weiterhin als problematisch. Doms Verwalter hatte zwar ein Herrenhaus nahe Richmond gefunden, das groß genug war, doch es bedurfte ausführlicher Renovierungen, die noch nicht annähernd abgeschlossen waren. »Wir müssen sie umziehen lassen.«

Doms Blick flog vom Major zu ihr. »Alle sind zur Ballsaison in die Stadt gereist, da werden wir kein vernünftiges Haus zur Miete finden. Außerdem würden Hauswirte bei einem Haus voller junger, hübscher und alleinstehender Frauen schnell stutzig werden. Sie würden genau die Vermutung hegen, die wir vermeiden wollen.«

»Es muss doch etwas geben, das wir tun können«, sagte Lady Merton. »Vielleicht könnten sie auf eines der ländlichen Anwesen ziehen, bis das Haus fertig ist.«

Dotty blickte zum Major. »Wann reisen Sie ab?«

»Mit *Boney* auf freiem Fuß wurde mein Auftrag vorerst aufgeschoben, aber aller Wahrscheinlichkeit nach werde ich schon bald wieder auf dem Kontinent sein. Ich möchte meine Frau nicht in der St. George Street zurücklassen, wenn ich gehe.« Er grinste plötzlich. »Ein Anwesen auf dem Land behagt mir da um einiges besser.«

Dom fuhr sich mit der Hand durch das bereits zerzauste Haar und lehnte sich in seinem Sessel zurück. »Ich werde mit meinem Verwalter unsere Möglichkeiten besprechen. Gibt es Neuigkeiten von Toms Vater?«

»Nein, nichts.« Der Major schüttelte den Kopf. »Wie Sie bereits wissen, wird er im Dezember zurückerwartet. Ich habe ihm mit der offiziellen Post einen Brief zukommen lassen, aber er wird ihn noch nicht erhalten haben. Wie geht es dem Jungen?«

Das war womöglich der einzige Lichtblick dieser misslichen Lage. »Tom ist wohlauf und glücklich. Er wird in Stanwood House unterrichtet und hat einen Zeichenlehrer.« Bei dem Gedanken, wieviel Freude ihm die Zeit mit Matts und Graces Brüdern und Schwestern bereitete, musste Dotty lächeln. »Er hat großes Talent.«

»Leider«, sagte Dom, »hatten wir bisher kein Glück damit, seinen Großvater zu erreichen, und als ich gestern Nachmittag an dem Stadthaus von Viscount Cavanaugh vorbeifuhr, fehlte der Türklopfer. Ich habe einen Brief an sein Anwesen gesandt, aber keine Antwort erhalten.«

Nachdenklich rieb sich der Major das Kinn. »Haben Sie darüber nachgedacht, dass der Knabe bei Ihnen vielleicht besser aufgehoben wäre, bis sein Vater zurückkehrt?«

Schlagartig veränderte sich Doms Gesichtsausdruck von freundlich zu missmutig, als hätte man eine Kerze ausgepustet. »Es ist meine Pflicht, den Jungen zurück zu seiner Familie zu bringen.«

Der Major verschränkte die Arme vor der Brust. »Sie wissen noch immer nicht, weshalb Cavanaugh seine Frau allein in der Stadt zurückgelassen hat. Was ist, wenn sie den Jungen aufnehmen und schlecht behandeln?«

Dotty stimmte dem Major zu. Es wäre für Tom bestimmt das Beste, in Merton House zu bleiben, bis sein Vater heimkam.

»Der Viscount ist ein Mitglied des Adels.« Doms Kiefer spannte sich an. »Er würde kein Kind misshandeln. Außerdem hat er eine Pflicht, was seinen Enkel betrifft.«

Fassungslos starrte sie ihn an, konnte nicht glauben, was sie da hörte. Dies war nicht der Mann, in den sie drauf und dran war, sich zu verlieben, sondern ganz eindeutig der Mann, den ihre Freundinnen nicht ausstehen konnten. Nun, seine fälschlichen Ansichten würde sie nicht einfach kommentarlos hinnehmen. »Merton, das kannst du doch nicht ernsthaft glauben? Bislang hat er seine Pflicht doch auch nicht erfüllt und seinem bisherigen Benehmen nach zu urteilen, traue ich es ihm auch jetzt nicht zu.«

»Thea«, zischte er, »du wirst Toms Wohlergehen mir überlassen.«

Wie konnte er nur so uneinsichtig sein? Und wie konnte er es wagen, in diesem Tonfall mit ihr zu sprechen und das auch noch in der Anwesenheit des Majors? Zornig funkelte sie ihn an und erhob sich. »Nicht, wenn du vorhast, ihn an Menschen abzugeben, die er nicht kennt und die ihn nicht wollen.«

Seine Miene verschloss sich und sie konnte nicht mehr erkennen, was er dachte. »Wir werden dies später besprechen.«

Noch nie hatte er in diesem kalten, harten Tonfall mit ihr gesprochen. Dotty atmete tief ein, ihr Geduldsfaden war dem Zerreißen nah. »Na schön.«

Sie drehte sich um und ging aus der Tür.

»Thea, warte«, forderte Dom.

Sie hatte genug von seiner überheblichen Ignoranz. Sie wirbelte zu ihm herum und deutete mit dem Finger auf ihn. »Nein, jetzt wartest du. Du scheinst zu glauben, dass ein Adelsmitglied über alles erhaben ist und nichts falsch machen kann. Öffne deine Augen und sieh dich doch mal um! Ein Adelsmitglied kann seine Frau, Kinder und Angehörigen ebenso schlecht behandeln wie jeder andere auch. Mir reicht's.«

»Bleib, wo du bist. Ich werde dich zurück zum Berkeley Square bringen.«

»Mach dir keine Umstände. Ich kann den Spaziergang gut gebrauchen.« Sie biss sich auf die Unterlippe und verließ das Arbeitszimmer. Sie wollte möglichst schnell Distanz zwischen sie bringen und so eilte sie den Korridor entlang und blieb erst vor dem Eingangssaal wieder stehen. Sie atmete tief durch, setzte ein höfliches Lächeln auf, betrat den Saal und rief nach ihrem Bediensteten.

Fred ließ nicht lange auf sich warten. »Stimmt etwas nicht, Miss? Ich dachte, Sie bleiben zum Lunch?«

»Es gab eine kleine Planänderung.« Sie knöpfte sich den Spenzer zu und wandte sich an Paken. »Würden Sie bitte etwas von Master Toms Kleidung nach Stanwood House schicken lassen? Er wird für ein paar Tage dort bleiben.«

Der Butler verneigte sich. »Sehr wohl, Miss. Möchten Sie, dass ich Ihnen eine Kutsche rufe?«

»Nein, danke, Paken. Die frische Luft wird mir guttun.« Viel frische Luft und die Chance, ihren Groll abzubauen.

Schnell ging sie die Brook Street hinunter, bog in den Carlos Place und konnte gerade noch aus dem Augenwinkel erkennen, wie sich etwas eilig davonmachte. Ihre Nackenhaare stellten sich auf, als würde sie jemand beobachten. Sie verlangsamte ihre Schritte, drehte sich um und nahm ihre Umgebung in Augenschein, doch dort war niemand. »Fred, haben Sie etwas gesehen?«

»Nein, Miss. Was meinen Sie?«

Sie war in Versuchung, es einfach als Vogel oder Eichhörnchen abzutun, doch es hätte kein Tier sein können. »Ich glaube, uns hat vielleicht jemand beobachtet.«

Er blickte sich um. »Wir sollten Sie nach Hause bringen.«

Dotty nickte und machte sich mit großen Schritten wieder auf den Weg, so wie sie es auch auf dem Lande immer tat.

Kurze Zeit später bogen sie um die Ecke in den Berkeley Square. »Kommen Sie, ich spendiere Ihnen ein Eis.«

Freds Gesicht wurde puterrot. »Miss, das könnte ich nicht annehmen. Es würde sich nicht …«

»Halten Sie Ausschau nach Verfolgern.«

»Ach so, ja, natürlich, Miss. Verzeihen Sie die Frage, aber warum sollte Sie jemand verfolgen?«

»Als wir zu Mrs. White gingen, hat Lord Merton seinen Namen preisgegeben. Ich bin nicht naiv genug, um zu glauben, dass das keine Auswirkungen haben könnte. Sie stimmen mir doch sicher zu, dass es unklug wäre, jemanden nach Stanwood House zu führen.«

Der Bedienstete tippte sich mit dem Zeigefinger an die Nase. »Sehr raffiniert, Miss.«

Sie hoffte, dass Matt bei seinen Bediensteten außer auf Muskelkraft auch auf Grips achtete. Sie wurde langsamer, bis sie gemächlichen Schrittes zum anderen Ende des Squares schlenderten und dort Eis bestellten.

»Miss Stern?« Miss Featherington winkte ihr von einem Tisch in der Nähe des Fensters aus zu. »Setzen Sie sich doch zu uns!«

Dotty begrüßte die jüngere Frau und ihre Mutter, Lady Featherington, die damit beschäftigt war, eine Liste durchzugehen. »Ich danke Ihnen. Es tut mir leid, aber ich fürchte, ich kann nicht lange bleiben.«

»Das ist doch kein Problem.« Miss Featherington lächelte. Sie war das genaue Gegenteil von ihrem etwas wortkargeren, älteren Bruder. »Ich wollte Ihnen nur sagen, dass Mutter die Einladung von Ihrer Großmutter für den Ball erhalten hat. Ich freue mich schon sehr. Ich war noch nie im *Pulteney*.«

Ein Ball? Wann hatte Großmutter beschlossen, einen Ball zu geben?

In dem Bestreben, ihre Überraschung zu überspielen, beschäftigte sich Dotty mit dem Ausziehen ihrer Handschuhe. »Dort wohnt meine Großmutter am liebsten, wenn sie in der Stadt ist.«

»Sie scheinen sehr gefasst zu sein. Ich wäre außer mir, wenn man nur zwei Tage vor der Hochzeit mir zu Ehren einen Ball geben würde.«

Sie steckte sich einen Löffel Eis in den Mund. »Ach wo«, sagte sie ehrlich, nachdem sie sich vom anfänglichen Schrecken erholt hatte. »Wissen Sie, ich werde damit nicht allzu viel zu tun haben. Großmutter übernimmt die Details gerne selbst.« Oder besser gesagt, die Vorbereitungen würden von ihrer Gefährtin und dem Sekretär betreut werden. Trotzdem wünschte sich Dotty, dass ihre Großmutter die betroffene Person auch nur ein einziges Mal vor der Planung der Veranstaltung hinzuziehen würde. Sie blickte zu Fred, der vor der Tür stand, seine Aufmerksamkeit auf jemanden oder etwas in der Ferne gerichtet. Sie verspeiste den letzten Bissen Eis. »Nochmals vielen Dank, dass Sie mich zu sich eingeladen haben, aber ich sollte mich jetzt wirklich auf den Weg machen. Lady Worthington wird sich sonst noch wundern, wo ich abgeblieben bin.«

»Danke, dass Sie uns Gesellschaft geleistet haben«, erwiderte Miss Featherington begeistert. »Ich freue mich schon sehr auf den Ball.«

Dotty erhob sich und begab sich zur Tür. Fred öffnete sie ihr. »Und?«

»Ein Junge hat sich hinter dem großen Baum an der Straße versteckt und Sie beobachtet. Vielleicht sollten wir zuerst nach Worthington House gehen.«

Bis Worthington House, das am gleichen Square und direkt gegenüber von Stanwood House lag, für die

Familie bewohnbar war, hatte Matt nur sein Arbeitszimmer dort eingerichtet. Er würde sie beraten können.

»Eine ausgezeichnete Idee.« Sie spazierte über den Square, so als hätte sie kein bestimmtes Ziel vor Augen, ehe sie Worthington House ansteuerte.

Der Butler, Thornton, öffnete ihnen die Tür und geleitete sie zu Matts Arbeitszimmer.

Er erhob sich als sie eintrat. »Was verschafft mir die Ehre?«

»O Matt.« Dotty seufzte erleichtert. »Ich habe uns alle in die Patsche geritten.«

Wortlos wies er sie an, sich auf einen der Stühle vor seinem großen Schreibtisch zu setzen. »Hat es etwas mit Merton zu tun?«

»Nur ein wenig.« Sie setzte sich und strich sich über die Röcke. »Wir hatten eine Meinungsverschiedenheit und ich bin mehr als nur ein wenig erzürnt aus seinem Haus gestürmt.«

»Willst du mir etwa weismachen, dass er dir seine Kutsche nicht angeboten hat?« Matts Stimme klang gefährlich ruhig, was für seinen Cousin nichts Gutes verheißen konnte.

»Doch, hat er.« Sie biss sich auf die Lippe. Vielleicht war sie etwas voreilig gewesen. »Aber ich war so wütend, dass ich beschloss, zu Fuß zu gehen.« Sie hielt kurz inne. »Man hat mich verfolgt.« Sie erzählte ihm von dem Jungen, der sie beobachtet hatte. »Fred schlug vor, dass wir erst hierherkommen.«

Matt zog an der Klingel; kurze Zeit später trat Thornton durch die Tür. »Milord?«

»Bitten Sie Fred, in die Stallungen zu gehen, um den Stallburschen eine Beschreibung des Jungen zu geben. Sollten sie den Jungen finden, möchte ich, dass er hergebracht wird.« Er blickte zu Dotty. »Geh mit Fred. Ich werde dich in den Hinterhof von Stanwood House fahren lassen. Bis wir dies geklärt haben, wird nicht mehr zwischen dem Berkeley Square und Merton House herumspaziert.«

Wenigstens steckte sie nicht in Schwierigkeiten. »Verstanden. Danke.«

Matts Mundwinkel hoben sich zu einem schiefen Grinsen. »Mach dir keine allzu großen Vorwürfe. Ich hatte schon damit gerechnet, dass so etwas in der Art passieren könnte. Mit etwas Glück können wir herausfinden, wer hier was und von wem möchte.«

»Wenn sie einen Jungen einsetzen, ist es vielleicht dieselbe Bande, die Tom mitgenommen hat.«

»Schon möglich, aber viele Banden benutzen Kinder für allerlei Machenschaften.« Er stützte die Ellenbogen auf dem Tisch ab und legte die Finger aneinander. »Dotty, was dich und Merton betrifft …«

Sie zog die Unterlippe zwischen die Zähne. »Ja?«

»Wenn du die Verlobung auflösen möchtest …«

Ihr stiegen Tränen in die Augen und ihre Kehle schnürte sich schmerzhaft zu. »Und für den größten Skandal der Saison sorgen?«

»Wir können die Hochzeit aufschieben. Wir könnten den Gesundheitstand deiner Mutter als Grund nennen.«

Nach dem heutigen Morgen wollte ein Teil von ihr die Gelegenheit, die Hochzeit hinauszuzögern, beim Schopfe packen, und doch schmerzte ihr Herz bei der Vorstellung. Es musste doch einen Weg geben, Dom vor Augen zu führen, wie sehr er sich irrte. Und wenn sie es nicht tat, wer dann? »Ich werde darüber nachdenken.«

Dom starrte Thea hinterher, als sie den Korridor entlangstürmte. Er starrte und starrte, bis er die Hand seiner Mutter auf seinem Arm spürte.

»Sie ist jetzt sehr verärgert, mein Lieber. Gib ihr ein wenig Zeit, sich wieder zu beruhigen.«

Seine Finger krallten sich in sein Haar. Schon wieder. Das hatte er sonst nie getan, erst seitdem er Thea kennengelernt hatte. Großer Gott. Was, wenn sie ihn verließ? Daran wollte er gar nicht erst denken. »Wenn sie doch nur nicht so stur wäre.«

»Dominic.« Seine Mutter zog die Brauen zusammen. »Meiner Meinung nach, war sie mit ihrer Ansicht im Recht. Du wirst dich bei ihr entschuldigen müssen.«

Ihm fiel die Kinnlade hinunter. »Ich? Mich entschuldigen?«

»Ganz genau.«

Hilfesuchend drehte er sich zu Horton um, der noch immer am Kamin lehnte.

Der Major schüttelte den Kopf. »Von mir können Sie da keine Hilfe erwarten. Ich stimme ihrer Ladyschaft und Miss Stern zu.« Er richtete sich auf. »Ich muss zurück und den Damen versichern, dass Sie nach einem anderen Haus suchen.« Als er auf dem Weg zur Tür an Dom vorbeiging, warf er ihm ein Grinsen zu. »Machen Sie sich um Ihre Verlobte keine allzu großen Sorgen. Es ist unverkennbar, dass Sie sich lieben. Wenn Sie etwas zu Kreuze kriechen, wird es dem Ganzen bestimmt helfen, und Blumen könnten auch nicht schaden.«

Pfeifend trat Horton in den Korridor hinaus.

»Das ist ein guter Rat«, sagte seine Mutter, als sie sich ebenfalls erhob und dem Major folgte.

»So ein Mist!«, fluchte Dom leise, als er den Korridor zum Arbeitszimmer seines Verwalters durchquerte. »Welches meiner Anwesen würde sich als Bleibe für die Damen und Major Horton eignen, bis die Renovierungen im Richmond Haus abgeschlossen sind?«

Jacobs trommelte einen Moment lang mit den Fingern auf dem Schreibtisch. »Da wäre das in der Nähe von Oxford.«

Dom schüttelte den Kopf. »Zu dicht an der Universität.«

»St. Albans?«

»Suchen Sie mir die Informationen heraus. Es ist eine ganze Weile her, dass ich das Anwesen gesehen habe.«

Dom setzte sich, während Jacobs den Ordner vor ihm auf den Schreibtisch legte.

»Zwanzig Schlafgemächer, Milord. Ausreichend Salons. Ein netter Park und Gärten für einen Spaziergang.«

»Meinen Sie, es wäre weit genug von der Stadt entfernt, um Gerede zu vermeiden?«

»Milord, wir würden mehr Bedienstete einstellen müssen, als derzeit vor Ort sind. Bevor die Damen eintreffen, könnten wir verbreiten, dass es Kriegswitwen und Ehefrauen von stationierten Militäroffizieren sind.« Jacobs schenkte ihm eines seiner seltenen Lächeln. »Ich werde dem Ehepaar schreiben, das sich um das Haus kümmert, um ihnen von Ihren neuen wohltätigen Bemühungen zu berichten.«

»*Wohltätige Bemühungen?*«, *spottete Onkel Alasdair.* »*Freudenmädchen. Glaubst du wirklich, sie würden sich jemals ändern? Diese Huren hätten sich doch davongemacht, wenn sie nicht dort sein wollten.*«

Es war das allererste Mal, dass Dom mit absoluter Gewissheit sagen konnte, dass sein Onkel falschlag. Und wenn er hier falschlag, worüber hatte er sich noch geirrt? »Ausgezeichnet, und machen Sie deutlich, dass sie die Damen auch als solche zu behandeln haben oder sie werden sich vor mir verantworten müssen.«

»Sehr wohl, Milord«, erwiderte Jacobs in freudigem Tonfall. »Soll ich Major Horton bitten, etwas über die Familiengeschichten der Damen zu erzählen? Nur, damit es nicht zu viele Fragen gibt, meine ich.«

»Tun Sie das und finden Sie außerdem heraus, wie bald die Damen abreisen können.«

»Milord.« Paken betrat den Raum. »Eine Nachricht für Sie von Lord Worthington.«

Verdammt! Das war's. Thea würde ihn verlassen. Er nahm die Nachricht entgegen. »Ich werde in meinem Arbeitszimmer sein.«

Dom setzte sich an seinen Schreibtisch und starrte den Brief in seinen Händen an. Nun, das Öffnen hinauszuzögern, würde den Inhalt auch nicht angenehmer machen. Er öffnete das Siegel und glättete das Blatt Papier.

Merton,
ich erwarte Dich innerhalb der nächsten halben Stunde in Worthington House.
Gehe über die Stallungen. Es darf niemand erfahren, dass Du das Haus verlassen hast.
Worthington

Keine Rede davon, dass Thea ihre Verlobung auflösen wollte. Erleichtert atmete Dom auf, doch dann versetzte ihn die Überheblichkeit seines Cousins in Zorn. Hatte der Mann den Verstand verloren? Wie hatte es nur soweit kommen können? Ein Merton, der sich in Gassen herumschlich. Kurz war er in Versuchung, Worthingtons Forderung einfach zu ignorieren. Aber verdammt, was, wenn sein Wunsch berechtigt war? »Paken, sorgen Sie dafür, dass in fünf Minuten eine Kutsche an der Gartenpforte bereitsteht.«

Keine Viertelstunde später stürmte Dom in Worthingtons Arbeitszimmer und hielt ihm die Nachricht unter die Nase. »Was zum Teufel hat dies zu bedeuten?«

»Setz dich.« Sein Cousin spannte den Kiefer an.

»Du kannst mir nicht befehlen, mich ...« Dom ließ sich in den Stuhl fallen. Was, wenn Thea verletzt war – oder schlimmer? »Ist es Thea? Geht es ihr gut?«

»Nicht dank dir.«

Merton fuhr sich mit der Hand durchs Haar. Wenn Thea ihn nicht verließ, dann würde es sein Kammerdiener tun.

»Was ist passiert?«

»Sie wurde verfolgt. Einige meiner Bediensteten suchen gerade nach dem Jungen.«

Stöhnend ließ er den Kopf in die Hände fallen.

»Ich will eine Erklärung, weshalb Thea Merton House zu Fuß verlassen durfte.«

»Wir waren nicht ganz einer Meinung, was Tom und die Damen angeht.«

»Da muss doch noch etwas anderes vorgefallen sein.« Sein Cousin musterte ihn aus zusammengekniffenen Augen. »Dotty ist eine der besonnensten, jungen Damen, die ich je kennengelernt habe.«

»Womöglich habe ich darauf bestanden, dass sie die Sorge für Tom mir überlässt.« Er zog die Luft ein. In dem Moment hatten seine Worte vernünftig geklungen. Jetzt war er sich da nicht mehr ganz so sicher.

Sein Cousin lehnte sich in seinem Sessel zurück und wies ihn mit einer Handbewegung an, fortzufahren. »Und weiter?«

Dom erzählte ihm von dem Treffen und was sie besprochen hatten. Als er fertig war, war Worthingtons Gesicht vor Zorn rot angelaufen.

Er warf den Stift auf den Schreibtisch, mit dem er herumgespielt hatte. »Sag mal, gehst du absichtlich mit Scheuklappen durchs Leben? Sie könnte mit ihrer Einschätzung durchaus recht haben.«

Kurz schloss Dom die Augen. »Das haben der Major und meine Mutter ebenfalls gesagt. Ich bin diesen ganzen Aufruhr nicht gewohnt. Ich wusste nicht ...« Er rieb sich die Schläfen. »Es ist mir verdammt unangenehm, dass eine junge Dame mehr über den zwielichtigen Teil der Welt weiß als ich. Viel schlimmer noch ist, dass sie nie auf das hört, was ich ihr sage.«

»Deine Verlobte hat den Ruf, Opfer aus eben diesem Teil der Welt zu retten.« Doms Kopf fuhr hoch. Und er hatte gehofft, dass ihr Benehmen hier eine Ausnahme war. »Nicht in London, natürlich. Dafür hatte sie hier noch nicht ausreichend Zeit. Dennoch hast du recht. Sie besitzt vermutlich um einiges mehr Wissen als du. Das gefällt dir vielleicht nicht, aber du kannst es auch nicht länger ignorieren.« Worthington schenkte ihnen zwei Brandy ein und schob Dom ein Glas zu. »Vor dem Vorfall im Bordell habe ich mich gefragt, ob du auch nur einen Tropfen Bradford Blut in dir trägst. Deine Taten dort haben mich Hoffnung schöpfen lassen, aber nur du kannst deine Augen öffnen. Im Leben geht's um mehr als nur das *White's* und deine Anwesen.« Er nippte an seinem Brandy. »Und ich werde dir noch etwas verraten. Wenn du dich mit den niedrigeren Schichten der Gesellschaft befasst, wird dich die Tatsache, dass du ein Mitglied des Adels bist, auch nicht immer beschützen können.«

Fassungslos starrte Dom seinen Cousin an. So hatte noch nie jemand mit ihm gesprochen. Außer Thea. Dennoch, sie würde seine Frau sein. Er musste ein gewisses Maß an Kontrolle über sie haben. »Und was ist damit, dass sie nicht auf mich hört?«

Worthington zuckte mit den Schultern. »Da kann ich dir nicht helfen. Sie hat eben ihren eigenen Kopf, genau wie Grace. Und genau wie jede einzelne Frau, die es sich lohnt, kennenzulernen.«

Das hatte Dom nicht hören wollen. Etwas, das ihm derzeit viel zu häufig passierte. »Ich werde mit ihr sprechen.«

Ein boshaftes Grinsen machte sich auf Worthingtons Gesicht breit. »Möchtest du meinen Rat hören? Kriech.«

»Kriechen?« Warum zur Hölle riet ihm jeder dazu? »Ein Merton kriecht nicht zu Kreuze.«

Matt stand auf, ging um den Schreibtisch herum und streckte seine Hand aus. »Viel Glück. Du wirst es brauchen.«

Gütiger Gott. Der Mann meinte es ernst. »Wo bekomme ich Blumen her?«

KAPITEL 21

Dotty saß auf dem kleinen Sofa unter dem Fenster im Salon, den sich die jungen Damen teilten, und nippte an ihrem mittlerweile kalten Tee.

»Wir könnten um einen neuen Pott bitten«, schlug Charlotte vor.

»Oder um einen neuen Verlobten«, fügte Louisa verschmitzt hinzu.

Das Bedürfnis, sich verständnisvollen, weiblichen Ohren anzuvertrauen, hatte schließlich gesiegt, und so hatte Dotty nachgegeben und ihren beiden Freundinnen das Herz ausgeschüttet. Weiser wäre wohl gewesen, ins *Pulteney* zu gehen und dort in den Schoß ihrer Großmutter zu weinen. Nicht, dass ihre Freundinnen kein Verständnis zeigten. Aber sie waren noch nie verliebt gewesen. Was aus irgendeinem ihr unerklärlichen Grund einen riesengroßen Unterschied zu machen schien.

Selbst sie hatte Schwierigkeiten, ihre widersprüchlichen Gefühle zu verstehen. Dass Dom ihr nicht hinterhergekommen war, machte die Sache noch schlimmer. Auch wenn sie ihn nicht sehen wollte und die Anweisung erteilt hatte, sie sei für ihn nicht zu Hause, hätte er es doch wenigstens versuchen können.

Sie setzte ihre Tasse auf dem Tisch vor dem Sofa ab. »Nein, danke. Ich denke, ich werde mich eine Weile hinlegen. Wohin gehen wir heute Abend?«

»Du bist *doch* niedergeschlagen«, verkündete Charlotte. »Es ist der Geburtstagsball von Miss Smyth.«

»Ach ja.« Dotty erhob sich vom Sofa. »Wie konnte ich das nur vergessen?«

Charlotte drückte Dotty. »Nach ein bisschen Ruhe wird es dir bestimmt besser gehen. Ich wünschte, ich wüsste, wie ich dir helfen kann.«

Plötzlich wurde die Tür aufgerissen und knallte gegen die Wand. Mit einem Strauß roter Rosen in der einen Hand stiefelte Dom in den Raum, ergriff ihre Hand und zog sie zu sich.

Wie konnte er es wagen … »Ich habe doch gesagt …«

Seine Lippen pressten sich auf ihre, während er ihr einen starken Arm um die Hüfte legte und sie noch dichter an sich zog. Sein Geruch vermischte sich mit dem der Rosen und überwältigte ihre Sinne. Er ließ seine Zunge über ihre Lippen gleiten, und sie öffnete sich für ihn, schmiegte sich an ihn. Er gab ihr nicht die Möglichkeit, sich zu sammeln, sondern tauchte mit seiner Zunge in ihren Mund, als würde er sie für immer brandmarken wollen. Dann wanderten ihre Hände über seine Schultern und sie neigte den Kopf zur Seite. Sie wollte mehr, wollte ihn.

Einige lange Augenblicke später, als es sich anfühlte, als würden sie den gleichen Atem teilen, hob er den Kopf. »Ich möchte mich für mein Benehmen entschuldigen.« Er brachte etwas Distanz zwischen ihre Körper, ließ sie aber nicht los und reichte ihr die Blumen. »Die sind für dich.«

Erleichterung durchfuhr sie, als sie die Nase in die Blumen steckte. »Sie sind wunderschön. Du hast mir noch nie Blumen geschenkt.«

»Ich werde dafür sorgen, dass du für den Rest deines Lebens jeden Tag welche erhältst, wenn du das wünschst.«

Sie lachte. »Danke, aber dann wären sie ja nichts Besonderes mehr.«

Er legte ihr einen Finger unters Kinn und hob ihren Kopf an. »Es war falsch von mir, so etwas zu sagen und

vor allem, auf die Art und Weise. Außerdem hätte ich
dir glauben müssen, was Tom und die Damen angeht.«

Das Dunkelblau seiner Augen glich einem aufge-
wühlten Meer. Die Wärme in ihr rang mit der Angst um
die Oberhand. Sie legte ihm die Hand an die Wange.
»Wir werden uns schon gemeinsam etwas überlegen.«

Ihm kam ein kleiner Atemstoß über die Lippen, als
hätte er ihn vorher angehalten. »Danke.« Er gab ihr einen weiteren Kuss, dieser war etwas sanfter. »Was
wolltest du gerade sagen, als ich hereinkam?«

Ihre Wangen wurden rot. »Das tut nichts mehr zur Sache.«

Lächelnd ließ er den Kopf wieder sinken, als sich jemand räusperte.

»Nun. Ich glaube, wir sind hier etwas fehl am Platz.«
Louisa blickte zu Charlotte. »Ich meine mich daran zu
erinnern, dass Grace mit uns sprechen wollte.«

»Wie bitte? Oh, ach ja.« Charlotte grinste. »Dotty, wir
sehen uns später. Merton, ich werde dem Koch ausrichten, dass Sie uns zum Dinner Gesellschaft leisten werden.«

»Das sollte ihnen reichlich Zeit geben«, sagte Louisa,
als die beiden die Tür hinter sich schlossen. »Ich glaube,
so langsam kann ich die Anziehung nachvollziehen.«

»Das war jedenfalls ziemlich beeindruckend«, sinnierte Charlotte.

Kurz hob Dotty den Blick an die Decke und richtete
ihn dann wieder auf Dom, der entsetzt die Tür anstarrte. »Milord, wirst du etwa rot?«

»Mir ist bloß warm«, krächzte er. »Es ist stickig hier
drinnen.«

»Tatsächlich?« Sie strich ihm über die Wange. »Mir ist
recht kühl.«

Dom neigte den Kopf nach unten und beschlagnahmte ihre Lippen ein weiteres Mal. »Dann will ich

doch mal zusehen, dass wir etwas dagegen unternehmen.«

Er küsste sie so stürmisch, dass sich ihre Zehen krümmten und es sich anfühlte, als würde sie schweben. Ehe sie sich versah, hatte sie die Wand im Rücken.

Seine tiefe Stimme jagte ihr ein warmes Kribbeln durch den Körper. »Thea, ich will dich.«

Bei Gott, ja. »Ich will dich auch.«

Sie schlang ihm die Arme um den Hals und presste ihre Lippen auf die seinen. Seine Finger liebkosten ihre Brüste und ein wohliger Schauer durchfuhr ihren Körper. Sie spürte ein Pulsieren zwischen den Beinen und stöhnte. Kühle Luft strich über ihre Beine, als Doms Hand über ihre Wade zu ihrem Strumpfband wanderte und dann die nackte Haut ihrer Oberschenkel berührte.

Er unterbrach den Kuss. »Thea?«

»Ja.« Ihr Atem ging mittlerweile so schnell, dass sie kaum noch Luft bekam.

Doms Finger strichen über ihre Mitte, die heiß und feucht wurde. Ihr Becken drängte sich ihm entgegen, forderte ihn auf, seine Berührungen zu intensivieren. Dann glitt ein Finger in sie hinein. Bei Gott! Nichts, nicht einmal seine vorherigen Liebkosungen, hatten sie darauf vorbereitet. Auf dieses heftige Verlangen und Begehren. Der Finger drang in sie ein und zog sich wieder zurück, dann kam ein zweiter dazu. Ein unerträglicher Druck baute sich in ihr auf und das Pulsieren wurde dringlicher. Sie versuchte, den Kopf hin und her zu werfen, doch er hielt sie mit einem Kuss gefangen. Endlich, endlich kam die Erlösung, sie erschauerte und zersprang in seinen Händen.

Als würde sie nicht mehr als eines der Kätzchen wiegen, hob er sie hoch und drückte sie an sich, als er sich auf dem Sofa niederließ. Er setzte sie auf seinen Schoß und verteilte federleichte Küsse auf ihrem Kieferknochen, die hinab zu ihrem Hals wanderten. Als er den Ausschnitt ihres Mieders erreichte, fuhr er mit der Zunge am Saum entlang, bis er bei der Fuge zwischen ihre Brüsten ankam. Sanft berührte seine Zunge dort ihre Haut, ließ sie einen Hauch der Lust verspüren, die er später in ihr hervorrufen würde. Doch wenn es nach ihr ging, würde es allzu viel später nicht sein.

Als er aufhörte, widerstand sie dem undamenhaften Drang, lauthals zu protestieren.

»Du solltest wissen, dass ich eine Bleibe für die Damen gefunden habe, bis das Haus in Richmond fertig ist.«

Sie musterte ihn eingehend, nur um sich davon zu überzeugen, dass es nicht spurlos an ihm vorübergegangen war, die wilden Küsse durch eine Unterhaltung über ihr Vorhaben zu ersetzen. Er hatte Glück, denn an seiner Stirn glänzte Schweiß und er atmete schwer.

»Dom.«

Er hatte den Blick stur nach vorn gerichtet, als könne er ihr nicht in die Augen sehen. »Ich hätte das nicht tun dürfen. Ich weiß nicht, was über mich gekommen ist.«

Sie erinnerte sich daran, was ihre Großmutter ihr über Bradford und Vivers Männer erzählt hatte. Kämpfte er gegen seine Natur an? Und wenn ja, war es wegen seines Onkels? »Großmutter hat mir von deinem Vater erzählt ...«

»Ich bin nicht mein Vater«, knurrte er und setzte sie von seinem Schoß auf das Sofa. »Entschuldige mich bitte beim Dinner. Ich muss gehen.«

Was, um alles in der Welt, war nur in ihn gefahren? »Sehen wir uns beim Ball der Smyths?«

»Ja, mit größter Wahrscheinlichkeit.«

Er stiefelte zur Tür und hielt inne. »Es tut mir leid.«

Dom öffnete die Tür und ließ sie hinter sich ins Schloss fallen.

»Mir auch.« In dem Bestreben, eine Erklärung für sein Benehmen zu finden, ließ sie sich zurück in die Kissen sinken und durchforstete ihr Wissen über beide Zweige der Bradford-Vivers Familie. Ihre Großmutter hatte gesagt, dass sie leidenschaftlich waren, was die Frauen betraf, denen sie ihr Herz schenkten – und zwar so sehr, dass der Bradford-Vorfahre seinen Namen geändert und den der Countess Vivers angenommen hatte, in die er sich verliebt hatte. Doch es gab immer nur eine einzige Frau in ihrem Leben. Dottys Mutter hatte ihr einmal erzählt, dass der ehemalige Lord Worthington nach dem Tod seiner ersten Frau nie wieder derselbe gewesen war, weil er sie so sehr geliebt hatte. Matt und Grace waren ebenfalls sehr verliebt und scheuten sich nicht, es zu zeigen. Waren Doms Eltern ähnlich gewesen? Dotty fasste sich an die Lippen. Wenn er solche Gefühle für sie hegte, warum hatte er dann aufgehört?

Was hatte er gegen seinen Vater und wer konnte ihr davon erzählen? Dom hatte nämlich offensichtlich nicht vor, mit ihr darüber zu sprechen. Und warum musste er so frustrierend sein?

Dom eilte die Treppen ebenso schnell wieder hinab wie er sie hinaufgestiegen war. Irgendetwas stimmte nicht mit ihm. In Theas Gesellschaft verlor er jedes Mal die Kontrolle über sich selbst. Sobald er den Salon betreten hatte, hatte er nur noch Augen für sie gehabt. Er hatte sich unmöglich aufgeführt und ein solches Spektakel veranstaltet. Doch selbst das hatte ihn nicht davon abgehalten können, sie überall zu berühren.

Erst, als er die Gartenpforte erreichte, verlangsamte er seine Schritte wieder. Er würde nicht wie sein Vater sein. Eine solche Liebe brachte zu viel Leid mit sich. Es wäre schlecht für seine Familie und für sein Vermögen. Er betete, dass seine Mutter für diesen Abend einen anderen Empfang vorgesehen hatte. Er wollte Thea nicht sehen. Oder besser gesagt, er wollte sie sehen. Zu sehr. Zum ersten Mal war er froh, dass ihre Eltern noch nicht eingetroffen waren. Sie unter seinem Dach zu haben, ihr so nah zu sein, wäre eine Versuchung, der er nicht würde widerstehen können.

Als er bei den Stallungen ankam, fand er seine Pferde gestriegelt und von seinem Zweispänner losgemacht vor.

»Einen Moment, Milord«, sagte ein älterer Stallbursche. »Wir werden sie im Nu wieder anschirren.«

Dom nickte. Sobald er und Thea verheiratet waren, würde er es ihr erklären. Vielleicht würde es besser sein, eine Mätresse aufzusuchen, statt zu riskieren, dass … ja, was würde er eigentlich riskieren? Leidenschaft mit seiner Frau zu erleben? Der Gedanke an eine andere Frau stieß ihn ab. Nicht nur das, sondern es würde Thea außerdem verletzen. Nein. Er würde sich einfach zusammenreißen müssen. Sobald er ihr seine Familiengeschichte erklärt hatte, würde sie doch sicherlich verstehen, weshalb sie sich nicht ineinander verlieben konnten. Das musste sie einfach. Die Liebe für die eigene Familie war eine Sache, aber die unbändige Leidenschaft einer Liebesbeziehung? Er erschauerte. Die war gefährlich.

Kurze Zeit später saß er auf seinem Zweispänner. Er erreichte seine Stallungen schneller als erwartet. Durch die Gartenpforte ging er zur Hintertür und dann auf direktem Wege zu seinem Arbeitszimmer, wo er sich ein Glas Brandy einschenkte. Er brannte auf der Zunge und als er ihm die Kehle hinunterlief.

Dom füllte das Glas erneut, kippte den Inhalt hinunter und lachte bitter. »Auf dich, Onkel Alasdair. Um meine Familie zu retten, werde ich genau das tun, was du mir beigebracht hast.«

»Milord, ist alles in Ordnung?«

Dom versuchte, die Augen zu öffnen, aber das flackernde Licht blendete ihn und ein stechender

Schmerz zuckte durch seinen Kopf. »Nehmen Sie das verdammte Ding weg.«

Der Bedienstete – jedenfalls glaubte er, dass es einer war – zog sich zurück.

Eine Weile später wurde er durch eine gedämpfte Stimme geweckt. »Beschwipst ist er.«

»Unsinn, seine Lordschaft ist nie betrunken. Er muss krank sein.«

»Wenn Sie meinen, Mr. Paken, aber die Brandykaraffe dort war heute Nachmittag noch voll.«

»Gütiger Gott.«

Leise wurde die Tür geschlossen und Dom war wieder allein. Er sollte wirklich nach oben gehen und sich umziehen. Kimbal würde sich bestimmt wundern, wo er steckte. Und seinen Kammerdiener sollte man nicht verärgern. Weshalb Onkel Alasdair mehr Wert auf den Kammerdiener als auf die restliche Dienerschaft legte, war Dom schleierhaft. Immer musste er Kimbal berichten, wo er hinging.

Dom musste wohl wieder eingeschlafen sein. Als er erwachte, war der Raum stockdunkel. Die Tür öffnete sich und er schloss die Augen vor dem Licht, verdeckte sie mit seinem Arm.

Weiche, aber zielstrebige Schritte kamen auf ihn zu. »Ach du liebe Güte.« *Seine Mutter.* »Finden Sie heraus, ob die Köchin das Rezept für das Heilmittel noch hat. Er wird es brauchen, wenn er endlich aufwacht. Holen Sie zwei starke Bedienstete und bringen Sie ihn hoch in sein Schlafgemach. Sie werden seinem Kammerdiener vermutlich dabei helfen müssen, ihn zu entkleiden.«

Er brauchte keine Hilfe. Er war sehr wohl dazu in der Lage, sich alleine zu bewegen. Er versuchte, sich zu erheben, kippte aber stattdessen nach vorn, landete auf dem Boden und stieß sich den Kopf.

Aua. Verdammt, das tat weh.

»Glauben Sie, er wird sich übergeben, Milady?«

»Das will ich doch nicht hoffen. Dafür vertragen Bradford-Herren Brandy zu gut. Bringen Sie ihn einfach nach oben.«

»Sehr wohl, Milady.«

Als Dom das nächste Mal erwachte, lag er in seinem Bett und sank in die weiche Matratze.

»Als Lord Alasdair mich damals einstellte, sagte ich ihm, dass ich nicht in einem Haus arbeiten kann, in dem sich trunkene Zügellosigkeit zuträgt.« Kimbals schrille Stimme ließ Dom zusammenzucken.

Er öffnete den Mund, um zu protestieren, doch ihm wurde eine ekelhafte Flüssigkeit in den Mund gekippt. Er schluckte widerstrebend. »Was zur Hölle ist das?«

»Keine Sorge, Milord. Es wird Ihnen helfen«, sagte sein Butler in ruhigem Tonfall. Was machte Paken in seinem Zimmer? Er fühlte sich blendend und es hatte nichts Zügelloses an sich. Obwohl es ihm bestimmt gefallen würde, in Theas Gesellschaft die Zügel zu lockern.

Schnief.

»Dann möchten Sie sich vielleicht einen anderen Arbeitgeber suchen«, erwiderte Paken.

»Ich arbeite nicht für Sie, Mr. Paken.« *Schnief.* »Ich werde dies morgen früh mit seiner Lordschaft besprechen.«

»Tun Sie das, Mr. Kimbal, und lassen Sie mehr von dem Heilmittel hochbringen, wenn seine Lordschaft aufwacht.«

Verdammt, er war doch schon wach. Aber die Matratze weigerte sich standhaft, ihn loszulassen. Also war es vielleicht nur noch eine Frage der Zeit.

»Als Lord Alasdair noch am Leben war ...«

»Nun, er ist aber nicht mehr hier und auch wenn ich nicht gern schlecht über Tote spreche, sind wir ohne ihn besser dran. Dass er sich so schlecht über den Vater seiner Lordschaft geäußert und uns nicht erlaubt hat, seinen Namen zu erwähnen, kann ich nicht gutheißen. Einen besseren Herrn hätte es nicht geben können.«

Dom versuchte, zu verstehen, was genau sein Butler damit meinte, aber sein Kopf pochte, als wäre ein Pferd darauf herumspaziert. Etwas Warmes rollte sich neben ihm zusammen und begann zu schnurren. Ach ja. Dank Thea hatte er jetzt einen Kater. Er wollte nur noch schlafen. Er würde sich morgen früh damit auseinandersetzen.

KAPITEL 22

Dotty saß still, während ihre Zofe ihr Haar mit Perlen schmückte. Ein leises Klopfen ertönte an der Tür, Grace trat ein und suchte Dottys Blick im Spiegel.

»Ich habe eine Nachricht von Lady Merton erhalten, in der sie schreibt, dass Merton dem Ball der Smyths heute Abend nicht beiwohnen wird.« Grace zögerte kurz. »Er ist … betrunken.«

»Dom, betrunken?« Dotty konnte es kaum glauben.

»Es ist angeblich das erste Mal.«

Sie sammelte sich wieder und wies ihre Zofe an, sie allein zu lassen. »Ich glaube, das stimmt.«

Zwischen Graces Brauen bildete sich eine kleine Falte. »Matt hat mir erzählt, dass Dom und du euch heute gestritten habt. Charlotte, die dich eindeutig nicht mit ihm hätte allein lassen sollen, sagte, ihr hättet euch wieder vertragen.«

Dottys Gesicht, das sonst in einem gesunden Rosaton strahlte, verdunkelte sich. »Ja.«

Grace ließ sich auf einem Stuhl neben der Frisierkommode nieder. »Möchtest du mir erzählen, was passiert ist?«

Nein, aber das konnte Dotty wohl schlecht sagen, wenn Grace die Vertretung ihrer Eltern übernahm. »Er hat sich bei mir entschuldigt und wir haben uns geküsst. Dann war er scheinbar der Meinung, dass er mich nicht hätte … küssen dürfen, und machte einen bestürzten Eindruck.«

Dieses Mal hoben sich Graces Brauen. »Geküsst?«

Dotty räusperte sich und ihr Gesicht fühlte sich an, als stünde es in Flammen. »Vielleicht ein bisschen mehr als das.«

Grace ergriff ihre Hände. »Liebes, ich bin verheiratet und war ebenfalls verlobt. Ich weiß, wie schnell die Leidenschaft außer Kontrolle geraten kann. Hat Merton etwas getan, das dir nicht gefallen hat?«

»O nein. Hat er nicht. Ganz im Gegenteil. Es hat … ähm, mir sehr gefallen.«

Grace lächelte sanft. »Nun, das ist gut. Wenn das so ist, wird dir das Eheleben sehr viel mehr Freude bereiten. Aber was könnte ihn umgestimmt haben?«

Dotty seufzte. »Wenn ich das nur wüsste. Ich erwähnte etwas, das Großmutter mir über seinen Vater erzählt hatte, und dann ist er gegangen. Den restlichen Nachmittag habe ich mir den Kopf darüber zerbrochen, was passiert sein könnte.«

»Matt sagte etwas darüber, dass Mertons Bradford-Eigenschaften von Lord Alasdair unterdrückt wurden.« Grace erhob sich. »Aufgrund der Tatsache, dass Matt nicht viel von Mertons ehemaligem Vormund hält, habe ich dem allerdings leider nicht viel Beachtung geschenkt. Sollten wir die Hochzeit verschieben?«

Dotty schüttete den Kopf. Das war das Letzte, was sie wollte. »Nein. So sehr es mir hier auch gefällt, ich kann es kaum erwarten, dass Mutter und Vater anreisen, damit ich nach Merton House ziehen kann.«

»Es freut mich sehr, das zu hören. Ich denke, wir werden sie in den nächsten ein oder zwei Tagen sehen.« Graces Augen funkelten erheitert. »Matt hat einen Brief von Sir Henry erhalten, in dem steht, dass deine Mutter lauthals verkündet habe, der Arzt sei ein altes Weib und sie würde jetzt mit oder ohne seine Erlaubnis in die Stadt reisen.«

»O je.« Dotty grinste. »Sie klingt genau wie meine Großmutter.«

»Wenn das so ist, habe ich keinen Zweifel daran, dass deine Eltern ohne Vorwarnung eintreffen werden.«

Darüber erleichtert, dass sie die Unterhaltung über Dom hinter sich gebracht hatte, lachte sie. »Ja, vermutlich.«

Grace umarmte sie. »Während du noch hier bist, halte ich es für unklug, dich und Merton auch nur für kurze Zeit allein zu lassen. Die Kinder lauschen nämlich an den Schlüssellöchern.«

O nein. An die Auswirkungen, die das haben konnte, wollte Dotty gar nicht erst denken. Die Vorstellung, dass all die Kinder wissen würden, was Dom und sie getrieben hatten, behagte ihr ganz und gar nicht. Sie sandte ein kurzes Stoßgebet gen Himmel, dass ihre Eltern schnell eintrafen. »Ich verstehe.«

Vielleicht war es besser, dass er dem Ball heute Abend nicht beiwohnen würde. Sie hatte ein paar Fragen für Lady Merton, die nicht länger warten konnten.

Eine Stunde später machte Dotty ihre zukünftige Schwiegermutter ohne Probleme ausfindig. Das Problem lag vielmehr darin, sie von Lady Bellamny zu trennen.

»Guten Abend, Miss Stern«, sagte Lady Bellamny. »Wie ich höre, ist Ihr Verlobter etwas angeschlagen.«

Dotty knickste und lächelte höflich. »Das habe ich mir ebenfalls sagen lassen, Milady. Ich würde gerne hören, wie es ihm geht. Dürfte ich mir Lady Merton für ein paar Minuten ausleihen?«

»Aber natürlich.«

»Lassen Sie uns einen kleinen Spaziergang machen, Liebes.« Lady Merton erhob sich. »Wir werden sicherlich nicht lange fort sein.« Sie hakte sich bei Dotty unter, und sobald sie außer Hörweite von Lady Bellamny waren, fragte sie: »Hat Grace es Ihnen erzählt?«

»Ja. Allerdings verstehe ich den Grund nicht.« Dotty schüttelte den Kopf leicht hin und her. »Es lief alles gut, bis ich etwas über seinen Vater erwähnte und er ganz aufgewühlt wirkte.«

Lady Merton lächelte weiterhin, während sie anderen Gästen zunickte. »Tun Sie so, als würden wir einfach ein bisschen plaudern.«

Dotty nahm den erwarteten höflichen Gesichtsausdruck an und wartete darauf, dass ihre Ladyschaft fortfuhr.

»Mir sind ein paar Dinge zu Ohren gekommen, die mir große Sorgen bereiten. Wie es scheint, hat mein Bruder meinem Ehemann nicht die ihm gebührende Ehre erwiesen. Ich habe mich immer gewundert, weshalb Dominic so anders war als David. Lange Zeit habe ich es der Trauer zugeschrieben. Leider war ich nur selten bei ihm. Nach dem Tod meines Mannes war ich lange ziemlich krank, und ich bin dann viel zu lange in Bath geblieben. Als ich danach in Merton war, schien Dom immer so ... so fähig, auch als er noch jung war. Ich habe mich immer danach gesehnt, ihn in die Arme zu schließen, aber er schien es nie zu wollen.« Sie nahm einen zittrigen Atemzug. »Später hat Alasdair ihn auf Trab gehalten und überall und nirgends hingeschickt, sobald ich eintraf.« Sie warf Dotty einen Blick zu. »Erst letztes Jahr habe ich bemerkt, dass etwas nicht stimmt, und als ich seine Liste mit potenziellen Ehefrauen erhielt, wusste ich, dass ich eingreifen musste.«

Dotty begann, auf ihrer Unterlippe herumzukauen, und hielt inne. Wären sie doch bloß nicht auf einem Ball. »Was, glauben Sie, hat Lord Alasdair getan?«

»Ich glaube, er hat versucht, meinen Sohn – Davids Sohn – in ein Abbild von sich selbst zu verwandeln.«

Sie waren bereits halb um den Ballsaal herumgegangen und befanden sich nun in der Nähe der Terrassentüren. »Ich weiß nicht so recht, ob ich das verstehe.«

»Wollen wir hinaus auf die Terrasse gehen? Ich könnte etwas frische Luft vertragen.« Sie schlenderten nach draußen und fort von den Treppen, die in den Garten führten. »Alasdair und David standen sich sehr nahe, aber ich bin mir nicht sicher, ob Alasdair meinen Ehemann je als gut genug erachtet hat. Indem er die Erziehung von Dom übernahm, dachte mein Bruder vielleicht, dass er Davids vermeintliche Probleme allesamt korrigieren könnte.« Sie rieb sich die Stirn. »Wie Sie sehen, Liebes, tappe ich fast ebenso sehr im Dunkeln wie Sie. Ich habe erst kürzlich realisiert, dass mein Bruder Dom absichtlich von mir ferngehalten hat.«

Die Leere in ihrer Stimme traf Dotty mitten ins Herz. Wie und warum der Onkel so etwas getan haben sollte, wusste sie nicht. Fest stand aber, dass sowohl Dom als auch seine Mutter großes Unrecht erfahren hatten. Sie wollte ihre zukünftige Schwiegermutter in den Arm nehmen und ihr Trost spenden. Wenn sie allein gewesen wären, hätte sie genau das getan. »Ich weiß aber, dass Dominic Sie liebt.«

»Das hoffe ich. Allerdings gibt es Momente, in denen ich mich frage, ob Dominic mir tatsächlich gerne Gesellschaft leistet, oder ob er es nicht vielleicht eher als Pflicht betrachtet – eine, die Alasdair ihm eingebläut hat.«

Dotty zog die Unterlippe zwischen die Zähne. Dom erwähnte seine Pflichten häufig, ja, aber dennoch schien sein Verhältnis zu seiner Mutter aufrichtig. Was hatte Lord Alasdair sich davon versprochen, Dom von seiner Mutter fernzuhalten?

»Wenigstens weiß ich, dass er Sie liebt, Dorothea.«

Die Aussage traf sie völlig unerwartet. »Tut er das? Manchmal gibt er mir schon das Gefühl, wie heute, als er sich bei mir entschuldigt hat, aber gesagt hat er es mir noch nie.«

Allerdings hatte sie es ihm ja auch nicht gesagt.

»Man erkennt es in seinen Augen, wenn er Sie ansieht. Es ist der gleiche Blick, mit dem David mich angesehen hat und mit dem Worthington Grace betrachtet.«

Dottys Herz machte einen freudigen – und wenn sie ehrlich war, auch einen erleichterten – Satz. »Ich danke Ihnen.«

Lady Merton hakte sich wieder bei ihr unter und führte sie zurück in Richtung der Türen. »Kommen Sie doch morgen vorbei und dann führen wir unsere Unterhaltung fort.«

Sie hatten die Türen fast erreicht, als ein Raunen durch den Ballsaal ging. Es war nicht laut, sondern deutete lediglich darauf hin, dass etwas die Aufmerksamkeit der Gäste auf sich gezogen hatte. Die Menge teilte sich, als sie den Ballsaal betraten. Dotty blickte empor. Dom stand oben an der Treppe, sein Blick suchend, und obwohl er in seiner Abendgarderobe gekleidet und sein Halstuch kunstvoll gebunden war, machte der Rest von ihm einen leicht zerzausten und zerknitterten Eindruck. Als hätte er in seinen Sachen geschlafen.

»Ach, du liebe Güte«, sagte Lady Merton. »So habe ich ihn ja noch nie gesehen.«

Er grinste und winkte ihnen zu, ehe er die Treppen hinabstieg. Unten angekommen, konnte Dotty nur noch sein glänzendes Haar erkennen, während er sich einen Weg durch die Menge bahnte und geradewegs auf sie zukam, genau wie er es auch vorhin getan hatte.

Lady Merton gab einen erstickten Laut von sich. »Er ist seinem Vater so ähnlich.«

Dottys Herz setzte einen Schlag lang aus. Noch nie hatte er so schelmisch gewirkt, so gefährlich.

»Nach dem, was Sie mir erzählt haben«, sagte Dotty, »werde ich ihm das nicht auf die Nase binden.«

Sie warf Lady Merton einen Blick zu; ihre Augen waren feucht und ihre Mundwinkel deuteten ein kleines Lächeln an.

Als er sie endlich erreichte, ergriff er Dottys Hand und verneigte sich. »Thea, bitte entschuldige meine Verspätung.«

Ihn umgab ein schwacher Duft von Brandy und seine Augen glänzten verdächtig. Er hatte eindeutig getrunken und stand vielleicht noch immer unter dem Einfluss des Alkohols. Also gut. Ihre Großmutter würde jetzt sagen, dass dies einer jener Momente war, in denen sie zeigen musste, was in ihr steckte.

»Milord.« Dotty knickste. »Ich habe nicht erwartet, dass du dich aus deinem Krankenbett erhebst, nur um mir Gesellschaft zu leisten.«

»Ich konnte nicht anders.« Seine wohlgeformten Lippen verzogen sich zu einem Grinsen. »Bin ich noch rechtzeitig für einen Walzer?«

»Das bist du.« Wenn sie glauben würde, dass er tatsächlich wusste, was er hier tat, wäre sie mehr als erfreut. Doch er schwankte vor ihrer Nase leicht hin und her. Der Brandy hatte ihm wohl die Zunge gelockert und sie verkniff sich ein Augenrollen. Sie machte einen Schritt zurück, ging weiter hinaus auf die Terrasse und er folgte ihr.

Sie musste ihn jetzt irgendwie davon überzeugen, den Ball zu verlassen, bevor er einen Skandal auslöste. Sonst würde Miss Smyth die Ehre zuteilwerden, dass der Marquis of Merton sich auf ihrem Ball zum Narren machte. Damit wäre der Erfolg des Abends jedenfalls garantiert.

Sie begegnete Lady Mertons Blick. »Einen Tanz.«

Ihre Ladyschaft nickte. »Ich werde wieder hineingehen. Kommen Sie sobald wie möglich nach.«

»Suchen Sie Grace«, formte Dotty tonlos mit den Lippen, ehe sie ihre Aufmerksamkeit zurück auf Dom richtete. Mit etwas Glück würde ihm die frische Luft guttun. »Komm, wir gehen ein bisschen spazieren.«

Sie legte ihre Hand in seine Armbeuge und führte ihn durch die vom Licht des Ballsaals beleuchteten Teile des Gartens, fernab jeglicher Schatten. Wer wusste schon, auf welche Ideen er in seinem derzeitigen Zustand kommen würde. Es dauerte nur wenige Augenblicke, bis er langsamer wurde und sich schwer auf ihr abstützte.

»Dorothea?« Die Schritte seiner Mutter näherten sich.

»Ich brauche etwas Hilfe.«

»Hier, lass mich.« Matt erschien an ihrer Seite und stützte Doms anderen Arm. Der dämliche Kerl zwinkerte lediglich und grinste breit.

Kopfschüttelnd führte Matt sie durch einen Salon, eine schmale Treppe hinab und dann in die Eingangshalle.

»Du kennst dich aber gut hier aus.« Sie erlaubte dem Butler, ihr den Mantel über die Schultern zu legen.

»Vor geraumer Zeit musste ich mich einmal davonschleichen.«

Ein paar Minuten später saßen Dotty und Lady Merton nach vorn gewandt in der Kutsche, Matt und Dom ihnen gegenüber. Die Laternen, die außen an der Kutsche angebracht waren, warfen gerade ausreichend Licht ins Innere, um seine Züge erkennen zu können.

Lady Merton schniefte leise.

Dom machte einen Satz nach vorn und wäre vom Sitz gefallen, hätte sein Cousin ihn nicht festgehalten. »Mutter, geht es dir gut?«

Sie wedelte mit der Hand, doch ihre Stimme zitterte. »Ja, mein Lieber, mir geht es gut.«

Er lehnte sich wieder zurück, murmelte dann aber: »Muss auf dich aufpassen.«

Plötzlich wieder wachsam, starrte sie ihn an. »Was hast du gerade gesagt?«

»Nichts. Darf dich nicht stören. Ich bin jetzt Merton.«
Dom blickte seine Mutter stirnrunzelnd an. »Du möchtest doch nicht wieder nach Bath, oder?«

Lady Merton zog die Brauen zusammen. »Nein, mein Lieber. Warum fragst du?«

»Onkel hat gesagt, es ist für dich besser, wenn du in Bath bist. Es bringt nichts, wenn ich weine. Jetzt weine ich aber nicht mehr.«

»Nein, das tust du nicht.« Sie blickte zu Dotty. »Was hat dein Onkel noch gesagt?«

Schwungvoll drehte Dom den Kopf zu seinem Cousin. »Wollte immer zur Schule gehen. Nie hatte ich jemanden zum Spielen. Selbst Garvey ist nicht mehr vorbeigekommen.«

»Wer hätte gedacht«, sagte Matt gedehnt, »dass Merton so selbstreflektierend wird, wenn er trinkt? Das könnte noch überaus interessant werden.«

Dotty warf ihm einen bitterbösen Blick zu. »Matt, sei still.« Sie streckte die Hand aus und legte sie auf Doms, umfasste sie mit ihren Fingern. »Garvey und sein Vater wollten dich sehen. Er hat gesagt, dein Onkel habe ihnen den Zutritt verwehrt.«

Die Furche auf der Stirn ihres Verlobten wurde tiefer. »Hat von Garvey nicht viel gehalten. Hat von niemandem viel gehalten.« Dom sah sie an. »Hätte auch von dir nicht viel gehalten.«

Daran zweifelte sie keine Sekunde.

Er grinste verschmitzt und sagte dann in einem lauten Flüsterton: »Aber ich werde dich trotzdem heiraten, egal, was er sagt.«

Matt stöhnte. Aus dem Augenwinkel sah Dotty eine Bewegung, die verdächtig nach einem Tritt von Lady Merton aussah.

Dom ergriff ihre Hände und fixierte sie mit einer Intensität, die sie so noch nie bei ihm gesehen hatte. »Thea, ich will dich.«

Ihr stieg die Hitze in die Wangen. Gott sei Dank war das Licht nur sehr dämmrig. Sie erlaubte sich einen Moment, um sich wieder zu fassen. »Ich will dich auch.«

»Nun«, kam es trocken von Matt. »Wie schön, dass wir das geklärt hätten.« Er blickte aus dem Fenster. »Wir sind da.«

Die Kutsche kam sanft zum Stehen und ein Bediensteter öffnete die Tür. Dotty entzog Dom ihre Hände. Sobald sie die Eingangshalle erreichten, wurde deutlich, dass sein Energieschub bereits nachließ.

»Dominic«, sagte Lady Merton. »Ab ins Bett mit dir.«

Er schüttelte den Kopf. »Aber Worthington und Thea.«

Auch wenn Dotty es nicht gutheißen konnte, wenn man es mit dem Alkohol übertrieb, so brachte es doch eindeutig eine andere Seite ihres Verlobten zum Vorschein. »Wir werden jetzt gehen. Wir sehen uns morgen.«

Er taumelte nur ein kleines bisschen. »Bist du dir sicher?«

Schlaf war jetzt genau das Richtige für ihn. »Absolut.« Sie sah ihm nach, als ein Bediensteter ihm die Treppen hinaufhalf. »Nun, wenn das mal nicht aufschlussreich war.«

Lady Mertons Gesicht war vor Zorn verzerrt. »Wenn Alasdair noch am Leben wäre, würde ich ihn umbringen. Alleine die Vorstellung, einem jungen Kind zu sagen, es solle seine Mutter nicht stören, und es dann auch noch von all seinen Freuden zu trennen ... Kein Wunder, dass Dom einen so verlorenen Eindruck gemacht hat, als mein Bruder starb. Für ihn hat es sich sicherlich so angefühlt, als hätte er niemanden mehr.«

»Na ja, aber er widersetzt sich seinem Onkel doch, indem er Dotty heiratet«, sagte Matt, der scheinbar beschlossen hatte, dass Humor hier angebracht war.

Sie versuchte krampfhaft, nicht zu erröten, als sie an Doms Worte aus der Kutsche dachte. »Das stimmt.«

»Morgen früh wird Merton ganz schön der Schädel brummen.« Matt wandte sich an Lady Merton. »Ich kann euch ein Rezept zukommen lassen, wenn ihr eins braucht. Es lässt sogar Tote wieder auferstehen.«

Sie verzog das Gesicht. »Ja, bitte. Wir haben eins. Ich habe es ihm vorhin verabreichen lassen. Allerdings scheint es nicht sehr gut funktioniert zu haben. Ich habe nicht die leiseste Ahnung, wie er es in dem Zustand, in dem er vorhin war, geschafft hat, aufzustehen.«

»Und sich anzuziehen«, fügte Dotty hinzu. »Er sah aus, als hätte er es ohne die Hilfe seines Kammerdieners getan. Wie es wohl dazu kam?«

Dom war zwar wach, aber als er versuchte, die Augen zu öffnen, wollten seine Lider ihm einfach nicht gehorchen. Ein Vogel machte vor seinem Fenster Radau, was das Dröhnen in seinem Kopf nur noch schlimmer machte, und sein Mund fühlte sich an, als hätte jemand ein altes Tuch hineingestopft. Er versuchte, sich an den Grund seines derzeitigen Zustandes zu erinnern. Ach ja, Brandy. Sein Onkel hatte ihn davor gewarnt. Offenbar hatte er nicht zugehört.

»Kimbal.«

Eine ganze Weile verging und keine Antwort kam. »Kimbal!«, versuchte er es etwas lauter. Seine Tür öffnete sich. »Ich will Kimbal sehen.«

»Ich bin gleich wieder da, Milord.« Die Tür schloss sich wieder. Er würde seinen Butler darauf hinweisen müssen, dass der Bedienstete die Tür knallte.

Kurze Zeit später trat Paken ein. »Milord.«

Endlich gelang es Dom, die Augen zu öffnen. Zum Glück brannte im Zimmer kein grelles Licht. Dennoch musste es bereits spät am Morgen sein, wenn der Vogel so aufgedreht war. »Wo zur Hölle ist Kimbal?«

Kurz huschte ein süffisanter Ausdruck über Pakens Gesicht.

Warum konnte man seiner Dienerschaft immer ansehen, was sie dachten, wenn Worthingtons Angestellte nicht einmal lächelten?

»Sie haben ihn entlassen, Milord. Ihr neuer Kammerdiener wird innerhalb der nächsten Stunde eintreffen.«

Kimbal entlassen? Was hatte Dom sich dabei gedacht? Na ja, wenn er ehrlich war, hatte er den Tyrannen bereits länger loswerden wollen, aber sein Onkel hatte sich geweigert, es zu genehmigen.

Ein Bediensteter trat mit einem Tablett ein, das er auf dem Seitentischchen abstellte.

»Milord«, Paken nahm eine große Tasse in die Hand, »trinken Sie dies, dann wird es Ihnen langsam besser gehen.«

Dom war mittlerweile an dem Punkt angelangt, an dem er alles ausprobieren würde, vor allem, wenn dieser verfluchte Vogel da draußen vor sich hin trällerte. Er konnte sich vage an den scheußlichen Geschmack erinnern und hielt daher den Atem an, als er sich die Flüssigkeit in den Rachen kippte, doch es war nicht so schlimm wie das Zeug vom vergangenen Abend. »Kaffee.«

Ihm wurde eine Tasse gereicht. »Danke.« Er nahm einen Schluck, genoss die Wärme und den leicht bitteren Geschmack. Er sollte wohl nach dem Ausmaß fragen. »Sagen Sie mir, was passiert ist.«

»Sie haben es mit Bravour gemeistert, Milord. Sie haben es sogar geschafft, auf den Ball zu gehen.«

Das weckte eine Erinnerung, die aber nicht ganz aus dem Nebel zu ihm durchdringen wollte. »Auf den Ball der Smyths?«

»Ja, Milord.«

Er unterdrückte ein Stöhnen.

»Ihre Ladyschaft?«

»Hat Sie mithilfe von Lord Worthington und Miss Stern nach Hause gebracht.«

Schlimmer ging es wohl kaum. Betrunken in der Gesellschaft seiner Verlobten. Er würde sich glücklich schätzen können, wenn sie die Hochzeit nicht absagte. Er hatte sich bestimmt komplett zum Narren gemacht. Er versuchte, sich aufzusetzen, und stöhnte laut, als sich eine Spitzhacke in seinen Schädel grub.

Paken nahm ihm die leere Kaffeetasse ab. »Sie sollten noch eine Stunde im Bett bleiben. Ich werde Ihnen ein Tablett hochkommen lassen.«

Dom blickte zum Kaminsims, konnte die Ziffern auf der Uhr aber nicht erkennen. »Wie spät ist es?«

»Fast zwei Uhr.« Paken schlug Doms Kissen auf. »Die Damen erwarten Sie zum Tee.«

»Damen?«

»Ihre Ladyschaft und Miss Stern. Sir Henry und Lady Stern werden voraussichtlich heute Nachmittag eintreffen.«

Seine Mutter und Thea hatten sicher vor, ihm die Leviten zu lesen. »Sie sagten, ich habe einen neuen Kammerdiener?«

Paken verneigte sich. »Jawohl, Milord. Mr. Wigman hat einen ausgezeichneten Ruf.«

Dom nickte, hörte aber sofort wieder auf, als sein Kopf erneut zu pochen begann. Wie man sich dies Tag für Tag antun konnte, würde er nie verstehen. »Ich glaube, ich werde noch ein wenig schlafen.«

»Sehr wohl, Milord.« Sein Butler verließ den Raum und schloss hinter sich leise die Tür.

Zwei Stunden später hatte er – wieder ganz der Alte – gegessen, gebadet, seinen neuen Kammerdiener kennengelernt und sich angekleidet. Wigman war ein fröhlicher Bursche, mit dem Dom nicht jedes kleinste Detail seiner Kleidung ausdiskutieren musste und der ihn nicht mit jedem Atemzug an seine Wichtigkeit erinnerte. Nie hätte er geglaubt, wie groß die Erleichterung sein würde, zumal die Stimme seines Onkels sowieso immer in seinem Kopf herumschwirrte.

Er ging zum Salon seiner Mutter, bereit, die verbalen Peitschenhiebe entgegenzunehmen, die ihn dort mit Sicherheit erwarteten. Merton hin oder her, gestern Abend hatte er sich sicherlich nicht sehr gut benommen.

Er klopfte und trat ein. Thea blickte zu ihm auf. Ihr Lächeln raubte ihm den Atem und sie wirkte ganz und gar nicht zornig; seine Mutter auch nicht. »Guten Nachmittag, Mutter, Thea.« Er setzte sich zu ihr aufs Sofa und nahm die Tasse Tee entgegen, die sie ihm hinhielt. »Ich möchte mich bei euch entschuldigen. Scheinbar tue ich das in letzter Zeit recht häufig.«

Thea hob eine Braue, doch ihre Augen funkelten amüsiert. »Das erste Mal, als mein Bruder Harry betrunken nach Hause kam, hat Vater ihn in aller Herrgottsfrühe aufgeweckt und ihn dazu verdonnert, die Ställe auszumisten.«

Doms Magen zog sich zusammen. »Ich schätze, das wird das letzte Mal gewesen sein, dass so etwas vorgefallen ist?«

»Soweit ich weiß.« Sie nickte nachdenklich. »Vater sagt, dass alle jungen Männer damit ihre eigene Erfahrung machen müssen.«

Er hatte so viel über Sir Henry gehört, dass er sich nicht sicher war, ob er sich darauf freute, den Gentleman kennenzulernen.

Sie warf ihm einen mitfühlenden Blick zu. »Wie geht es dir?«

»Paken hat mir erzählt, dass deine Eltern heute eintreffen.«

»Ein Bote hat uns heute Morgen informiert. Mutter benötigt noch immer beide Gehstöcke, aber sie hat sich geweigert, noch länger zu Hause zu bleiben. In dieser Hinsicht ist sie meiner Großmutter sehr ähnlich.«

Er könnte die Unterhaltung jetzt auf die Duchess lenken, aber das würde ihm leider nicht die Antworten geben, die er brauchte. Aus irgendeinem Grund konnte er sich an kaum etwas vom vergangenen Abend erinnern. Er schloss kurz die Augen. »Habe ich dich gestern blamiert?«

Seine Mutter führte ihre Tasse an den Mund, um ihre zuckenden Mundwinkel zu verstecken, aber ihr leises Lachen konnte er trotzdem hören.

Thea versuchte gar nicht erst, ihren Spaß zu verbergen. Sie lachte. »Kurz gesagt, nein. Hätte Matt uns jedoch nicht in die Kutsche geschafft, wäre es durchaus möglich gewesen. Du bist lediglich im Ballsaal erschienen und direkt auf mich zugegangen.«

»Nachdem du gewunken hast«, fügte seine Mutter hinzu.

Warum hätte er ... »*Gewunken*?«

»Ja.« Thea grinste. »Du standest auf der Treppe, hast mich entdeckt und mir zugewunken.«

Er vergrub das Gesicht in den Händen. »Das wird man mich nie vergessen lassen.«

»Ach, komm, mein Lieber«, sagte Mutter. »So schlimm ist es nicht. Du sahst lediglich aus wie ein junger Mann, der verliebt ist.«

Neben ihm nahmen Theas Wangen fast den gleichen Rosaton an, in dem auch der Saum ihres Kleides gehalten war. »Verliebt«, wiederholte er. Gestern hatte er erkannt, dass es tatsächlich Liebe war, die er für sie empfand. Thea starrte auf das Teeservice und er wusste, dass er sie nicht würde enttäuschen können. Er ergriff ihre Hand und führte sie an seine Lippen. »Ja, ich habe mich Hals über Kopf verliebt.«

Sie hob den Kopf und die tiefe Zuneigung in ihren Augen erschreckte ihn.

»Ich mich ebenfalls«, sagte sie leise.

Hervorragend. Er unterdrückte ein Stöhnen. Jetzt musste er ihre Liebe nur noch davon abhalten, alles zu zerstören. Dies war eine Katastrophe.

KAPITEL 23

So sehr Dotty es auch versuchte, es wollte ihr einfach nicht gelingen, einzuschlafen. Es musste die Aufregung gewesen sein, ihre Eltern wiederzusehen und in ein neues Haus zu ziehen. In ihr neues Zuhause.

Mutter und Vater waren wie erwartet eingetroffen, jedoch hatte ihre Mutter Schmerzen, auch wenn sie es zu verbergen versuchte. Großmutter, die sich dazu herabgelassen hatte, mit ihnen zu Abend zu essen, hatte sich mit Dom zusammengetan und einen Arzt gerufen, der in den neuesten Praktiken aus Österreich geschult war. Dieser hatte gesagt, das Bein sei nicht verheilt, und ihr einen Tee mit Beinwell sowie ein paar anderen Kräutern verschrieben. Außerdem gab er ihrer Mutter Laudanum gegen die Schmerzen und hielt ihr einen Vortag darüber, dass sie es nur dann benutzen solle, wenn es nötig war.

Dotty erhob sich und ging ihre Bücher durch. Leider hatte sie ihren neuesten Roman bereits durchgelesen. Sie griff nach ihrem Morgenmantel und schlüpfte in ihre Hausschuhe. Dann schnappte sie sich die Kerze vom Nachttisch, um sich den Weg zu beleuchten, und ging hinunter in die Bibliothek. Schnell fand sie die richtige Abteilung – Dom hatte wirklich eine ganz wundervolle Bibliothek –, sah sich die Bücher auf den Regalen an und stellte überrascht fest, dass die Auswahl an Romanen recht groß war. Sie zog *Die Mitternachtshochzeit* hervor, ein Roman, den sie noch nicht gelesen hatte, als die Stille durch ein leises Klicken durchbrochen wurde.

Ihr Herz setzte kurz aus. *Reiß dich zusammen. Es gibt keinen Grund zur Angst.* Was konnte in der Merton Bibliothek schon passieren? Nichtsdestotrotz spukte ihr der Junge, der sie verfolgt hatte, noch immer im Kopf herum. Was, wenn jemand in das Haus eingebrochen war?

Sie drückte das Buch an ihre Brust, hob den Kerzenleuchter wieder auf und schwenkte ihn in die Richtung der Tür, um die Ursache des Geräuschs ausfindig zu machen. Sich hinter den Regalen verstecken würde sie jedenfalls nicht. »Wer ist da?«

»Thea, ich bin's.« Doms tiefe Stimme drang durch die Dunkelheit auf der anderen Seite des Raumes an ihr Ohr.

Gott sei Dank. Mit zitternder Hand stellte sie die Kerze zurück auf den Tisch. »Dom.«

Noch ehe sie den nächsten Atemzug nehmen konnte, schlang er die Arme um sie. »Habe ich dich erschreckt?« Er gab ihr einen Kuss auf die Stirn. »Das wollte ich nicht.«

»Schon in Ordnung. Ich hatte nicht damit gerechnet, dass noch jemand außer mir wach ist.« Ihr Körper zitterte zwar nicht mehr vor Angst, aber ihr Herz wummerte noch immer in ihrem Brustkorb, als er ihr Kinn hob und ihren Hals mit sanften Küssen bedeckte. Sie hob die Arme, um sie ihm um den Hals zu legen, und das Buch fiel mit einem gedämpften Geräusch zu Boden.

Seine Hand wanderte tiefer, umfasste ihr Hinterteil und zog sie an sich. »Thea, mein Liebling.«

Jetzt zitterte Thea aus einem ganz und gar anderen Grund. Er hatte sie noch nie Liebling genannt. Während die eine Hand ihren Hintern liebkoste und ein Feuer in ihrem Unterleib schürte, fuhr die andere sanft über ihre Brust. Seine Lippen trafen auf ihre, und gierig öffnete sie den Mund, wollte seine Zunge mit ihrer spüren. Der dünne Stoff ihres Nachtkleids rieb über ihre bereits überempfindliche Haut. Ihre Hand wanderte über die groben Verzierungen auf seinem Morgenmantel. Unter ihrer Berührung öffnete er sich ein Stück weit und sie vergrub die Finger in der weichen Behaarung seiner Brust.

Dom stöhnte und zog sie noch dichter an sich. Obwohl sie nichts taten, was sie nicht schon zuvor getan hatten, fühlte es sich anders an. All die anderen Male waren sie vollständig bekleidet gewesen. Doch nun trennten sie lediglich zwei hauchdünne Lagen Stoff. Hatte er unter seinem Morgenmantel etwas an? Sie spürte etwas Hartes an ihrem Unterleib. Das Kribbeln und Pulsieren, das seine Berührungen in ihrem Körper hervorriefen, verschmolz und schoss zwischen ihre Beine. Sie wollte, dass er sie nahm. Wollte ihm gehören. Wenn sie doch nur schamlos oder mutig genug wäre, ihm das auch zu sagen.

Seine Stimme war ein tiefes, gequältes Raunen. »Thea, bitte.«

Ihre Seele füllte sich mit Freude. »Ja! O ja.«

Schwungvoll hob er sie hoch und steuerte den Kamin an, der in die entgegengesetzte Richtung der Tür lag. »Wohin gehen wir?«

»In meine Gemächer. Es gibt einen Geheimgang.«

Er streckte die Hand aus und bewegte eine der griechischen Statuen, die neben dem Kaminsims standen. Eine Tür öffnete sich und gab den Blick auf eine schmale Treppe frei.

Dotty kicherte leise. »Ich wollte schon immer ein Haus mit Geheimgängen haben.«

»Warte kurz.« Dom küsste sie. »Ich muss dich seitwärts hochtragen.«

»Ich kann gehen.«

»Dotty, sind Sie da drin?«

Lady Merton.

Dom murmelte etwas vor sich hin, das verdächtig nach einem Fluch klang, und setzte ihre Füße dann sanft wieder auf dem Boden ab. »Die Kerze.«

Frustriert biss Dotty sich auf die Unterlippe. Hätte sie doch nur daran gedacht, sie auszupusten. »Ich bin hier, Milady. Ich konnte nicht schlafen und da wollte ich mir ein Buch holen.«

Hinter ihr hörte sie das Klicken der Tür und Dom war verschwunden. Sie eilte zurück zu ihrer Kerze und hob das Buch auf, das hinuntergefallen war.

»Das konnte ich auch nicht.« Lady Merton hatte ihre eigene Kerze dabei und lächelte ihr zu. »Es muss wohl der gefüllte Hummer gewesen sein.«

Kurz zog Dotty in Betracht, auf die Tür zuzugehen, die in den Korridor führte, nur um sich dann hinter den Regalen zu verstecken und zum Kamin zu schleichen. Wenn Dom dort auf sie wartete, würde er den Gang für sie öffnen können. »Ich wünsche Ihnen eine gute Nacht.«

Lady Merton griff ins Bücherregal. »Warten Sie kurz, dann begleite ich Sie zurück zu Ihrem Zimmer.«

»Natürlich, Milady.« Dottys Hand verkrampfte sich. Ihr Körper brannte noch immer vor Verlangen. Sie wollte nichts sehnlicher, als den Geheimgang zu finden und Dom zu folgen. Wenn sie erst wieder auf ihrem Zimmer war, würde sie entweder wieder herkommen oder an den Gemächern ihrer Eltern und denen seiner Mutter vorbeigehen müssen, um seine Wohnräume zu erreichen. Sie warf einen flüchtigen Blick in die Richtung des Kamins und unterdrückte ein Seufzen. Auf einen weiteren Geheimgang zu hoffen, wäre wohl zu viel des Guten.

Lady Merton verabschiedete sich von Dotty an ihrer Tür. Dotty trat ein, schloss die Tür und stellte die Kerze auf dem kleinen Beistelltisch ab. Ihr Körper kribbelte und schmerzte noch immer. Wenn es doch nur einen

Weg gäbe … Die Tür zum Nebenraum öffnete sich und heraus trat Dom.

Sie schluckte einen Schrei hinunter und warf sich ihm in die Arme. »Wie?«

Seine Arme schlossen sich um ihren Körper. »Es gibt einen kurzen Gang, der von meinen Gemächern zum Ende dieses Korridors führt. Ich glaube, er ist in Vergessenheit geraten.«

»Hier können wir nicht bleiben«, flüsterte sie. »Meine Eltern sind zu nah.«

Seine Hände fuhren an ihren Seiten auf und ab, schürten das Feuer erneut.

»Thea, bist du dir sicher? Ich sollte nicht einmal fragen, wenn du dich unter meinem Dach befindest. Wir sollten warten, bis …«

Mit einem Kuss schnitt sie ihm das Wort ab. »Ja. In drei Tagen werden wir verheiratet sein. Du verführst mich nicht. Ich will es, ich will dich.«

Er stieß ein tiefes Knurren aus, als er seinen Mund auf ihren presste. »Ich will dich, seit ich dich das erste Mal gesehen habe.«

Nachdem sie den Korridor durchquert hatten, zeigte er ihr die Tür, die in der Wand verborgen war. Geräuschlos öffnete sie sich. Jemand musste davon wissen. Sonst hätte man die Türangel nicht geölt.

Dom nahm ihre Hand und ging vor. In nur wenigen Augenblicken hatten sie sein Schlafgemach erreicht. Das bereits aufgedeckte Bett erschien ihr jetzt noch viel größer als bei ihrer Besichtigung. Auf dem runden Tisch glommen Kerzen in einem Armleuchter und warfen Licht auf die schneeweißen Betttücher. Heute Nacht mochte es vielleicht das erste Mal sein, dass sie darin schlief, aber es würde gewiss nicht das letzte Mal sein. Sie hatte das Angebot abgelehnt, ein eigenes Schlafgemach zugewiesen zu bekommen.

Dom legte die Arme wieder um sie. »Letzte Chance.«

Sie zog seinen Kopf zu sich herab und beschlagnahmte seine Lippen, genau wie er es vorhin mit ihr getan hatte. »Niemals. Ich hatte sehr viel Zeit, um darüber nachzudenken.«

»Die hatte ich auch. Viel zu viel.«

Doms Hände schoben sich unter ihre Nachtkleidung. Der Morgenmantel glitt mitsamt des Nachthemds von ihren Schultern und rauschte zu Boden. Sie sah zu ihm auf, als er den Blick über sie schweifen ließ, und sie begann, sich hinter ihren Händen zu verstecken.

Er ergriff ihre Finger. »Nicht, lass mich dich ansehen.« Er zog hörbar die Luft ein. »Du bist noch schöner als in meiner Vorstellung.«

Dottys Mund wurde trocken und ihre Stimme klang fahrig. »Jetzt bist du an der Reihe.«

Sie knöpfte ihm den Morgenmantel auf, schob ihn über seine Schultern und starrte. Er war schöner als jede Statue. Goldene Locken bedeckten seine muskulöse Brust. Sein Bauch war straff und stark, und erinnerte sie an das Bild eines Diskuswerfers, das sie einst in einem der Bücher ihres Vaters gesehen hatte. Doms Glied ragte zwischen seinen kräftigen Schenkeln empor. Wie groß er war. Langsam hob sie den Blick zurück zu seinem Gesicht. »Du bist makellos.«

Er zog sie zu sich und lachte leise. »Keineswegs, aber ich danke dir.«

Gerade, als sie sich fragte, was sie als nächstes tun sollte, hob er sie hoch und trug sie zum Bett, hielt sie fest, als er auf das Bett kletterte.

»Wenn ich etwas tue, das dir nicht gefällt, musst du es mir sofort sagen.«

Ihre Hände wanderten über seinen Oberkörper, die Haare dort waren weich und kratzig zugleich. »Das werde ich.«

Dom neckte ihre Lippen, bis sie sich ihm öffnete, und ließ sich Zeit damit, ihren Mund zu erkunden. Sie liebkoste seine Zunge mit ihrer, und er stöhnte. Ihre Brustwarzen schmerzten und heißes Verlangen strömte durch ihren Körper, ließ ihre Brüste schwer werden und brachte ihre Mitte zum Pulsieren. Er knabberte an ihrer Kinnlade, hauchte Küsse ihren Hals hinab.

Dotty rang nach Luft, als er die Lippen um eine Brustwarze schloss, und presste die Beine zusammen, als die Hitze sich dort sammelte.

»Geht es dir gut?«

Wie könnte es ihr nicht gut gehen? »Ja, und wie.«

Sein Mund wanderte zu ihrer anderen Brust, doch er liebkoste die Brustwarze, die seine Lippen gerade noch umschlossen hatten, weiterhin mit den Fingern. Ihr gesamter Körper stand in Flammen. Gerade, als sie glaubte, es nicht mehr aushalten zu können, ließ er Mund und Zunge über ihren Bauch gleiten, tiefer zwischen ihre Beine, an einen Ort, von dessen Existenz sie bisher zwar nichts gewusst hatte, den sie aber jetzt nicht missen wollte. »O Gott!«

»Ich weiß deine Frommheit sehr zu schätzen«, er lachte leise, »aber ich würde doch lieber meinen Namen hören.«

Dotty konnte nicht anders als zu lachen. Der Halunke war unverbesserlich! Dass er sie in einem solchen Moment zum Lachen brachte ... »Dom. Mach das noch einmal.«

»Was?«, neckte er und drängte seine breiten Schultern zwischen ihre Beine. Seine Zunge glitt über ihre Mitte. »Das?«

»Das ist auch gut.« Stöhnend streckte sie die Hand nach ihm aus und krallte die Finger in sein Haar.

Doms tiefe Stimme liebkoste sie. »Du schmeckst besser als jeder Wein.«

Sie hob das Becken an, als er sanft mit den Zähnen über ihre empfindlichste Stelle fuhr. Dann drang seine

Zunge in sie ein und sie schrie auf. Mit durchgedrücktem Rücken brach eine Welle der Lust nach der anderen über sie herein. Nicht eine der Erzählungen hatte sie darauf vorbereitet.

Dom hob den Kopf und ließ erst einen, dann einen zweiten Finger in sie gleiten, um Theas Höhepunkt zu intensivieren. Sein Glied war härter als je zuvor, doch wenn er es für sie angenehm machen konnte, würde er es tun. Er bedeckte sie mit seinem Körper, positionierte sich und drang schließlich in sie ein, als ihre Jungfräulichkeit nachgab.

Thea zog zischend die Luft ein und er hielt inne. »Liebling?«

Sie verzog das Gesicht, als hätte sie Schmerzen. »Ist schon in Ordnung. Ich wusste, dass es wenigstens ein bisschen wehtun würde.«

Sie zuckte, als er etwas tiefer in sie eindrang, und sein Herz blutete.

Er wünschte, es würde ihr keine Schmerzen bereiten. »Versuche, dich zu entspannen. Dann wird es leichter für dich.«

Nickend biss sie sich auf die Unterlippe.

Er war ein Narr. Er ließ die Zunge über ihre Lippen gleiten und beschlagnahmte abermals ihren Mund, als sie sich ihm öffnete. Ihre Zungen tanzten und sein Oberkörper rieb über ihre Brüste. Endlich löste sich ihre Anspannung.

Als er dieses Mal zustieß, kam sie ihm entgegen. »Schling die Beine um mich.«

Schon bald pressten sich ihre Hacken in sein Hinterteil, trieben ihn an. Es dauerte nicht lange, bis er ein letztes Mal in sie eindrang, seinen Samen in ihr ergoss und ihrer beider Schreie mit einem Kuss erstickte.

Sie gehörte ihm, mit Leib und Seele. Wenn er sie doch nur nicht so sehr lieben würde.

Er rollte sich auf den Rücken und zog sie an sich, streichelte sie, als könne er ihr so die Schmerzen nehmen, die sie empfunden hatte.

»Wie fühlst du dich?«

Sie schwieg einen Moment lang. »Mir geht's gut.«

Sie klang nicht sehr überzeugend. »Schlaf. Ich werde dich wecken, wenn es Zeit wird, dich zurück auf dein Zimmer zu bringen.«

Gähnend kuschelte sie sich an ihn. »Gute Nacht, Liebling.«

Dom pustete die Kerzen aus und tauchte das Zimmer in Dunkelheit, obwohl die Vorhänge auf waren. Theas Atem wurde ruhiger und er zog ihren entspannten Körper noch ein Stückchen dichter zu sich heran. Er hatte noch nie die Nacht mit einer Frau verbracht, aber er konnte und wollte Thea nicht gehenlassen.

Die Gedanken stürzten auf ihn ein. *Onkel Alasdair.* Selbst im Bett ließen sie ihm keine verdammte Ruhe. Wie hatte er Dom befehlen können, sich niemals zu verlieben? Wenn er dem Folge geleistet hätte, hätte er Theas zauberhaftes Gesicht nie in ihrem gemeinsamen Moment der Leidenschaft gesehen. Er hätte um die Hand einer anderen Frau angehalten, eine, die ganz und gar falsch für ihn gewesen wäre. Er gab das Grübeln auf und ließ sich von Morpheus – in dem Wissen, dass er mit seiner Liebsten in den Armen aufwachen würde – in das Reich der Träume entführen.

Er erwachte einige Stunden später, als graues Licht durch das Fenster strömte. Thea schlief noch immer tief und fest in seinen Armen, ihr Kopf ruhte auf seiner Brust. Ihre langen schwarzen Locken wickelten sich um seine Finger und hatten sich über ihren Körper gelegt, sodass er nicht viel von ihr sehen konnte. So wollte er jeden Morgen aufwachen, wenn auch lieber zu etwas späterer Stunde. Moment mal, warum zum Teufel war er eigentlich so früh wach?

Ein Kratzen an der Tür zu seinem Ankleidezimmer zog seine Aufmerksamkeit auf sich. Kimbal? Hatten sie ihn geweckt, als sie sich geliebt hatten? Er würde es jedenfalls nicht gutheißen, so viel stand fest. Aber nein, Kimbal war fort. Es musste Wigman sein, aber dieser schlief nicht im Ankleidezimmer. Warum war er so früh schon auf?

Dom blickte zur Uhr auf dem Kaminsims. Es war bereits halb sechs Uhr morgens. Er musste Thea zurück auf ihr Zimmer bringen, bevor sie von einem der Bediensteten gesehen wurde.

Da er sie nicht wecken wollte, stieg er vorsichtig aus dem Bett, schlüpfte in seinen Morgenmantel und legte ihren um sie, sammelte das Nachthemd ein und hob sie anschließend hoch. Er ging durch die Tür in den dahinterliegenden Korridor und betrat ihr Zimmer auf demselben Weg wie in der gestrigen Nacht.

Sie rührte sich, als er sie zudeckte. »Dom?«

»Du bist in deinem eigenen Bett, Liebste. Schlaf noch ein wenig.«

»Hm.«

Der Drang, sich neben sie zu legen und sie wieder in die Arme zu schließen, war fast zu stark, um ihm zu widerstehen. Bevor die Versuchung zu groß wurde und seinen Verstand außer Kraft setzte, ging er zurück in sein eigenes Bett.

Zum ersten Mal, seit dem Tod seines Vaters, fühlte sich das Bett groß und leer an. Da er nicht wieder einschlafen konnte, versuchte er stattdessen zu verstehen, was zwischen Thea und ihm passiert war. Solche Gefühle hatte er in seinem ganzen Leben noch nicht gehabt. Er brauchte Thea wie die Luft zum Atmen und es jagte ihm eine Heidenangst ein. Wie konnte er verhindern, dass seine Liebe alles zwischen ihnen zerstörte?

Dom betrat den Frühstückssalon, als Sir Henry eine Tasse Tee von Paken entgegennahm. Sein zukünftiger Schwiegervater war wie niemand, den Dom bisher kennengelernt hatte, schon gar nicht wie der Gutsherr nahe Merton, dem Inbegriff eines Gentlemans vom Lande. Dieser hatte seine Ecken und Kanten, war ein großer Befürworter der Jagd und immer gewillt, sich bei ihm einzuschmeicheln. Sir Henry hingegen war kultiviert und ernst, besaß jedoch einen beißenden Humor, den er gerne zum Besten gab. »Guten Morgen, Sir.«

»Das wünsche ich Ihnen ebenfalls, Dominic.«

Jeder Versuch der Formalität war am vergangenen Tag schnell im Keim erstickt worden. Sir Henry behandelte Dom, als wäre er ein gewöhnlicher junger Herr, der kurz davor war, seine Tochter zu ehelichen. Und trotz seiner ursprünglichen Bedenken, war es eine Erleichterung. Dom hatte noch nie ein gemütliches Familienleben erlebt. Vielleicht könnte sich das jetzt ändern. Natürlich würde er noch die Musterung von Theas Brüdern und Schwestern bestehen müssen. Welch merkwürdiger Gedanke. Morgen würden sie alle auf sie einstürmen.

Sir Henry trank seinen Tee aus und erhob sich. »Es tut mir leid, dass ich Sie bereits verlassen muss, aber ich habe geschäftlich zu tun, während ich in der Stadt bin.«

»Sie können gern Ihren Verpflichtungen nachgehen. Für heute steht nur der Ball der Duchess am Abend an.«

»Den sollte ich wohl lieber nicht vergessen.« Er lachte leise. »Das würde sie mir für den Rest meines Lebens vorhalten.«

Daran hatte Dom nicht den geringsten Zweifel. Zwischen der Duchess und Lady Stern war es unschwer zu erkennen, wo Thea ihre Stärke herhatte.

»Guten Morgen, Vater.« Thea betrat den Saal, stellte sich auf die Zehenspitzen und gab ihrem Vater einen Kuss auf die Wange. »Gehst du schon?«

»Guten Morgen, Liebes. Bis zum Tee bin ich wieder zurück.« Er umarmte Thea kurz.

Sie setzte sich an den Tisch und Paken stellte einen frischen Pott Tee vor ihr ab. »Ich danke Ihnen, Paken.« Lächelnd wandte sie sich an Dom. »Wie nimmst du deinen Tee?«

Nach der gestrigen Nacht hatte er Sorge gehabt, dass sie heute Morgen auf ihrem Zimmer bleiben würde, aber es schien sie ganz und gar nicht in Verlegenheit gebracht zu haben. Er setzte sich neben sie. An des Eheleben mit ihr würde er sich sehr schnell gewöhnen können. »Stark mit etwas Milch und zwei Stück Zucker.«

Sie nahm sich ein Stück Brot. »Wir sollten ihn noch eine Weile ziehen lassen.«

»Hast du schon die Galerie gesehen?«

»Nein.« Sie zog das Marmeladenglas zu sich heran. »Deine Mutter dachte, du würdest sie mir vielleicht gern zeigen.«

»Wollen wir das nach dem Frühstück angehen?«

Sie hob den Teepott an und füllte zwei Tassen, fügte Milch und Zucker hinzu und reichte ihm dann eine. »Probier mal.«

Er trank einen Schluck. »Perfekt.«

»Danke sehr. Nach dem Frühstück passt mir gut. Ich soll dir ausrichten, dass unsere Mütter gemeinsam frühstücken und dass es meiner Mutter schon sehr viel besser geht.«

Danach führte er sie in die Galerie. »Die in Merton ist riesig, aber hier kannst du dir schon einmal ein Bild von der Familie machen. Ich glaube, hier hat jeder wenigstens ein Miniaturporträt.«

»In Bristol House ist es ähnlich.«

Er hatte vergessen, dass sie die Anwesen des Duke gewohnt war. »Hier ist der erste Marquis of Merton. Davor waren wir Viscounts.«

»Den Haaren und seiner Kleidung nach zu urteilen, scheint er zu den Zeiten von Karl II. gelebt zu haben.«

»Genau. Er hat die Familie in einen höheren gesellschaftlichen Rang angehoben.«

Sie grinste. »Wie, keine Earls?«

Er setzte eine gespielt düstere Miene auf. »Nur auf Worthingtons Seite. Sein Titel ist sehr viel älter, und er wurde durch«, er zog sie weiter zu einem anderen Porträt, »die Gemahlin von diesem Herrn zu Zeiten von Anne Stuart vererbt.«

»Es ist faszinierend, dass die gleiche blaue Augenfarbe bei fast allen Herren auftaucht.«

Er grinste. »Das Bradford-Blau. Man sagt, dass ein Bradford-Mann anhand der Augenfarbe eines Kindes erkennen kann, ob es seines ist. Ich schätze, ich sollte wohl eher das Bradford-Vivers-Blau sagen. Bis jetzt konnte ich nie verstehen, weshalb ein Mann den Namen seiner Frau annehmen würde.«

Sie ging weiter an der Wand entlang. »Wer ist das?«

»Mein Großvater.«

»Hier ist deine Mutter.« Sie warf ihm einen Blick zu. »Du warst ein hübsches Baby. Ich wusste gar nicht, dass dein Vater ebenfalls blondes Haar hatte. Du bist ihm sehr ähnlich.«

Dom studierte das Porträt des jungen Mannes, seines Vaters, wie er mit einem Baby im Arm neben seiner sitzenden Frau stand. An seiner Seite ein großer Jagdhund. Er sah seinem Vater wirklich sehr ähnlich. Aber er war nicht wie er. Konnte es nicht sein.

Er erinnerte sich noch an den Tag, an dem sein Vater starb und sein Onkel kam. Er war sechs Jahre alt gewesen und hatte versucht, seinen Onkel Alasdair zu umarmen, hatte den Trost gebraucht, aber nach einer flüchtigen Umarmung hatte dieser ihn wieder losgelassen. *»Du bist jetzt der Merton. Und dementsprechend musst du dich auch benehmen. Du kannst es dir nicht*

*erlauben, sentimentalen Gefühlen nachzugehen. Jetzt
hör auf zu weinen – du hast Verpflichtungen, denen du
nachkommen musst.«*

»Ich will meine Mama«, hatte das Kind gesagt.

*»Der Arzt hat ihr etwas zum Schlafen verabreicht. Genau das passiert, wenn man solch ungestüme Gefühle
für jemanden hegt. Du darfst zu ihr, sobald du gelernt
hast, deine unter Kontrolle zu bringen.« Sein Onkel
hatte seine Hand genommen. »Ich verlasse mich darauf, dass du niemals eine so leidenschaftliche Verbundenheit zu einer Frau zulassen wirst. Es ist zu deinem
Besten und zu dem deiner Angehörigen.«*

»Wie war er so?«

Theas Frage riss ihn aus seinen Erinnerungen. »Er
hatte eine leidenschaftliche Natur. Für alles, aber besonders für meine Mutter.«

Er konnte den Blick nicht von dem Gemälde losreißen.

»Und für dich, wie es scheint. Normalerweise hält die
Mutter das Kind, aber du liegst in seinen Armen.«

Doms Kehle schnürte sich zu und seine Augen wurden feucht. Um Himmels willen, nein, er durfte nicht
weinen. Er hatte seit dem Tag, an dem sein Vater gestorben war, nicht mehr geweint. »Entschuldige bitte. Ich
muss gehen.«

Er machte einen Schritt und sie fasste ihn am Arm.
»Dom, sag mir doch bitte, was dir auf dem Herzen liegt.«

»Ich kann jetzt nicht darüber sprechen.« Er sah in ihr
besorgtes Gesicht. »Thea, lass mich los.«

Sie biss sich auf die Unterlippe und gab seinen Arm
frei. »Also gut. Für den Moment. Aber irgendwann
musst du mir mit darüber reden.«

Er strebte zurück durch die Galerie und ging in sein
Arbeitszimmer, doch dies war derzeit nicht der richtige
Ort für ihn. Hier ging er seinen Verpflichtungen nach,
hier durfte er nicht fühlen. Wohin dann? Er trat in den

Korridor und seine Füße trugen ihn in den Unterrichtsraum. Nicht der, in dem sein Onkel ihn damals gefunden hatte, aber ähnlich. Zum Glück war niemand da. All die Spielsachen, die er vor dem Tod seines Vaters bekommen hatte, waren noch da. Die Zinnsoldaten, mit denen sein Vater und er gespielt und imaginäre Kriege geführt hatten. Der Schläger und die Bälle, die sein Vater ihm gekauft hatte, um Cricket spielen zu lernen. Seit jenem Tag hatte er kein Spielzeug mehr in der Hand gehabt. Dort stand ein großer Schaukelstuhl und die Erinnerungen, wie sein Vater ihn in eben diesem Stuhl hin und her gewogen hatte, stürmten auf ihn ein, überwältigten ihn. Er ließ sich darauf nieder und vergrub das Gesicht in den Händen. Tränen liefen ihm aus den geschlossenen Augen und über die Wangen. *Papa, warum hast du uns verlassen? Warum hast du mich verlassen?*

Später, als der Raum bereits in Dunkelheit getaucht war, hörte er leise Schritte auf ihn zukommen. »Dominic?«, fragte seine Mutter. »Geht es dir gut?«

»Ich weiß es nicht. Nein. Alles, an das ich jahrelang geglaubt habe ... zerfällt.«

Sie ließ sich auf einem Hocker nieder und nahm eine seiner Hände in ihre. »Erzähl mir davon.«

Er blickte zu ihr und das Bedürfnis, jemandem sein Herz auszuschütten, war fast zu stark, um ihm zu widerstehen. »Ich weiß nicht, ob ich das kann. Onkel Alasdair hat immer gesagt, ich dürfe dich nicht stören.«

Die Lippen seiner Mutter formten eine schmale Linie. »Wenn Alasdair nicht bereits tot wäre, würde ich ihn eigenhändig umbringen. Was um alles in der Welt hat er sich dabei gedacht? Erzähl es mir. *Alles*, was er gesagt hat.«

Dom stieß ein kurzes, lautes Lachen aus und er erschrak. Ein so ungestümes Auftreten hatte er bei seiner Mutter noch nie erlebt. »Nachdem Vater starb, sagte

Onkel Alasdair, dass ich nun der Merton sei und es meine Pflicht sei ...«

Die verschiedensten Emotionen huschten über ihr Gesicht, während sie ihm zuhörte. An einer Stelle zog sie ein spitzenverziertes Taschentuch hervor und tupfte sich die Augenwinkel ab. Als er endete, schloss sie einen Moment lang kopfschüttelnd die Augen. »Ich hätte nie auf Alasdair hören dürfen. Hätte ihm nie vertrauen sollen. Was er dir erzählt hat, entspricht nicht der Wahrheit.«

Dom richtete sich auf. »Wie meinst du das?«

Eine Zeit lang blickte seine Mutter auf ihre Hände hinab, als würde sie sich die Worte zurechtlegen. »Es ist nicht so, als hätte er dich geradewegs angelogen, aber er hat die Dinge nur aus seiner Sicht betrachtet. Er und dein Vater waren gute Freunde, waren sich aber so gut wie nie einig.«

Das war ihm neu. »Auch in ihren politischen Ansichten?«

Sie nickte. »Vor allem in Sachen Politik und den Pflichten des Adels. Dein Vater war der Meinung, dass die Verantwortung der Adelsschicht darin lag, den König im Zaum zu halten und sich um die Bevölkerung des Landes zu kümmern, ob wohlhabend oder weniger wohlhabend.« Sie presste die Lippen aufeinander. »Dein Onkel hingegen war der Ansicht, dass die Loyalität zum König oberste Priorität zu haben hatte und dass der gesellschaftliche Rang eines jeden von Gott bestimmt sei. Alles Böse sei selbstverschuldet, eine Wahl. Doch dein Vater wusste, dass mein Bruder uns beide geliebt hat.«

Ein schmerzhafter Kloß setzte sich in seiner Kehle fest und in ihm stieg die Angst auf, dass er doch noch nicht alle Tränen vergossen hatte. »Erzähl mir, was geschehen ist, als Vater starb.«

Mutter zupfte an ihrem Taschentuch. »Er hat in der Mühle geholfen. Sie haben eine neue Art Rad installiert, als plötzlich alles schiefging und das Rad auf deinen Vater fiel und ihn erdrückte. Wir haben ihn schnellstmöglich zurück nach Merton Hall gebracht, aber er hatte innere Blutungen erlitten und starb kurze Zeit später. Ich war schwanger und habe das Kind verloren. Auf Alasdairs Drängen hin bin ich zum Wohl meiner Gesundheit nach Bath gegangen. Als es mir wieder besser ging, hatte Alasdair bereits übernommen, und dir schien es gut zu gehen. Ich schätze, ich dachte, dass der Tod deines Vaters aufgrund deiner Jugend für dich einfacher zu verkraften war. Ich wusste nicht, dass er dich dazu zwang, deine Trauer zu vergraben, und dass er versucht hat, dich in eine Version von sich selbst zu verwandeln.« Sie blinzelte mehrmals, ehe sie fortfuhr. »Er hat sich nicht an die Wünsche deines Vaters gehalten.«

Dom fiel es schwer, all das zu verdauen. Sein Vater war ums Leben gekommen, während er seinen Pflichten nachgegangen war. Er hätte in der Situation das Gleiche getan. »Aber es kann doch nicht alles falsch sein. Onkel Alasdair sagte, dass Großvater frühzeitig starb, weil er seine Frau zu sehr geliebt hat.«

»Wenn man fünfundsechzig als frühzeitig bezeichnen kann«, schnaubte seine Mutter. »Dominic.« Sie streckte beide Hände nach ihm aus, bedeckte die seinen. »Wenn die Gefühle erwidert werden, ist es nicht möglich, seinen Ehepartner zu sehr zu lieben. Dein Großvater starb an einer Unterkühlung, die er sich bei dem Versuch, nach Hause zu kommen, zugezogen hatte. Was Alasdair dir nicht erzählt hat, oder vielleicht auch nicht wusste, ist, dass deine Großeltern in ihren ganzen fünfunddreißig Jahren Ehe nie mehr als eine Nacht voneinander getrennt waren.« Sie lächelte ihn an. »Bradford Männer lieben heiß und innig, Dominic. Sogar du, wenn du es zulassen würdest.«

Sie erhob sich und überließ ihn seinen Gedanken. Er hatte versucht, seine Liebe zu Thea zu unterdrücken, und es war alles umsonst gewesen. Er rieb sich mit der Hand übers Gesicht. Sie hatte vorhin so verletzt ausgesehen, als er sich ihr nicht anvertrauen wollte. Aber vielleicht war es noch nicht zu spät. Er würde ihr alles erzählen. Sie hatte es verdient, davon zu erfahren, so oder so. Er stützte sich auf die Armlehnen des Schaukelstuhls und erhob sich, sah sich im Raum um. Eines Tages würde er hier mit seinem Kind spielen, doch nun war es erst einmal an der Zeit, seine Frau finden.

KAPITEL 24

Langsam schritt Dotty zurück durch die Galerie. Sie musste Dom irgendwie davon überzeugen, sich ihr anzuvertrauen. Was für ein Eheleben würden sie sonst miteinander führen?

»Dotty, Dotty.« Toms schrille Stimme hallte von den Wänden wider.

»Ich bin hier, mein Lieber. Warum bist du denn schon wieder zurück?«

»Ich habe seine Lordschaft und Cyrille vermisst.«

Sie konnte sich ein Lachen nicht verkneifen. »Was brauchst du denn?«

»Sally ist unterwegs.« Vertrauensvoll legte er seine Hand in ihre, während er in der anderen seine Zeichenmappe trug. »Würden Sie mit mir in den Park gehen, damit ich dort zeichnen kann? Mr. Martin hat mir eine Aufgabe gegeben, die ich fertiggestellt haben muss, bis er das nächste Mal kommt.«

Ein Teil von ihr wollte warten und mit Dom sprechen. Sie mussten ihre Meinungsverschiedenheiten vor der Hochzeit klären, doch vielleicht war ein ruhiges Plätzchen zum Nachdenken für den Moment genau das Richtige. »Natürlich. Ich hole meinen Spenzer und meine Haube. Wir treffen uns in der Eingangshalle.«

Mit hüpfenden Schritten ging Tom zurück durch die Galerie und verschwand. Ein paar Minuten später stieß Dotty wieder zu ihm. Sie ließ nach Willy rufen, dem Bediensteten, der Tom zugeteilt worden war. Dotty vermisste Fred, hatte Dom jedoch zugestimmt, dass sie in Merton House keinen Bedarf mehr für Matts Dienerschaft hatte. Nachdem sie an jenem Tag verfolgt worden war, waren am Square immer einige von Doms Stallburschen aufgestellt, um sicherzustellen, dass niemand das Haus beobachtete.

Als sie den Park erreichten, waren nicht viele der feineren Herrschaften zu sehen. Tom mied die Gegend, in der die anderen Kinder spielten, und suchte sich stattdessen eine Bank, auf der er zeichnen konnte. Schon bald machte er es sich jedoch im Gras unter einer großen Ulme bequem.

Sie zückte ihr Notizbüchlein, um ihre derzeitigen Projekte durchzusehen. Der Versuch war allerdings nicht sehr erfolgreich, da ihre Gedanken nur um Dom kreisten und darum, wie distanziert er heute gewesen war. Vielleicht sollte sie Lady Merton um Hilfe bitten. Dotty würde ihren letzten Penny darauf verwetten, dass die meisten Probleme ihres Verlobten durch seinen Onkel hervorgerufen wurden. Es war wahrscheinlich besser, dass der Mann bereits tot war, denn sonst würde sie ihn eigenhändig erdrosseln. Allerdings gestaltete die Tatsache, dass er nicht mehr unter ihnen weilte, das Ganze vielleicht noch schwieriger. Wenn Lord Alasdair noch am Leben wäre, würde es Dom eventuell leichter fallen, gegen den Mann zu rebellieren. Wenn sie doch nur wüsste, was sie tun sollte.

Sie schloss die Augen und biss sich auf die Unterlippe, als die Tränen überzulaufen drohten.

»He, was fällt Ihnen ein?«, rief Willy.

Ihr Kopf zuckte hoch, als ein großer Raufbold die Hand nach ihr ausstreckte und sie am Arm packte. Seine Finger gruben sich dabei schmerzhaft in ihre Haut. Sein Komplize hielt Willy fest, drehte ihm den Arm hinter den Rücken. Sie blickte zu der Stelle, an der Tom noch vor fünf Minuten gesessen hatte. O Gott. Bitte nicht. Konnten es die Diebe sein, die versuchten, ihn zurückzubekommen? Sie betete, dass er entkommen war. Wenigstens kannte er den Weg nach Hause.

Sie schrie so laut wie sie nur konnte, in der Hoffnung, dass irgendwer sie hören würde, bis sich eine riesige Hand über ihren Mund legte und sie zu einer schwarzen Kutsche mit goldenen Verzierungen zerrte. Dies waren nicht die Diebe oder die Männer, die die Frauen entführt hatten. Aber wer waren sie dann?

Dottys Haube rutschte ihr über die Augen, als sie auf einem Sitz landete und die Kutsche mit einem Satz anfuhr. Sie versuchte ihren zitternden Körper unter Kontrolle zu bringen, während ihr Magen rumorte und ihre Handflächen in den Handschuhen ganz feucht wurden. Ihr Herz hämmerte schmerzhaft in ihrem Brustkorb. Noch nie in ihrem Leben hatte sie eine so große Angst verspürt. Wer konnte es auf *sie* abgesehen haben?

Nach ein paar tiefen Atemzügen sammelte sie den Mut, sich die Haube wieder zurechtzurücken, hob aber nicht den Blick. Doch dann sah sie sie. Selbst in dem schummerigen Licht, spiegelte sich ihr blasses Gesicht in einem Paar schwarzer Stiefel mit goldenen Troddeln. *Fotherby?*

Zorn und Verwirrung durchfluteten sie, als sie den Kopf hob und seinem selbstgefälligen Blick begegnete. Er mochte einer von Doms ältesten Freunden sein, aber hierfür würde ihr Verlobter ihn umbringen. Oder? Vielleicht war es das, was ihm auf dem Herzen lag. Er wollte sie tatsächlich nicht heiraten.

Sie gab sich einen kleinen Ruck. *Sei keine dumme Gans.* Dom war viel zu ehrenhaft, als dass er dem hier zugestimmt hätte, vor allem nachdem sie sich geliebt hatten. Denn er liebte sie. Dessen war sie sich absolut sicher, spürte es bis ins Mark.

Wenn Fotherby glaubte, ihr Angst einjagen zu können, hatte er sich gewaltig geirrt. Sie hob das Kinn. »Was genau«, fragte sie in eisigem Tonfall, »bilden Sie sich eigentlich ein, Milord?«

Elizabeth saß in dem kleinen Salon und arbeitete an einer besonders zierlichen weißen Verzierung für das Taschentuch, das sie für den Geburtstag ihres Vaters bestickte, als Lavvie lächelnd zur Tür hineinplatzte.

»Ich habe all deine Probleme gelöst«, verkündete sie, während sie sich die Handschuhe von den Fingern zog.

Elizabeth betrachtete sie aus zusammengekniffenen Augen. Sie hatte das dumpfe Gefühl, dass ihr das, was Lavvie ihr gleich erzählen würde, ganz und gar nicht gefallen würde. »Welche Probleme?«

»Na, Merton natürlich.«

Elizabeth lief ein kalter Schauer über den Rücken. Ihre Stimme klang um einiges schwächer, als sie es beabsichtigt hatte. »Merton?«

Ihre Cousine setzte die Haube ab und ließ sich neben ihr auf der Chaiselongue nieder. »Ja. Ich würde dem Ganzen noch ein paar Monate Zeit geben, aber er wird sich freuen, eine so zuverlässige Lady wie dich zu heiraten.«

Ihre Verwunderung wurde durch Ärger ersetzt und Elizabeth schob den Stickrahmen zur Seite. »Lavvie, was hast du getan?«

»Ich habe lediglich dafür gesorgt, dass Miss Stern nicht an der Hochzeit teilnehmen kann.« Lavvie fuhr fort, als Elizabeth sich aufrichtete. »Ich habe ihr kein Haar gekrümmt. Ich habe nur in Umlauf gebracht, dass es für die Tochter eines Gutsherrn schlussendlich einfach zu viel war, einen Marquis zu heiraten, und dass sie zurück nach Hause zu ihrer Mutter geflüchtet ist.«

»Lavvie, hast du den Verstand verloren?«

Die Augen ihrer Cousine weiteten sich. »Miss Stern wird es gut gehen. Sie ist in einem Haus, das nicht allzu weit entfernt von der Stadt liegt, untergebracht. In zwei Tagen wird sie wieder freigelassen und ihr wird eine Kutsche für die Fahrt nach Hause zur Verfügung gestellt. Sie wird sich natürlich für mindestens ein oder zwei Saisons nicht in der Stadt blicken lassen wollen.«

Verständnislos starrte Elizabeth ihre Cousine an. Wie konnte Lavvie stolz darauf sein, den Ruf einer anderen Dame förmlich zu ruinieren? Dies war zweifellos das Dämlichste, was sie hätte anstellen können.

Elizabeth stand auf und tat sich schwer daran, die Stimme nicht zu erheben. »*Sie wird sich nirgends mehr blicken lassen können.* Welcher Mann würde sie noch wollen, nachdem sie Merton sitzen gelassen hat? Und was geschieht, wenn ans Licht kommt, dass du Miss Sterns Verschwinden inszeniert hast?«

Lavvie erblasste, aber nur ein wenig. »Ach, mach dir darüber keine Sorgen. Fotherby war derjenige, der die eigentliche Entführung von Miss Stern durchgeführt hat.«

Kurz glaubte Elizabeth tatsächlich, dass sie ohnmächtig werden würde. »Warum? Warum hast du das getan?«

»Um dich zu retten. Wer weiß, wen dein Vater als nächstes auswählt, wenn du Merton nicht heiratest? Er könnte sein wie ...«

Ihre Cousine verstummte.

»Manners? Wolltest du das gerade sagen? Lavvie, hat er dir wehgetan?«

»Er schlägt mich nicht«, sagte sie knapp und wich Elizabeths Blick aus.

Sie zog ihre Cousine in eine Umarmung. »O meine Liebe. Vater würde mich niemals dazu zwingen, jemanden gegen meinen Willen zu heiraten.«

Lavvie schluchzte. »Das hatte ich bei meinem Vater auch geglaubt.«

Elizabeth ließ die letzten Wochen Revue passieren und stellte fest, dass sie ihre Cousine seit der Nacht, in der sich Merton und Miss Stern verlobt hatten, nicht mehr unter vier Augen gesehen hatte. Möglicherweise wusste Lavvie gar nicht, dass ihr Vater gelogen hatte. »Ich muss dir etwas sagen. Wir sind nicht bankrott. Es war ein Trick. Vater hat es nur gesagt, damit ich Merton heiraten würde.«

»Nicht bankrott?«

Elizabeth schüttelte den Kopf. »Nein, und ich würde ihn auch sonst nicht heiraten. Er ist in Miss Stern verliebt.« Elizabeth ging zur Terrassentür und wieder zurück und machte schließlich vor ihrer Cousine Halt. Sie ergriff Lavvies Hand. »Da ich nicht des Geldes wegen heiraten muss, möchte ich aus Liebe heiraten. Wir müssen es Merton sagen. Wenn er merkt, dass Miss Stern verschwunden ist, wird er sich furchtbare Sorgen machen.«

»Es ist bereits zu spät.« Lavvies Augen füllten sich mit Tränen. »Ich habe eine Nachricht von Fotherby erhalten. Sie haben sie heute Morgen aufgegriffen.«

»Du weißt doch aber sicher, wohin sie sie gebracht haben.«

»Nun, in etwa schon. Fotherby hat ein Haus nahe Richmond, aber der genaue Standpunkt ist mir nicht bekannt.«

Elizabeth zog an der Klingel und ein Bediensteter öffnete die Tür. »Ich werde meine Haube, Handschuhe, meinen Spenzer und meine Zofe benötigen.«

»Elizabeth!«, quiekte Lavvie, sobald sich die Tür wieder schloss. »Was hast du vor?«

»Ich werde es Merton sagen. Er weiß vielleicht, wo sich Fotherbys Haus befindet.« Lavvie wich alle Farbe aus dem Gesicht. »Ich werde mich bemühen, deinen Namen nicht zu erwähnen, aber gibt es vielleicht eine Verwandte, die du für ein paar Wochen besuchen kannst? Du wirst die restliche Saison sicherlich nicht gerne verpassen, aber es wird weniger Gerede geben, wenn du nicht vor Ort bist.«

Sie nickte. »Ich habe bereits arrangiert, eine Tante im Norden zu besuchen, aber warum ist das so wichtig? Ich bin mir sicher, dass Fotherby es niemandem verrät.«

Elizabeth gab sich alle Mühe, ihre Cousine nicht anzuschreien, und presste die Lippen aufeinander. »Du hast dir eindeutig das falsche Mädchen vom Lande für deine Spielchen ausgesucht. Ihre Großmutter ist die Duchess of Bristol. Heute Abend findet ihr Verlobungsball statt.«

Kurz stand Lavvie wie vom Donner gerührt da. Dann ließ sie sich in einen Sessel plumpsen. »O nein. Was habe ich nur angerichtet?«

Elizabeth legte sich den Spenzer an und setzte die Haube auf, die ihr in der Zwischenzeit gebracht worden waren. Es war an der Zeit, dass ihre Cousine lernte, ihre Nase nicht mehr in die Angelegenheiten anderer zu stecken. »Hinzu kommt noch, dass ihre Eltern in der Stadt sind und sie nach Merton House gezogen ist.«

Lavvies bereits blasses Gesicht wurde kalkweiß. Als sie endlich sprach, war ihre Stimme kaum lauter als ein Flüstern. »Wie konnte ich nur so töricht sein? Ich wollte dir doch nur helfen und nun habe ich das reinste Chaos verursacht.«

»Ich werde mich schon darum kümmern«, sagte Elizabeth streng. »Hoffen wir einfach, dass niemand von deiner Beteiligung erfährt. Einen solchen Skandal würden wir niemals überleben.« Sie umarmte ihre Cousine und schob Lavvie eine Locke aus dem Gesicht. Auch wenn sie großen Ärger bereitet hatte, so blieb sie doch Elizabeths engste Freundin. »Ich werde dir berichten, wie es gelaufen ist.«

Eine Weile lang klammerte sich ihre Cousine an sie. »Ich werde noch heute abreisen.«

Elizabeth nickte. »Das wäre wohl am besten. Du wirst mir fehlen.«

»Du mir auch. Es wird vermutlich etwas dauern, bis ich dir schreiben kann.«

»Ich muss jetzt los.« Sie gab ihrer Cousine einen flüchtigen Kuss auf die Wange und ließ Lavvie ihre Gedanken sortieren.

Tom – dicht gefolgt von seinem Bediensteten, Willy, der um einiges angeschlagener aussah – kam Dom auf der Treppe entgegengelaufen.

»Milord«, keuchte Tom. »Dotty wurde entführt.«

Für einen kurzen Moment war es, als würde die Zeit stehenblieben, und Doms Herz setzte aus. *Nein*! Das war unmöglich. Ihr durfte nichts zustoßen. Er wandte sich an den Bediensteten. »Wo ist Miss Stern?«

»Es ist wie Master Tom sagte, Milord. Sie wurde mitgenommen. Zwei große Schurken sind auf mich zugekommen. Einer von ihnen hat mich festgehalten und der andere hat sie sich geschnappt. Master Tom hat sich hinter den Bäumen versteckt, konnte jedoch ein Bild von dem Mann in der Kutsche zeichnen.«

Tom hielt Dom den Zeichenblock hin. »Das ist der Herr, der mit ihr davonfuhr.«

Er konnte nicht glauben, dass dies gerade wirklich passierte. Es lief alles falsch. Bilder, wie Thea in ein Bordell oder an den Hafen verschleppt wurde, stürmten auf ihn ein. Sollte sie verletzt werden, wäre es seine Schuld. Er hätte sie heute Morgen nicht einfach stehen lassen dürfen.

Tom schob Dom die Zeichnung unter die Nase und seine Gedanken nahmen ein abruptes Ende. Fotherby? Warum zum Teufel würde er Thea entführen? Er mochte sie nicht, aber eine unschuldige Frau zu verschleppen – nun, vielleicht nicht mehr ganz so unschuldig –, überschritt eindeutig eine Grenze. Verdammt, der Mistkerl hatte Doms Braut entführt! Vielleicht hatte Lady Fotherby recht gehabt. Ihr Sohn war fern jeder Moral. Wenn er den Halunken in die Finger bekam, würde er ihn umbringen. Er knurrte. »Paken, machen Sie eine Droschke bereit.«

Worthington betrat die Eingangshalle. »Ich wollte fragen, ob Tom mit den Kindern spielen möchte.«

Das war das andere, was hier nicht stimmte. »Moment mal. Sollte Tom nicht bereits *bei euch sein*?«

Das Kind verzog das Gesicht. »Ich habe Sie vermisst, also bin ich nach Hause gekommen.«

»Nimm Tom mit.« Dom fuhr sich mit der Hand durchs Haar. »Wir besprechen dies später. Ich muss los.«

Worthington runzelte die Stirn. »Was ist los?«

Tom sprang auf und ab, und wedelte mit der Zeichnung in der Luft. »Fotherby hat Dotty entführt und wir werden sie retten.«

Himmelherrgott noch mal. Warum verspürten alle in seinem Haus den Drang, davonzueilen und jedermann zu retten? »*Wir* werden nirgendwo hingehen. Du wirst schön hier bleiben, wo du in Sicherheit bist. Paken, wo ist die Droschke?«

»Merton, beruhige dich«, bellte Worthington. »Wir brauchen mehr Informationen, bevor du mir nichts, dir nichts hinter Fotherby losziehst.«

»Ich glaube, ich könnte vielleicht behilflich sein.«

Dom drehte sich zur Tür und sein Blick landete auf Miss Turley. Sie schluckte. »Ich habe Lord Fotherbys Kutsche vorhin auf der Straße nach Richmond gesehen.«

Dom ballte die Hände zu Fäusten. Der Halunke. »Richmond?«

Sie schien verängstigt zu sein, nickte aber. »Ja. Ich nehme an, Miss Stern ist nicht zu Hause.«

Wut stieg in ihm auf und seine Geduld hing an einem seidenen Faden. Er verspürte gerade das dringende Bedürfnis, jemanden zu erdrosseln.

Paken verneigte sich. »Nein, Miss. Ihre Mutter ist gestern eingetroffen und sie empfängt derzeit keine Besucher.«

Worthington fuhr sich mit der Hand übers Gesicht. »Was ist in Richmond? Oder bringt er sie weiter in den Westen?«

Und Dom hatte diesen verfluchten Kerl als seinen Freund bezeichnet. »Er hat dort ein Haus. Wir haben dort einmal übernachtet, nachdem wir uns einen Boxkampf angesehen haben.«

»Weißt du noch, wo es liegt?«

Dom rollte mit den Augen. »Selbstverständlich weiß ich das. Lasst uns gehen. Wenn wir sie vor dem Ball der Duchess zurückholen möchten, haben wir keine Zeit mehr zu verlieren.« Er schritt zu einem kleinen Schreibtisch und schrieb dort hastig eine Notiz, die er Paken reichte. »Machen Sie die große Kutsche bereit. Dies ist die Adresse.«

»Milord, was soll ich ihren Ladyschaften und Lord Henry erzählen?« Trotz allem, musste Dom grinsen. »Sag ihnen, dass wir nach Richmond gefahren sind.« Dom blickte zu Miss Turley, die noch immer in der Tür stand. »Miss Turley, ich bedanke mich für Ihre Hilfe. Ich würde es sehr zu schätzen wissen, wenn Sie nicht wiederholen, was Sie hier gehört haben.«

»Das kann ich Ihnen versichern.« Eilig stieg sie Treppen hinab.

»Paken. Die Pferde. Sofort.«

Sein Butler schickte einen der Bediensteten los.

»Meins ist in deinen Stallungen«, sagte Worthington auf dem Weg zum hinteren Ende des Hauses.

Als Dom und Worthington die Stallungen erreichten, waren ihre Pferde bereits gesattelt worden. Sie ritten so schnell wie möglich durch die vielbefahrenen Straßen des Nachmittags. Es würde mindestes eine Stunde dauern, bis sie ankamen, und knapp zwei Stunden, bis die

Kutsche Fotherbys Herrenhaus erreichte. Das Dinner vor dem Ball begann um neun Uhr. Jetzt war es kurz vor eins.

Seine Miene verdüsterte sich. »Ich werde Fotherby den Hals umdrehen.«

»Das sagtest du bereits. Das kann ich dir nicht verübeln. Wenn du meinen Rat willst, dann mach es sofort, nicht bei einem Duell. Die gefallen den Damen nicht sonderlich.«

Sie erreichten den ersten Wegzoll und der Torwächter ließ so lange auf sich warten, dass Dom kurz davor war, über die Pforte zu springen. Endlich kam ein älterer Mann auf sie zu und nahm ihr Geld entgegen. Mit fliegenden Fahnen ritten sie weiter und verlangsamten das Tempo nur ab und zu, um ihre Pferde zu schonen, bis das Städtchen Richmond sichtbar wurde.

Dom zügelte sein Pferd. »Jetzt ist es nicht mehr weit. In etwa einer Meile hinter der Ortschaft.« Zum ersten Mal war er sich nicht ganz sicher, wie sie verfahren sollten. »Reiten wir einfach die Auffahrt hoch oder gehen wir hinten herum?«

»Ich würde lieber nicht für einen Dieb gehalten und erschossen werden«, erwiderte Worthington trocken. »Wir nähern uns von vorn.« Seine Mundwinkel zuckten. »Du kannst gerne erwähnen, dass du ein Marquis bist.«

Dom legte den Kopf in den Nacken und lachte. Seit er Zeit mit Thea verbrachte, war sein Rang nur noch dann von Bedeutung, wenn die Stimme seines Onkels unaufgefordert in seinen Kopf eindrang. »Da ich derjenige bin, vor dem Fotherby sie verstecken will, glaube ich nicht, dass das funktionieren wird. Wir tun einfach so, als hätten wir uns verlaufen. Sollte noch jemand außer dem älteren Pärchen vor Ort sein, das auf das Haus aufpasst, nehme ich es gern mit ihnen auf.«

Und sollte Thea verletzt sein, könnte er für nichts mehr garantieren. Es war an der Zeit, dass er sich mehr wie sein Vater, statt wie sein Onkel verhielt.

Ungeduldig wartete Dotty auf eine Antwort von Fotherby. Sie trommelte mit den Fingern auf dem Sitz, bis er endlich sagte: »Ich möchte Ihnen nichts Böses, aber Merton hat eine angemessene Gemahlin verdient und ich werde dafür sorgen, dass er auch eine findet.«

Sie versuchte, ihre Wut im Zaum zu halten, und biss sich auf die Innenseite ihrer Wange. »Was haben Sie also vor?«

»Ich besitze ein altes Herrenhaus unweit der Stadt. Dort werde ich Sie bis nach der Hochzeit unterbringen. Sobald Sie Merton am Altar sitzengelassen haben, wird er Sie vergessen und jemand anderen finden.« Fotherby lehnte sich gegen die Sitzkissen. »Keine Sorge, Ihre Unschuld ist sicher. In ein paar Tagen werden wir Sie nach Hause zu Ihren Eltern schicken.«

Offenbar hatte der Idiot keine Nachforschungen getätigt und wusste nicht, dass ihre Eltern gestern in Merton House eingetroffen waren. »Und wer wird mich noch heiraten wollen, nachdem ich Merton sitzengelassen habe?«

Fotherbys Mund öffnete und schloss sich wie der eines Fischs. »Daran hatte ich nicht gedacht, aber der Skandal wird schon bald Schnee von gestern sein. So ist es doch immer.«

Dotty verkniff sich ein Schnaufen. Er war ein Narr. Vielleicht würden sie irgendwo Rast machen und sie könnte aus der Kutsche springen. Und dann? Dank der zugezogenen Vorhänge wusste sie nicht einmal, wohin er sie brachte. Hatte sie überhaupt ausreichend Geld, um zurück nach London zu kommen? Dom würde doch bestimmt feststellen, dass sie verschwunden war, und nach ihr suchen. Aber würde er auf Fotherby kommen? Nein. Sie musste einen Weg finden, sich selbst zu retten.

Sie schloss die Augen und versuchte sich auszuruhen. Ihr würde schon noch eine Idee kommen. Schließlich war sie überaus einfallsreich.

Als die Kutsche anhielt, schielte sie unauffällig auf ihre Ansteckuhr. Sie waren fast zwei Stunden lang unterwegs gewesen. Nun, wenn sie gen Norden gereist waren, würde sie etwas wiedererkennen; und wenn nicht ... Fotherby schloss eine der Türen auf und sie wurde geöffnet. Der danebenstehende Bedienstete half ihr beim Aussteigen. Ein altes Ehepaar wartete in der Eingangstür. Offenbar waren es die Hausverwalter. Vielleicht würden sie ihr helfen.

»Nun, hier ist sie«, sagte Fotherby, als hätte man sie bereits erwartetet. »Ich habe ihren Eltern eine Nachricht zukommen lassen und sie werden in ein paar Tagen eintreffen.«

Die ältere Dame blickte zu Dotty und musterte sie streng.

»Ihre Tricks brauchen Sie bei uns gar nicht erst zu versuchen, Miss. Hier gibt's kein Ausbüxen mehr, um mit Mitgiftjägern davonzulaufen.«

Von der Dienerschaft konnte sie sich also keine Hilfe versprechen. Wenn sie glauben würde, damit davonkommen zu können, würde sie Fotherby einen Hieb verpassen. Stattdessen setzte sie ihre sittsamste Miene auf. »Natürlich, Mrs. ...?«

»Whitaker«, erwiderte die Frau, die über die Frage scheinbar überrascht war.

»Mrs. Whitaker«, Dotty ließ einen verletzten Unterton in ihrer Stimme mitschwingen, »ich dachte wirklich, er würde mich lieben, nicht mein Vermögen. Ich wollte doch nichts allzu Böses anstellen und es würde mir nicht im Traum einfallen, meinen Eltern mehr Kummer zu bereiten.«

Mrs. Whitaker schien ein kleines bisschen aufzutauen. »Sie werden hier gut behandelt werden, Miss, wie es sich für jemanden aus Ihrem Stand gehört. Aber ich bedauere, Ihnen mitteilen zu müssen, dass Sie auf Ihrem Zimmer bleiben müssen.«

»Selbstverständlich, Ma'am.« Dotty senkte die Wimpern in gespielter Reue. »Ich werde tun, was Sie mir sagen.«

»Dann folgen Sie mir.«

Die Kutsche fuhr davon und gehorsam folgte Dotty ihrer Gefängniswärterin. Als die Frau sie durch das Haus führte, achtete Dotty auf jedes noch so kleine Detail, bis sie schließlich ein großes Zimmer im ersten Stock erreichten. »Ein wunderschönes Haus. Wie alt ist es?«

»Es wurde zu Zeiten von Jakob I. erbaut.« Mrs. Whitaker vollführte einen Knicks. »Ich werde Ihnen etwas zu Essen und Tee bringen.«

»Ich danke Ihnen.« Dotty schenkte ihr ein Lächeln. »Das wäre wundervoll.«

Die Tür wurde zugezogen und das Schloss klickte. Dotty entledigte sich ihrer Haube und den Handschuhen. Als Allererstes musste sie die Haushälterin davon überzeugen, dass sie sich mit ihrem Schicksal abgefunden hatte.

Ein mit Rosen verzierter Porzellankrug stand mit warmem Wasser gefüllt neben der dazu passenden Schüssel. Außer dem Waschtisch befand sich in dem Zimmer noch ein alter Eichenschrank, ein Bett, ein Sofa und ein Raumtrenner mit einem dahinterstehenden Nachttopf sowie eine Frisierkommode mit Stuhl. Dotty prüfte das Fenster, aber es bewegte sich kein Stück. Neben dem Kamin befand sich eine Tür, die vermutlich in ein Ankleidezimmer führte. Dotty hob den Riegel zur Seite und sie öffnete sich mit Leichtigkeit.

Als sie vor der Tür zum Korridor plötzliche Schritte vernahm, eilte Dotty zurück ins Schlafgemach und setzte sich auf das Sofa. Die Haushälterin und ihr Gemahl traten ein. Er trug ein Tablett auf dem Tee, Sandwiches und Obst angerichtet waren. Es würde für glatt drei Personen ausreichen, aber wenn sie einen Weg finden konnte, um auszubrechen, dann würde sie die zusätzliche Nahrung gut gebrauchen können.

Mr. Whitaker stellte das Tablett auf den Tisch vor dem Sofa ab. »Bitte sehr, Miss. Nicht, dass Sie nachher erzählen, wir hätten Sie verhungern lassen.«

Dotty lächelte. »Nein, natürlich nicht. Ich danke Ihnen vielmals. Ich habe tatsächlich großen Appetit.«

Mrs. Whitaker deutete auf die Klingel. »Läuten Sie einfach, wenn Sie irgendetwas benötigen. Ich habe ein Nachthemd und einen Morgenmantel für Sie in den Schrank gehängt. Dinner gibt es um fünf«, sagte sie in defensivem Tonfall. »Hier richten wir uns nach einem ländlichen Tagesablauf.«

»Um ehrlich zu sein«, sagte Dotty aufrichtig, »sagt mir der ländliche Tagesablauf mehr zu.«

Mrs. Whitaker nickte und ihr Mund nahm einen etwas weniger strengen Zug an. Dotty war sich sicher, dass sie die Frau mit etwas Zeit für sich gewinnen könnte, aber genau daran mangelte es ihr. Sie durfte ihren Verlobungsball heute Abend unter keinen Umständen verpassen.

Während sie aß, wägte sie im Kopf ihre Möglichkeiten ab. Wenn das Haus tatsächlich so alt war, wie die Haushälterin behauptete, dann hatte es vielleicht einen Geheimgang. Die meisten Häuser aus diesem Zeitalter hatten einen. Nein, sie hätten sie niemals in ein Zimmer gesteckt, das einen einfachen Fluchtweg aufwies. Es sei denn, sie glaubten, sie könne ihn nicht finden, oder … oder er war größtenteils in Vergessenheit geraten, genau wie es in Merton House der Fall war.

Die nächste Stunde verbrachte sie mit Klopfen und Drücken und damit, an allem zu ziehen, was eventuell ein versteckter Hebel sein könnte. Mit einem weiteren Sandwich in der Hand zog sie den Stuhl zum Kamin und nahm ihn unter die Lupe. Doch es gab nichts, das auf sie außergewöhnlich wirkte. Sie erhob sich, ging zurück in das Ankleidezimmer und klopfte an die Wände. Zu guter Letzt öffnete sie den Schrank und ließ die Finger an den Ritzen entlanggleiten. Es dauerte nicht lange, bis sie eine Unebenheit ertastete. Eine in der Form eines Rechtecks. Konnte es vielleicht ein kleiner Hebel sein? Wenn ja, war er sehr geschickt in eine Ecke eingefügt worden. Wenn sie nicht so sorgfältig gesucht hätte oder ihre Finger etwas größer wären, hätte sie es nicht gefunden. Sie sandte ein kurzes Stoßgebet gen Himmel, schob ihn nach oben und wartete, als sich ein Teil der Rückwand zur Seite schob.

Irgendwo im Haus öffnete sich krachend eine Tür und es folgte lautes Gebrüll.

»Wo ist sie?« Doms schroffe Stimme drang an ihr Ohr.

Gott sei Dank, er war gekommen! Ihr wild pochendes Herz raubte ihr den Atem.

Sie hörte, wie Stiefel die Treppe emporstampften. Sie streckte genau in dem Augenblick den Kopf aus dem Ankleidezimmer, als die Tür zum Zimmer ruckartig aufgestoßen wurde. Kurz schien die Zeit stehenzubleiben, dann landete sie in seinen Armen und unten ertönten Schüsse.

Dom blickte zur Tür. »Wir sollten hier verschwinden.«

»Hier entlang.« Sie ergriff seine Hand und zog ihn zum Ankleidezimmer. »Es gibt einen Tunnel.«

Dom spähte in die Dunkelheit und gab ihr einen hastigen Kuss. »Wie ausgefuchst von dir.«

»Ich bete, dass er nach draußen führt.«

»Selbst wenn nicht, wird er uns etwas Zeit verschaffen, deinen Entführern zu entkommen.«

»Wer ist bei dir?«

»Worthington.«

»Ich hoffe, er wurde nicht verletzt.«

»Das würde die Dinge definitiv verkomplizieren. Lass uns gehen.«

Um das Gleichgewicht zu halten, legte sie eine Hand an die Wand und folgte ihm dann die alten Steintreppen hinab. Es lag ein modriger Geruch in der Luft und bei dem Gedanken an all den Dreck, rümpfte sie die Nase. Ihre Handschuhe würden nie wieder sauber sein. Plötzlich stieß sie gegen Doms breiten Rücken.

»Eine Tür«, flüsterte er. »Hoffen wir, dass sie nicht verrostet ist und klemmt.« Er ließ ihre Hand los und zog an der Tür. Kurz darauf schwang sie mit einem lauten Knarzen auf und sie standen vor einer Wand aus Efeu.

»Warte hier. Ich muss nachsehen, ob es Worthington gut geht.«

»Nein, ich komme mit.« Dom sah sie aus zusammengekniffen Augen an und sie schnaubte. »Was ist, wenn die Haushälterin den Tunnel entdeckt? Bei dir bin ich sehr viel sicherer.«

»Na schön«, sagte er, eindeutig unzufrieden. »Aber wenn es Ärger gibt, hältst du dich raus.«

Sie nickte, als er ihre Hand nahm. Sie blieben dicht an der Hauswand, bogen um die Ecke und befanden sich plötzlich bei der Auffahrt. Matt stand auf den Stufen, seine Pistole auf die offenstehende Tür gerichtet. Zwei Pferde warteten geduldig an seiner Seite, ganz in der Nähe von Dom und ihr.

Dom stieß einen leisen Pfiff aus, woraufhin ein gepflegt aussehender Grauer seinen Kopf in ihre Richtung schwang und auf sie zukam. Nachdem er sie auf das Pferd gehoben hatte, stieg Dom in einer einzigen

eleganten Bewegung hinter ihr auf und brüllte:
»Worthington, es wird Zeit, aufzubrechen.«

Matt streckte die Hand aus, knallte die Tür zu und saß
binnen Sekunden auf seinem Pferd, das die Auffahrt
hinuntergaloppierte. Dom und Dotty folgten ihm und
zügelten erst einige Minuten später das Tempo.

Endlich atmete sie erleichtert auf. »Wie gut, dass du
genau zu diesem Zeitpunkt gekommen bist. Ich hatte
den Tunnel gefunden, war aber gerade am Überlegen,
wieviel Geld ich für die Reise zurück nach London benötigen würde. Ich wusste nicht, ob ich ausreichend
mit dabeihatte.«

»Ich bin froh, dass du nicht verletzt bist.« Dom betrachtete sie, als würde er sich über etwas amüsieren.
»Hast du wirklich über Geld für eine Kutsche nachgedacht?«

»Natürlich habe ich das. Ich wollte nicht, dass du ...«

»Du bist absolut bemerkenswert.« Seine Lippen trafen
auf ihre und sie warf ihm die Arme um den Hals.

Ein paar Augenblicke später hustete Matt auffällig.
»Wenn es euch beiden nichts ausmachen würde, sollten wir uns überlegen, wie wir vorgehen wollen, während wir auf die Ankunft der Kutsche warten. Gibt es
hier in der Nähe ein Inn?«

Dotty blickte auf ihre Handschuhe und den Ärmel ihres Spenzers. »Keins, das ich derzeit betreten würde.
Seht doch nur, wie schmutzig ich bin.«

In dem Moment schien Dom den Zustand ihrer Kleidung zum ersten Mal zu bemerken. »Es war da drinnen
ziemlich verdreckt.«

»Wie seid ihr entkommen?«, fragte Matt.

Sie grinste. »Es gab eine Geheimtreppe.«

»Thea hatte sie bereits gefunden, als ich eintraf.« Dom
festigte seinen Griff. »Mein geschickter Liebling.«

Auch sie war mit sich sehr zufrieden, doch es wurde Zeit, dass sie entschieden, wie sie nach Hause kommen würden. »So können wir nicht durch die Stadt reiten.«

»Das ist wohl wahr«, sagte Dom und blickte die Straße hoch. »Die Kutsche sollte bald hier sein.«

»Wir könnten sonst eine Poststation ausfindig machen«, fügte Matt hinzu, »und eine Kutsche mieten, die Dotty nach Hause fährt. Wir sagen einfach, sie hätte einen Unfall gehabt, was ihre schmutzige Kleidung erklären würde.«

»Das ist eine großartige Idee.« Das würde das Problem lösen. »Es ist immer besser, sich einen Ersatzplan zu überlegen.«

Dom stöhnte. »Warum habe ich das dumpfe Gefühl, dass ich großen Nachholbedarf habe, was listige Tricks betrifft?«

Sie glättete ihre Röcke so gut es ging, aber man sah noch immer zu viel Bein. »Wenn wir an einem Inn halten, würde ich den Whitakers gern eine Nachricht zukommen lassen.«

»Den Whitakers?«, fragte Matt.

»Das Ehepaar im Haus. Auch wenn sie mich nicht hätten gehen lassen, waren sie sehr freundlich.«

»Der *freundliche*, alte Herr hat auf mich geschossen, und seine Frau hat versucht, meinen Kopf mit einer Pfanne zu zermalmen«, schimpfte Matt. »Ich stand nur deswegen noch an der Tür, weil ich wusste, dass er keine Kugeln mehr hatte.«

»Oh.« Natürlich konnte sie sich an die Schüsse erinnern, aber Matt war schließlich unversehrt geblieben. »Es war wirklich nicht ihre Schuld. Fotherby hat ihnen erzählt, dass ich mit einem Mitgiftjäger davongelaufen bin und meine Eltern in zwei Tagen eintreffen würden, um mich mit nach Hause zu nehmen.«

»Dann soll Fotherby ihnen doch die Wahrheit erklären«, knurrte Matt.

»Hat der Schurke dich irgendwo angefasst?« Doms Stimme war messerscharf und bebte vor Wut.

Sie schüttelte den Kopf. »Nein, nein. Er hat mich entführt, damit wir nicht heiraten. Er sagte, er würde mich nach Hause schicken, sobald ich die Hochzeit verpasst hätte.«

»Merton«, sagte Matt mit düsterem Blick. »Wenn du seinem wertlosen Leben kein Ende setzen möchtest, dann werden es die Damen mit Sicherheit gerne übernehmen.«

Sie drehte den Kopf, um in Doms Gesicht blicken zu können, doch er hielt sie mittlerweile so fest, dass sie nicht viel von ihm sehen konnte. Andererseits war es doch recht angenehm – vielleicht sogar mehr als nur angenehm – gegen seinen harten Körper gepresst zu werden. Dennoch hätte sie gerne seinen Gesichtsausdruck gesehen. Er klang aufgebracht. »Ich finde, wir sollten es seiner Mutter erzählen.«

Kurz schienen beide Männer sprachlos zu sein, dann begann Matt schallend lachen und Dom stimmte mit ein.

Als sie schon befürchtete, dass sie gar nicht mehr aufhören würden, liebkoste Dom ihren Nacken. »Es ist dir vielleicht nicht bewusst, Liebling, aber das ist eine sehr viel schlimmere Strafe, als ich sie ihm je selbst erteilen könnte.«

Zum ersten Mal in ihrem Leben wollte Dotty ein wenig prahlen. »Er hat dort ein sehr schönes Haus, das nicht genutzt wird. Ich wüsste nicht, weshalb er dort keine Kriegswitwen oder Waisen unterbringen könnte.«

Dom küsste ihr Ohr. »Wie diabolisch von dir, aber meinst du, da wird sie mitspielen?«

»Ich denke schon.« Dotty lächelte. »Ich habe sie bei Lady Thornhill kennengelernt und sie ist sehr an unserem Unterfangen interessiert. Und jetzt zu den Whitakers ...«

»*Nein*!«, sagten Dom und Matt wie aus einem Munde.

»Bitte meine Mutter, oder besser noch, deine Mutter, ihnen nach unserer Rückkehr zu schreiben.« Er zog sie noch ein Stück dichter zu sich heran, so als würde er sie nie wieder loslassen. »Apropos Dinner. Wenn wir weiterhin in diesem Tempo vor uns hin bummeln, kommen wir nie an.«

Matt blickte zu ihnen herüber. »Ich meine, mich an eine Poststation hier ganz in der Nähe zu erinnern. Wenn ihr möchtet, kann ich vorreiten und die nötigen Vorkehrungen treffen.«

Just in dem Augenblick blickte Dotty die Straße hoch und sah, wie eine Kutsche auf sie zuraste. »Weich aus, schnell!«

Zu ihrer Überraschung machte der Kutscher Halt und begrüßte sie. »Milords.«

»Wir hatten Sie frühestens in einer halben Stunde erwartet«, rief Dom ihm zu.

»Mr. Paken sagte, ich soll so schnell wie möglich zu Ihnen stoßen.« Der Kutscher tippte sich mit dem Zeigefinger gegen die Nase. »Ich kenne hier jeden Zöllner weit und breit.«

Erleichtert atmete sie auf. »Na, Gott sei Dank. Liebling, du kannst mich runterlassen.«

Sobald sie in der Kutsche saß, wollte er hinter ihr einsteigen. »Binden Sie mein Pferd hinten an.«

»O nein, so nicht«, sagte Matt. »Ihr seid noch nicht verheiratet. Du steigst schön wieder auf dein Pferd.«

Dom fluchte leise. »Aber wir sind verlobt. Es ist völlig vertretbar.«

»Das ist mir egal.«

Sie legte sich eine Hand über den Mund, um nicht zu lachen. »Dom, steig einfach auf dein Pferd, damit wir endlich nach Hause können.«

»Zwei Tage noch.«

»Ja.« Sie nickte. »Dann kannst du so oft du nur möchtest mit mir in einer Kutsche fahren.«

Er gab ihr einen flüchtigen Kuss und kletterte wieder auf sein Pferd. »Es hat keinen Zweck, zu diskutieren. Wir müssen heute Abend schließlich noch einem Verlobungsball beiwohnen.«

»He, warten Sie gefälligst!«

Erschrocken weitete Dotty die Augen. O nein! Es war Mr. Whitaker. Sie würde nicht zurück zu dem Haus gehen. »Ich hatte nicht damit gerechnet, Sie noch einmal zu sehen. Ich wollte Ihnen sagen, dass es mir …«

»Das kann ich mir denken, kleine Miss.« Er richtete sein Gewehr auf den Kutscher. »Steigen Sie einfach aus. Sie kommen mit zurück, bis Ihr Vater Sie holen kommt.«

»Aber, aber.« Doms Tonfall war überheblicher, als sie ihn je zuvor gehört hatte. »Miss Stern hat mir berichtet, was Fotherby Ihnen erzählt hat. Es war gelogen. Ich bin der Marquis of Merton und sie ist meine Verlobte. Ihre Eltern verweilen derzeit in meinem Haus in der Stadt.«

Mr. Whitaker funkelte ihn böse an. »Ich weiß über Sie Lords bestens Bescheid. Sie können sonst wer und trotzdem ein Mitgiftjäger sein.«

»Hier ist meine Karte.« Dom griff in seine Jackentasche und errötete. »Ich muss sie vergessen haben, aber dieser Gentleman hier ist der Earl of Worthington.« Erwartungsvoll blickte Dom zu Matt. »Gib ihm deine Karte.«

»Ich glaube, meine habe ich auch nicht dabei.«

Mr. Whitaker grinste. »Marquis hin, Earl her. Für mich klingt das Ganze eher wie ein Märchen. Ich werde die Lady jetzt mitnehmen. Bei meiner Frau ist sie sicher, bis wir weiterwissen.«

Himmelherrgott nochmal! Wenn das so weiterging, würde sie noch den Ball ihrer Großmutter verpassen.

»Mr. Whitaker, wenn Sie uns nicht glauben, dann kommen Sie doch einfach mit uns. Ich kann Ihnen versichern, dass meine Mutter und mein Vater, Sir Henry und Lady Stern, sowie Lord Mertons Mutter Ihnen beteuern können, dass ich nicht davongelaufen bin. Heute Abend findet unser Verlobungsball statt. Er wird von meiner Großmutter, der Duchess of Bristol gehalten und wir dürfen uns nicht verspäten.« Sie hielt kurz inne und betrachtete den älteren Herrn mit einem Stirnrunzeln. »Und dass Sie mir ja niemanden erschießen.«

Mr. Whitaker blickte düster drein, sichtlich unentschlossen, als der Kutscher sagte: »Whitaker, richtig?«

Er nickte.

»Ich kann für ihre Lordschaften und die Lady bürgen. Es ist, wie sie sagten, sie wurde heute Morgen aus dem Park entführt. Aber Sie müssen sich nicht auf mein Wort verlassen. Kommen Sie hoch, Sie können mit mir fahren. Wir wollen schließlich nicht, dass Sie nachher das Gefühl haben, Sie hätten Ihre Pflicht nicht getan.«

»Ich danke Ihnen.« Mr. Whitaker senkte das Gewehr. »Das werde ich tun.«

Und wieder atmete Dotty erleichtert auf. »Bring mich nach Hause.«

KAPITEL 25

Dom ritt neben seinem Cousin vor der Kutsche her. »Ich habe beschlossen, dass das Dasein als Marquis doch nicht so toll ist.«

»Es kommt immer ganz darauf an, wie du es einsetzt«, erwiderte Worthington. »Ich würde den Earl-Titel nicht missen wollen. Ich schäme mich nicht, zuzugeben, dass mir die Privilegien gefallen, die damit einhergehen. Aber er bringt auch Verantwortung mit sich, und das nicht nur meinen Anwesen und Angehörigen gegenüber, sondern auch der Gesellschaft im Allgemeinen. Dein Vater war sich dessen bewusst, aber dein Onkel hat es nie verstanden.«

Dom dachte eine Weile darüber nach. Sein Cousin war fünf Jahre älter als er. »Du kanntest meinen Vater?«

»Unsere Väter waren befreundet.«

Das hörte er zum ersten Mal. Es gab so viel, das er gerade erst lernte. »Das wusste ich nicht.«

»Nein. Mein Vater war noch jemand, von dem Lord Alasdair nicht begeistert war.«

Einige Minuten lang herrschte Schweigen, was Dom die Gelegenheit gab, seinen Gedanken nachzuhängen. Wieviel hatte er verpasst? Was musste er alles nachholen? Wenn Thea nicht in sein Leben getreten wäre, hätte er sich womöglich nie verliebt, Tom wäre vermutlich abgeschoben worden und Cyrille wäre nicht mehr am Leben. Von den Frauen, die sie gerettet hatten, ganz zu schweigen. »Ich würde mich gerne mit dir über Gesetzesentwürfe unterhalten, die den Armen helfen würden.«

Langsam hoben sich Worthingtons Mundwinkel zu einem Lächeln. »Gerne. Was schwebt dir vor?«

Sie bogen in den Grosvenor Square ein und kamen vor Merton House zum Stehen. Bedienstete eilten aus dem Haus, um ihnen zu helfen. Whitaker wurde durch die Haustür geleitet. Dom wollte gerade nach Sir Henry oder seiner Mutter rufen lassen, doch sobald er Pakens Bekanntschaft gemacht hatte, kam Whitaker zu dem schnellen Entschluss, dass Fotherby gelogen hatte.

Nachdem Dotty in ihre Gemächer verschwunden war, um ihre Mütter zu sehen und sich für den Ball zurechtzumachen, führte Dom seinen Cousin in sein Arbeitszimmer und bestellte Wein.

»Wie, kein Brandy?«, scherzte Worthington.

Ihm wurde allein schon von der Vorstellung übel. »Jedenfalls nicht so früh am Tage.« Dom war einen so freundschaftlichen Ton zwischen sich und seinem Cousin nicht gewohnt, beschloss aber, dass es ihm gefiel. »Worthington, ich weiß gar nicht, wie ich dir dafür danken soll, dass du mich heute begleitet hast.«

»Du kannst anfangen, indem du mich Matt nennst. Wir sind doch eine Familie.«

»Ja … ja, das sind wir. Eine Tatsache, die ich nicht vergessen werde.«

Matt hob eine Braue. »Das wird dir wohl auch kaum möglich sein. Denk daran, Dottys beste Freundinnen sind Charlotte und Louisa.«

»Wie könnte ich das nur vergessen?« Dom verzog das Gesicht. »Ich hoffe doch sehr, Louisa wird mir irgendwann verzeihen, dass ich Thea heirate.«

»Ich glaube, das hat sie bereits.« Matt räusperte sich. »Ich bin mir ziemlich sicher, dass ich etwas über einen Kuss gehört habe.«

Dom stieg die Schamesröte ins Gesicht. Anders konnte man es nicht beschreiben. »Ähm, ja. Es fällt mir schwer, andere Menschen wahrzunehmen, wenn Thea mit mir in einem Raum ist.«

»Das habe ich gemerkt. Mit Grace fällt es mir ähnlich schwer. Es muss eine Schwachstelle der Vivers-Männer sein.«

»Ursprünglich eine Bradford-Schwäche, wenn ich mich recht entsinne.« Dom grinste.

»In der Tat.« Matt stellte sein Glas ab und erhob sich. »Ich sollte nach Hause gehen. Tom hat vermutlich allen erzählt, dass Dotty entführt wurde, und sie werden sich Sorgen machen. Aber wir sehen uns heute Abend.«

Er schüttelte Dom die Hand und klopfte ihm auf den Rücken. »Ich hatte es noch nicht gesagt, aber meinen herzlichen Glückwunsch zur Verlobung. Ob wir uns nun Vivers oder Bradford nennen, Dotty wird sich sehr gut als Teil der Familie machen.«

»Dem stimme ich voll und ganz zu. Nochmals vielen Dank.«

Nachdem sein Cousin gegangen war, saß Dom eine Zeit lang da und schwenkte sein Weinglas, während er die Geschehnisse der letzten paar Tage Revue passieren ließ. Er hatte noch immer nicht die Gelegenheit gehabt, mit Thea unter vier Augen zu sprechen. Heute Abend nach dem Ball würde er ihr alles erzählen. Vor allem, dass er sie nie wieder aus seinem Leben ausschließen würde.

KAPITEL 26

»Miss«, grummelte Polly, »hören Sie auf zu zappeln, damit ich den letzten Kamm feststecken kann.«

Dotty gab es auf, sich ihre Frisur ansehen zu wollen, und saß still, bis ihre Zofe schließlich einen Schritt zurück machte.

»So.« Polly positionierte einen zweiten Spiegel. »Jetzt können Sie gucken so viel Sie möchten.«

Endlich konnte Dotty den aufwendigen Dutt aus Locken und geflochtenen Strähnen ausmachen. »Es ist wundervoll. Wo haben Sie das gelernt?«

Polly grinste breit. »Wir haben uns eine dieser Zeitschriften angesehen. May dachte, ich würde es nicht hinbekommen. Schade ist nur, dass sie es nicht sehen wird.«

»Nun«, Dotty fiel es schwer, nicht laut loszulachen, »mein Haar hat nie eleganter ausgehen.«

Ihre Zofe reichte ihr eine flache, quadratische Schatulle. »Die ist von seiner Lordschaft. Er hat gefragt, ob Sie ihm die Ehre erweisen würden, es zu tragen.«

»Hat Lady Merton etwas vorbeigebracht? Sie sagte, dass sie das vorhatte.«

»Ja, Miss. Ein Paar Ohrringe. Ich hole sie gleich.«

Dotty nahm das Kästchen entgegen, öffnete es und blinzelte, als sie die zierliche, mit Diamanten besetzte Goldkette entdeckte. »Herrje, ich habe noch nie so exquisiten Schmuck gesehen.«

Polly reichte ihr die Ohrringe, die ebenfalls mit Diamanten verziert waren.

»Sie passen perfekt zu dem Kleid.« Dotty befestigte sie an ihren Ohren.

Sie schlüpfte in ihre Handschuhe, während Polly ihr ein mit Pailletten besetztes Tuch über die Schultern legte und ihr dann einen bemalten Fächer und eine Pompadour-Tasche gab, die aus dem gleichen Stoff wie ihr Kleid gefertigt war.

Polly nickte anerkennend. »Das sollte seine Lordschaft glatt aus den Socken hauen. Sie werden die schönste Dame auf dem Ball sein.«

Dotty fragte sich tatsächlich, was Dom wohl von alledem halten würde. Sie stieg zu dem Treppenabsatz hinab, der den großen Saal überblickte. Ihr Verlobter stand unten, eindrucksvoll in schwarze Abendgarderobe gekleidet. Sein Halstuch war makellos gebunden. Seine einzigen Accessoires waren seine Taschenuhr, sein Monokel und ein schwerer Siegelring aus Gold.

Er hob den Blick und ihm fiel die Kinnlade hinunter. »Du siehst bezaubernd aus. Wunderschön.«

»Ich danke dir, Milord.« Doms intensiver, blauer Blick sandte ihr einen warmen Schauer über den Rücken und erinnerte sie an letzte Nacht, als sie sich geliebt hatten. Gütiger Gott, wenn seine Gedanken ihren ähnelten, dann konnten sie sich glücklich schätzen, wenn sie den Abend irgendwie überstanden. Sie erreichte die letzte Stufe und er ergriff ihre Hand. »Die Kette ist perfekt. Woher wusstest du das?«

»Die Vorstellung, dich in Diamanten zu sehen«, Dom hob ihre Finger an seine Lippen, »reizt mich schon seit einer ganzen Weile.« Er lehnte sich dichter zu ihr und seine Stimme nahm einen tiefen, weichen Klang an. »In meiner Vorstellung waren sie jedoch das Einzige, das du getragen hast.«

Dies war eindeutig ein Fortschritt. Entführt zu werden, war also vielleicht doch nicht gänzlich schlecht gewesen. »Eventuell«, ihr stieg die Hitze in die Wangen, »könnten deine Träume ja in Erfüllung gehen.«

Sein Griff um ihre Hand verfestigte sich. »Erlaubst du mir«, knurrte er leise, »dich heute Abend zu entkleiden?«

Wenn sie das doch nur könnte. »Bald sind wir verheiratet und dann kannst du es jede Nacht tun.«

Sie hatte gedacht, er würde zurücktreten, wie er es sonst immer tat, wenn er es sich erlaubt hatte, sie zu begehren. Stattdessen ließ er seine Lippen über ihre gleiten. »Ich werde dafür sorgen, dass du dieses Versprechen einhältst.«

»Dominic?«, fragte Lady Merton von der Tür zum Salon. »Würdest du mit Dorothea bitte herkommen? Sir Henry möchte den heutigen Vorfall besprechen.«

»O je.« Dotty blickte zu Dom. »Wir haben vergessen, mit Vater zu sprechen, bevor wir die Nachricht an Großmutter geschickt haben.«

Dom hob den Blick an die Decke. »Das war ein Fehler, der nicht hätte passieren dürfen. Ich hoffe, er stimmt uns zu. Ich habe nämlich das Gefühl, dass ich mit deinem Vater lieber nicht auf Kriegsfuß stehen würde.«

Ihr Vater stand neben der Anrichte und schenkte sich soeben ein Glas Wein ein, als Dom und sie den Salon betraten. Er hielt die Karaffe empor, woraufhin Dom und sie beide nickten. Sobald sie sich alle hingesetzt hatten, erzählte Dotty ihnen davon, wie die Entführung abgelaufen war und wer es getan hatte sowie von ihrer Entscheidung, Fotherbys Mutter darüber in Kenntnis zu setzen.

»Nur, weil wir das Land nicht fluchtartig verlassen wollen, Sir«, sagte Dom. »Mein erster Gedanke war, den Halunken umzubringen, aber dann kam Thea diese Idee.«

Lady Merton nickte nachdenklich. »Ich stimme eurem Plan zu. Es gibt niemanden, der sich besser eignet, Fortherby die Leviten zu lesen als seine Mutter.« Sie hob ihr Weinglas. »Den werdet ihr wohl erst wieder zu Gesicht bekommen, wenn er sich benehmen kann.«

Plötzlich trat ein schelmischer Ausdruck auf Doms Gesicht. »Ganz genau. Lady Fotherby verwaltetet nämlich den Geldbeutel.«

Seine Worte ergaben keinen Sinn. »Ich verstehe das nicht«, sagte Dotty. »Fotherby ist doch volljährig und ein Mitglied des Adels.«

Sein Grinsen wurde breiter, wenn das denn möglich war. »Ja, aber bis Fotherby vierzig ist oder eine Frau heiratet, die den Vorstellungen seiner Mutter entspricht, ist sein ganzes Vermögen in einem Trustfond angelegt. Er erhält Taschengeld und davon ziemlich wenig, wenn man ihm Glauben schenken kann. Sie muss nur von ihm verlangen, aufs Land zu ziehen.«

»Also«, sagte Mutter. »Wann gedenkt ihr, Lady Fotherby darauf anzusprechen?«

Dotty lächelte reumütig. »Ich habe Großmutter eine Nachricht zukommen lassen, mit der Bitte, das zu übernehmen. Da morgen die restliche Familie eintrifft und übermorgen die Hochzeit stattfindet, dachte ich, es wäre so am besten.«

Ihr Vater lehnte sich in seinem Sessel zurück und lachte leise. »Du bist ein listiges Mädchen, das muss man dir lassen. Es würde mich sehr interessieren, was dabei herauskommt.«

»Ich denke«, sagte Dom, »ich werde dem *White's* morgen einen Besuch abstatten.«

Ihr Vater schlug sich auf den Oberschenkel und erhob sich. »Ich glaube, ich werde Sie begleiten, mein Junge.« Er wandte sich an Dom und senkte die Brauen. »Dann können wir danach im *Brooks's* vorbeisehen und Ihre Mitgliedschaft in die Wege leiten.«

Stille. Dottys Finger verkrampften sich um Doms Hand.

Er drückte ihre zurück. »Wie Sie wünschen, Sir.«

Als sie im *Pulteney* ankamen, war Dom noch immer ein wenig benommen von Sir Henrys Vorschlag, dem *Brooks's* beizutreten. Es war nicht unwahrscheinlich, dass man ihm die Mitgliedschaft verwehrte. Dennoch hatten Matt und er auf ihrem Ritt zurück in die Stadt damit angefangen, an Gesetzesentwürfen zu arbeiten, die den Armen helfen würden. Ein Vorhaben, das ihn bei seiner eigenen Partei nicht sonderlich beliebt machen würde. Vielleicht war es Zeit für ein paar weitere Veränderungen. Das würde er jedoch erst nach seiner Hochzeitsreise angehen. Apropos Hochzeitsreise, er hatte keine Zeit mehr allein mit Thea verbracht, seit er ihr vorhin beim Einsteigen in die Kutsche geholfen hatte. Sobald sie zu Hause angekommen waren, hatte man sie augenblicklich davongeführt, damit sie sich umziehen konnte. Nicht einmal einen Kuss hatte man ihm gewährt, dabei hatte er doch so viel mehr gewollt. Wie dem auch sei, das *Pulteney*, welches dem Marquis of Bath einst als Zuhause gedient hatte, war ziemlich groß. Da würde sich doch sicherlich ein Ort finden, an dem er mit ihr allein sein konnte. Und es scherte Dom nicht im Geringsten, was die anderen sagten. Er hatte nicht vor, ihr an diesem Abend von der Seite zu weichen.

Seine Gruppe erreichte den großen Salon, der zur Gästeunterhaltung eingerichtet war, als Erstes. Er spähte durch die Doppeltüren, die in den Speisesaal führten. Ein Ober reichte ihnen ein Glas Champagner, als die Duchess sie von mehreren zusammengestellten Sesseln und Sofas aus heranwinkte. Keine Viertelstunde später wurden Matt und Grace in Begleitung von Charlotte, Louisa und der Witwe Worthington angekündigt. Lady Bellamny traf mit dem selten gesehenen Lord Bellamny ein, ein hochgewachsener, knochiger Mann mit rotem Haar und einem breiten Grinsen. Sie wurden von einem gut gekleideten Gentleman begleitet, der um die Mitte vierzig zu sein schien.

»Ich frage mich, wie zur Hölle er es anstellt«, sagte Dom zu Matt in flüsterndem Tonfall, als Lord Bellamny die Duchess begrüßte.

»Was anstellt?«

»Seine Frau im Zaum zu halten.«

Matt verschluckte sich an seinem Champagner. »Den Kampf hat er wahrscheinlich schon vor Jahren aufgegeben.«

Man rief sie, um die neuen Gäste zu begrüßen, und Dom bemerkte, dass Lord Bellamny seine Gattin auf eine Art und Weise betrachtete, als würde ohne sie die Sonne nicht mehr aufgehen. Hatte Dom einen ähnlichen Gesichtsausdruck, wenn er Thea ansah?

»Und dies ist Viscount Wolverton.« Lady Bellamny lächelte, als sie den Gentleman den anderen Damen vorstellte. »Er ist schon lange ein Freund von uns, kommt aber nur selten in die Stadt.«

»Nun, Liebes«, sagte Lord Bellamny. »Ohne seine Hilfe könntest du nicht so oft hier sein.«

Dom, dessen Aufmerksamkeit an den raschen, intensiven Blicken zwischen der Witwe Worthington und Lord Wolverton hängengeblieben war, verpasste Lady Bellamnys Antwort, die alle anderen leise lachen ließ.

Als nächstes trafen Lord und Lady Thornhill ein.

Die Duchess betrachtete ihre Gäste mit einem Stirnrunzeln und verkündete: »Die Anzahl der Gäste geht nicht ganz auf. Einige der Herren werden zwei der Damen begleiten müssen.« Sie wandte sich an Charlotte und Louisa. »Ich wollte keinem der jungen Herren das Gefühl vermitteln, sie seien für euch ausgesucht worden.«

Charlottes Gesicht nahm einen schmeichelhaften Rosaton an, während Louisa der älteren Dame dankte.

Dom ging zurück zu Thea. Jedes Mal, wenn er versucht hatte, sie bei sich zu behalten, hatte jemand sie davongeführt. Schon bald hatten sich die Männer in einer Gruppe zusammengefunden und die Frauen in einer anderen. Auf der anderen Seite des Salons stieg Dotty eine zauberhafte Röte ins Gesicht. »Worüber sie wohl sprechen?«

»Die Damen?«, fragte Lord Bellamny und fuhr dann fort, ehe Dom antworten konnte. »Es ist bestimmt besser, wenn Sie das nicht wissen. Es könnte Sie in Verlegenheit bringen.«

»In der Tat, mein Junge.« Sir Henry lachte schallend. »Es gibt Dinge, die sollten wir nicht hinterfragen.«

Dom sah zu Matt, der wiederum Wolverton anstarrte, dem es schwerzufallen schien, den Blick von Matts Stiefmutter loszureißen. »Was da wohl vor sich geht?«

»Ich weiß es nicht, aber ich werde es herausfinden.«

Nachdem der persönliche Butler der Duchess das Dinner verkündet hatte, schritt Matt zu Grace und wollte seiner Stiefmutter gerade seinen anderen Arm anbieten, als Wolverton ihm zuvorkam.

Als der Mann mit dem höchsten Rang, bahnte Dom sich einen Weg zur Duchess, doch diese winkte ab. »Gehen Sie ruhig Thea suchen. Die Sitzordnung heute Abend ist zwanglos.«

Das war eine willkommene Überraschung. Er verneigte sich. »Ich danke Ihnen, Euer Gnaden.«

»Sie sollten wohl lieber anfangen, mich Großmutter zu nennen.«

Es war sehr lange her, dass er eine Großmutter gehabt hatte, und er grinste. »Danke sehr, Ma'am.«

Thea fand ihn zuerst und hakte sich bei ihm unter. »Nun, dies scheint ein interessanter Abend zu werden.«

Sie nahmen hinter der Duchess Platz. »Wolverton?«

Sie schielte zu ihm hinüber. »In der Tat. Ich erzähle dir nachher, was ich in Erfahrung bringen konnte.«

Er legte seine Hand auf ihre und lehnte sich so dicht zu ihr hin, dass niemand außer sie ihn hören konnte. »Ich bin mir ziemlich sicher, dass es nicht *das* sein wird, was ich nachher besprechen möchte.«

Ihr Brustkorb hob und senkte sich schneller, und ihre Lippen formten ein »Oh«. »Nein, vermutlich nicht.«

»Thea, ich muss mit dir allein sein.«

Dottys Herzschlag beschleunigte sich. Das wünschte sie sich ebenfalls.

»Merton«, sagte Lady Worthington. »Haben Sie schon beschlossen, wo die Hochzeitsreise hingehen wird?«

»Jawohl, Ma'am. Wir werden etwa zwei Wochen in der Nähe von Penzance zubringen, wo mir ein kleines Anwesen gehört.«

»Und danach«, fügte Dotty hinzu, »werden wir jedes der Anwesen besichtigen. Das könnte mehrere Wochen in Anspruch nehmen.«

Lady Bellamny warf einen Blick auf die Uhr. »Wollen Sie für einen Teil der Saison zurück in die Stadt kommen?«

»Nicht, wenn ich es vermeiden kann«, murmelte Dom.

Dotty versuchte, eine neutrale Miene zu bewahren, um nicht in Gelächter auszubrechen. »Das wissen wir noch nicht. Es kommt darauf an, wie die Besuche bei den Anwesen verlaufen.«

Gott sei Dank wechselte die Unterhaltung dann von Dom und ihr zu Politik und Philosophie. Großmutter ließ die Tischdekorationen entfernen, um die Gespräche über den Tisch hinweg zu fördern. Dom machte anfangs einen leicht alarmierten Eindruck, fügte sich aber schon bald in das Geschehen ein. Es kam ihr vor, als sei kaum Zeit vergangen, als der Butler plötzlich verkündete, dass Großmutter sich für ihre Ballgäste bereitmachen musste.

Die Gruppe erhob sich und Dom ergriff Dottys Hand. »Komm mit. Bis zum Tanzen sollte uns eine gute halbe Stunde bleiben.«

»Dorothea, Dominic.«

Sie drehte sich zu ihrer Großmutter um. »Ja, Ma'am?«

»Ihr beide werdet mir bei der Begrüßung der Gäste Gesellschaft leisten.«

Ihm kam ein leises Stöhnen über die Lippen.

Sie zog an seinem Arm. »Hast du das jemals zuvor gemacht?«

»Nein, meine Mutter gibt keine großen Empfänge.«

»Dann wird es gut für dich sein, Erfahrungen zu sammeln.«

Sein Atem und eventuell auch seine Lippen strichen an ihrem Ohr vorbei und ließen ein warmes Kribbeln durch sie hindurchjagen.

»Ich würde lieber etwas anderes üben.« Seine Stimme war ein tiefes Raunen.

Sie erstickte die Flammen, die in ihrer Brust entfachten. Es war noch keine Woche her, da hätte Dom steif darauf bestanden, seine Pflicht zu erfüllen, statt zweideutige Bemerkungen zu machen. Seine Finger liebkosten ihren Nacken und sie schluckte schwer. »Trotzdem.«

»Kommt, ihr zwei.« Großmutter betrachtete sie mit einer hochgezogenen schwarzen Braue, doch ihre Lippen zierte ein kleines Lächeln.

»Es gibt diesbezüglich wirklich keinerlei Entkommen, oder?«

Dom nahm Dottys Arm und führte sie in den Korridor, wo der Butler bereitstand, um die ersten Namen zu verkünden.

Als sie Großmutter erreichten, lehnte sich diese etwas dichter zu Dom. »Sie werden Ihrem Vater von Tag zu Tag ähnlicher.«

Dotty hielt den Atem an, doch zum ersten Mal klang Doms Antwort unbeschwert: »Ja. Ja, das werde ich.«

Keine Viertelstunde später wurde Lady Fotherby angekündigt. Sie knickste und hielt Dottys Großmutter dann beide Hände hin. »Wie schön, Sie wiederzusehen, Euer Gnaden.«

»Sie ebenfalls, Catherine. Kann ich davon ausgehen, dass Sie sich um unser kleines Problem gekümmert haben?«

»In der Tat, das habe ich.« Lady Fotherby verengte die Augen ein wenig. »Ich danke Ihnen, dass Sie es mir überlassen haben. Ich kann Ihnen versichern, dass mein Sohn das Anwesen nicht verlassen wird, ehe er sich seiner Pflichten bewusst geworden ist.«

Großmutter gab ihrer Ladyschaft einen Kuss auf die Wange. »Ich wusste, dass es die richtige Entscheidung war, sobald meine Enkelin es vorschlug.« Sie deutete auf Dotty. »Dies ist meine Enkelin, Miss Dorothea Stern. Ich glaube, mit Lord Merton sind Sie ja bereits bekannt.«

»Sie werden eine ausgezeichnete Marquise abgeben.« Lady Fotherby lächelte Dotty zu. »Milord, ich gratuliere zu Ihrem Glück.«

Dom verneigte sich und legte Dotty dann die Hand auf den unteren Rücken. »Ich danke Ihnen. Das Glück ist wahrlich auf meiner Seite.«

Ein warmes Glühen begann in ihrer Magengegend und strahlte durch ihren ganzen Körper. Sie konnte es kaum erwarteten, ihr gemeinsames Eheleben zu beginnen.

Dom führte Thea auf die Tanzfläche für den ersten Tanz, welcher zum Glück ein Walzer war. Sobald die erste Note erklang, hielt er sie fester als je zuvor. All die Jahre, in denen er sich stets um angemessene Verhaltensweisen gesorgt hatte, lösten sich in Luft auf, als er in ihre strahlend grünen Augen sah. Nur mit Mühe konnte er sich davon abhalten, sie davonzuzerren und einen Ort aufzusuchen, an dem er mit ihr allein sein konnte. Zum Glück war der Ball ein voller Erfolg und es tummelten sich so viele Paare auf der Tanzfläche, dass er sie während der Drehung eng an sich ziehen konnte. Sie stöhnte leise, als sein Bein sich zwischen ihre schob. »Ich brauche dich.«

Sie sah zu ihm auf, ihre Augen glasig vor Verlangen. »Ja.«

Dieses eine, kleine Wort gab ihm fast den Rest. Sein Glied war härter als je zuvor. Wenn er sie nicht bald lieben konnte, würde er wahnsinnig werden. Warum zur Hölle hatte er nicht daran gedacht, ein Zimmer zu reservieren? Dennoch musste es doch hier irgendwo einen Ort geben, an den sie gehen konnten.

Der Tanz ging zu Ende und kaum hatten sie den Rand des Ballsaals erreicht, da kamen auch schon Louisa, Charlotte, Miss Featherington und eine andere junge Dame auf sie zugeeilt.

»Dotty.« Charlotte fasste sie am Arm. »Du musst kurz mit uns kommen.«

Sie warf ihm einen bekümmerten Blick zu. »Ich bin gleich wieder da.«

Seine Cousine und Miss Featherington zogen sie kichernd von ihm fort. Sie mussten es geplant haben. Er lehnte sich gegen eine Säule. Wenn der Abend so weiterging, war seine Anwesenheit hier praktisch überflüssig. Ihm wurde ein Glas Champagner in die Hand gedrückt.

»Versteck dich hinter der Pflanze.« Matt nippte an seinem Wein. »Wenn man dich ohne erwartungsgemäße Beschäftigung erwischt, wird eine der Damen dich in Beschlag nehmen.«

Dom stürzte die Hälfte seines Drinks hinunter. »Und was ist mit dir?«

Sein Cousin lächelte verschmitzt. »Ich bin ein verheirateter Mann, der hier ist, um zu beaufsichtigen.«

»Ich bin verlobt. Das muss doch auch zählen.«

»Nur, wenn du deine Lady an deiner Seite behältst.«

Aus dem Augenwinkel sah er, wie Lady Bellamny wie eine Galeone unter vollen Segeln auf ihn zugestürmt kam. »Verdammt. In welche Richtung ist Thea gegangen?«

»Zur anderen Seite des Saals, wo die große, rothaarige Dame steht. Ich werde versuchen, Lady Bellamny solange aufzuhalten, bis du entwischt bist.«

Nickend schlich Dom hinter die große Topfpalme. Er schob sich am äußersten Rand des Saals entlang, bis er hinter Thea stand. Er wusste nicht, wie sie seine Anwesenheit bemerkt hatte, doch sie warf einen Blick über ihre Schulter und ihr Gesicht begann zu strahlen.

»Milord, du bist gerade rechtzeitig, um einen kleinen Spaziergang mit mir zu unternehmen.«

Er verneigte sich. »Gerne doch, Miss Stern.« Die anderen Damen kicherten, als sie davonschlenderten. »Das ist das letzte Mal, dass ich dich heute Abend aus den Auge lasse.«

Ihre Augen weiteten sich. »Wieso? Was ist passiert?«

Langsam, aber zielstrebig führte er sie in die Richtung der Terrassentüren. »Ich bin geflüchtet, als Lady Bellamny auf mich zugestürmt kam.«

»Oh«, ihre Stimme zitterte verdächtig, als würde sie versuchen, nicht zu lachen. »Das muss bestimmt furchtbar gewesen sein.«

Dom warf ihr einen Blick zu. »Das war es auch. Matt hat mich förmlich hinter eine Palme geschubst. Ich musste mich an der Wand entlangschieben, um zu dir zu gelangen.«

Kurz zog sie ihre üppige Unterlippe zwischen die Zähne. »Jetzt bist du ja in Sicherheit.«

Die geöffneten Türen hatten nicht nur ihn angelockt. Auch andere Gäste tummelten sich im Freien und genossen die kühlere Luft. »Der Ballsaal ist warm.«

Thea lehnte sich etwas dichter zu ihm. »Hier draußen ist es um einiges kühler.«

Dom blickte sich um, suchte nach einer kleinen Ecke oder einem schattigen Plätzchen, an dem er sie ganz für sich allein haben konnte. Allerdings befand sich fast die Hälfte der Gäste hier draußen. Verdammt. Er führte Thea ans Ende der Terrasse, aber auch dort hatte er nicht mehr Glück. Der Garten wurde von Laternen beleuchtet und war ebenfalls gut besucht.

Er testete die Klinke an einer der Türen, die aus einem Salon auf die Terrasse führte. Endlich. Doch als er sie öffnete, ertönte von innen ein unterdrückter Schrei und er zog sie hastig wieder zu. Es war, als hätten sich alle gegen ihn verschworen.

Neben ihm bebten Theas Schultern vor Lachen. »Ich habe das Gefühl, dass unsere Zweisamkeit derzeit einfach nicht sein soll.« Sie stellte sich auf Zehenspitzen und legte ihm die Hand ans Ohr. »Vergiss nicht, wir haben die ganze Nacht.«

Er schlang einen Arm um ihre Taille, zog sie zu sich heran und zwang sich zur Ruhe. »Du hast recht. Ich weiß nicht, weshalb ich so aufgewühlt bin.«

»Ich schon. Du durftest heute den Ritter in schillernder Rüstung spielen und hast für deine Mühen nicht einmal einen richtigen Kuss bekommen.« Sie legte ihm die Hand ans Gesicht und wandte es sich zu.

Als er den Kopf sinken ließ, drangen mehr Gekicher und das leise Lachen einer tieferen Stimme zu ihnen herüber. Verflucht, noch mehr Leute?

Thea drehte sich in seinem Armen um. »Harry?«

Ein hochgewachsener, junger Mann mit schwarzem Haar kam auf sie zu. Louisa an einem Arm und Charlotte am anderen. »Höchstpersönlich.« Er grinste. »Die

Damen meinten, ich würde dich bestimmt hier draußen irgendwo finden.«

»Genau wie die meisten anderen Gäste«, gab sie schnippisch zurück. »Dom, dies ist mein Taugenichts von einem Bruder, Harry.«

Dom streckte ihm die Hand entgegen, die Harry mit einem kraftvollen Händedruck ergriff. »Es freut mich, Ihre Bekanntschaft zu machen. Ich dachte, Sie würden erst morgen irgendwann erwartet werden.«

»Nach ein paar Stunden in der Kutsche mit den Kindern«, er warf ihnen eine reumütigen Blick zu, »habe ich mir ein Pferd gemietet und beschlossen, vorzureiten.«

Thea versteifte sich. »Du hast sie doch nicht etwa zurückgelassen, oder?«

»Großer Gott, nein. Mutter hätte mich einen Kopf kürzer gemacht. Ich konnte den Lärm nur einfach nicht mehr ertragen. Von Stephen mal ganz abgesehen, der darauf bestanden hat, sich neben den Kutscher setzen zu dürfen.«

Charlotte lachte. »Als meine Brüder und Schwestern angereist sind, hat Daisy – unsere Dänische Dogge, wie du weißt – versucht, sich mit zwei Pferden anzufreunden. Ihr Tutor hat daraufhin beschlossen, dass sie die Nacht doch nicht in dem Inn verbringen würden.«

Harry stimmte in ihr Gelächter mit ein und blickte dann zu Thea. »Sag mal, Thea, ist es angebracht, dass Dom seinen Arm so um dich geschlungen hat?«

»Nein«, erwiderte sie widerwillig. »Ich schätze nicht.«

Der Schicklichkeit halber legte er sich ihre Hand stattdessen in die Armbeuge.

Louisa warf Dotty einen mitleidigen Blick zu. »Wir wollten dich abholen kommen. Eure Mütter möchten gehen.«

Dom unterdrückte ein erleichtertes Seufzen. Das waren die besten Neuigkeiten des Abends.

KAPITEL 27

Dotty saß auf einem Stuhl, während Polly ihr vor dem Bürsten die Haarnadeln aus den Locken entfernte. Ein Kribbeln jagte ihr den Rücken hinauf. *Dom.* In letzter Zeit wusste sie immer, wenn er in der Nähe war. »Ich danke Ihnen. Gehen Sie ruhig ins Bett. Es ist schon spät.«

Ihre Zofe gähnte. »Dann wünsche ich Ihnen eine angenehme Nachtruhe.«

»Träumen Sie schön.«

Sobald die Tür hinter Polly ins Schloss fiel, war Dotty in Doms Armen.

»Thea.« Seine Zungenspitze fuhr an ihrem Ohr entlang. »Darauf warte ich schon den ganzen Tag.«

Sie ließ die Hände über seine Schultern gleiten. »Genau wie ich.«

»Ich muss dir etwas sagen.« Doms Lippen bedeckten ihre und er küsste sie, als könne er nicht genug von ihr bekommen. »Ich werde mich nie mehr vor dir verstecken oder fortlaufen. Frag mich alles, was du wissen möchtest. Ich liebe dich von ganzem Herzen.«

Dies war alles, was sie sich von ihm gewünscht hatte. Alles, was sie befürchtet hatte, vielleicht niemals haben zu können. »Ich liebe dich auch.«

»Ich muss dir erzählen, was ich heute herausgefunden habe ...«

Nachdem er ihr erzählt hatte, was sein Onkel alles getan hatte, hätte Dotty vor Wut und Trauer für ihn brüllen können. Wieviel Dom verpasst hatte, weil man ihm nicht erlaubt hatte, Kind zu sein oder die Abenteuer zu haben, die andere junge Männer erlebten.

Das konnte sie ihm nicht zurückgeben, aber sie würde sicherstellen, dass er wusste, wie sehr sie ihn liebte. »Lass uns ins Bett gehen.«

Er hob sie in seine Arme. Als sie den geheimen Korridor erreichten, musste er sich zur Seite drehen. »Ich kann laufen.«

»Nein, dies will ich schon seit heute Nachmittag tun.« Er trat die Tür zu seinem Schlafgemach auf. »Na also. So schwer war das doch gar nicht.«

Die Tür krachte lautstark gegen die Wand und Dotty zuckte zusammen. »Das wird sicher jemand gehört haben.«

Neben dem Bett setzte Dom ihre Füße wieder auf dem Boden ab und zuckte dann mit den Schultern. »Und wenn schon. Es ist mein Zimmer.« Er grinste schelmisch. »Bald *unser Zimmer*.«

Er öffnete ihren Morgenmantel und schob ihn ihr über die Schultern. Lautlos glitt er zu Boden.

»Ich habe das Gefühl, dass diese Argumentation unsere Eltern nicht überzeugen wird.« Sie fuhr mit den Händen unter seinen Morgenrock, schob die beiden Hälften auseinander. Die schwere, bestickte Seide landete mit einem Rascheln neben ihrem Morgenmantel auf dem dicken Perserteppich.

Ihr stockte der Atem, als Doms Lippen sich auf ihre legten. Als er sich mit seiner Zunge vortastete, öffnete sie sich ihm, schmeckte ihn und ließ sich von ihm schmecken. Hitze rauschte durch ihren Körper, als seine Küsse zu ihren Brüsten hinunterwanderten. Eine harte Knospe nahm er in den Mund, während er die andere mit seinen Fingern liebkoste. Pures Vergnügen blitzte durch sie hindurch, sammelte sich zwischen ihren Oberschenkeln. Auffordernd spreizte sie die Beine. Sie wollte ihn.

»Ich liebe dich.« Seine Stimme war tiefer und rauer als je zuvor, als er mit dem Mund an ihrem Körper hinabglitt.

Als er mit der Zunge über die empfindlichste Stelle ihrer Mitte fuhr, drückte Dotty den Rücken durch. »Oh, Dom. Ich liebe dich auch.«

Langsam drang er in sie ein, und obwohl sie versuchte, sich nicht zu verkrampfen, kam sie nicht dagegen an.

»Dieses Mal wird es nicht wehtun, Liebling. Das verspreche ich dir.«

Er küsste sie heiß und innig, und sie spürte nur noch ihn und ihre verschmolzenen Körper. Keinen Schmerz; nur seine langsamen Bewegungen, die sie immer höher und höher treiben ließen. Ihre Brustwarzen rieben über seine Brust, was ihre Lust und ihr Verlangen mit jeder Berührung steigerte. Sie schlang die Beine um ihn, spornte ihn an. Der Druck wurde immer stärker, baute sich auf und sie schnappte nach Luft. »Dom, bitte. Bitte.«

Sein Atem klang schwerfällig, als er leise lachte. »Bald, mein Liebling.«

»Ah, genau da.« Mit zitternden Beinen zersprang sie in Abertausende von Einzelteilen und er stieß so tief zu, dass sie seinen Erguss in sich spürte.

Dom rollte sich von ihr hinunter, zog sie mit sich und streichelte ihr übers Haar, während er ihren Kopf und Nacken mit zarten Küssen bedeckte. Ihr Herz hämmerte in ihrem Brustkorb. So würde es immer sein, wenn sie zusammen waren.

Dotty spürte eine kühle Brise, die sie frieren ließ.

Dom wühlte eine Hand unter die Bettdecke, schob sie zurück und schaffte es irgendwie, sie darunter zu manövrieren.

Nachdem er die Decke über ihr ausgebreitet hatte, erhob er sich. »Ich habe heute Abend etwas zu Essen und Wein für uns anrichten lassen.«

Sie hob eine Braue. »Da warst du dir deiner Sache aber ziemlich sicher.«

Er lehnte sich über sie und gab ihr einen flüchtigen Kuss. »Nein. Ich war mir über *uns* sicher. Erst heute habe ich die Tiefe der Gefühle verstanden, die ich für dich empfinde und du für mich.« Er hob einen gewölbten Deckel von einem großen Tablett, das auf seinem Schreibtisch abgestellt worden war. »Ich werde meinem neuen Kammerdiener eine Gehaltserhöhung geben müssen.«

Er reichte ihr eines der bereits gefüllten Weingläser.

»Dem kann ich nur zustimmen.« Wieder aufgewärmt, setzte sie sich auf und lehnte sich gegen die Kissen. »Was hat er uns noch gebracht?«

»Ein bisschen von allem.« Dom stellte das Tablett auf das Bett, ehe er vorsichtig auf seiner Seite hineinkletterte.

Es gab Sandwiches sowie kleinere Scheiben Brot, einige davon mit gekochtem Schinken, Rinderaufschnitt oder Käse belegt.

»Dies ist wundervoll. Ich finde, du solltest ihn eindeutig behalten.« Sie biss in ein kleines Stück Brot, das mit dem Rinderaufschnitt, etwas Meerrettich und einem Salatblatt belegt war. »Es ist köstlich. Wie heißt er?«

Er verschlang ein Sandwich mit gekochtem Schinken. »Wigman. Paken hat ihn gefunden.«

»Dein Butler gefällt mir ebenfalls.«

Dom hob sein Glas. »Wir werden glücklich sein.«

Seine Stimmte zitterte leicht, als würde er sich Bestätigung wünschen. Lächelnd berührte sie sein Glas mit ihrem eigenen. »Wir werden überaus glücklich sein.«

Einige Stunden später wurde Dom von der frühen Morgensonne geweckt, die durch einen Spalt in den Vorhängen fiel. Theas tiefschwarzes Haar hatte sich auf den Kissen verteilt und bedeckte sowohl ihren als auch seinen Körper. Vorsichtig schob er ihre schweren Locken zur Seite, um mit der Zunge an ihrem Ohr entlangfahren zu können. Sie belohnte ihn mit einem leisen Stöhnen. Sie hatten sich bis tief in die Nacht geliebt, doch sein Glied verhärtete sich erneut. Nie zuvor hatte er eine Frau wie seine Thea gekannt. Er konnte sich nicht entscheiden, ob er sie wecken oder noch etwas schlafen lassen sollte. Viel zu bald schon würde er sie jedoch wieder in ihr eigenes Zimmer bringen müssen.

Sanft liebkoste er ihre Brüste, ehe seine Hand langsam zwischen ihre Beine wanderte.

»Ja.« Sie seufzte leise.

Thea bäumte sich vom Bett auf, als er über ihre Mitte strich. Jetzt verstand er endlich, weshalb sein Großvater sich geweigert hatte, auch nur eine Nacht getrennt von seiner Großmutter zu verbringen. Und er war kurz davor gewesen, sich mit einem Leben ohne Liebe abzufinden!

»Jetzt, Dom. Ich will dich jetzt.«

Ein Leben ohne sie. Er drang in ihre weiche, feuchte Wärme.

Es dauerte nicht lange, bis sie aufschrie und ihr Pulsieren ihn umfasste. Er stieß ein letztes Mal zu und folgte ihr ins Paradies.

Dom wusste, dass er Thea jetzt zurückbringen sollte, doch konnte er sich nicht dazu überwinden, sie loszulassen. Es war so warm und gemütlich mit ihr in seinen Armen. Ein paar Minuten noch, dann würde er sie in ihr Zimmer tragen.

Ein leises Plumpsen riss ihn aus seinen Gedanken und einen Augenblick später tapste Cyrille auf Doms Schulter. Wenn dieser Kater etwas gut konnte, dann war es, ihn zu finden. »Wie bist du hier herein gekommen?« Er blickte zur versteckten Tür. »Ich hatte sie wohl nicht ganz zugemacht.«

»Was hast du nicht zugemacht?« Thea drehte sich in seinen Armen um und lächelte, ihre strahlend grünen Augen noch immer ganz glasig vom Schlaf. »Guten Morgen.«

Cyrille kletterte über Dom und machte es sich zwischen Thea und ihm bequem.

Sie streichelte den Kater vom Kopf bis zum Schwanz. Wie erbärmlich, dass Dom sich wünschte, es wäre er, den sie berührte.

»Dir ebenfalls einen guten Morgen. Ich kann mich nicht daran erinnern, dass er gestern Nacht hier war.«

»War er auch nicht. Ich muss die Tür aufgelassen haben.«

Theas Augen weiteten sich. »Was bedeutet, dass die andere Tür auch offensteht.« Sie setzte sich auf und rieb sich übers Gesicht. »Ich muss zurück in mein Zimmer. Wenn jemand mich sieht ...«

»Verzeihung, Cyrille.« Er vertrieb den Kater. »Lass mich unsere Morgenmäntel holen.«

»Was meinst du, wohin er führt?«, fragte eine hohe, mädchenhafte Stimme.

»Vermutlich in ein geheimes Zimmer«, erwiderte eine zweite Stimme. »Nicht zu fassen, dass Dotty in einem Haus mit Geheimgängen wohnen darf.«

»Henny wird grün vor Neid werden, wenn sie erfährt, dass wir ihn entdeckt haben.«

»Ob wohl noch jemand anderes weiß, dass er existiert?«

»So schmutzig wie er ist, bezweifele ich das.«

Dom konnte die kleine, vor Ekel gerümpfte Nase fast bildlich vor sich sehen. Schnell legte er sich seinen Morgenmantel an und lehnte sich zu Thea. »Ich nehme an, das sind dein Bruder und deine Schwester?«, flüsterte er.

»Natürlich, wer sonst? Wie gut, dass sie mich hier nicht sehen können.«

»Ich werde sie mit dem Versprechen, ihnen die Geheimtreppe zur Bibliothek zu zeigen, hinaus in den Korridor locken. Das gibt dir Zeit, zurück in dein Zimmer zu gelangen.« Er warf Thea ihren Morgenmantel zu und zog die Vorhänge des Himmelbetts zu. »Wir sehen uns beim Frühstück.«

Er wandte sich genau in dem Augenblick zur Tür, als sie aufschwang und zwei dunkelhaarige Kinder zum Vorschein kamen. Er stemmte die Hände in die Hüften. Ein kleines bisschen Einschüchterung sollte genügen, um sie zurechtweisen. »Guten Morgen. Macht ihr es euch immer zur Aufgabe, die Häuser zu durchsuchen, in denen ihr zu Gast seid?«

Das Mädchen blickte zu ihm auf und strahlte. »Sie müssen Lord Merton sein.«

Er hatte mit allem gerechnet, aber nicht mit dieser Antwort. »Der bin ich.«

»Ich mag Ihr Haus.«

Der Junge lächelte und streckte ihm die Hand entgegen. »Ich bin Stephen, das ist Martha, und mir gefällt es auch. Ihr Haus, meine ich. Gibt es noch weitere Geheimgänge?«

So war das nicht geplant gewesen. Er hörte ein Geräusch, das sich verdächtig nach Gelächter anhörte.

Stephens Augen wurden kugelrund. »Was war das?«

Verdammt, Thea würde sich noch selbst verraten. »Der Kater.«

Als wäre er von hinten leicht angeschoben worden, erschien Cyrille plötzlich aus den Bettvorhängen. Dom fing Martha ab, als sie einen Schritt nach vorn machte. »Er kann mit euch in den Korridor gehen.« Er hob

Cyrille hoch, ehe er die Eingangstür zu seinen Gemächern öffnete. »Was macht ihr beiden so früh schon auf?«

»Wir haben Dotty gesucht«, antwortete Stephen.

Martha nickte. »Sie ist immer schon früh wach, aber ihre Zofe hat gesagt, dass wir sie beim Frühstück sehen.«

Er warf einen Blick zurück zum Bett, trat dann aus dem Zimmer und schloss die Tür. »Sucht nach eurem Kindermädchen.« Er geleitete die beiden zur Treppe, die in das Stockwerk mit dem Unterrichtsraum führte. »Wenn ihr mit eurer Schwester im Frühstückssalon essen möchtet, müsst ihr anständig gekleidet sein.«

Die Kinder flitzten die Treppe hoch und er ging zurück zu seinem Ankleidezimmer. Glücklicherweise wartete Wigman bereits auf ihn.

Keine halbe Stunde später betrat er den Frühstückssalon und fand dort Thea mit den Kindern vor. Sie schnitt ihrer Schwester gerade eine Scheibe des gekochten Schinkens in kleinere Häppchen.

Er hielt kurz in der Tür inne, ließ das Bild auf sich wirken und beschloss, dass es ihm gefiel. In seiner Vorstellung half Thea allerdings ihrem gemeinsamen Kind.

Sie sah zu ihm auf und grinste. »Guten Morgen. Hast du gut geschlafen?«

Kleines Biest. Das Spiel konnten auch zwei spielen. »Das habe ich. Sehr gut, sogar. Mit ein bisschen Gesellschaft erhole ich mich sehr viel besser.«

Ihr Blick war verschmitzt. »Aha, ich nehme an, Cyrille hat die Nacht bei dir verbracht?«

Martha blickte auf. »Er ist ein hübscher Kater, gibt aber merkwürdige Geräusche von sich.«

Thea sah ihre Schwester aus geweiteten Augen an. »Tatsächlich? Was denn für Geräusche?«

»Heute Morgen hat er gelacht.«

Es kostete Dom große Mühe, keine Miene zu verziehen, als er Thea einen Blick zuwarf. »Wenn du das schon seltsam findest, hättest du ihn mal stöhnen hören sollen ...«

»Wenn das stimmt«, sagte sie affektiert, »solltest du vielleicht den Arzt rufen.«

»Hmm.« Er füllte sich seinen Teller. »Da könntest du recht haben. Wenn das so weitergeht, wird eine ärztliche Beratung unumgänglich sein.« Er setzte sich auf den Platz zu ihrer anderen Seite. »Ich glaube, ich hatte noch nie so großen Hunger.«

»Genau das hat Dotty auch gesagt, bevor Sie hereingekommen sind.« Martha bediente sich am Schinken. »Ich finde, ihr benehmt euch beide albern.«

Thea und er wechselten einen Blick. »An Albernheit gibt es doch nichts auszusetzen.«

Oder daran, glücklich und verliebt zu sein.

Kurz nachdem Dottys restliche Familie sich zum Frühstück zu ihnen gesellt hatte, betrat Paken den Raum. »Milord, Miss. Es ist ein Gentleman hier, der Sie zu sehen wünscht.«

Dom hob eine Braue.

»Es geht um Master Tom.«

Sie wollte gerade ihren Stuhl zurückschieben, als ein Bediensteter ihr zu Hilfe eilte. »Führen Sie ihn ins Arbeitszimmer, Paken. Seine Lordschaft und ich werden augenblicklich dort sein.«

Dom erhob sich und ging zu ihr. »Was meinst du, wer es sein könnte?«

»Ich weiß es nicht.« Sie schüttelte den Kopf. Ja, wer nur? »Es war sehr ungewöhnlich, dass Paken seinen Namen nicht erwähnt hat.«

Ein weiterer Bediensteter kam mit einer Visitenkarte in der Hand auf sie zugehastet. »Mr. Paken sagte, dies sei für Sie von Interesse, Milord.«

Dom nahm die Karte entgegen und hielt sie so, dass auch sie lesen konnte, was darauf stand. »Major Robert Cavanaugh. Toms Vater. Ich dachte, er wird erst in mehreren Monaten zurückerwartet.«

»Bringen Sie uns doch bitte etwas Brot und Tee«, bat sie den Bediensteten. »Ich weiß nicht, ob er schon gefrühstückt hat.« Nachdem der Bedienstete sich auf den Weg gemacht hatte, wandte sie sich an Dom. »Er muss krank sein vor Sorge.«

Sie erreichten das Arbeitszimmer und fanden dort einen hochgewachsenen Mann vor, der, gekleidet in der unverkennbaren, grünen Uniform der *Rifle Brigade*, im Raum auf und ab tigerte. Er verneigte sich, sobald er sie sah. »Lord Merton?«

Dom reichte ihm die Hand. »Ja, und dies ist Miss Stern, die zukünftige Lady Merton. Sie müssen Major Cavanaugh sein. Ich kann Ihnen versichern, dass es Tom gut geht. Er ist derzeit bei meinem Cousin am Berkeley Square.«

»Gott sei Dank.« Major Cavanaugh fuhr sich mit den Händen übers Gesicht. »Gott sei Dank ist er in Sicherheit. Ich habe die Nachricht erhalten, dass meine Frau ermordet worden sei, Sie aber meinen Sohn gefunden hätten. Wie?«

»Major«, Dotty ließ sich auf das kleine Sofa neben dem Kamin nieder, »setzten Sie sich doch. Der Tee sollte jeden Moment eintreffen.«

Er setzte sich ihr gegenüber auf die Kante des Sofas. Dom stellte sich hinter sie, die Hände auf ihre Schultern gelegt.

»Wir freuen uns sehr, Sie zu sehen«, sagte Dom. »Offenbar hat Ihre Frau es Tom eingebläut, sich die Familiendaten zu merken. Ich habe versucht, Ihre Familie zu kontaktieren, aber leider ohne Erfolg.«

»Ja.« Seine Stimme versagte und er hielt kurz inne. »Da wir so oft gereist sind, war sie davon überzeugt, dass er vielleicht irgendwann ... Deshalb wurde ich von meinem Einsatz zurückgerufen. Mein älterer Bruder ist gestorben und mein Vater ist nicht bei guter Gesundheit. Es ging ihm schon vor meiner Abreise nicht gut, aber der Tod meines Bruders hat ihn stark belastet. Ich muss so bald wie möglich nach Lincolnshire aufbrechen, aber zuerst ...«, er zog die Luft ein, »möchte ich erfahren, was mit meiner Frau geschehen ist. Können Sie mir das sagen?«

Dotty erzählte ihm, wie sie auf Tom getroffen war und was sie danach herausgefunden hatten. Als der Tee serviert wurde, füllte sie eine Tasse und fügte etwas mehr Zucker hinzu als sonst.

Der Major nahm sie entgegen. »Ich danke Ihnen.« Er nahm einen Schluck und stellte die Tasse dann wieder ab. »Wir gehen fort, um für unser Land zu kämpfen ...«, seine Stimme überschlug sich, »und in dem Glauben, dass unsere Familien in Sicherheit sind. Ich hätte nie für möglich gehalten, dass ...«

Er schien etwas Zeit für sich zu benötigen. »Major, auf Lord Merton und mich warten ein paar Verpflichtungen. Wenn Sie möchten, können Sie gern eine Weile hier bleiben. Wenn wir fertig sind, bringen wir Sie zu Tom.«

»Danke sehr. Das ist sehr freundlich von Ihnen.«

Dotty stand auf und bedeutete ihm, sitzenzubleiben. Sobald sie das Arbeitszimmer verlassen und die Tür hinter sich zugezogen hatten, stiegen ihr die Tränen in die Augen. »Ich brauche etwas frische Luft. Würdest du mit mir spazieren gehen?«

Dom schloss sie in die Arme. »Was immer du möchtest, Liebling.«

Er brachte sie in einen Salon, der am hinteren Ende des Hauses auf die Terrasse führte. »Ich kann mir nicht einmal vorstellen, was er gerade durchmacht. Seine Frau so zu verlieren ...«

»Durch die sinnlose Gier von Mrs. White und den anderen.« Sie zwang sich, sich auf den Garten zu konzentrieren, statt weiterhin über den Major nachzudenken. Sie musste ihren Kopf beschäftigen. »Ich glaube, ich möchte für nächstes Jahr ein paar neue Beete anlegen.«

Dom schwieg einen Moment lang. »Der Garten könnte vermutlich eine Umgestaltung vertragen. Eventuell auch ein paar Statuen.«

Sie nickte emsig, erleichtert, dass er die Situation mit Tom nicht ansprach. »Ja, vielleicht die ein oder andere Gartenlaube.« Sie wischte sich eine einzelne Träne von der Wange, die entfleucht war. »Och, dies funktioniert aber gar nicht gut.«

»Nein, das hatte ich mir schon fast gedacht. Soll ich dich einfach in den Arm nehmen?«

»Ja, ich glaube, das wäre am besten.«

Jeder im Haus würde sie sehen können und trotzdem umarmte Dotty ihn so fest wie nur möglich. Die ganze Zeit über hatte sie sich darauf konzentriert, für Tom und die Damen alles zum Besseren zu wenden. Doch die Trauer vom Major war noch so frisch und greifbar, dass es ihr schwerfiel, ihre eigenen Tränen zu unterdrücken. Gott sei Dank hatte sie Dom an ihrer Seite, der sie verstand. Einige Zeit später sagte sie schließlich: »Es geht wieder. Wir sollten Matt und Grace eine Nachricht zukommen lassen. Tom wird sich freuen, seinen Vater wiederzusehen.«

Wenigstens konnte sie dem Major seinen Sohn zurückgeben.

KAPITEL 28

Auf dem Weg nach Stanwood House, erzählten Thea und Dom, was Tom alles gemacht hatte, seit er nach Merton House gekommen war. Sie schien das Bedürfnis zu verspüren, die positiveren Neuigkeiten zu betonen, und er hoffte, dass der Major damit einverstanden war.

»Es war seine Zeichnung, die es mir ermöglicht hat, Miss Stern zu finden, nachdem sie entführt worden war.« Dom legte seine Hand auf ihre. »Diese Information muss selbstverständlich unter uns bleiben.«

»Natürlich«, erwiderte Major Cavanaugh. »Ich kann Ihnen gar nicht sagen, wie dankbar ich bin, dass Sie ihn bei sich aufgenommen haben, Milord.«

»Ihre Dankbarkeit sollte Miss Stern gelten. Sie hat sofort erkannt, was getan werden musste.« Dom verdrängte das mulmige Gefühl in seinem Magen. Er wollte gar nicht erst daran denken, wie es ausgegangen wäre, hätte er seinen Willen durchgesetzt.

Der Major blickte zu Thea. »Ich danke Ihnen. Milord, ich werde Ihnen die angefallenen Kosten gern zurückzahlen.«

»Das kommt nicht in Frage. Ich fand es schön, den Jungen im Haus zu haben.« Dom wartete darauf, dass die Stimme seines Onkels in seine Gedanken eindrang, doch sie blieb aus. Erleichterung durchflutete ihn. Vielleicht würde er endlich sein eigenes Leben führen können.

Die Tür zu Stanwood House öffnete sich, als sie die Treppen emporstiegen.

»Milord, Miss«, Graces Butler, Royston, verneigte sich anmutig. »Lord und Lady Worthington sind im Arbeitszimmer ihrer Ladyschaft. Wenn Sie mir bitte folgen würden.«

Dom lehnte sich dichter zu Thea und flüsterte: »Es ist überaus nervig, wenn der Butler eines Earls vornehmer ist als der eines Marquis'.«

Ihre Mundwinkel zuckten in die Höhe. »Du warst auch so schon genug von dir überzeugt, ohne dass Paken dazu beitragen musste.«

»Nun, da hast du vermutlich recht.«

Royston öffnete die Tür zum Arbeitszimmer und verkündete ihre Anwesenheit. Matt und Grace kamen auf sie zu, um sie zu begrüßen. »Setzt euch doch.« Grace deutete auf die Sofas neben dem Kamin. »Wir wollten erst mit euch sprechen, bevor wir Tom herunterrufen.«

Die Damen ließen sich anmutig auf dem größeren Sofa nieder. Dom setzte sich auf den Ledersessel neben Thea und Matt nahm auf Graces anderer Seite Platz. Der Major setzte sich ihnen gegenüber. Keine Minute später wurde ihnen auch schon der Tee gebracht.

Kurz darauf sagte Grace: »Man hat mir mitgeteilt, dass Sie erst seit Kurzem wieder im Lande sind. Wie sehen Ihre Pläne aus, Major?«

Major Cavanaugh nippte an seinem Tee. »Meine Montur und mein Offiziersbursche sind im *Horse Guards*. Dort kann ich Tom nicht unterbringen, und ich muss so bald wie möglich nach Lincolnshire aufbrechen.«

Grace nickte. »Wir haben von dem Tod Ihres Bruders gehört. Sie haben mein herzliches Beileid.«

Thea lehnte sich ein Stück nach vorn. »Würden Sie es in Erwägung ziehen, in Merton House zu verweilen, bis Sie sich auf den Weg machen, und Tom dann bei uns zu lassen, bis Sie Ihren Verpflichtungen nachgegangen sind?«

Cavanaugh blinzelte verdutzt, als könne er nicht glauben, was er da hörte. »Das wäre wohl besser, als den armen Tom mit mir herumzuschleifen, bis ich alles geregelt habe«, sagte er langsam. »Ich möchte Ihnen aber keine Umstände bereiten.«

»Es bereitet uns keine Umstände.« Dom grinste. Übermorgen würden Thea und er ihre Hochzeitsreise antreten. »Meine Schwiegereltern verbringen noch mindestens eine Woche in der Stadt, damit meine Schwäger und Schwägerinnen die Sehenswürdigkeiten sehen können. Die beiden jüngsten sind fast in Toms Alter.«

»Unsere Brüder und Schwestern«, sagte Grace, »werden eine kurze Unterrichtspause einlegen, um sie zu begleiten.«

Dom war sich ziemlich sicher, dass er bei der Vorstellung, wie all die Kinder London gemeinsam unsicher machten, etwas blass um die Nase wurde.

Matts Lippen verzogen sich zu seinem schiefen Grinsen, als er Dom ansah. »Genau das habe ich auch gedacht. Ich werde jeden einzelnen meiner Bediensteten mitschicken.«

Major Cavanaugh blickte von einem zum anderen und sagte dann: »Wenn es ein Problem ist, sollte ich Tom vielleicht lieber mitnehmen.«

»Oh, es gibt kein Problem«, versicherte ihm Grace. »Worthington hat sich nur noch nicht an die nötige Logistik gewöhnt. Insgesamt sind es elf Kinder. Allerdings machen zwei gerade ihr Debüt und einer ist in Eton.«

Alle Farbe wich aus des Majors gebräuntem Gesicht.

»Machen Sie sich keine Sorgen«, sagte Thea. »Es wird alles gut gehen. Lady Worthington ist das alles gewohnt. Es wird Tom sehr viel mehr Spaß machen, als auf dem Land mit nicht einmal einem Kindermädchen als Begleitung umherzureisen.«

Grace erhob sich, ging zur Klingel und zog daran. Ein Bediensteter lugte durch die Tür. »Milady?«

»Holen Sie bitte die Kinder sowie Miss Tallerton und Mr. Winters. Hier ist jemand, der Master Tom einen Besuch abstatten möchte.«

»Sehr wohl, Milady.«

Es dauerte nicht lange, bis die Geräusche einer trampelnden Pferdeherde durch das Haus hallten.

»Was zum Teuf... ähm,« sagte Cavanaugh, »ich wollte sagen, was ist das für ein Lärm?«

Worthington lachte leise, als die Tür schwungvoll aufging und acht Kinder, die allesamt unter fünfzehn Jahre alt waren, ins Arbeitszimmer stürmten.

»*Papa*!« Tom warf sich in die Arme seines Vaters.

»Tom, mein lieber Tom, mein Junge.« Cavanaugh fing das Kind auf und drückte es an sich. »Mein Gott, was habe ich dich vermisst.«

»Ich habe dich auch vermisst.«

Mary, die Jüngste, zupfte an der Jacke des Majors. »Nehmen Sie uns Tom jetzt weg?«

Cavanaugh musterte die Kinder und blickte dann zu Mary hinab. Zum ersten Mal an diesem Tag lag ein Lächeln auf seinem Gesicht. »Ich denke, noch nicht.«

»Das ist gut.« Mary nickte ernst. »Wir haben ihn nämlich ziemlich liebgewonnen und würden ihn gern noch eine Weile länger behalten.«

»Papa, Papa!« Tom lehnte sich in den Armen seines Vaters zurück. »Ich habe dir so viel zu erzählen.«

Grace stand auf. »Wenn Sie so weit sind, Major Cavanaugh, werden wir im kleinen Salon auf Sie warten. Tom kennt den Weg.«

Sie scheuchte alle aus dem Zimmer und in den Korridor. »Das lief doch sehr gut, findest du nicht auch?«

»In der Tat.« Thea schlang den Arm um Dom. »Warum hast du all die Kinder und die Lehrer mit hergerufen?«

»Ich wollte, dass sie Toms Reaktion auf seinen Vater miterleben. Wie Mary sagte, ist er ihnen sehr ans Herz gewachsen, und es war daher wichtig, dass sie sehen, wie glücklich er bei seinem Vater sein wird.«

»Das macht Sinn.« Thea nickte nachdenklich. »Jetzt müssen wir nur noch die Hochzeit überstehen.«

Dom legte Thea den Arm um die Hüfte und zog sie dichter zu sich heran. Die Hochzeit, die Hochzeitsnacht und die Hochzeitsreise. Und den Rest ihres Lebens.

Dotty erwachte am nächsten Morgen noch vor Tagesanbruch in Doms Armen. Dies war des letzte Mal, dass sie sich aus seinen Gemächern in ihre würde schleichen müssen. In nur wenigen Stunden würde sie ganz offiziell hierher gehören. Um ihn nicht zu wecken, versuchte sie, vorsichtig unter seinen Armen hervorzurutschen, doch sein Griff festigte sich plötzlich.

»Wo willst du hin?« Er hauchte ihr Küsse auf den Nacken.

»Ich muss in mein Zimmer.« Sie neigte den Kopf, um ihm einen besseren Zugang zu gewähren, und stöhnte dann. »Wenn ich mich nicht irre, ist es schon nach sechs Uhr und unsere Hochzeit ist um neun.«

»Welcher Idiot«, grummelte er, »hat sie für so früh angesetzt?«

»Das warst du, Liebling. In einem deiner *Ich-bin-der-Lord-dieses-Hauses*-Momente.«

Er ließ sich rücklings zurück in die Kissen fallen. »Dann geh lieber. Ehe ich noch etwas anfange, das zu deiner Verspätung führen würde.«

Sie wandte sich zu ihm um. »Nicht mehr lange.« Dom zog sie zu sich hinunter, um ihr einen Kuss zu geben. »Na, na, na. Ich muss gehen.«

Er warf die Hände in die Luft und sah sie mürrisch an. »Bald.«

»Ja, bald.«

Dotty erreichte ihr Zimmer, gerade als ihre Zofe eintrat. »Wie gut, dass Sie zurück sind, Miss. Ihre Ladyschaft ist bereits auf und fragt nach Ihnen. Die Wanne wird in Kürze gebracht.«

Sie setzte sich an die Frisierkommode, damit Polly ihr das Haar kämmen konnte. »Warum ist sie so früh schon wach?«

»Das weiß ich nicht. Vermutlich freut sie sich auf die Zeremonie.«

Ein Klopfen ertönte an der Tür und zwei Bedienstete trugen eine kupferne Wanne ins Zimmer. »Das Wasser kommt sofort«, sagte einer von ihnen.

Sobald ihr Bad bereit war, ließ Dotty sich in das heiße Wasser gleiten und wünschte sich nichts sehnlicher, als dort ein paar Augenblicke lang verweilen zu können. Nachdem sie sich gewaschen hatte, wurde das Frühstück auf einem Tablett geliefert und in dem angrenzenden, kleinen Salon serviert. »Das ist viel zu viel für mich.«

»Ihre Mutter wird Ihnen Gesellschaft leisten.«

Als hätte sie ihren Namen gehört, betrat Dottys Mutter den Raum. »Guten Morgen, Liebes. Es kommt mir vor, als hätten wir gar keine Zeit zusammen gehabt. Aber ich bin wirklich überaus froh, dass du dich mit Dominic so gut verstehst, und ich habe die Zeit mit Eunice sehr genossen.«

Dotty schenkte Tee ein und reichte ihrer Mutter eine Tasse, ehe sie ihre eigene zubereitete. Sie nahm einen Schluck und ließ sich den Geschmack auf der Zunge zergehen. Ihre eigene Mischung zu bestellen, war eines ihrer ersten Anliegen gewesen. »Eine bessere Schwiegermutter könnte ich mir nicht wünschen.«

Mutter biss in ihr Brot und kaute, während Dotty eine Scheibe Rindfleisch zerschnitt. Sie hatte großen Hunger.

»Dorothea, da wir bislang noch nicht die Möglichkeit hatten, uns zu unterhalten ...« Ihre Mutter lief knallrot an. »Ich ... nun, ich schätze, ich sollte ...«, sie schluckte,

»mit dir darüber sprechen, was zwischen einem Mann und einer Frau geschieht.«

O je. Bei dem Versuch, es laut auszusprechen, würde ihre arme Mutter einen Herzinfarkt erleiden.

Plötzlich erhellte sich ihre Miene und sie fragte fast hoffnungsvoll: »Du bist dem Ehegelübde doch nicht etwa zuvorgekommen, oder?«

Dotty verschluckte sich und griff nach der Serviette, um sie sich vor den Mund zu halten. »Mutter!«

Sie machte ein langes Gesicht. »Nein, ich schätze, dazu hattet ihr wohl keine Gelegenheit. Nicht, wenn wir alle zwischen deinen und seinen Gemächern hausen.« Sie seufzte. »Ich sollte es hinter mich bringen ...«

»Das ist nicht notwendig«, unterbrach Dotty sie. Es war besser, dieser Unterhaltung jetzt Einhalt zu gebieten, bevor ihre Mutter noch vor Scham umkam. »Erinnerst du dich noch, wie Vater Mr. Brown letztes Jahr sagte, er müsse heiraten?« Mutter nickte. »Ich fragte mich, wie jemand so in die Bredouille geraten konnte, also habe ich seine Frau gefragt und sie hat mir alles erzählt.«

»Oh, wie gut.« Ihre Mutter atmete erleichtert aus. »Es ist nicht so, als wäre es nicht schön, ich bespreche so persönliche Themen einfach nicht gern. Wenn deine Schwestern soweit sind, ihr Debüt zu machen, könntest du dann vielleicht ...«

»Ja, gerne. Und jetzt sollten wir unser Frühstück genießen.«

Sie hatten gerade aufgegessen, als Dotty auf die Uhr auf dem Kaminsims blickte. »Bleib du ruhig hier, wenn du möchtest. Ich muss mich umziehen.«

Ihre Mutter erhob sich. »Ich habe dir ein Familienerbstück mitgebracht. Ich bringe es dir sogleich.«

»Danke, Mutter.« Dotty gab ihrer Mutter einen Kuss auf die Wange und ging dann zurück in ihr Zimmer.

»Ich wollte Sie gerade holen kommen, Miss.« Mit voll beladenen Armen trat Polly aus dem Ankleidezimmer.

Als ihre Zofe fertig war, war aus Dottys Haar eine aufwendige Frisur aus Locken und geflochtenen Strähnen geworden.

Mutter brachte ihr ein Säckchen mit Haarnadeln, die mit Saphiren und Perlen besetzt waren. »Sie eignen sich hervorragend. Es ist vielleicht noch etwas früh am Tag, aber immerhin ist es dein Hochzeitstag.«

Polly hielt Dotty das Kleid über den Kopf. Es war in dunklem Türkis gehalten und mit silbernem Tüll überzogen. »O je, vielleicht hätten wir es Ihnen vorher anziehen sollen. Wir dürfen Ihre Frisur nicht kaputtmachen.«

Als das Kleid saß und geschnürt war, klopfte Lady Merton an die Tür. »Ich habe die restlichen Vivers Juwelen in Ihr Ankleidezimmer bringen lassen, aber ich dachte mir, dass dies ...«, sie hielt eine schlichte Kette aus Saphiren empor, »perfekt zu Ihrem Kleid passen würde.«

Dotty stiegen die Tränen in die Augen. »Sie ist perfekt, vielen Dank.«

»Hmm«, überlegte ihre Mutter laut. »Wir haben etwas Altes, Blaues und Geliehenes, aber uns fehlt etwas Neues.«

»Milady«, rief Polly von der Tür aus. »Ich glaube, wir haben etwas! Dies ist von seiner Lordschaft.«

Dotty nahm das rechteckige Schmuckkästchen entgegen, öffnete es und fast entfuhr ihr ein Lachen. »Noch mehr Saphire. Es ist ein Armband.« Sie nahm das Schmuckstück aus dem Kästchen und hielt es hoch. »Es ist wunderschön, aber woher wusste er das?«

»Weil sie Ihrem Teint und Ihrer Augenfarbe so schön schmeicheln«, erwiderte Lady Merton.

»Aber er hätte sie mir jederzeit geben können, warum jetzt?«

»Nun«, Polly lächelte verlegen, »es könnte daran liegen, dass Mr. Wigman mich nach der Farbe Ihres Kleides gefragt hat und ich sie ihm verraten habe.«

Dotty grinste. »Ich hoffe, Sie haben ihn für die Information schuften lassen.«

»Oh, das habe ich, Miss.« Ihrer Zofe stieg die Röte ins Gesicht. »Darauf können Sie wetten.«

Ein weiteres Klopfen ertönte. Polly öffnete die Tür und Dottys Vater kam hereingeschlendert. »Mir wurde gesagt, dass es Zeit wird, dich zur Kirche zu geleiten, kleine Miss. Worthington ist mit deinem Bräutigam vor einer Viertelstunde aufgebrochen. Ich habe soeben die Nachricht erhalten, dass ich mich doch bitte beeilen solle.«

Polly setzte Dotty eine kleine Haube auf den Kopf, die zum Großteil aus Seidenbändern und Tüll bestand. »So, das wär's, Miss. Während Sie fort sind, werde ich Ihre restlichen Besitztümer zusammensuchen und sie in die anderen Gemächer bringen.«

Tränen verschleierten Dotty die Sicht. Wenn sie zurückkam, würde sie Doms Frau sein. Sie war noch nie so glücklich gewesen.

»Wo ist sie?« Ungeduldig tigerte Dom auf dem Gehweg vor dem Seiteneingang zur St. George's Kirche auf und ab. Die Kirche war bereits voller Gäste. Er hatte sich für neun Uhr morgens entschieden, damit eben nicht jedermann anwesend sein würde, um sie anzustarren. Reichte es nicht, dass sie alle beim Hochzeitsmahl dabei sein würden?

Matt hob eine Braue. »Angst, dass sie dich versetzt hat?«

Vor weniger als drei Wochen hätte Dom den Scherz seines Cousins nicht verstanden. Doch dann erinnerte er sich an Fotherby. »Nein. Thea ist in Sicherheit. Sie wird kommen. Es sieht ihr nur nicht ähnlich, zu spät zu kommen.«

Matt hielt Dom seine Taschenuhr unter die Nase. »Es ist noch nicht neun Uhr.«

»Hast du mal einen Blick hineingeworfen?« Er deutete auf die Kirche. »Warum zum Teufel sind da so viele Menschen?«

Matt lachte. »So viele sind es gar nicht. Die meisten davon sind die Kinder.«

Seufzend blieb Dom stehen. Er hatte das Gefühl gehabt, dass es mehr gewesen waren. »Musstest du das auch durchmachen?«

»Nein, wir hatten eine kleine Hochzeit.« Sein Cousin lächelte. »Nur die Kinder, der ein oder andere Cousin und eine Handvoll andere Verwandte.«

Mit anderen Worten, halb London. »Man sollte Männer vorwarnen.« Gütiger Gott, er knurrte ja förmlich. »Dies muss die nervenaufreibendste Situation sein, in der ich mich je befunden habe.«

»Wenigstens hast du eine Hochzeitsreise, auf die du dich freuen kannst.«

Dom riss den Blick von der Straße und sah zu seinem Cousin. Er hatte vergessen, dass Matt noch keine Zeit allein mit Grace hatte verbringen können, und er saß in der Stadt fest, um die Mädchen während der Saison zu beaufsichtigen. »Hör mal. Wenn Thea und ich zurück in Merton sind, schick die Kinder zu uns.«

Einen Moment lang sah Matt ihn schweigend an. »Das meinst du ernst?«

»Ja, natürlich. Wir werden sie schon beschäftigen. Thea wird bestimmt gern etwas Zeit mit Charlotte und Louisa verbringen, wenn sie bis dahin noch nicht verheiratet sind.« Dom lächelte. »Das ist das mindeste, was ich tun kann. Hättest du dich schließlich nicht so dagegen gesträubt, dass ich Thea heirate, hätte ich sie womöglich einen Rückzieher machen lassen.«

»Das glaube ich nicht. Sobald dir eine Frau unter die Haut geht, ist es unmöglich, sie wieder gehen zu lassen.«

»Das war ja Teil des Problems. Thea hat mir eine Heidenangst eingejagt. Sie verkörperte alles, wonach ich *nicht* gesucht habe.« Und doch war sie genau das, was er brauchte.

»Deine Sorgen haben ein Ende. Sie sind da.«

Sein großer, dunkelgrüner Landauer fuhr vor. Sir Henry trat hinaus, ehe er Thea eine Hand reichte, um ihr beim Aussteigen zu helfen.

Dom entwich der Atem, als hätte ihm jemand einen Hieb in die Magengrube verpasst. Wie konnte sie nur mit jedem Anblick schöner werden? Sein Kammerdiener hatte recht gehabt. Die Saphire waren die perfekte Wahl gewesen. Er streckte eine Hand nach ihr aus, ergriff die ihre und starrte.

Thea stieg eine zarte Röte in die Wangen, als sie ihn anlächelte.

»Los, kommt schon.« Die Stimme der Duchess riss ihn aus seinen Tagträumen. »Ihr Herren seid doch alle gleich. Erst können sie es nicht abwarten, bis ihre Braut erscheint, und dann stehen sie einfach dumm da. Wir haben eine Hochzeit zu vollführen und die Gäste treffen in weniger als einer Stunde ein.« Sie stupste ihn mit ihrem Gehstock in den Rücken. »Los jetzt.«

»Jawohl, Großmutter.«

»Unverschämter Schlingel.«

Er weigerte sich, Theas Hand loszulassen, als ihr Vater sie ergriff. »Kein Sorge«, scherzte Sir Henry. »Ich gebe sie Ihnen gleich zurück. Ich muss dies anständig machen, sonst wird es mir bis ans Ende meiner Tage vorgeworfen.« Er senkte die Brauen. »In wenigen Minuten wird sie Ihnen gehören, junger Mann. Passen Sie mir ja gut auf sie auf, oder Sie bekommen es mit mir zu tun.«

Die Anspannung, die er verspürt hatte, seit sie ihn heute Morgen verlassen hatte, fiel von ihm ab. »Das werde ich.« Dom grinste. »Und ich bin mir sicher, dass sie es mich wissen lassen wird, sollte ich etwas falsch machen.«

Sir Henry legte ihm eine Hand auf die Schulter. »Willkommen in der Familie, mein Sohn.«

Dom spürte einen Kloß im Hals, als sie die Kirche betraten. Matt hatte recht gehabt; es waren nur ihre Familien und ein paar Freunde anwesend.

Einige Augenblicke später legte Sir Henry ihm Theas Hand in die seine. Er hielt ihren Blick gefangen, als er sein Gelübde ablegte. Theas Gelassenheit schien nicht ein einziges Mal ins Wanken zu geraten. Mit klarer, lauter Stimme gelobte sie, ihn zu ihrem Ehemann zu nehmen.

Der Pfarrer, ein jüngerer Herr, erklärte sie mit breitem Lächeln zu Mann und Frau. »Ich wünsche Ihnen ein langes und glückliches Leben zusammen.«

Sobald sie die Hochzeitsurkunde unterzeichnet hatten, schien eine Art Bann zu brechen. Die Stimmen der Kinder wurden lauter und es folgten zahlreiche Umarmungen und Küsse.

»Nun«, sagte Matt zum Pfarrer, »Sie werden immer besser.«

Der Mann errötete. »Ich hatte mittlerweile etwas Übung.«

Dom blickte zu seinem Cousin. »Das ist der Pfarrer, der euch getraut hat?«

»Ja, Grace und ich waren sein erstes Brautpaar. Wenn er mit uns allen fertig ist, wird er der erfahrenste Pfarrer ganz Londons sein.«

»Milord, ich denke, wir sollten jetzt nach Hause gehen.« Thea lächelte zu ihm empor.

»Wie du wünschst, Milady.«

Als sie die Kutsche erreichten, half er ihr beim Einsteigen. »Kommen die anderen auch?«

»Nein, Matt hat andere Kutschen arrangiert. Wir haben ein paar Minuten allein.«

»Wenn das so ist«, er hauchte ihr einen Kuss unters Ohr und stellte zufrieden fest, dass ihr Puls in die Höhe ging … »werde ich dir erzählen, wie ich gedenke, dieses reizende Kleid von deinem ebenso reizenden Körper zu entfernen.«

Ihr Lächeln strahlte und ihre Stimme klang wie der Gesang einer Sirene. »Ich bin ganz Ohr, Milord.«

Tom drängte sich gemeinsam mit Mary, Theo und Philip, die allesamt noch in ihrer neuen Kleidung steckten, im Unterrichtsraum von Merton House vor die Fenster, die den Grosvenor Square überblickten. Dort standen zwei ruppig aussehenden Männer und beobachteten das Haus. Es war das erste Mal, seit Dotty und Lord Merton ihn gerettet hatten, dass Tom sie sah. Anfangs hatte er Angst gehabt, doch nun, da er seinen Vater, Matt und seine Lordschaft hatte, wusste er, dass ihm niemand mehr würde wehtun können.

»Bist du dir sicher, dass sie das sind?«, fragte Theo.

»Ja.« Tom nickte. »Ihren Anblick werde ich niemals vergessen.«

Philip, der mit seinen acht Jahren der älteste war, verengte die Augen. »Wir sollten es jemandem erzählen. Ihr bleibt hier und behaltet sie im Auge. Ich hole Hilfe.«

Toms Kindermädchen, Sally, stieß zu ihnen. »Tretet ein Stück vom Fenster zurück, damit sie euch nicht sehen können.«

Kurze Zeit später betraten nach und nach einige der Stallburschen den Square, entweder alleine oder zu zweit. Sie unterhielten sich und gingen langsam umher, als hätten sie nichts anderes zu tun. Sein Vater und Matt waren ebenfalls dabei. Bald waren die beiden

Männer umzingelt, hatten es aber offenbar noch nicht bemerkt. Matt gab ein Zeichen und die Stallburschen ergriffen einen der Männer, während sein Vater dem anderen mit der Faust ins Gesicht schlug.

»Das war ein perfekt ausgeführter Hieb«, rief Philip. »Dein Vater hat eine gute Technik.«

»So und jetzt ab mit euch.« Sally scheuchte sie vom Fenster fort, nachdem die Stallburschen die Männer abgeführt hatten. »Hier gibt es nichts mehr zu sehen, und die Köchin hat etwas Leckeres für euch im Frühstückszimmer angerichtet.«

Mary nahm Toms Hand in ihre und drückte zu. »Geht es dir jetzt besser?«

»Ja. Es geht mir sehr viel besser. Danke.«

Dotty schlenderte mit Dom auf die Terrasse, wo Louisa, Charlotte, Meg Featherington und Elizabeth Turley um einen Tisch herum saßen.

»Liebling.« Seine Lippen glitten über ihre. »Bleib nicht zu lange fort, hörst du?«

»Nein. Ich möchte ebenso sehr aufbrechen wie du.«

Da Großmutter der Meinung war, dass sie morgen früh niemals rechtzeitig fortkommen würden, wenn sie in Merton House blieben, hatte sie ihnen für die heutige Nacht Gemächer im *Pulteney* reserviert.

Ein Bediensteter brachte einen Stuhl und eine neue Flasche Champagner an den Tisch. Nachdem er ihnen eingeschenkt hatte, verneigte er sich vor Dotty. »Milady. Erlauben Sie mir die Bemerkung, dass wir uns alle sehr darüber freuen, Sie hier zu haben.«

»Ich danke Ihnen, George. Ich freue mich ebenfalls.« Seit sie heute Morgen aus der Kirche zurückgekehrt waren, hatten die Angestellten sich große Mühe gegeben, sie als ihre neue Hausherrin zu begrüßen.

Ihre Freundinnen lächelten ihr zu, als sie sich setzte.

»Wer hätte gedacht«, sagte Meg mit einem Grinsen im Gesicht, »dass Lord Merton sich so gut machen würde?«

»Ich nicht.« Louisa nippte an ihrem Champagner. »Selbst *ich* mag ihn jetzt.«

»Wie gefällt es dir, verheiratet zu sein?«, fragte Charlotte.

»Ich bin es zwar erst ein paar Stunden lang, aber bislang ist es genau so, wie ich es mir erträumt habe.«

Elizabeth seufzte.

»Jetzt sag nicht, du wünschst dir noch immer, dass du ihn geheiratet hättest«, sagte Meg.

»Nein, ganz und gar nicht.« Elizabeth hörte auf, an ihrem Glas zu spielen, und nahm einen Schluck. »Es wäre nicht gut gegangen. Dotty ist wie für ihn gemacht. Ich wäre einfach nur gern verheiratet.«

Plötzlich fühlte sich Dotty um einiges älter als die anderen Damen. Konnte die Ehe das mit einem anstellen? »Das wirst du auch sein. Es kommt schon noch der richtige Gentleman.«

»Am Anfang der Saison«, sagte Charlotte, »hat Lady Evesham mir gesagt, ich solle auf den Richtigen warten.«

»Das stimmt.« Louisa neigte den Kopf zur Seite. »Lady Rutherford hat mir das Gleiche geraten, und seht euch nur Grace an. Matt ist der Einzige, den sie geliebt hat.«

Charlotte erhob ihr Glas. »Auf dass wir alle aus Liebe heiraten.«

Meg stupste Elizabeth in die Seite. »Und mit weniger geben wir uns nicht zufrieden.«

»Na schön«, stimmte Elizabeth mit ein und hob ebenfalls ihr Glas. »Auf die Liebe. Wo und wer auch immer der Richtige sein mag.«